순수함은
없는 결혼

밀혜혜 장편소설

동아

순수함은
없는 결혼

초판 1쇄 인쇄일 | 2020년 08월 05일
초판 1쇄 발행일 | 2020년 08월 13일

지은이 | 밀혜혜
펴낸이 | 박성면
펴낸곳 | (주)동아

출판등록 | 제406-2007-000071호
주소 | 경기도 파주시 문발로 115, 세종출판벤처타운 201-A호
전화 | (031)8071-5201
팩스 | (031)8071-5204
E-mail | bear6370@hanmail.net

정가 | 11,000원

ISBN 979-11-6302-377-7 (03810)

순수함은
없는 결혼

DONGA
ROMANCE
STORY

밀혜혜 장편소설

동아

contents

무지

1.

"1억을 선급하셨습니다. 그게 직접 지급하셨다는 수표입니다."

테이블 위에 놓인 수표를 읽는 선혜의 표정은 담담했다.

자기앞수표. 지급지 서울. 주식회사 신한은행. 금 일억 원정. 이 수표 금액을 소지인에게 지급하여 주십시오. 거절증서 작성을 면제함. 발행지 서울.

₩100,000,000. 선혜는 1 뒤에 붙은 0 여덟 개를 손가락으로 훑었다. 지난해에 남편이 수백억을 상속받은 뒤부터 씀씀이가 커진 줄은 알았지만, 이렇게 노골적으로 자신의 뒤를 캐고 싶은 줄은

몰랐다.

남편과는 언제가 되었든 반드시 파국에 이를 사이였다. 때가 되어 가족관계를 정리하는 건 당연했다. 누가 먼저 이혼을 요구할지 눈치 보는 치킨게임이 언젠가 시작될 거라는 걸 알고 있었기에 별다른 충격은 없었다.

"이사님께서 사적으로 만나시는 분들…… 그런 사진을 찍는 대가라고 합니다."

"선금이 1억이면, 원하는 사진 건지면 주겠다는 액수는요?"

"똑같이 1억이라 들었습니다."

선혜는 알겠다는 듯이 고개를 끄덕이고는 수표를 앞으로 밀어보냈다. 안절부절못하던 박훈 보좌관이 양손으로 수표를 챙겼다.

"그리고, 이사님."

"네."

"이사님의 대학 선배이신 김지환 대표님을 특히 주의하고, 모르는 사람이면 누가 됐든 신상 싹 털어서 가져오라고, 그렇게 말씀하셨다고도 들었습니다."

선혜의 입에서 작은 웃음이 새어 나갔다. 그녀는 고개를 양옆으로 작게 저은 뒤 의자에 등을 기댔다.

"그리고 또, 그, 의원님께서는 뭐가 됐든 집안 문제는 지혜롭게 해결하면서 사위한테 밉보이지 말고, 가능하면 오래오래 평탄하게 가족관계를 유지하라고 하십니다. 이제는 좀 손주도…… 보고 싶다고 하시고요."

이성창 의원의 말을 전하는 보좌관은 테이블 끄트머리를 바라보며 사죄하듯 말했다.

"다른 말씀은 없으셨나요?"

"예."

"알겠습니다."

"그럼 저는 이만 물러가겠습니다. 편히 쉬십시오."

"네. 보좌관님도요."

달칵. 선혜는 박훈 보좌관을 현관까지 배웅했다. 문이 닫힌 뒤에는 느리게 걸어 다시 테이블 근처에 앉았다.

현금다발도 아니고, 추적이 쉬운 수표를 아내의 사생활을 캐는 대가라고 내민 게 어설펐다. 확실히 아직 이런 일에 익숙하지 않은 티가 났다. 아니면, 어차피 사생활을 털어 봤자 나올 게 없다는 걸 알고서 자신을 향해 보낸 무언의 의사표시인지도 몰랐다. 부디 주희철 회장님 앞에서 자신과의 이혼 의사를 먼저 밝혀 달라고. 보수적인 사고방식을 떨치지 못한 회장님은 명백한 귀책사유 없는 협의이혼이라는 걸 이해할 생각이 없으실 테니까.

7년 전, 스물여섯의 이선혜는 갓 스무 살이 된 주우형과 결혼했다. 부잣집 정숙한 규수가 반반한 남자에게 홀려 속도위반을 했을 거란 세간의 추측과는 다르게, 선혜는 사랑에 빠지지도, 아이를 배지도 않은 채로 웨딩드레스를 입었다.

선혜의 아버지인 이성창 의원은 우형이 E그룹 총수 주 회장의 숨겨진 사생아임을 알고 있었다. 또한, 이 의원은 주 회장이 도박과 마약에 찌든 첫째 아들을 포기하고 언젠가는 사생아인 둘째 아들을 후계자로 택하게 되리라 전망했다.

동시에 그때는 선혜가 파운더로 참여한 스타트업이 현금 흐름 문제로 부도 직전에 이른 때였다. 여당 국회의원인 아버지의 말을 듣지 않으면 사업이 침몰하는 건 물론이고, 가장 가까운 친구와 선배들이 신용불량자가 되는 것도 모자라 부정수표단속법 위반으로 교도소에 갈 수도 있는 형국이었다. 그래서 선혜는 우형의 아내가 됐다. 정확한 거래의 내용은 몰라도 아버지는 우형에게도 E그룹 지배와 관련된 거부할 수 없는 제안을 건넸을 터였다.

　무엇도 로맨틱하다고 할 수 없는 시작이었다. 당연히 둘은 각방을 썼다. 신혼 1년 동안 부부는 상대가 세상에 없는 것처럼 살았다. 선혜는 로켓에 오른 것처럼 폭발적으로 성장하는 회사에 묶여 야근에 야근을 반복했고, 굳이 S대에 가겠다며 재수를 결심한 우형은 재수학원에서 하루 대부분을 보냈다.

　그다음의 2년은 더 심각했다. S대 합격통지를 받은 우형은 바로 입대를 지원했다. 업무에 치여 사는 선혜는 면회를 가지 못했고, 우형은 휴가 시기마저 선혜에게 알리지 않았다.

　군 복무를 마치고 우형이 제대한 뒤라고 하여 크게 다를 것은 없었다. 우형은 학교 도서관에서 늦게까지 공부하고 귀가했고, 선혜는 변함없이 야근에 찌들어 살았으며, 두 사람은 여전히 각방을 썼다.

　한 해가 더 지나고 나서야 약간의 변화가 생겼다. 선혜의 회사가 E전자에 인수합병되고 선혜가 이직하면서 퇴근 시간이 일러진 것이다. 우형 역시 귀가 시간을 앞당겼다. 그러나 두 사람 모두 저녁이나 주말을 함께 보내자는 말을 서로에게 꺼내진 않았다.

　다만 조금 달라진 점은, 두 사람이 종종 집에서 마주치면 대화를 나누게 되었다는 것이었다. 주로 선혜가 먼저 말을 걸면 우형이 멈칫하면서 조심스럽게 반응하는 식이었다.

'혹시 그 책, 심 교수님 수업 교재야?'

'그……. 네.'

'나도 같은 교수님 수업 들었거든.'

'아, 그러세요.'

'응.'

'……'

'나 마루에 나왔을 때부터 한 페이지만 계속 보는 것 같던데. 내가 좀 봐줄까? 나 회계장부는 여전히 잘 읽어. 그 수업 A+이었기도 하고.'

'……네.'

'이리 줘 봐.'

선혜는 우형에게 말을 놨지만, 우형은 선혜에게 존대했다. 그리고 오랜 시간 동안 특별히 정해지지 않았던 선혜를 부르는 호칭은 우형이 선혜의 학부 후배가 되면서 '선배님'으로 굳어졌다.

대학을 졸업한 뒤 이제는 E전자의 사원이 된 남편을 떠올렸다. 잘생겼고, 키 크고, 젠틀하며, 돈도 많고 미래까지 보장된 남자. 처음 보았을 때의 소년 같은 느낌은 거의 사라졌지만 나이 차이가 여섯 살이나 나는 덕인지 여전히 분위기가 청량하다는 생각이 들고는 했다.

"그래. 끝낼 때도 됐지."

아버지의 보좌관을 통해 1억짜리 수표를 받아 보게 될 줄은 몰랐지만.

물론 그렇다고 아주 예의가 없는 통보라는 생각이 들진 않았다. 그녀가 우형에게 빼앗았던 것들을 생각하면, 항상 그가 어떤 식으로든 끝내고 싶다는 뜻을 밝히는 순간 바로 보내 주어야 한다고 생각해왔다.

선혜는 핸드폰 전화번호부를 열었다.

"안녕하세요. MZ컴퍼니 이선혜 이사입니다. 통화 괜찮으신가요? 퇴근 시간 지나셨을 텐데 죄송합니다. 아, 지금 회사에 계신 건가요? 회사 관련한 건 아니고, 개인적인 일로 변호사님 한번 뵙고 싶은데요. 언제 괜찮으신가요? 저도 그날 오후 괜찮습니다."

시간을 끌고 싶지 않았다.

2.

어두운 가을 정원의 흔들의자가 선혜를 태우고 앞뒤로 움직였다. 1년 반쯤 전에 이사 온, 정원이 푸르고 소담한 복층 주택은 오로지 선혜의 취향이었다. 그 이전엔 한강 뷰와 야경이 아름다운 고층 아파트에서 살았다. 선혜는 한강 저편의 반짝이는 불빛을 내려다보는 것도 좋아했지만, 그보다는 흙과 나무가 있는 곳에서 이렇게 쉬고 싶었다.

삐걱. 삐걱. 흔들의자는 집중해서 듣지 않으면 들리지 않을 크기의 소음을 냈다. 선혜는 눈을 감고 그 소리를 들으며, 이 집을 선택할 때에도 우형이 얼마나 많은 것을 양보해 주었던가를 기억해 냈다.

이를테면, 그는 자신보다도 훨씬 한강 뷰를 좋아했다. 서재가 따로 있는데도 늘 마루에 나와 공부를 했을 정도로. 그래서 둘이 함께 집에 머무는 시간대에 마루로 나가면 그와 마주칠 때가 많았다. 그런데도 그는 이 집으로 이사하는 것에 조금도 불평하지 않았다. 미안한 마음에 에둘러 물었을 때도 특별히 좋아하던 것을 포기한 생색을 내지 않아 주어 고마웠다.

'좋아하지 않았어?'

'뭘요?'

'한강이나 야경 보는 거.'

'제가요?'

'마루에서 계속 시간을 보냈잖아.'

'그건…….'

'고마워. 맞춰 줘서.'

그는 시선을 피하고 물만 반 모금 마셨다.

'한강 좋아하는 거 알았는데, 경매 매물로 나온 이 집을 보고 포기할 수가 없었어. 미안해.'

한참 입을 다물고 있던 우형은 무언가를 말하려다가, 선혜와 눈을 맞추고는 고개를 돌렸다.

그 장면을 떠올리다가 눈을 떴다. 그리고 나이트가운 위에 걸친 두꺼운 가디건을 여미며 자리에서 일어났다. 11시가 넘었기에, 우형과 이야기를 하기 위해 더 기다려 봤자 서로 피곤하기만 할 것이란 생각이 들었다.

선혜는 정원을 돌아보고 집 안으로 들어갔다. 아마도 재산분할을 할 때, 우형은 이 집의 소유권을 원하진 않을 것 같았다. 다행이라면 다행인 일이었다.

3.

달콤한 향이 덮쳐와 눈을 떴다. 7년 전의 5월, 성년의 날에 선혜가 선물한 젠더리스 향수를 우형은 아직도 사용했다. 눈을 몇 번 깜빡이자 커다랗지만 예쁜 손이 베개에 늘어진 긴 머리카락을 만지작거리는 게 보였다.

"······술 마셨어?"

답 없이 시선만 왔다. 사실은 물을 것도 없었다. 옅은 알코올 향이 느껴지기도 했고, 우형은 원래 술에 취했을 때만 밤중에 선혜의 방문을 열었다. 뒤에 놓인 시계를 보아도 술자리에 끌려가 3, 4차는 돌고 돌아왔을 시간이었다.

"네. 형이랑요."

우형이 저런 호칭으로 부를 사람은 한 명뿐이었다. 얼마 전에 가석방된 주인규 상무이사. 주희철 회장의 첫째 아들. 우형에 대해서는 적대감밖에는 가진 게 없을 인물이었다. 주인규는 우형에 대한 자신의 분노와 모멸감을 감추려는 시도도 하지 않았다.

선혜는 조심히 머리칼을 쓰다듬는 우형의 손을 자신의 손으로 덮었다. 따뜻했다.

"괜찮아?"

우형은 어둠 속에서 선혜의 시선을 느끼며 미소 지었다.

"이제 괜찮아졌어요."

천천히 우형의 고개가 내려왔다. 두 입술이 닿았다. 선혜는 정장에 갇힌 단단한 어깨 위로 손을 옮겼다. 육중한 무게가 금방 허리 위를 덮었다. 우형의 긴 손가락이 선혜의 머리카락 사이를 파고들었다. 어쩐지 틈 안으로 자신을 밀어 넣는 행동이 다급했다.

당장 쉽게 얻을 수 있는 온기를 바라는 키스일 뿐이었다. 우형은 주인규의 끈질긴 괴롭힘에 지친 듯했다. 선혜는 이 정도의 위로쯤은 어렵지 않다고 생각했다. 몇 시간 전에 본 1억짜리 수표에 담긴 의미도 잠시 모른 척해 줄 수 있었다.

전두엽이 원하는 것과 달리 배우자가 아닌 다른 이성에게 갈 수 없는 몸이 원초적 본능을 따르고 싶을 수야 있는 거니까.

젊은 남녀가 한 지붕 아래 살면 수만 가지의 일이 벌어질 수 있다. 그걸 고려하면 선혜와 우형 사이에 벌어지는 일은 경악스럽게 난잡하진 않은 편이었다.

종종 술에 취했을 때, 취기를 핑계로 입술을 대고 숨을 얹는 정도. 더한 단계로 넘어가는 일도 가끔 있었으나 심각하게 문제 될건 아니었다. 어쨌거나 둘은 부부였으니까.

선혜는 우형의 죄책감을 덜어 주기 위해 다음 날 아침엔 아무일도 없었다는 듯이 태연하게 굴고는 했다. 우형은 예전엔 자신이 지난밤 저지른 일에 크게 동요하는 듯했으나 최근엔 그 역시 담담하게 행동했다.

그가 무뎌지는 걸 보다 보면 조금은 먹먹한 기분이 됐다. 어쩔수 없이 뻔뻔한 어른이 되어가야 한다는 것을 알지만, 그래도 과거의 우형을 기억하고 있기에 순수함이 변해 버린 게 속상한 건가.

"으응."

속옷을 입지 않은 가슴이 뭉개졌다. 선혜는 잠시 벌어진 틈에 속삭였다.

"우형아, 나 새벽에 일찍 나가야 해."

열기를 품은 눈이 선혜를 내려다보았다. 반쯤은 사실이고 반쯤은 핑계인 말을, 우형은 어쩌면 무시할 수도 있었다. 아내가 결국엔 체념하듯 응해 주리라 생각하면서, 이대로 가운을 전부 벗겨 내는 것이다.

그러나 선혜는 그가 그러지 않길 바랐다. 아직은 그가 충동적인 욕구 해소보다는 다른 것을 우선시할 만큼은 선하길. 이상한 기대라는 건 알았다. 그는 이미 더 많은 걸 차지하고 싶어서 아내를 갈아 끼울 뜻을 전한 남자였다.

입술이 다시 이마에 닿았다. 가볍게 눌렸다가 떨어졌다. 한참이 지나자 침대 한편을 누르고 있던 무게가 사라졌다.

4.

선혜는 모교를 찾았다. 전설적인 밈플레잇의 코파운더[1] 중 하나로서, 스타트업 관련 특강을 하기 위해서였다. 어머니와 가까운 사이인 학부 시절 지도교수가 직접 전화를 걸었는데 바쁘다는 핑계로 적당히 둘러댈 수가 없었다.

---

1) Co-founder, 공동창업자, 그냥 '파운더'라고도 함

주식회사 밈플레잇의 대표이사였던 김지환 선배의 저녁 식사 초대를 거절할 적당한 핑곗거리가 만들어졌다는 것도 여기까지 운전해 온 이유 중 하나였다.

"자, 이번 주에 모신 분은 밈플레잇의 파운더 중 한 분입니다. 아시다시피 밈플레잇은 우리 S대 출신 선배님 일곱 분이 모여 세웠고, 수년 전 3천억 원쯤 되는 가격에 E전자에 매각되면서 서른다섯을 넘지 않는 일곱 명의 파운더 모두가 많게는 천억, 적게는 수백억대 부자가 되었죠."

소개 멘트를 들으면서 선혜는 무선 마이크를 만지작거렸다.

"한국의 빌 게이츠, 스티브 잡스, 마크 저커버그가 되길 꿈꾸는 여러분, 이선혜 선배님을 모시겠습니다. 박수로 환영해 주세요."

선혜가 단상에 오르자 박수 소리가 쏟아졌다.

"안녕하세요. MZ컴퍼니 이선혜 이사입니다. 앞의 세 분에 비해 제 이름의 무게가 너무 가볍네요."

대형 강의실 곳곳에 앉은 백여 명의 학생들이 선혜와 함께 웃었다. 선혜는 포인터로 PPT를 넘기면서 익숙한 레퍼토리대로 밈플레잇의 성장 과정과 스타트업의 성공요소, 현재 적을 두고 있는 MZ컴퍼니가 함께 작업하는 크리에이터들의 동향 등을 이야기했다.

"요즘 미취학 아동이 크리에이터로 수십억씩 번다는 얘기 많이 들으시죠. 그래서 너도나도 뛰어드는데 블루오션은 한참 전에 끝났습니다."

학생들은 뻔한 이야기인 줄 알면서도 나긋나긋한 선혜의 목소리에 집중했다.

40여 분의 강의가 마무리되고 QnA 시간이 찾아오자 학생들 여럿이 높이 손을 들었다. 선혜가 그중 하나를 가리키자, 강의를 도와주는 조교가 여분의 무선 마이크를 손을 든 학생에게 건네주었다.

선혜는 그제야 마이크를 받아 든 남학생의 옆에 앉은 여학생의 얼굴이 낯익다는 걸 알았다. 유별. 선혜가 기억하는 학생의 이름은 그랬다.

"아, 아. 선배님, 경영대 4학년 박한재입니다. 우선 모두를 대표해서 좋은 강의 감사 드린다는 말씀을 먼저 드리고 싶습니다."

박한재는 마이크가 나오는지 확인하고는 선혜에게 고개를 숙였다. 외부 강사가 오면 첫 번째 질문 전에 감사의 인사부터 하도록 가르치는 학부의 전통은 여전한 듯싶었다.

"어, 제가 질문드리고 싶은 건, 저는 맨 처음에 밈플레잇의 김지환 대표님께서 선배님께 함께 창업하기를 권유하셨을 때, 어떤 이유로 스타트업에 매력을 느끼고 참여하게 되셨는지 궁금합니다."

뼈가 있다고 생각되는 질문이었다.

"더 부연하자면, 예전에 김지환 선배님 인터뷰에서 읽었는데, 이선혜 이사님은 워낙 스펙이 좋으시고 영어까지 잘하시니까, 밈플레잇에 합류하지 않고 초봉부터 세후 1억 넘게 주는 외국계 컨설팅에 갈 생각을 처음엔 하셨다고 들었습니다. 미래와 수입이 불안정한 스타트업엔 왜 뛰어드셨나요?"

박한재의 옆에 앉은 유별의 얼굴에 미소가 피어났다. 김지환. 요즘 여기저기서 많이 듣게 되는 불편한 이름이었다. 선혜는 잠시 생각하다가 답했다.

"일단 제가 장담하는데, 여기 계신 분들의 상당수의 스펙이 저보다 좋았으면 좋았지 나쁘진 않을 겁니다. 요즘 취업 시장이 워낙 어려우니까, 스펙에도 급격한 인플레이션이 있잖아요. 안 그런가요?"

학생들이 소리 내어 답하진 않았으나, 긍정의 뜻은 전해졌다.

"그런데도 여기 와서 스타트업에 대한 강의를 듣고 계신 이유가 있겠죠. 무언가 세상에 혁신적인 변화를 일으켜 보고 싶고, 주변 사람들 모두가 불확실하고 위험하다고 하니까 더 매력적이게 느껴지고, 그런 것들요. 여러분께 있을 각자의 이유를 떠올리시면 제가 스타트업에 뛰어들 수밖에 없었던 이유 역시 이해가 가실 겁니다."

선혜는 무선 마이크를 쥔 채로 느리게 걸었다.

"그리고 밈플레잇이어야만 했던 이유를 말씀드리자면, 음. 김지환 대표님을 포함해서, 소위 성공했다고 하는 스타트업 파운더들은 하나같이 아이템만큼이나, 어쩌면 아이템보다도 더, 어떤 사람과 일할 것인가가 가장 중요하다고 말합니다. 저 역시 그랬던 것 같습니다. 밈플레잇을 함께 세운 다섯 명의 선배님과 한 명의 동기는 제가 해낼 수 없는 것을 해내는 유능한 동료들이었고, 동시에 인간적으로 제가 아주 좋아하는 사람들이었습니다."

선혜는 20대 초반의 자신이 아끼던 사람들의 얼굴을 떠올렸다. 그때는 자신이 영원히 그들을 좋아할 거라고 생각했다.

"물론 김지환 선배님이 가지고 있던 비전 역시 매력적이었죠. 개인적으로, 선배는 반드시 그 비전을 관철할 사람이란 믿음도 있었던 것 같습니다. 답이 되셨나요?"

선혜는 자신이 박한재나 유별이 기대하는 것에 못 미치는 두루 뭉술한 답만을 꺼냈다는 것을 알았다. 그러나 그들은 그 이상의 명료함을 바랄 수는 없다는 걸 알 정도로 똑똑할 터였다.

다른 학생들이 손을 들었고, 선혜는 새로운 사람을 지목했으며, 무선 마이크가 옮겨진 뒤 새로운 질문이 던져졌다. 선혜는 최선을 다해서 누가 들어도 문제없을 만큼만 솔직한 답변을 꺼내놓았다.

5.

페이스북 설립자들의 이야기를 담은 영화 〈소셜 네트워크(The Social Network, 2010)〉는 묘하게 현실적인 데가 있다. 실화를 바탕으로 만든 영화이니 당연한 건지도 모른다. 마크 저커버그가 벌어들인 수십억 달러와 그의 하버드 동창들이 소송을 통해 다투는 숫자들은 전혀 친근하지 않지만, 절친했던 관계가 성공한 사업과 얽혀 멀어지는 과정은 선혜가 지난 10년간 겪은 일과 비슷하다면 꽤 비슷했다.

사업을 말아먹은 것도 아닌데 굳이 관계가 박살 날 이유가 있냐고 생각할 수도 있다. 하지만 단언컨대, 달콤한 과실이 주어질 때 각자가 교묘하게 서로의 뒤통수를 치며 자신에게 더 많은 몫이 와야 한다고 주장한다면 내면의 진실한 우정은 금방 허물어진다. 얼마나 그 균열이 극적으로 표출되는가의 차이는 있겠지만.

그뿐만 아니라 통장에 과분하게 채워지는 돈은 숨겨 왔던 인간의 바닥을 드러나게 한다. 외국인 여성들의 성을 매수하는 파티를 열 수 있는 돈이 생겼을 때 누군가가 그 파티를 열지, 혹은 열지 않을지는 상대에게 그 돈이 쥐어진 다음에야 알 수 있다.

그 상태에서 돈의 냄새를 맡고 달라붙은 주변인들의 이간질이 시작되면 관계가 파탄에 이르는 것은 순식간이다.

물론 우리나라에서의 싸움은 영화보다 상당히 유교적이고 은밀해서, 사건이 대중적으로 알려지는 일은 흔치 않다. 땅덩이가 좁은 덕에 마주칠 일이 많아 언론 앞에서 디스하는 일을 대부분 피하려고 한다는 것 역시 불화가 은폐되는 이유일 것이다.

이선혜는 단 한 번도 대외적으로 김지환이나 다른 코파운더들을 욕한 적 없다. 진절머리가 났던 싸움에도 불구하고, 그들 사이의 불화를 아는 사람은 정말로 손으로 꼽았다. 그래서 사람들은 잘 모른다. 이선혜를 비롯한 밈플레잇의 일곱 명의 파운더는 더는 서로를 가장 절친한 친구라고 절대 생각하지 않는다는 걸.

얼마 전 김지환이 결혼 2년 만에 이혼했을 때 여섯 중 셋은 바로 그의 불행을 자축하며 샴페인을 땄다는 걸 사람들은 짐작도 못 할 것이다.

선혜는 샴페인을 따진 않았다. 다만 칵테일을 몇 잔 들이켠 뒤 우형에게 먼저 손을 뻗어 안겼다.

선혜가 대학 졸업도 전에 선배 다섯, 동기 한 명과 함께 세운 주식회사는 대한민국 스타트업 역사에서 찾아보기 힘든 성공사례로 손꼽히지만, 회사가 성공궤도에 오른 뒤 E전자에 매각되면서 일곱 명의 관계엔 회복할 수 없는 금이 그어졌다.

나이 서른에 189억 2천 4백만 원을 손에 쥐게 된 이선혜는 생각했다. 헛된 기대는 버리고 처음부터 변호사를 끼워 넣어 깔끔하게 해결했다면 이렇게 배신감을 느끼지 않았을 텐데.

그래서 선혜는 우형과의 관계를 정리할 때에는 그의 인간적인 면모에 대한 기대 없이, 감정적인 호소나 설득도 없이, 비즈니스적인 태도만을 고수하면서 대리인을 통해 깔끔한 협상을 하길 바랐다.

이혼을 원한다면 그가 원하는 시기에 얼마든지 이혼을 할 생각이었다. 다만 선혜는 자신이 정당하게 요구할 수 있는 재산까지 포기할 생각은 없었다. 그러니 이혼과 재산분할에 관한 협의는 서로 변호사를 끼고 논의하는 편이 좋겠다고 우형에게 말한 뒤 그가 집을 나가게 만들어야 했다.

이제부터는 확실하게 거리를 두는 게 좋을 터였다. 지금처럼 몸이 가까운 곳에 있어서 득이 될 건 하나도 없어 보였다.

6.

전화 수신차단을 해 둔 상대에게서 문자가 왔다. 문자까지 차단하지 않은 건 혹시라도 상대방이 사고를 치려고 하면 아내를 지켜야 하기 때문이었다.

[이선혜는 아직도 김지환 만나는 거 같아요]

신경 쓰고 싶진 않지만 거슬렸다.

[우형 오빠, 이선혜가 김지환 좋아한다고, 심지어 〈〈〈〈{{공개적으로}}〉〉〉〉 강의하러 와서 말했어요. 저 좀 만나주세요. T^T 네? 이선혜 강의 저 직접 들었어요]

[(사진)]

우형은 굳은 표정으로 문자는 다시 읽지 않으려 애쓰면서 첨부된 사진만 저장했다. 마이크를 들고 선 아내는 진회색 슬랙스와 도톰한 아이보리 블라우스 차림이었다. 예뻤다. 셀카도 찍지 않고, SNS도 하지 않는 아내의 일상을 담은 사진은 구하기 어려워서 소장가치가 있었다.

"사람 거두세요."

"네?"

자동차 뒷좌석에 홀로 앉은 우형에게 조수석에 앉은 박 과장이 다시 물었다.

"선수금 1억 건네신 거 말씀하시는 겁니까?"

"네."

우형은 왼쪽 가슴 위의 인사이드 포켓에 얇은 핸드폰을 넣고 차 시트에 기댔다. 아내가 김지환을 만나는 건 자신이 어떻게 할 수 있는 일이 아니었지만, 누군가가 내내 그녀를 따라다니는 건 자신의 의지로 막을 수 있는 일이었다.

어차피 주인규의 장단에 맞추어 주느라 버릴 생각으로 1억을 건넸을 뿐이었다. 다른 사람이 계속 그녀의 일상을 염탐할 수도 있겠다고 생각하니 화가 났다. 지금 당장 선혜가 보고 싶었다.

신혼의 순간들

1.

신혼여행 나흘째.

선혜와 우형은 오전 9시쯤 피렌체 산타 마리아 노벨라 기차역에 도착했다. 그리고 데스크에서 얼리 체크인을 하면서야 로마에서와는 달리 피렌체 호텔의 예약된 스위트는 투 베드룸이 아니란 사실을 알게 되었다.

룸 변경을 요청하는 거야 당연히 가능할 터였다. 그러나 선혜는 언제까지 피하기만 할 순 없다는 생각에, 전용 클럽 라운지에서 오늘부터 조식을 먹을 수 있는지 묻기만 했다. 컨시어지의 직원은 이태리 억양이 강한 영어로 거듭 긍정하면서 클럽 라운지의 위치와 해피아워 서비스를 열성적으로 설명했다.

선혜는 와인과 샴페인의 가짓수를 설명하는 말에 집중하지 않으며 우형을 힐긋 쳐다보았다. 우형은 무엇도 더 묻거나 요구하지 않았다.

「행복한 허니문 되시길 바랍니다.」

「감사합니다.」

Grazie. 우형은 가볍게 미소지으며 이탈리아어로 답했다. 선혜는 카드키가 든 페이퍼 홀더를 꽉 쥐고 엘리베이터로 향했다. 키 태그를 하지 않고 엘리베이터 버튼을 먼저 누르는 실수를 하고서는 이를 악물고 혼자 부끄러워했다.

하트모양 웰컴 쿠키와 허니문 플라워 데코가 선혜와 우형을 맞이했다. 아버지의 보좌관이 호텔에 메일을 보낸 모양이었다.

그날 두 사람은 피렌체의 두오모에 올랐고, 오페라 박물관에서 주요 작품만 감상한 뒤, 남쪽의 베키오 다리를 향해 걸었다. 그다음 목적지는 우피치 미술관이었다. 내내 풍경이나 미술작품에 집중하느라 말을 꺼낼 기회가 거의 없었다.

다만 중간에 선혜가 보티첼리의 그림 앞에서 사진을 찍어 달라고 우형에게 부탁한 일이 있었다. 우형이 사진을 몇 개 찍어 보여주었는데 선혜가 구도를 바꾸어 달라고 하는 바람에 새로 사진을 몇 장 더 찍었다. 선혜는 마음에 드는 사진을 골라 전송을 부탁했다. 그 과정에서 열 마디쯤 주고받은 것이 그날 해가 떠 있던 시간을 통틀어 둘 사이에 가장 오래 오간 대화였다.

미슐랭 스타를 받은 레스토랑에서 늦은 저녁을 먹을 때에도, 형식적인 물음 몇 개 외엔 대화랄 게 없었다. 그러나 샤워를 한 뒤까지 같은 상황이 반복돼서는 안 됐다.

"우형아."

선혜는 침실 밖의 우형을 불렀다. 이대로면 우형이 홀로 소파에 누워 잘 것 같다는 생각이 들었다. 룸 변경을 요구하지 않으면서 각오했던 건 불편한 소파에서 우형을 재우는 일은 아니었다.

"부르셨어요?"

선혜보다 먼저 샤워를 마쳤던 우형이 문가에 서서 물었다. 그는 침실 안으로 들어오지 않고, 선혜를 똑바로 바라보지도 않았다. 선혜는 샤워가운만 걸친 채로 하얀 침대 헤드에 기대앉아 있었다.

"편하게 더 들어와도 돼."

선혜는 짐짓 태연하게 말했다. 우형은 여전히 가만히 있었다. 방 깊숙한 곳의 1인용 소파에도 다가가지 않았다.

"우리 뭐가 됐든 좀 솔직하게 대화를 해 보자."

선혜는 침대에 다가와 앉으라는 뜻으로, 우형이 앉을 만한 위치에 있던 베개까지 치웠다. 해야 할 이야기가 길었다. 내내 서 있는 건 불편할 터였다.

"얘기를 좀 하고 싶어. 그다음엔 다른…… 것도 할 수도 있을 거고."

며칠 동안 시차 적응이 되어서 머리도 맑았다.

"부부끼리 이제야 이러는 게 이상하기는 한데, 늦었다고 생각될 때가 이른 때라니까. 그렇지?"

우형이 머뭇거렸다.

"네."

"이제 친해져야지. 노력해 보자. 내가 더 애쓸게."

생각해 보면 만난 지 두 달밖에 안 된 여섯 살 연상과의 결혼에 더 당혹스러운 건 우형일 확률이 높았다. 선혜 역시 많은 나이는 아니었지만, 우형은 고작 스무 살이었다.

"……어떻게요?"

우형의 물음은 퍽 조심스러웠다. 방 입구에만 멈추어 있는 건 여전했다.

"내가 어떻게 해 줬으면 좋겠는데?"

선혜는 이리저리 배회하는 우형의 시선을 지켜보며 오래 기다렸다.

"……확실하진 않아요."

당장 답을 내놓으라 다그칠 생각은 없었다. 선혜는 질문 자체가 버거울 수도 있다는 점을 이해했다. 그렇다면 먼저 자신의 입장을 들려주는 게 좋아 보였다.

"있잖아. 난……."

열 시간이 넘는 비행 동안, 그 이후에도 쭉 열심히 정리한 생각을 꺼냈다.

"사실 내가 이 시점에 결혼할 거라고는 생각도 못 했어. 연애마저 우선순위에서 한참 뒤로 밀려 있었는데, 결혼은 뭐, 딴 세상 얘기였지. 몇 달 전만 해도."

여전히 딴 세상 얘기 같기도 했다.

"불타오르는 사랑과 좋은 결혼은 다른 영역에 있다고 생각해. 부모님이 그런 환상을 가진 딸로 나를 키우지 않았지. 그러니까 난 이 상황에 큰 불만은 없어. 갑작스러운 거랑은 별개로. 게다가 이미 돌이킬 수도 없잖아."

바꿀 수 없는 것에 대해서는 가능한 한 빨리 단념해야 한다. 선혜는 정확한 상황판단과 효율적인 의사결정을 최고의 모토로 생각하는 사람들이 가득한 환경에서 주 7일을 일하는 기획자였다.

"넌 더 이 결혼을 예상하지 못했을 것 같아. 스무 살일 때의 날 생각해 보면? 음. 물론 내 짐작이 맞지 않을 수도 있겠다. 우린 다르니까. 너는……."

독백이 길어졌다. 우형이 끼어들지 않으니 그렇게 됐다. 침묵이 찾아오면 더 어색할 것 같아서 부연하게 되는 것도 말이 길어지는 원인이었다.

"스무 살의 나랑은 완전히 다른 수준의 미래를 그리고 있잖아."

E그룹 지배를 원한다고 했다. 그래서 아버지와의 거래에 응했고, 이른 나이에 결혼한 것이다.

솔직하게 말하자면, 선혜는 아버지가 짠 계획에 회의적이었다. 연봉 3천을 받는 소비자의 지갑에서 5천 원을 꺼내는 것도 힘들고, 1조 원쯤 되는 돈을 굴리는 투자자들에게 10억을 투자받기도 힘들다.

그러니 공식적으로 인정받은 후계자 주인규로부터 E그룹 전체를 빼앗는 일의 난이도가 어떠할지는 짐작도 가지 않았다. 게다가 경영권의 승계는 주주들과 이사회의 지지가 필요했기에 단순한 지분 상속과는 또 다른 문제였다.

　마약 및 도박 관련 범죄로 주인규가 유죄판결을 받게끔 만드는 거야 가능할지도 몰랐다. 그러나 그로 인해 우형이 E그룹의 총수가 되는 건 당연한 결과가 아니었다. 전과자도 당연히 주식을 상속받을 수 있다. 전과자라고 의결권이 제한되지도 않는다. 게다가 선혜가 알기로는 청렴한 도덕성이 대한민국 사업가들에게 필수적인 덕목이었던 역사가 없었다.

　그래도 우형 앞에서는 비관을 드러내지 않기로 했다. 우형에겐 그의 편인 가족이 아무도 없었다. 그렇기에 그의 아내는 무조건적인 지지자가 되어 주어야지, 비관적인 회의론자가 되어서는 안 될 것 같았다.

　"네가 바라는 대로 될 거야. 반드시."

　확신을 가진듯이 말했다.

　"나도 언젠가는 E그룹 회장님 사모님이 되겠지."

　회장님 사모님이 되고 싶은 마음이 간절하진 않았다. 그러나 직전의 대사로, 야망에 찬 것처럼 보일 것 같기는 했다.

　선혜는 눈이 높은 편이라 검소한 소비와 절약에는 자신이 없었다. 그런데 그렇다고 수천억, 수조 원의 재산을 가진 남편이 절실한 건 절대 아니었다.

　선혜는 자기에게 필요한 만큼은 직접 벌어서 쓸 생각이었다. 당장은 수입이 적더라도 자신의 능력과 가능성을 믿었다.

　선혜가 정략결혼의 대가로 바란 건 밈플레잇에 대한 단기적인 현금 제공뿐이었다. 결혼을 통해 얻고자 한 건 이미 다 얻은 셈이었다. 그 외엔 이 결혼과 관련한 별다른 욕심이 없었다.

이른 시기에 결혼을 한 건 계획에 없던 일이었으나, 덕분에 결혼이라는 중대사를 인생에서 빨리 끝내 놓았다고 생각하면 다행인 점도 있었다. 어머니와 아버지의 성에 차면서 같이 살 수도 있을 것 같은 남자를 찾아내기 위해 수십 번씩 선을 보는 일을 피할 수 있게 된 것부터가 그랬다.

우형이 마음에 들기도 했다. 부모님이 점찍어 주는 다른 상대 중에 더 괜찮은 남자가 없을 것 같다는 생각이 들 만큼. 예비신랑은 놀라울 정도로 잘생겼고, 성격도 나쁘지 않아 보였다. 합격한 대학도 명문대고, 기본적인 배려와 매너도 훌륭했다.

"아무튼, 내가 얘기하고 싶었던 건, 네가 바라는 게 내가 원하는 거라는 거야. 우리 잘해 보자."

결과적으로 우형이 주 회장에게 인정받지 못하더라도, 가계 수입 증가를 위해 노력하는 염치만 잃지 않는다면, 선혜의 눈에 우형은 완벽한 남편감이었다. 물론 지금 우형에게 자신이 기대하는 건 그뿐이라고 말할 수는 없었다. 가치와 가능성을 평가절하당하고 있다고 오해하게 되면 안 되니까.

"원하는 자리에 갈 때까지 열심히 협력할게."

선혜의 어머니는 아버지의 꿈을 한결같이 응원하는 지지자였다. 좋지 않은 결과가 뻔한 상황에서도, 어머니는 항상 당신을 믿는다고, 당신은 잘 해낼 거라고 말했다.

아버지는 그런 어머니에게 진심으로 고마워했다. 중매로 맺어진 부부는 처음에는 서로를 사랑하지 않았더라도, 어머니의 흔들림 없는 지지로 사랑보다 더한 유대감을 갖게 되었다.

선혜는 엄마처럼 전업주부로 살 생각도, 강남 사모님들 사이의 평판에 목을 맬 생각도 없었다. 그러나 화목한 가정을 만들어 온 노력은 깊이 존경했다.

선혜는 어머니가 아버지에게 할법한 말을 했다.

"우형아. 네가 해낼 거라고 믿어. 너와 법적, 경제적 공동체로 묶인 파트너가 되기로 정한 건 네가 해낼 거라 확신했기 때문이야. 지금도 확신하고."

"……."

"나도 도울 수 있는 게 있으면 최대한 도울게. 커리어, 경제적인 지원, 경영권이나 법적 분쟁, 뭐든지 협조가 필요하면 말해. 성실하게 네 상황에 관한 공부도 할게. 난 너한테 있어도 그만, 없어도 그만인 파트너는 아닐 거야."

앞으로 다가올 각종 문제 상황 앞에서 민폐 덩어리가 되지 않을 자신은 있었다.

"혹시 대외적으로 나한테 더 바릴 게 있을까?"

우형은 가만히 선혜의 어깨를 봤다.

선혜는 그에게 지금 무슨 생각을 하고 있는지 묻고 싶었지만, 왜인지 전과 같은 '확실하진 않다'는 답만 돌아올 것 같아 묻지 않았다.

"천천히 생각하고 얘기해 줘. 맞춰갈 수 있는 부분은 맞춰 가자."

오랜만에 말을 많이 해서 목 안이 까끌까끌했다.

"……네. 알겠어요."

선혜는 우형의 표정이 쓸쓸해 보이는 건 기분 탓이리라 생각했다.

"또, 있는데."

침을 삼켰다.

"밖에서 안 자도 돼."

말해 버렸다.

"우리 이제 부부야. 법적으로 묶인 게 다는 아니잖아."

선혜를 하루 내내 긴장시켰던 건 조금 전까지 논한 게 아니라, 그다음에 꺼내야 할 화제였다.

2.

결론만 말하자면 선혜와 우형은 피렌체에서 섹스하지 않았다.

우형은 성적인 함의를 이해한 듯 보였으나, 침대로 더 다가가지 않았다. 선혜는 그 이유를 정확히 알지 못했고, 우형은 그 이유가 명확하다고 생각했다.

3.

로마, 피렌체, 밀라노를 거쳐 그다음은 파리와 런던이었다. 파리로 가는 비행기 체크인 후, 선혜는 면세점을 거닐며 통화했다.

—혹시 무슨 사고나 애로사항이 있으신가요?

"아뇨. 특별히 무슨 일이 있는 건 아니에요."

상대는 신혼여행 스케줄을 짜 준 여행사 대리였다. 우형은 와인

코너 앞에서 직원으로부터 추천을 받고 있었다.

—뭐라도 불편하신 게 있으시면 최대한 조정 가능한 쪽으로 바꾸어 보겠습니다!

목소리가 크게 들려 볼륨을 낮췄다. 한국에서도 그랬지만 담당 대리는 어마어마하게 텐션이 높았다.

"대리님. 다른 게 아니라, 예비신랑이랑 다시 한번 논의해서 최종적으로 여행 일정을 정하기로 했었잖아요."

—네! 맞습니다.

"제가 여행 오기 전에는 바빠서 제대로 확인을 못 했고, 비행기 타서야 일정을 싹 확인했는데……."

—음. 혹시 뭔가 문제가 있나요?

"아니요. 그건 아니고, 일정이 너무……."

선혜는 우형이 있는 곳을 한 번 더 보았다. 목소리가 잘 들릴 거리가 아니었다.

"제가 원했던 대로만 나왔거든요. 예비신랑 의견이 누락 된 거 아닌가 싶어서요. 남편한테 물어보니까 자기도 바란 대로 나온 거라고 하긴 했어요."

처음엔 그냥 그런가보다, 했다. 그러나 시간이 지날수록 그가 2주 동안 평균 6시 기상의 하드코어한 미술관·성당·유적지 탐방을 바랐을 것 같지는 않다는 생각이 짙어졌다. 많은 활동량에 피곤해하는 기색은 없었으나, 그가 자신만큼의 회화 애호가가 아니라는 것만은 확실했다.

"그냥 저 편하라고 거짓말을 하는 건 아닌지, 남편 의견이 더 많이 반영된 백업 플랜이 있었다면, 지금이라도 조정 가능할지 궁금해서 전화 드렸어요."

─어머나. 진짜 금슬 좋으시네요. 부럽다아. 좋은 시간 보내고 계시군요!

"아뇨, 전혀 아닌…… 아니, 나쁘단 건 아니고, 아무튼 그래요."

여행사 직원에게 불러 준 목록에서 단 하나의 미술관도 빠지지 않았다.

핸드폰 저편의 대리는 선혜와 먼저 상담을 할 때 가안을 보여 주며, 이건 신혼여행보다는 고전 미술에 심취한 여대생이 빡빡한 일정으로 나 홀로 유럽여행 계획을 세울 때나 시도해 볼 스케줄이라고 했다. 그런데 바로 그 스케줄을 따라 일주일이 넘도록 열심히 빡빡하게 돌아다니는 중이었다.

제대로 된 프로세스를 거쳤다면, 우형의 의견에 따라 일정이 바뀌어야 했다. 가안에서 미술관 방문이 절반 정도는 삭제될 걸 각오하고 있었다. 그런데 하나도 바뀌지 않았다.

─진짜 완벽한 부부시네요.

"대리님?"

─근데 예랑님이 더 복 받으신 거 같아요! 예신님도 어마어마한 미인이시지만, 전 예랑님이 사무실 들어오시는데 뒤에서 번쩍 번쩍 후광이 비춰서, 얼굴로 스크린 씹어 먹을 예정인 신인 배우이신 줄 알았어요. 그래서 예신님이 더 복 받으신 줄 알았는데! 어쩜 여행지에서 이런 배려까지 하시다니!

대리의 목소리가 우형에게 들릴까 걱정이었다. 선혜는 괜히 레몬

캔디를 보는 척하며 우형에게서 더 멀어졌다. 우형은 이제 계산대 앞에 줄을 서 있었다.

"혹시 일정 조정이 가능하면 저한테 바뀐 일정 메일로 보내 주시겠어요? 여행 떠나기 전에 보내 주신 플랜B는 보니까 그것도 거의 제가 원하는 일정들뿐이라서요."

─앗. 플랜B도 딱히 예랑님 아이디어는 아니었어요!

"네?"

─예랑님은 미팅 때 그냥 그대로 컨펌하셨어요. 미술 좋아하시는 예신님이 원하는 일정이라고 했더니 펼쳐 보지도 않으시고 오케이.

"······."

─워낙 묵게 되실 호텔들이 다 좋으니까, 저는 일정이 너무 하드하다 싶을 때는 무리 마시고, 그냥 미술관 관람 포기하고 호텔에서 쉬는 쪽으로 합의 보시는 걸 추천해 드리긴 했어요.

삑. 삑. 바코드를 찍는 소리가 유독 크게 들렸다. 빠르게 사인을 마친 우형이 직원에게 영수증을 건네주며 감사하다 말하는 게 보였다. 그가 계산한 물건들을 넘겨받았다.

─신혼여행에 호캉스 좋잖아요. 호캉스. 그때 알았다고 하시긴 하셨는데, 제가 지금이라도 다른 액티비티 같은 것들 알아볼까요? 예랑님은 즐기시는 스포츠나 다른 취미가 있으실까요?

아는 바가 없었다.

"아뇨. 대리님."

─네?

우형이 다가왔다. 와인과 더불어 치즈를 두어 개 계산한 모양이었다. 밀봉된 비닐 팩 안의 형태로 보건대, 선혜가 좋아하는 생모 짜렐라였다. 구매한 와인은 선혜가 며칠 전 '프랑스에서 구하기 힘들면 한 병쯤 사고 싶다'라고 별 의미 없이 말했던 빈티지였다.

"그냥 이대로 갈게요."

—네! 예랑님이 다 사랑의 마음으로 그러신 거니까, 맘 편하게 즐기고 오세요! 고전 회화 진짜 좋아하신다면서요. 특히 르네상스!

"네. 감사드려요."

통화가 끝났다.

그날 저녁 선혜는 호텔에서 우형이 산 와인과 모짜렐라를 먹었다. 와인을 마셔도 될까, 물었을 때 우형이 냉장고에서 치즈를 꺼내 썰어 주었다.

와인을 꽤 마시고도 바로 잠들지 못했다. 시차 적응 핑계를 대기엔, 유럽에 온 지 벌써 일주일이 넘은 상태였다. 한참을 뒤척였다. 우형은 다른 침실에 있었다. 체크인하면서 우형이 베드룸이 두 개인 방으로 바꾸어 달라 요청했기 때문이었다.

도대체 무슨 생각인지 알 수 없다. 기분이 이상했다.

4.

예보에 없던 비가 내렸다. 순식간에 물에 젖은 생쥐 꼴이 됐다.

콜록. 낮은 온도에 기침하는 선혜에게, 우형은 당연하단 듯이 코트를 벗어 덮어 주었다. 그는 빠르게 지갑만 옷에서 빼냈다.

"금방 우산 사 올게요. 조금만 기다리세요."

뭐라 답하기도 전에 우형은 다시 빗속으로 뛰어들어 갔다. 멀리 있는 에펠탑과 어울리는, 영화 같은 장면이었다. 선혜는 우형의 코트를 꽉 부여잡고 시선으로 그를 좇았다.

여자를 두 명쯤 가둘 수 있을 것 같은 넓은 어깨는 뒤에서 볼 때 더 위압적이었다. 마냥 날렵할 거란 추측과는 다르게, 젖은 셔츠 아래로 두툼한 근육이 드러났다.

지잉. 코트가 떨렸다. 선혜는 화들짝 놀라서 옷을 살폈다.

위치상 선혜가 아닌 우형의 핸드폰이었다. 타인의 핸드폰을 꺼내서 보는 취미는 없지만, 전자기기를 물에 젖은 채로 두는 게 좋지는 않을 거란 생각에 주머니에 손을 넣었다. 선혜는 자신의 옷 중 마른 부분을 찾아내 물기를 꼼꼼히 닦았다.

지잉. 다시 핸드폰이 울리며 메시지가 액정에 떴다. 시선이 닿은 곳에 뜬 한국어를 읽은 건 불가항력적인 일이었다.

[주우형 존나 답이 없어—— 빡치게—— 씹지마라 ㅅㅂ]

지잉.

[늙은아줌마는잘따먹고있냐? 비위는안상하ㅁ?]

지잉.

[왜너안 데려왔냐고 이논들이존나갈구는데 ㅅㅂㅅㅂ 너 한국오

ㅁㅕㄴ 빼지매

물기를 전부 걷어 내고, 반대편 주머니에 다시 핸드폰을 넣었
다. 그쪽은 비에 흠뻑 젖어 있지 않았다. 선혜는 표정 하나 변하
지 않고 우형을 기다렸다.

"많이 기다리셨어요?"

"전혀."

우산 하나를 받으려 손을 뻗었다. 우형은 우산을 바로 주지 않
았다. 봉지를 다 벗기고 태그까지 제거한 상태가 되어서야 끝을
잡고 넘겨주었다. 손잡이가 선혜의 손에 들어갔다.

"여기요."

선혜는 생각했다. 우형의 친구가 보낸 메시지에도 불구하고, 낮
은 확률이지만 우형은 정말 자신을 좋아하고 있을지도 모른다고.

남자의 호감 자체는 낯설지 않았다. 10대 시절엔 청담동에 살
며 대형기획사 연습생들이 많이 다니던 중고교를 나온 탓에 손꼽
히는 교내 인기인이었던 적은 없었지만, 연례행사쯤으로 1년에
1~2회 정도는 뜬금없는 고백을 받았다. 대학에 들어간 뒤엔 대시
가 더 늘었다.

동시에 그렇게도 생각했다. 높은 확률로, 자신에게 잘 보여야
만 하는 다른 이유가 있을 거라고.

선혜는 코트를 벗어 돌려주었다. 지잉. 지잉. 연속해서 진동이
울렸다. 우형은 핸드폰을 꺼내 액정을 보더니 인상을 썼다.

"친구?"

"아뇨."

우형은 액정을 터치해서 잠금을 해제했다.

"급한 건가 봐."

"스팸인데 자꾸 와서 차단하려고요. 분리수거도 안 되는 쓰레기 같은 내용이에요."

말투가 여태껏 들어 본 적 없이 차가웠다. 선혜는 이를 악문 우형의 표정을 보았다.

문자를 몰래 보았을지도 모른다는 생각에 급조해 낸 연기인 것 같진 않았다. 그러나 동시에, 핸드폰이 들어 있는 주머니가 바뀌어서 놀라 연기하는 것일 수도 있었다. 무엇이 진실인지 판단할 수 있을 정도로 우형을 잘 알지 못했다.

"호텔로 가자. 옷 갈아입어야 할 것 같아."

"네. 제가 택시 잡을게요."

어찌 되었건 그를 둘러싼 사람들이 그녀를 둘러싼 사람들과 비슷한 종류라는 건 변함없었다. 밈플레잇에서 같이 일하는 사람들을 보며 확실히 알아가는 중인 게 있었다. 우형이라고 특별히 다를 거라 기대하는 건 바보 같은 짓이었다.

설령 당장 그렇지 않더라도, 돈과 권력을 좇아 달리는 사람은 언젠가는 추하게 변한다. 선혜는 우형이 결혼을 선택한 이유를 잊지 않았다.

"우형아."

"네."

"너무 애쓰지 마."

우산을 펼쳤다. 서로 다른 우산 아래에 있었다. 비를 막아내기 위한 얇은 쇠로 된 살들은 각자의 공간과 둘 사이의 간격을 만들어 냈다.

"혹시 몰라서 하는 말인데, 나는 너한테 첫눈에 반해서나, 너랑 사랑하고 싶어서 결혼한 게 아니야."

"……."

"20년이 지나도 나한테 똑같이 할 수 있을 것 같은 만큼만 해. 장기적으로 봤을 때 그게 서로한테 더 좋아. 부부 사이엔 그렇더라."

결혼식 당일에 어머니는 새벽같이 샵에 와서 선혜의 곁에 앉았다.

'결혼을 잘하면, 많은 걸 가지게 돼.'

그녀는 선혜의 손을 꽉 붙잡고 놓아주지 않았다.

'그러니까 가질 수 있는 것들에 만족해. 다른 건 기대하지 마.'

악력은 거세지기만 했다.

'믿는다는 확신을 주어야겠지만, 정말로 믿지는 마.'

선혜는 엄마가 펑펑 울던 날을 기억했다.

중학교 2학년 1학기, 기말고사가 마무리될 즈음이었다. 자세한 내막이야 누구도 설명해 주지 않았지만, 아버지가 어머니가 아닌 여자와 짧은 부정을 저질렀다는 것 정도는 그때에도 알 수 있었다.

엄마는 막내딸의 기말고사가 끝나는 날 외할머니와 외할아버지가 있는 LA로 갔다. 언제 돌아오겠단 기약도 없었다. 기다렸던 방학이 목전인데도 엄청나게 초조했다.

귀환은 2주하고도 사흘 뒤였다. 다시 서울로 온 엄마는 전과 같았다. 아무것도 변한 게 없었다. 그녀는 이후에도 항상 아버지의 편이었고, 변함없이 그를 믿는다고 말했다.

"그래도 네 편일 거야."

우형의 표정이 보이지 않았다.

"앞으로 시간이 쌓여 갈수록 많은 게 변하겠지만, 그래도 변치 않고 널 믿을게."

선혜는 자신의 말이 의미하는 바가 확실하다고 생각했다. 우형은 눈앞의 선혜를 이해할 수 없었다. 그러나 이해한 척 굴기로 했다.

그녀의 마지막 말들은 모든 감각을 얼얼하게 만들 만큼 달았고, 비 오는 파리의 풍경은 사랑에 빠졌단 걸 받아들인 날을 기억나게 했다.

개입

1.

신입사원 주우형에 대한 소문이 E전자 강남 사옥 주변을 떠돌았다. 근처 디저트샵과 식당, 사옥 1층에 입점한 프랜차이즈 카페, 지하의 구내식당, 실외 흡연 구역, 각층의 탕비실, 휴게실, 수많은 화장실 세면대 앞…… 장소를 가리지 않고 어디에서나.

소속은 무선사업부. 나이는 스물일곱. S대 출신. 어린 시절을 LA에서 보낸 덕에 영어 능통. 키는 아마도 185 이상 188 이하.

얼굴은 말할 것도 없고, 태평양 같은 어깨를 비롯한 압도적인 피지컬. 주로 한다는 운동은 테니스와 수영. 취미는 바이올린.

놀랍게도 결혼 8년 차 유부남. 대권 주자로도 종종 거론되는 이성창 의원의 사위. 그리고 무엇보다, 공식적으로 확인된 바는 없지만, E그룹 총수인 주희철 회장의 둘째 아들. 주 회장의 부인인 E대 정혜윤 교수의 아들이 아닌, 사생아.

"그럼 회장님이 떨어뜨린 낙하산인가? 주인규 상무 대신 키우려고 핵심부서에 꽂힌 거야?"

"공식적으론 아니래요. 진짜 자소서 쓰고 적성도 보고 공채로 들어와서, 인사팀에선 임원면접 들어갈 때까지 회장님 아들인지 몰랐다던데."

"지금 인사부 무시하냐?"

"야야. 거기 거의 국정원이야. 말이 되는 소리를 해."

"저는 서류는 모르고 통과시켰을 수도 있을 것 같습니다. 신입사원 평균 스펙 고려해도 꿀리는 게 없지 않습니까."

"나도 그쪽에 한 표. 주씨가 찾아보니까 유달리 우리 그룹에 많아. 주씨들이 E그룹 선호하는 건지, E그룹이 주씨를 선호하는 건지, 암튼 전국평균보다 높아."

"그래, 그래. 서류까진 인사부 실무진이 별생각 없었을 수 있긴 하지. 근데 임원들 얼굴 보기 직전에야 알았단 건 너무 나갔다."

"아무튼, 어떻게 될 것 같냐? 주인규 상무님 나가리?"

주우형을 주제로 한 수다는 항상 경영권의 향방으로 귀결됐다.

주 회장의 장남인 주인규 상무이사가 교도소에 들어갈 때만 해도 '도박 및 폭행, 마약 전과에도 불구하고' E그룹은 결국 주 회장 장남의 손에 떨어지게 될 거라고 모두가 확신했다. 주 회장의 장남 편애는 여러모로 굉장했다.

"그러기엔 우리 회장님이 장남을 너무 사랑하시지 않나?"

"그 비상한 총명함이 장남 앞에만 가면……."

"교수님은 또 가만히 계시겠냐. 처가 지분 싹 뺀다고 생각하면 그룹 지배가 안 될 것 같은데. 국민연금 등에 업고, 개미들 지지받고 외국계 헤지펀드들 싹 다 주인규한테서 돌아서지 않는 이상."

"근데 김지승 전무님이 상무님이랑 척졌단 얘기 못 들으셨어요? 주우형 라인 서기로 한 거라는 소문이 있어요. 전무님도 뭔가 각이 나오니까 그러셨겠죠."

"장인빨도 있겠지. 생각 없이 스무 살 꼬꼬마한테 그냥 딸 보냈겠냐?"

"근데 우리 신입사원님은 얼굴이 개연성이잖아요."

갑자기 숙연한 분위기가 됐다. 회장님 아들이란 점을 제외하더라도, 그 얼굴과 몸을 생각하면 가진 것 없이 의원 딸이랑 결혼을 못 할 것도 없어 보이긴 했다.

"어쨌거나, 첫째 아들 사랑이 둘째 아들 사랑이 못 될 게 뭐야. 장남 사랑도 대를 이을 핏줄에 대한 집착 때문에 그러시는 거잖아요."

"다들 그만. 아직 회장님 정정하시니까 수십 년 뒤 일입니다. 전 못다 쓴 기획안 쓰러 먼저 올라가겠습니다."

"나도 감. 우리 귀요미들, 나 대신 컵이랑 접시 정리 부탁해."

"예에. 올라가십쇼."

"그래도 저는 우리사 차원에서는 좋은 긴장인 것 같아요. 상무님도 이제 사생활 정리하고 정신 차리셔야지. 경쟁이 발전을 만드는 거잖아요."

"무슨 소리야. 주 상무 성격에. 생산적인 경쟁 같은 소리 한다. 깽판으로 기물 파손이 먼저 우려되는구먼."

"안 그래도 맨날 불러내잖아요. 상무님 출근의 이유 이퀄(=), 주우형 사원. 알고 보면 세기의 찐사랑이라고 다들 그러던데요. 이거슨 진정한 브로맨스."

사원들은 숨죽여 웃고 난 뒤 자리를 슬슬 정리하기 시작했다. 디저트샵에는 손님이 별로 없었지만, 그들은 혹시 사주일가에 대한 뒷말을 엿들은 사람이 있을까 봐 미어캣처럼 주변을 살폈다.

그들만 그런 것이 아니었다. 비슷한 수다가 곳곳에서 조금씩 다른 형태로 반복됐다. 주우형이라는 어마어마한 미남이 사옥에 발을 들였던 올해 봄 이후부터 한결같이.

시간이 흘러 조금은 시들해지나 싶었는데, 주인규 상무가 얼마 전 가석방된 뒤 다시 불이 붙었다. 싸움 구경만큼 재밌는 것도 없는데, 우형의 비주얼이 흥미를 배가 되게 하는 흥행요소로 작용했다.

2.

우형이 특별한 건 얼굴만이 아니라는 게 드러나기 시작한 건 신입사원 연수 첫날 오후부터였다.

성이 주씨라는 것이 첫 소개 때부터 미묘한 농담의 소재가 되었는데, 저녁 시간이 오기 전에 인사팀 과장이 임원분들이 찾는다며 우형을 따로 불러낸 것이다.

우형은 연수가 진행되는 강당 건물 밖에서 임원들과 이야기를 나누다가 그들의 차에 올라 연수원을 떠났다.

정확히 무슨 이야기를 나누는지 멀리서 알 수는 없었지만, 우형의 앞에서 오히려 임원들이 긴장하는 기색인 건 창문 근처에서 그들을 주시하던 동기들 눈에도 보였다.

그럴 만한 이유로 상상할 수 있는 거야 뻔했다. 아침드라마의 핵심 플롯을 충실히 학습해 온 20, 30대 신입사원들은 모두 같은 결론에 도달했다. 게다가 우형은 그 이후로 다시 연수를 받으러 돌아오지 않았다. 교육을 맡은 직원 누구도 우형의 행방을 공채 동기들에게 알려 주지 않았다.

처음엔 E그룹 방계일지 모른다는 추측도 있었다. 그러나 주희철 회장이 3대 독자이고, 촌수가 먼 친지들과 전혀 가깝지 않다는 점을 고려하면 직계라 보는 게 타당했다.

의문의 화살은 우형의 동창들에게 돌아갔다.

"주우형이요? 제 두 학번 후배고, 정말 가끔 테니스 쳤는데, 딱히 친하진 않았습니다. 특별히 친한 사람이 있긴 했는지도 모르겠습니다."

친하지 않다고 해도 다른 사원들이 곁에 붙어 물음을 쏟아 냈다. 모든 게 궁금하니까 뭐라도 뱉어 내라고.

우형이나 인사팀, 혹은 사주일가 사람들에게 직접 물을 수가 없으니 그나마 대안이라 찾아낸 게 다른 S대 출신 평사원들이었다. 경영대 출신들에 대해서는 더 집요한 질문이 퍼부어졌다.

"으음. 이성창 의원 사위인 건 거의 다 알았어요. 아, 의원 사위로 알려진 게 아니고, 반지 나눠 낀 게 여친이냐고 물어보니까 '아, 저 유부남이에요.' 웃으면서 그랬는데, 누구랑 했냐고 또 물어보니까 그 상대가 저희 단과대 선배라잖아요. 이선혜 선배. 의원님 딸. 그분도 학교 다닐 때 꽤 유명했죠. 여러 가지로."

"걔 지갑에 와이프 사진 넣고 다녀요. 프사 배경도 결혼식 사진이잖아요. 알 만한 사람들은 딱 보면 이선혜구나, 알죠. 베뉴는 신라호텔 영빈관. 제가 기억하는 한 프사 배경 그 웨딩 사진에서 적어도 3년 동안은 바뀐 적이 없어요. 3년 전에 제가 친구추가 했거든요."

"우형이? 나랑 계절학기 팀플 같이 했어. 나는 재수강이고, 우형인 졸업 빨리하려고 1학년 때부터 계절학기 많이 들었거든. 따라 듣는 여학우들 좀 있었어. 들이댈 생각은 걔들도 조금도 없었을 거고. 그냥 선망? 덕질하는 느낌적인 느낌?"

"잘 웃는 편인데, 이상하게 싸합니다."

"와이프 자랑이나 칭찬 은근 좋아한다는 썰이 있는데, 그냥 썰이겠죠. 아무래도 와이프가 우리 학부 선배니까 뭐가 맘에 안 들어도 대놓고 욕은 못 했겠지."

"사생아 루머 있긴 했어요. E그룹 공채 쓴다는 소식 듣고도 전 긴가민가하기는 했는데요."

같은 S대 동창들이 우형이 이성창 의원의 사위이며, E그룹 사생아란 소문이 원래부터 있었다는 점까지 알려 주자, 잘생기고 똑똑한 줄만 알았던 신입사원이 엄청난 금수저이기까지 하다는 게 기정사실화됐다.

"나쁜 얘기 없어?"

"유부남인데도 여자 후배한테 고백받은 적 있다는 소문? 사실이 아닐 확률도 높아요. 근데 진짜라고 해도 그건 꼭 주우형 사원이 잘못한 거라고 보긴 그렇죠."

묻고 물어도 우형에 대한 욕을 하는 이는 거의 없었다. 사실은, 전혀 없었다. 거리감이 느껴지고 싸하게 굴 때가 있다는 것 정도야 특별히 부정적인 평가라 보기도 어려웠다.

그리고 E그룹 내에서 실제로 그를 겪은 사람들도 하나같이 말했다. 주우형은 듣던 그대로라고. 성실하고, 일머리가 있는 것 같고, 잘 웃고, 주변 사람들과 대화도 잘 주고받는데, 이상하게 친해지고 있다는 느낌은 전혀 안 들고, 어쩐지 싸한 구석이 있어서 어렵다는 평가가 줄을 이었다.

우형은 친목만을 위해 늦게까지 술을 퍼마시는 회식 자리는 피하는 편이지만, 그렇다고 친목 모임을 전부 피하는 건 아니었다. 어느 자리든 끼면 적당히 사교성 있게 처신했다. 나이 많은 상급자들 앞에서는 평소보다 조금 더 싹싹하게 굴어서, 회장 아들이라 거만하게 행동한다는 생각 역시 들지 않았다.

점심은 팀원들과 같이 구내식당에서 먹었다. 공채 동기들이 사내 메신저로 부르면 동기들과 근처 맛집에서 식사를 함께하기도 했다. 이런저런 화제로 말을 주고받다 보면, 아내에게는 상당히 다정다감한 남편일 거란 티가 났다. 어쩐지 타인에게 벽을 치는 차가운 스타일이란 생각이 종종 들긴 해도 출신 배경이나 가족관계를 생각하면 충분히 이해할 수 있는 부분이었다.

망나니인 첫째 아들과 나이 터울이 한참 나는 막둥이 딸밖에 남지 않았다고 생각되었던 주 회장의 자녀 목록에 주우형이라는 똑똑하고 성격까지 모난 데 없는 미남이 끼어들자, 결국, 그를 둘러싼 모두가 한 가지 생각에 이르렀다.

주우형이 주인규의 자리를 빼앗을 수도 있겠다고. 이 거대한 재벌그룹의 경영권이 수십 년 뒤에 주인규가 아니라 저 주우형의 손에 떨어질 확률이 분명히 존재한다고.

우형이 입사했을 때, 주인규는 범죄를 저질러 교도소에 갇혀 있는 상황이었다. 겉으로 티는 내지 않아도, 주인규가 주희철 회장으로부터 경영권을 승계받지 못했으면 하는 마음을 가진 사원들이 많았다. 처음엔 오로지 자극적인 소재에 끌려 흥미만을 가지고 묻던 질문이 점차 변질되었다.

"혹시 회장님께서 다른 생각을 하게 되실 수도 있을까?"

"아버지랑 친한 것 같았어? 와이프 말고 다른 가족 얘기 들은 적은 없어?"

남몰래 저울질을 시작한 임원들도 점차 증가했다. 주인규가 가석방되어 돌아온 지금도 저울질하는 임원들은 점차 늘어만 갔다.

물론 그러한 현실을 절대로 받아들이고 싶지 않은 사람들 또한 있었다. 그중에서도 독보적인 한 사람이 바로 주인규 상무이사였다.

─주우형 사원님. 주인규 상무님께서, 10분 안에 옥상으로 올라오시라고 합니다.

우형이 내선전화로 주인규의 부름을 받는 건 정착된 일과였다.

같은 팀의 상급자들마저 그 사실을 알아, 우형이 주 상무와 보낼 시간을 고려해 업무를 할당해 주려고 하기까지 했다. 당연히 우형은 한사코 거절했다. 최근 우형의 잦은 야근은 주인규의 공이 컸다.

"네 알겠습니다."

심지어 주인규는 우형이 저녁 시간을 넘겨 퇴근하는 길에 우형을 멈춰 세우기까지 했다. 주 상무는 저녁도 먹지 않은 우형을 술집에 데려갔고, 2차, 3차를 가자고 하며 놓아주지 않았다. 그러면 금방 새벽이 됐다.

"저 잠시 밖에 다녀오겠습니다."

"그래요. 너무 맘 쓰지 말고."

"네."

걱정스레 쳐다보는 옆자리의 사수에게 우형은 괜찮다고 웃어 보였다. 우형은 오후부터 서서히 쌀쌀해지기 시작하는 날씨를 고려해, 얇은 코트를 챙겨 사무실을 나갔다.

3.

"너 진짜 안 되겠더라. 와이프한테 사람을 뭐 그렇게 어설프게 붙여, 어?"

옥상을 포함해서, E전자 사옥 전체가 금연구역이 된 것이 10년 전쯤의 일이었다. 그런데도 주인규는 담배 연기를 뿜어내는 데 거침없었다. 사원들은 주인규가 사무실을 너구리굴처럼 만들지 않고 옥상에 올라가서 담배를 피운다는 게 오히려 놀라운 부분이라 생각했다.

"야, 들켜서는 안 될 거에 돈 쓸 때는 무조건 현찰박치기야. 새겨들어. 알았어?"

"네."

"꼬리 더 잡히기 전에 사람 뺀 건 잘했어. 모험보단 나아."

우형이 주인규의 앞에 섰다. 기골이 장대한 건 집안 내력이라 둘 다 시선이 높았다. 어깨가 직각으로 넓게 뻗어 있고, 선이 곧은 자세도 비슷했다. 다만 주인규 쪽이 머리가 좀 더 크고 뱃살이 있는 편이었다.

"근데 진짜 수표가 뭐야, 수표가. 이 새끼 일머리가 이렇게 맹해서야. 사회 감각 부족하고 상식 없다는 얘기 많이 안 듣냐?"

"앞으로 노력하겠습니다."

"너 생각해서 그러는 거야. 마누라 구린 구석 잡고 있으면 편해지는 게 많다고."

"네."

누가 들어도 성의 없는 답변이었다. 주인규는 담배를 물고 우형을 위아래로 훑었다. 어제도 어지간히 늦은 시간에 보내 줬는데 정시출근을 했다고 들었다. 꼴도 아주 멀쩡했다. 젊을 때니까 가능한 거란 생각이 들면서도 짜증이 솟았다. 그에게서 조금씩 증발해 가는 젊음이 눈앞의 사생아에겐 가득했다.

"잠은 좀 자고 나왔나 보네. 눈에 핏발 선 것도 없고."

"원래 수면 시간이 길지 않은 편입니다."

"달리 힘쓸 일이 없나 봐?"

주인규는 노골적으로 우형의 하체에 시선을 고정한 채로 물었다. 우형이 대꾸 없이 입을 다물고 있자 짜증이 서서히 증발하는 기분이었다. 입술에 비웃는 미소가 폈다.

"남자들이 힘쓰는 일이 직장 일만 있는 게 아니어야 하거든. 보아하니 너는 직장 쪽 일만 하는 모양이다?"

"제 사생활은 제가 알아서 합니다."

"기능에 문제 있는 건 아니고?"

"상무님께서 걱정해 주실 필요 없습니다."

주인규가 쿡쿡 웃었다. 담뱃재를 털고 다시 한번 연기를 깊이 들이마셨다.

"그래서 내가 놀 만한 애들 붙여 주겠다고 했잖아."

"저 역시 그러시면 언론에 제보하고, 형수님께 말씀드리겠다고 했습니다."

"그래, 그래. 하늘 같은 형한테 꼼주면 회장님이 아주 좋아하시겠다. 장유유서에 반하는 짓거리 했다가는 우리 어르신한테 귀염받을 수가 없거든."

아내와의 성생활은 저 사생아가 고슴도치처럼 가시를 세우는 몇 안 되는 문제였다. 정말로 뭐가 제대로 작동하지 않는 모양이었다. 그래서 꺼내 놓으며 조롱하는 걸 멈출 수가 없었다.

"너 처음도 와이프였다며. 저번에 들으니까 이혼도 생각 없다고 하고. 평생을 한 여자랑만 할 생각이야? 진짜?"

"네."

우형의 답은 단호하고 분명했다. 한 음절로 모든 의사를 표시한 우형이 입을 다물었고, 침묵이 찾아왔다.

"내가 말했잖아. 경험이 중요한 거라고. 그리고."

"……."

"회장님께서 그쪽 사돈댁 마음에 안 든다고 하셨잖아. 내 아들한테 어울리는 짝은 아니라고 생각한다고."

우형은 주인규가 아닌 멀리 있는 서울 하늘을 봤다. 하늘은 푸르렀고, 작은 구름도 없었다.

"노땅한테 팔려 가듯 결혼한 거, 회장님은 자존심 상해서 싫다고 하셔. 그러니까 빨리 정리하는 편이 회장님 눈에 들려면 좋을 거라고 했잖아. 이성창 의원이 네 뭘 쥐고 있는지는 몰라도."

"장인어른께서 쥐고 계신 거 없습니다. 그리고 제 아내는 제게 완벽한 사람이니까 그런 말씀은 말아 주셨으면 합니다."

"그래?"

"네."

"그럼 이 회사는 절대로 못 가지겠네. 우리 회장님은 여자한테 휘둘리는 새끼들 남자도 아니라고 싫어하시거든."

주인규는 과장해서 웃는 표정을 했다.

"씨 뿌려 태어난 새끼가 어디 가서 무시 받는 건 싫으신 거지. 너 거기 거의 데릴사위로 들어간 거 아냐?"

"무시 받지 않습니다. 장인어른, 장모님 모두 좋은 분들이세요."

"그야 지금이야 너 보고 넙죽 기기는 하겠지. 그 처지에 어쩌겠어. 네가 회장님 말씀 따라 내 말 고분고분히 듣는 거랑 따지고 보면 비슷한 거지."

주희철 회장은 우형을 불러 '형과 잘 지내라'라고 했다. 한 번만 그런 것도 아니고 거듭 반복했다. 가석방 이후의 식사 자리에서도 다시 말했다. 잘 지내라고. 형제끼리 우애가 두터워야 한다고, 형을 잘 따르라고.

"저녁에 뭐 해? 커리랑 라씨가 엄청 맛있는 데 아는데, 나랑 오늘은 인도 음식 먹으러 가자."

우형은 눈을 감았다가 떴다.

"네."

"코코넛 라씨도 있어. 넌 늘 코코넛만 찾더라. 심지어 칵테일도 무슨, 여자애도 아니고 피나 콜라다야?"

우형은 라씨, 요거트, 아이스크림, 주스 무엇이든 코코넛이 들어간 메뉴가 있으면 항상 코코넛을 고르는 사람을 떠올렸다. 평정을 유지하는 데 도움이 되는 생각이었다.

우형도 늘 선혜처럼 코코넛을 골랐다. 언젠가 그녀가 메뉴판을 들고 코코넛과 딸기 중에 무엇이 맛있냐는 물음을 던졌을 때, 무어라 답할 수 없어 당황했던 것도 기억났다. 오래전부터 그 안에 들어간 과일의 맛을 자신이 어떻게 생각하는지는 음료를 고르는 기준이 아니었기 때문이었다. 그래서 시선을 피하며 잘 모르겠다고, 선배가 먹는 거로 똑같이 주문하겠다고만 말했다.

"아, 그리고 그거 알아?"

주인규가 담배를 바닥에 버리고 밟았다.

"나 내일은 네 와이프랑 같이 점심 먹기로 했어. MZ컴퍼니 심 대표가 또 내 대학 동문이잖아. 이 이사도 같이 데려오라고 했지."

우형의 가까이에 주인규가 다가섰다.

"오늘은 이만 간다. 저녁에 보자."

줄담배와 설교가 몇 시간 넘게 이어지는 날은 아니라 다행이었다.

"일 잘하고."

그는 지나가면서 우형의 어깨를 툭툭 두드렸다.

우형은 몇 분간 하늘을 바라보다가 핸드폰을 꺼냈다. 녹음기능을 끄고, 전화를 걸었다.

―김지승 전무이사입니다.

"전무님. 사람 찾는 건 잘 되고 있나요."

―단서를 찾은 것 같습니다.

"서둘러 주세요. 제 인내심이 충분하지 않다는 걸 하루하루 새롭게 느끼고 있습니다."

우형은 꽤 평온한 표정이었으나 속은 조금도 그렇지 않았다.

―예. 오래 기다리시는 일 없을 겁니다.

주 회장이 주인규를 사랑하는 건 분명하다. 하지만 드러나는 순간 전 국민이 용서할 수 없을 만한 범죄가 이 땅 위에서 벌어졌다. 자기 몸 망치고, 돈 버리는 마약이나 도박과는 차원이 다른.

그게 밝혀지면 주 회장은 우형을 택할 정도로는 둘째 아들을 좋아하게 되었다. 사소한 점들이 마음에 안 든다고 해도, 주인규라는 선택지가 완전히 사라지면 어차피 남은 건 우형밖에 없었다. 주희철 회장은 절대로 아들이 아닌 제삼자에게 회사를 넘길 위인은 못 되었다.

우형은 스무 살의 그가 두려워했던 것보다는 이 회사의 정상에서는 게 어렵지 않으리란 걸 알았다. 조금은 편해질 줄 알았던 사랑이 여전히 끔찍하게 어려울 뿐이었다.

4.

선혜는 와인 대신 코코넛 워터를 주문했다. 와인을 권하는 주인규에게, 차를 끌고 와서 점심부터 술은 어렵겠다고 말한 다음이었다. 주인규는 차 끌어 주는 기사도 없는 거냐며 어이없어하고는 재차 권유하지 않았다.

말투, 표정, 태도 전부에 배려가 없었다. 대학 동창인 심연민 대표와는 그럭저럭 대화가 잘 오가는 걸 보면 모든 사람에게 적대적인 것 같지는 않았으니, 우형에 대한 짜증 때문일 확률이 높았다.

자신이 어떤 잘못을 해서 저런 경멸의 시선을 받는 게 아니라는 걸 아는데도, 적대감을 그대로 받아 내는 게 편치는 않았다.

"이 이사는, 센 향신료 잘 못 먹는 건 우형이랑 같네. 고수도 가리고."

"네."

"비즈니스 할 때 깍쟁이처럼 보이겠다. 한국에선 그래도 체질인가보다 하고 배려하지만, 외국 나가서는 자칫하면 문화권에 대한 이해가 없어 보일 수도 있잖아. 노력해서 바꿔."

"명심하겠습니다."

선혜는 가볍게 웃으면서 답했다. 편치 않기는 해도, 큰 타격은 없었다.

"그리고 그거 그 순서로 먹는 거 아냐. 모르나 보네. 의원님 사모님이 문화 사대주의가 있으신가. 요즘엔 스테이크만 잘 썰고, 순서 맞게 포크 나이프 집는다고 자식 식사예절을 다 가르쳤다고 안 하는데."

비아냥거림은 부모의 자식 교육까지도 번졌다. 심연민 대표가 끼어들었다.

"인규야. 그런 건 나도 몰라. 게다가 먹는 거야 자기 취향대로 먹으면 된다는 게 만국 가정식 테이블에서 공통된 거고. 파인다이닝이 특수한 거지. 넌 제사상에 과일이랑 고기 어떤 순서로 올라가는지 아냐?"

"그거야 몰라도 되지. 내가 아니라 돈 받고 일하는 애들이 올리는 거니까. 음식은 내가 직접 먹는 거고."

선혜는 이 자리가 못 견딜 정도로 불편하다고는 생각하지 않았다. 주인규는 알아주는 미식가였고, 덕분에 그가 고른 레스토랑의 음식은 아주 맛있었으며, 주인규가 아무리 노력해도, 자신은 그가 가진 부정적인 감정 이상으로 똑같이 채워지지는 않을 걸 알기 때문이었다.

게다가 음식 먹는 순서보다야 배려를 체득하는 게 훨씬 중요했다. 선혜는 주인규가 지적하는 것들이 자신을 상처 입히기보다는, 주인규의 바닥을 드러낸다고만 생각했다.

"이 이사는 아무튼 좀 더 배워야겠다."

"네."

"우형이한테도 식사교육 얘기 전해 줄게요. 내 새끼들 테이블 매너 가르쳐 줬던 선생도 기억나는데, 당장은 연락처를 모르겠으니까 우형이 편에 줄게."

우형에겐 더 심하게 굴 것이다. 안 봐도 훤했다. 어쩌다가 예민하게 반응하는 지점을 발견해 내면 끝까지 집요하게 파고들어 괴롭힐 터였다. 선혜를 정말 불쾌하게 만드는 건 바로 그 부분이었다.

지잉. 지잉. 지잉. 테이블에 올려둔 심 대표의 핸드폰이 반짝이며 요동쳤다.

"아, 나 전화 왔는데. 급한 거라 좀 받고 올게."

"그래."

"둘이 좀 편한 분위기로 있어요. 야, 넌 네 제수씨한테 좀……."

"알았으니까 나가서 받아."

"네, 안녕하세요. MZ컴퍼니 심연민……."

드득. 그나마 분위기를 유하게 만들어 주었던 심연민 대표마저 자리를 비우자, 룸 안이 한층 싸늘해졌다.

"주우형 얘기 나왔으니까 하는 말인데, 내가 도대체 내 동생 얘기만 들어서는 해결이 안 되는 의문이 있거든요. 물어봐도 될까."

묻지 말라고 해도 물을 걸 알기에 선혜는 코코넛 워터를 한 모금 마시고 질문을 기다리기만 했다.

"결혼 전에 여자가 없었던 거로 아는데. 그런데 결혼 후에도 여자 문제라고는 없고, 밖으로 안 나돌고 다 처리하는 거 대체 어떻게 하는 거예요? 효과 있는 뭐가 있으면 내 와이프한테도 가르쳐 보든지. 엄청 열심히 배울 것 같은데."

"……."

"제수씨는 그 젊은 애 성욕 어떻게 다 컨트롤하는 거지? 나 걔 나이 때, 10년 전쯤 생각하면 매일 해도 쌓이던데. 개인적으로 그 처리 노하우도……."

선혜는 불쾌함을 감추지 않아야 하는 주제가 있다고 생각했다.

"도를 넘으셨습니다."

"아, 그래?"

"과도한 관심은 삼가셨으면 합니다."

"까칠하기는. 7년쯤 살았으니까 이런 게 닮는 건가."

주인규는 웃으면서 와인을 입에 머금었다. 손에서 와인 잔이 빙빙 돌아갔다.

"그거 알아? 난 내가 못 가지면 남도 못 가지게 해."

"잘 모르겠습니다."

"그럼 그냥 알아 둬. 회장님이 자식 대 못 있는 아들은 아들이라고 생각 안 하실 거란 것도 알아 두고. 나는 손자 벌써 두 명이나 안겨 드렸잖아. 어찌나 즐거워하시던지."

그 뒤로는 심연민 대표가 다시 들어올 때까지 서로 대화하지 않았다. 심 대표가 돌아온 다음에도 동창 둘이서 대화를 나눌 뿐 선혜는 대화에서 배제됐다. 심 대표의 미안하단 시선이 올 때마다 선혜는 괜찮다는 티를 냈다.

식사가 끝나고, 주차장에 둘만 남게 되자 심연민 대표는 거의 석고대죄를 했다.

"정말 미안합니다. 저 새끼 진짜 저러다가 언제 한번 칼 맞지. 이사님 내가 정말 미안해요. 저 자식이 꼬인 게 많아서……."

"전 괜찮아요. 대표님이 잘못하신 것도 아니고, 정말 괜찮습니다."

선혜는 정말 괜찮았다. 평온한 기분으로 회사에 돌아왔고, 클랙슨을 빵빵거리는 난폭운전자들의 욕설에도 인상 한 번 쓰지 않았다. 순간의 부당함에 사로잡혀 홀로 괴로워하는 건 낭비일 뿐이었다.

기분을 뒤집는 문제는 사무실에 돌아와 발생했다.

[괜찮으세요?]
[마음 쓰지 마세요.]

몇 분의 시차를 두고 와 있는 문자 두 개를 읽고서 머리를 부여잡았다.

우형은 이복형과는 닮은 게 조금도 없었다. 보는 사람이 답답할 만큼 자상하게 구는 게 습관이란 거야 진작부터 알았지만, 대체 지금 누가 누굴 걱정하는 거냐는 생각이 끓어오르는 걸 막을 수가 없었다.

경멸은 분명히, 내가 잘못했다는 생각이 들지 않아도 그 자체로 받아 내기 힘든 구석이 있다. 자주 마주치는 상대라면 더욱. 자신과 같은 목표를 향해 달리는 사람일 때 더욱. 자신보다 더 많은 걸 당연하단 듯이 가진 사람일 때 더욱. 거기에 상대가 절대로 반성하지 않으리란 걸 안다면 더욱 힘들다.

주인규가 증류주를 퍼마시면 더 개가 된다고 들었다. 무엇을 짐작하든 상상 이상이라고. 와인 반 잔에 하는 말도 객관적으로는 거슬리는 정도를 한참 넘어섰는데 작정하고 마시는 술자리에 불려가 있으면 얼마나 끔찍할지 상상도 하기 싫었다.

넌 괜찮아?

전화를 걸어 물어볼까 하다가 관뒀다. 핸드폰을 저 멀리 밀어 두고 느리게 호흡하려 애썼다.

[안 자고 기다릴게]

두 시간 후에 답을 그렇게 보냈다.

우형은 몇 년 전에 아내 아닌 다른 여자와는 절대로 잠자리를 하지 않겠다고 약속했다. 그러니까 선배 역시 다른 남자는 생각도 하지 말라고. 그 뒤엔 서로에게 서로밖에 없었다. 그 말을 하기 전에도 똑같은 상태였으니까 겉으로 달라진 건 없었지만, 무언가가 그들의 관계를 짓누르고 있다는 생각은 더 자주 하게 됐다.

주인규의 말에 조금도 흔들리고 싶지 않지만, 우형이 젊은 것도 사실이었고, 우형이 원하는 것만큼 자주 관계를 갖지는 않았다는 인식 역시 있었다.

아무리 후하게 쳐도 둘 사이의 관계가 잦은 편이었던 적은 없지만, 우형이 안 좋은 일을 겪고 스트레스를 많이 받을 때 몸을 찾는 빈도가 조금은 늘어났었다는 것도 알았다. 어떤 식으로든 스트레스 해소에 도움이 되니까 그러지 않았을까.

선혜는 오늘 밤과 내일 아침 스케줄을 생각하며 망설였다. 변호사와의 상담 일정과 우형에게 이혼 얘기를 꺼낼 타이밍 역시 달력을 보며 생각했다.

마지막이라 생각하면 한 번 정도야 괜찮을지도 모른다. 우형 역시 원할 테니까 따지고 보더라도 무언가를 심히 잘못하는 것도 아니었다.

[이틀 전에 하고 싶었던 거 해]

선혜는 심장에 돌이 얹힌 기분으로 메시지를 하나 더 전송했 다. 옳은 일이라는 생각은 들지 않았지만, 우형을 위해서는 적절 한 일인 것 같았다.

5.

샤워를 마친 선혜는 향초를 피웠다. 무드를 위해서는 아니었다. 선물 받은 것들을 이럴 때라도 쓰지 않으면 영원히 선반에서 꺼 낼 일이 없을 걸 알아서였다. 그다음은 기다림의 시간이었다. 손 이 샤워가운의 끈을 반복적으로 매만졌다.

침대에 앉아 건너편의 추상화를 보았다. 형체 없이 모호한 붉고 검은 것 위에 얹어진 글리터가 반짝였다. 볼 때마다 감상이 달라 져, 언제부턴가 작가의 의도가 퇴색되었다는 생각을 하게 만드는 그림이었다.

탁. 달칵.

작은 소리가 멀리서 들렸다. 차고와 1층을 연결하는 문이 열리고 닫혔단 걸 알 수 있었다. 타박. 타박. 소리는 계속 멀리서 들려왔다.

타박. 툭. 계단을 올라가는 소리였다. 집으로 들어온 누군가는 선혜가 있는 1층 침실로 오는 대신 2층으로 향했다. 우형의 방이 있는 곳이었다. 선혜는 시계를 확인했다.

기다리겠다는 메시지에, 우형은 10시 전까지 가겠다고 답했다. 시계가 가리키는 시간은 9시 32분. 약속한 때까지는 30여 분이 남아 있었다. 그래도 그 시간을 내내 기다리게 두지는 않을 터였다. 우형은 항상 약속된 정시에 나타나는 법이 없었다. 10분은 항상 먼저 와 기다리는 편이었다. 오늘같이 한참 전부터 선혜가 먼저 기다리고 있는 경우가 아닌 한.

선혜는 은은하게 방을 밝히던 간접조명을 전부 껐다. 흔들리는 향초만 빛을 냈고, 벽에 걸린 그림의 글리터는 그 빛만을 반사하며 반짝였다. 캔버스를 채운 검고 붉은 형체가 뭉뚱그려져 보였다.

"오래 기다리셨어요?"

"······아니."

우형이 들어서며 물었다. 가로로 넓게 파진 라운드 티와 검은 면바지 차림이었다. 정장이 아닌데도 각 잡힌 몸의 선들이 선명했다.

금방 벗을 건데도 가운 하나만 걸치고 내려오지 않은 건 이 집 전체가 자신만의 고유한 공간은 아니라는 인식 탓일 것이다. 섹스를 염두에 두고 샤워를 한 남자가 보통 고르지 않을 의상이 두 사람 사이의 기묘한 긴장을 대변하는 듯했다.

"향이 좋네요."

침대 옆의 탁자에 놓인 향초를 보며 우형이 엷게 웃었다. 선혜는 입술을 벌렸다가 우형의 옆모습을 보고는 다시 다물었다.

향초의 향이 침실에 가득할 테지만 선혜는 더는 향을 느낄 수 없었다. 다만 달콤한 우형의 향수는 맡아졌다. 실제로 단 것보다도 더욱 달달하게 느껴지는 건 항상 기분 탓이었다. 자신이 선물한 이후로 단 한 번도 바뀌지 않은 향수는 과하게 무겁거나 짙지 않아 편안하고 아늑한 느낌도 들었다.

길고 예쁜 손가락이 탁자의 서랍 손잡이를 당겼다. 선혜는 그 안에서 우형의 손이 꺼내는 것들을 바라봤다. 우형이 사용하기 위해 준비된 것들이 항상 저 서랍에 있었다.

집을 청소하고 떨어진 생필품을 구매해 주는 사람들은 조금도 저 물건들의 존재를 이상하게 생각하지 않을 터였다. 떨어지면 채워 넣어야 하는 것으로 생각할 뿐. 정말로 두 사람이 부부라는 게 드러나는 배치였다. 선혜는 그 사실이 이상해서 직접 저 서랍을 여는 법이 없었다.

"저녁은 드셨어요?"

"응. 너는?"

"저도요."

물음은 일상적이었으나, 분위기는 조금도 일상적이지 않았다. 우형은 서랍을 다시 밀어 닫았다. 약간의 거리를 두고 선혜를 바라보는 눈이 유달리 검게 느껴졌다. 선혜는 먼저 시선을 피하고 좀 더 이불을 끌어당겼다. 시선을 피했다. 본능적인 행동이었다.

침대가 작게 출렁였다. 그가 걸터앉았다는 거야 보지 않아도 알았다.

"잇!"

서늘한 손이 볼에 닿았다. 그림자가 먼저 덮쳐 와 닿기 전에 눈치를 챘을 법도 한데 그러지 못했다. 선혜는 감탄사에 변명하듯 작게 느낌을 속삭였다.

"으…… 차."

"많이 차가워요?"

"아냐. 괜찮아. 그 정도는 아니고."

시선을 마주했다. 놀랍도록 가까운 위치에 있었다. 순식간에 숨이 턱 막혔다.

"금방 뜨거워질 거예요. 이미 그런가."

다정한 말투와는 달리 눈은 깊게 가라앉아 있었다. 그의 말대로 차가웠던 손이 조금도 차게 느껴지지 않는 건 금방이었다. 볼에 닿았던 손이 턱선을 타고 조금 더 아래로 내려갔다.

훗. 입 밖으로 나올 뻔했던 소리가 먹혔다. 뺨과 턱을 감싼 손으로 선혜를 가까이 당긴 우형이 입을 맞추었다. 입을 벌리고 침범하는 몸짓이 거침없었다. 바짝 말라 있던 입술이 금방 촉촉해지고, 긴장에 굳어 있던 허벅지가 미세하게 떨리며 풀어졌다.

선혜는 침대 헤드와 몸 사이에 끼워져 있던 베개에 파묻히듯 무너졌다. 꽉 움켜쥐고 있던 가운의 끈을 놓고 우형의 옷을 말아쥐었다. 양팔이 우형의 가슴에 갇힌 모양새가 됐다.

"으웃……."

불편한 자세일 텐데도 우형은 물러나지 않았다. 넓고 단단한 가슴으로 선혜의 몸을 더 짓이길 뿐이었다. 결박하듯 더해진 무게에 선혜는 몸을 움직일 수 없었다.

키스는 더 탐욕스러워졌다. 곳곳을 비비고 문지르며 더욱 깊은 곳까지 파고들었다. 선혜는 눈을 감은 채로 입 안이 얼얼해지는 감각만을 생생히 느낄 수밖에 없었다. 몸은 남자의 집요한 영역표시에 반응하며 체온을 높이고 그가 들어올 곳을 젖어 들게 했다.

"하아. 하아."

호흡할 틈이 벌어진 건 키스만으로도 완전히 잡아 먹혔다는 생각이 들고 난 다음이었다. 거칠게 숨이 터져 나오고 가슴이 오르내렸다.

"하아……."

그런 선혜를 우형은 똑바로 내려다보았다. 입술이 떨어졌는데, 여전히 그가 안을 헤집고 있는 느낌이었다. 감각이 너무 생생해서 이를 악물고 침을 넘기는 것도 힘들었다.

"오늘은 뭐가 달랐어요?"

다시 일상적인 물음이었다. 내려다보는 시선만 보면, 당장이라도 허벅지를 거칠게 벌리고 쑤셔 들 것 같은데 우형은 뜻밖의 물음을 던졌다.

"하아……. 뭐?"

그의 흥분이 특별히 옅은 것 같지는 않았다. 끝이 붉게 물든 눈을 봐도, 흥분에 못 이겨 정신 못 차리는 게 뻔히 보였다. 그는 거칠어지는 숨을 필사적으로 억누르고 있었다. 그런데도 다시 또박또박 질문을 던졌다.

"먼저 원한다고 하셨잖아요."

꽉. 허벅지가 손에 잡혔다.

"흐읏."

위쪽으로 힘이 가해지며 압박감이 더해졌다. 다리의 틈이 벌어졌다. 양쪽 다리 안으로 우형의 몸이 자리했다. 가운의 허리 아랫부분으로 파고든 다른 손이 속옷의 얇은 끈 부분을 매만졌다. 축축하게 젖은 아랫부분이 신경 쓰였다.

우형은 시선을 떼지 않은 채 몸을 뒤로 물려 양팔을 교차해 라운드 티셔츠의 끝을 잡았다. 아래부터 위로 상의가 벗겨지면서 근육이 선명하게 자리 잡은 몸이 드러났다. 우형이 바지의 단추를 풀었다. 흥분해서 크기를 부풀린 성기가 비좁게 갇혀 있는 게 적나라한 형태로 드러났다.

버클을 내리는 중에도 우형은 여전히 선혜의 눈을 봤다. 어딘가가 잡혀 있거나 압박당하고 있는 게 아닌데도 조금도 그 시선을 피할 수가 없었다.

"뭐가, 달랐어요?"

선혜는 질문이 시선만큼이나 집요하게 이어질 것임을 눈치챘다.

우형의 시선을 받아 내고 있는 눈이 정말로 탈 것만 같았다. 단순한 궁금증 때문이 아니라, 무언가가 더 그를 불타오르게 한 게 분명했다. 먼저 기다리겠다고 한 것이 특별한 흥분의 요소가 됐나.

선혜는 침을 삼켰다. 먼저 안아 달라 한 것은 분명 자주 있는 일은 아니었지만 처음 있는 일도 아니었다.

"술도 안 드셨을 시간이잖아요."

우형은 더 바지를 벗지 않았다. 그의 속옷 역시 프리컴으로 젖어 있고, 흥분으로 흉흉하게 성기가 커진 것이 분명하니 벗는 게 더 편할 터였다. 그런데 상의만 벗고 다시 몸을 붙여 오니 행위가 더 외설적이고 야하게 느껴졌다.

축. 이마와 볼에 입술이 닿았다가 떨어졌다. 가볍고 부드러운 입맞춤이었다. 조금은 긴장이 풀어졌다.

"내가, 맨정신엔 처음인가?"

선혜가 생각해 보지 않았던 부분이었다. 질문하는 도중에 목과 쇄골에 연달아 우형의 입술이 닿았다가 떨어졌다.

"네."

가운의 끈이 풀렸다. 브래지어의 경계를 따라 손이 몸을 훑었다. 움찔움찔 몸이 떨렸다. 등 뒤로 파고든 손이 후크를 풀었다.

"흐. 읏."

한 손이 가슴을 쥐었다. 아프지 않을 정도로. 그러나 압력이 분명하게 느껴질 정도로는 강하게. 한쪽 유두는 그의 손에 짓눌렸고, 다른 한쪽은 우형의 입에 먹혔다. 선혜는 고개를 돌리고 손을 올려 입을 막았다.

좋았다. 이렇게 해 주는 건 항상 좋았다. 몸이 의지와는 무관하게 몇 번 들썩였다. 가슴을 움켜쥐지 않은 손이 다정하게 허리를 쓸었다. 예민해진 몸이 그 손길에도 반응했다.

"으응."

민망해서 크게 소리를 안 내려고 하는데도 완전히 참을 수가 없었다. 그러자 우형이 하던 애무를 멈추었다. 그가 다시 몸을 올려 눈을 맞춰 왔다.

"우형아. 더……"

선혜가 우형의 볼을 만지며 재촉했다.

"읍."

우형은 흥분한 하체를 선혜의 속옷 위로 비비면서 아까보다도 더 거칠게 입 맞췄다. 혀를 짓이겨 넣는 게 성기를 삽입하는 행위와 크게 다를 것 없이 느껴졌다.

찰박. 액체를 사이에 두고 마찰하는 소리가 났다. 젖은 천을 사이에 두고 흥분한 부분이 맞물려 비벼졌다. 퍽퍽 깊게 넣어 헤집어질 걸 기대하며 허벅지가 더 넓게 벌어졌다. 흥분을 조금도 감출 생각 없이 서로가 더 가까이 가려 애썼다.

"하아. 하."

"하아⋯⋯."

한참 뒤에야 숨이 떨어졌다. 둘 다 숨을 거칠게 다듬었다. 시선은 조금의 오차도 없이 맞물려 있었다.

"제가 필요하시죠."

"⋯⋯응."

선혜는 그가 삽입을 채근해 달라 요구한 거라 생각했다. 조금 더 질척거리고 야한 문장을 읊어 달라고 하면, 지금은 뭐라도 할 수 있을 것 같은 기분이었다.

박아 달라든가, 쑤셔 달라든가, 더럽게 들리지만, 이 상황을 설명하기에 적절한 날 것 같아 흥분을 고조시키는 말들.

"왜, 오후부터 제가 필요했어요?"

그러나 우형은 다른 것을 원하고 있었다.

"왜?"

선혜는 거짓말을 하고 싶지 않았다. 게다가 이미 흥분으로 멍해져서 어떻게든 빨리 뭐라도 해 줬으면 좋겠다는 생각이 기하급수적으로 부풀어 오르고 있었다.

"내 기분이…… 괜찮은지 물었잖아."

"네."

우형의 손이 허리를 쓸었다. 뭐라도 더 하고 싶은 건 선혜만은 아니었다. 선혜는 작게 웃었다. 우형의 입술이 미소 짓는 선혜의 입술에 닿았다 떨어졌다. 뇌도 그렇고 몸도 그렇고, 모든 게 다 흐물흐물했다.

"그런데, 나는 그때. 괜찮았거든."

선혜는 손을 들어 우형의 머리칼과 귀를 매만져 봤다.

"나보다는 너를 더 걱정했어."

우형은 눈도 깜빡이지 않았고, 계속 선혜의 허리를 쓰다듬어 주지도 않았다.

"우형아. 네 기분이 좀 나아졌으면 해서. 내 몸이 좀 위로가 될까, 하고."

"……."

"답이 됐어?"

선혜는 다시 작게 웃었다.

"그럼 빨리 더 해 줘. 뭐든."

기억을 통틀어 가장 난잡한 섹스였다. 우형은 한 번을 끝내고도 두 번을 더 하겠다며 놓아주지 않았고, 선혜는 언제가 끝인지 불분명할 만큼 기절하듯 잠들었다.

밈플레잇의 파편

1.

    결혼식 일주일 전, 동갑내기 친구이자 밈플레잇의 코파운더인 희결이 우형의 사진을 보며 말했다.

    "반반하네."

    하늘은 깜깜했다. 회의실에 남아 있는 건 둘 뿐이었고, 회의실 밖의 사무실은 여전히 북적북적했다. 모두가 잠시 떠들면서 쉬어 가는 시간이었다. 야식으로 시킨 족발과 피자인데 먹겠냐며, 중간에 재준이 접시 두 개를 놓아 주고 나갔다.

    "실제로 보면 더 엄청나."

"조심해. 잘난 녀석들은 자기가 잘난 거 모를 수가 없으니까. 처음부터 져 주지 말고. 잘못하면 분명하게 화내. 좋은 게 좋은 거라면서 넘어가 주지 말고."

"그러지 뭐."

선혜는 어깨를 으쓱이고는 맥주를 한 모금 더 마셨다. 희결이 지환이형 건데, 몰래 먹어도 안 들킬 거라며 냉장고에서 꺼내온 것이었다. 선혜는 어이없어하면서 한 병을 건네받았다. 사무실에서 술을 먹는 게 좋은 짓이란 생각은 안 들지만, 결혼을 앞두고 싱숭생숭한 마음 때문인지 그날은 괜찮을 것 같았다.

"행복해야 해. 너 진짜 잘 지내야 해."

술에 취하지도 않았으면서 희결은 주정 부리듯 말했다.

"왜 앞으로 못 볼 것처럼 말해? 너도 맨날 보고, 너희 누나도 맨날 보고, 심지어 너 따라다니는 그 헌팅 상대도 요즘 거의 나흘에 한 번씩은 보잖아. 앞으로도 쭉 그럴 것 같은데."

"그래. 나도 축의금 많이 할 테니까 열 배쯤으로 갚아라."

"마음은 고마운데 나 축의금 안 받아."

"웩. 재수 없어. 금수저."

맥주를 천천히 비우며 둘은 옛날얘기를 주고받았다. 학점을 짜게 주던 교수님, 재미없는 축제, 없어져서 아쉬운 학교 근처 맛집, 단풍이 들면 예쁘던 교정, 희결이 아직도 그리워하는 전 여자친구, 예전에 잘 나가던 아이돌, 배우, 5년 전쯤 유행했던 가요, 다시 보고 싶은 영화…….

그런데 두 사람이 처음 친해진 계기는 단 한 번도 주제가 되지 않았다. 그 이야기를 피해야만 한다는 걸 서로 알기 때문이었다.

그러나 회의실 불을 끄고 집으로 돌아가는 길에 선혜는 그 사건을 떠올리게 됐다.

 -이선혜? 예쁘지. 인정. 얼굴로는 솔직히 S대 올해 신입생 전체 줄 세워서 세 손가락 안에 든다고 본다. 근데 여기 쿠션감이 아쉬워서 떡 상대로는 별로일 것 같지 않냐?

 -말이나 한번 걸어 보고서 지껄여 병신아. 걔 너 흙수저 거지 병신이라 쳐다도 안 봐.

단과대 학생회 소속이었던 희결이 녹음 파일을 건네던 순간이 기억났다.

'나는 다 들어 보진 않았어. 5초만 들어도 역해서, 그럴 수가 없더라.'

원한다면 공론화를 할 생각이라고, 그러면 퇴학 조치까진 어려워도 정학이나 가해자 실명 공개 정도는 검토될 거라 말했다. 명예훼손이나 모욕으로 형사처벌 받길 원한다면, 기소 여부야 장담할 수 없지만, 고소도 해 보라고 했다. 관련 기사가 보도될 수 있다는 점도 알려 주었다. 피해자 신원 비공개에 최선을 다하겠다고 하지만, 결국 소문이 나리란 건 뻔했다.

 -걔 내 취향 아님. 어디 갇혀서 자란 것처럼 허여멀건 하기만 하고. 애교고 귀염성이고 존나 없잖아.

 -그거 아냐? 3선 의원 딸이라는 썰? 의원님한테 들켜서 철컹철컹할 수 있는 거 생각하면 서던 좆도 식을 듯.

 -지환 형은 먹어 봤을까?

-눕혔는지 어땠는지는 모르겠지만 그 형 입대 전에 맨날 옥타곤이랑 아레나 가서 놀던 물 안 빠지면 언젠가 백퍼 섹파 찾아서 밖으로 돌 거라고 경영써커 형들이 그러던데.

-나도 들음. 이선혜 몸매나 색기로는 죽어도 만족 못 할 거래.

선혜에게 파일이 있다는 게 알려지고서, 다섯의 동기들이 선혜를 찾아왔다. 절대 진심이 아니었다며 무릎 꿇고 울며 빌었다. 어이없게도 그 와중에 사실은 네게 첫눈에 반했었다며, 저건 다 허세고 거짓말이라고, 사랑한다고 고백을 한 녀석도 있었다.

선혜는 울며불며 애원하는 동기들이 조금 불쌍했다. 그래서 타협했다. 넘어가자. 그냥 말뿐이잖아. 잊어버릴 수 있을 거다. 부모님에게도 특별히 알려서 마음 상하시게 하지 말자.

뒷말이 공론화되어 저렇게 얼굴, 몸통, 허벅지, 종아리가 나뉘어서 어떻게 평가당했는지 알려지면 수치스러울 거라 판단했던 것 같기도 하다. 갓 성인이 되어 사복을 입은 지 고작 6개월째였다. 주변 시선과 평가에 엄청나게 예민할 때였다.

왜 그랬을까. 선혜는 비슷한 사건이 끊임없이 반복되는 걸 볼 때 가끔 그때의 생각이 옳았는지 묻고는 했다.

공식적인 징계는 없었다. 그래도 녹취록에 이름이 적혔던 다섯 중 셋은 바로 휴학하고 군대에 갔고, 두 명은 반수를 해서 타 대학 의대와 약대에 갔다. 학교에 남았던 셋은 재대 후에 전부 전과했다. 경영대에서 공대, 인문대로의 전과가 흔치 않아 결국 뒷말이 돌았다.

선혜의 결정 며칠 뒤에야 사건을 다른 루트로 알게 된 어머니가 직접 그 부모들에게 하나하나 전화를 걸었다는 건 나중에 알게 됐다. 엄마의 압박이 눈앞에서 다섯 명이 다 치워진 일의 원인이 되었을 터였다.

아무튼, 이상한 일이지만 그 과정을 겪으면서 희결과 친해지게 됐다. 희결이 하는 말, 희결이 그 사건에 대해 가지는 관점, 선혜에게 해 주는 말 모두가, 희결이 정말 좋은 친구라는 걸 확신하게 했다.

진심으로 좋아하게 됐다. 이성적인 호감은 아니지만, 앞으로 평생 이야기를 함께 나눌 친구로는 옆에 남아 주길 바랐다. 희결 역시 선혜에게 이성적인 호감을 느끼는 것 같지 않았다. 희결에겐 그 사건 당시에도 여자친구가 있었고, 그 이후 새로 만나는 여자들 모두 선혜와는 공통점이 없는 스타일이었다.

그런데 결혼식 사흘 전에 선혜는 놀라운 사실을 알게 됐다.

"그 자리에 이희결도 있었던 거 알아?"

"……."

"무슨 담으로 그랬는지, 녹음 파일에서 자기 목소리 직접 지운 거야. 근거 없이 떠도는 썰 아냐. 확실해. 다른 피해자가 있어서, 합의 제대로 안 되면 조만간 밖으로 알려질 수도 있어. 그런 식으로 네가 알게 되면 좀 그러니까, 선혜야, 너한테 따로 먼저 알려 주는 거야."

결혼식 전에, 예비신랑의 성매매나 바람 사실을 알게 된 예비신부가 그런 기분일까 싶었다.

"이희결이 과방에 녹음기 뒀던 애한테서 돈으로 파일 다 샀다고 들었어."

"……"

"그런데 그 판 애가 술에 쩔어서 다른 학생회 애한테 양심 고백 비슷하게 한 거야. 자기가 사실은 이선혜 욕하는 그런 녹음 파일이 있는데, 그거 제보를 그냥 안 하기로 했다고. 이희결은 짱구 굴려서 빠져나갈 구멍을 만든 거고."

"……"

"다른 녀석들한테는 자기도 끼어 있었다는 사실 불면, 선혜 너한테만 그런 게 아니라 다른 여자애들 열 명 정도 대상으로 한 파일까지 다 풀 거라고 협박했나 봐."

잠시 기다리면 꿈에서 깰까, 그런 생각을 했다. 꿈은 아니었다. 성희롱이야 그나마 괜찮았다. 그건 그냥 털어 버릴 수 있는 문제로 여길 수 있을지도 몰랐다. 그런데 배신감은 달랐다.

이희결은 결혼식에 왔다. 밝은 얼굴로 축하해 줬고, 눈물을 글썽이며 행복을 빌어 주었다. 그래서 같은 날 그녀의 손을 잡은 우형이 베푸는 친절을, 다정한 배려를, 조금도 신뢰할 수 없었다.

2.

그로부터 몇 년이 지난 후에, 이희결은 선혜가 내막을 알게 되었다는 걸 눈치챘다. 그러나 이희결은 다른 다섯 명과 달리, 끝까지 사과하지 않았다.

"내가 너 강간이라도 했냐? 아니, 말 몇 마디 한 것 가지고 이 씨발년들이 대체 몇 년째 사골처럼 우리는 거야."

"……."

"선혜야. 그거 알아? 이거 알려서 이제 네가 얻을 수 있는 거 아무것도 없어. 심지어 네가 매매혼까지 해 가면서 지키려고 했던 것들이 존나 제대로 좆될 거야. 기자들이 알아서 좆되게 안 만들어 줘도, 내가 너랑 이 회사 좆되게 할 거란 거 잊지 마."

오히려, 처음부터 이선혜 네가 흘리고 다닌 거라고, 욕설이 섞인 말로 비난했다.

3.

신혼여행을 다녀와 일주일이 흐르고서야 선혜는 신혼집을 찾았다. 밀린 업무에 치이다 보면 금방 새벽이었다. 그 시간엔 항상 낯선 아파트까지 이동할 기운이 남아 있지 않았다.

우형 역시 아내의 존재가 어색할 거고, 새로운 거주환경에 적응할 시간도 필요할 테니 배려하고 싶은 마음도 있었다.

밈플레잇 사무실 옆 투룸의 전세가 몇 달 남아 있는 게 도움이 됐다. 30여 미터만 움직이면 누울 곳이 나와서 편했다.

"가방은 여기에만 있어?"

"여기, 이쪽에도 있어요."

일주일 만에 신혼집에 들어간 건 가족 모임 때 들고 갈 토트백을 찾기 위해서였다.

새언니로부터 선물 받은 가방을 꼭 들고 오라는 첫째 오빠의 신신당부가 메시지함에 가득했다.

"진갈색 토트백이야. 버클은 금장. 로고 크게 없고, 가죽은 무광에, 이 정도 사이즈인데."

토요일 오전 10시에 아파트 거실에서 선혜를 발견한 우형은 동상처럼 굳었다.

말없이 와서 미안하다고, 온다고 연락을 하고 올 걸 그랬다고, 자고 있을지도 몰라서 망설이다 보니 그냥 도착해 버렸다고, 변명이 차올랐지만 그런 얘기를 꺼내기가 그랬다. 그렇게 말해 버리면 거리감이 더 확연히 느껴질 것 같아서였다.

선혜는 자연스럽게 백을 같이 찾아 달라고 부탁했고, 두 사람은 큰 어색함 없이 선혜의 드레스룸에 들어가 함께 옷장을 뒤지기 시작했다. 집중할 일거리가 주어진 게 껄끄러운 분위기를 잠재우는 데 도움이 됐다.

"아, 있어요. 이건가요?"

"맞아, 맞아. 거기 둬 줘. 고마워."

살았다. 선혜는 작게 중얼거리면서 눈을 접어 웃었다. 우형은 잠시 굳은 듯이 선혜를 바라보며 눈만을 깜빡였다.

"혹시 아이보리색 레이스로 덮인 원피스는 봤어? 긴 팔이고 전체 길이는 이쯤 와. 약간 연노랑 느낌."

"드레스는 저쪽에 있는 것 같던데, 어떤 디자인인지 하나하나 보진 못 했어요."

"저기?"

"네. 그 오른쪽 도어요."

입고 가려고 생각해 둔 드레스는 금방 찾았다. 시계를 보니 10시

20분이었다. 레스토랑 예약이 12시니까 시간은 꽤 있었다. 선혜는 보이는 손잡이는 모두 당겨 보면서 드레스룸의 배치를 파악했다. 그 와중에 매치할 스타킹과 귀걸이, 레이스업 로퍼도 골랐다.

화장대 서랍에서 고데기를 여러 개 발견해 내고, 가방에 담아 온 화장품을 위에 쏟아 내고 나니 10시 반. 여전히 시간은 많았다. 선혜는 고데기의 콘센트를 꽂고 화장대 거울로 우형이 보이는지 확인했다. 당장 뒤엔 없었다.

하아.

소리를 최대한 죽여 한숨을 뱉었다. 신경 쓰였다. 혼자 편히 지내라고 배려해 주고 싶은 마음도 있었지만, 그냥 피하고 싶은 마음에 오지 않았단 걸 인정해야 했다.

선혜는 바짝 말리고 온 머리카락을 빗었다. 가슴선까지 오는 머리가 단정하게 가라앉았다. 입고 온 무지개가 그려진 맨투맨과 청색 슬랙스가 괜히 마음에 안 들었다.

하아.

다시 소리 없는 한숨이 나왔다. 선혜는 머리를 다시 빗고 빗었다. 띠링. 띠링. 핸드폰 알림음에 행동이 멎었다. 옆에 걸린 두꺼운 더플코트에서 핸드폰을 꺼냈다. 김지환-밈플레잇. 발신자를 알리며 핸드폰 액정이 반짝였다.

[선혜야회사에언제와]

[네시? 세시?]

선혜는 티타임이 끝날 시간을 짐작해 보며 핸드폰을 두드렸다.

[네시쯤???까지가려고 노력은해볼게요]
[(이모티콘)]

장담은 할 수 없었다. 눈물이 맺힌 토끼 이모티콘을 함께 보냈다.
답이 금방 돌아왔다.

[그래 이따보자]
[(이모티콘)]

선혜는 화장을 조금만 더 짙게 한 뒤, 온도가 맞추어진 고데기를
들었다. 거울 너머로 등 뒤를 살피는데 여전히 우형이 보이지 않았다.
우형이 나타나면 정장을 입으라고 말할 생각이었다.

아버지는 가족들과 외식을 할 때도 캐주얼한 옷차림을 선호하
지 않으니 주의해야 했다. 예약된 레스토랑의 분위기를 고려해도
정장이 나았다. 다만 면접 자리가 아니니 타이는 필요 없었다. 상
갓집에 가는 게 아니니까 검은색 정장은 말고, 셔츠도 독특한 건
피하라고도 말해야 했다.

짙은 네이비 정장에, 화이트 드레스 셔츠, 노타이 정도가 괜찮
지 않을까. 선혜는 뿌리 부분에 볼륨을 넣고 C컬을 말며 틈틈이
거울에 비치는 방 밖을 살폈다.

"우형아."

11시가 넘자 옷을 갈아입은 선혜가 직접 우형을 찾기 위해 집을 돌아다니기 시작했다.

"네."

답은 우형의 드레스룸 안에서 들렸다.

똑똑. 노크했다. 문은 닫혀 있었다. 직접 들어가 옷을 골라 줄 생각이었다. 클래식한 정장이 없다면 그나마 격식을 갖춘 것처럼 보이는 거라도 대신 찾아내야 했다.

신혼여행 때 입었던 셔츠, 슬랙스, 니트, 자켓, 코트 위주의 깔끔한 룩들도 괜찮았지만, 아버지가 원하는 드레스 코드는 미슐랭 스타 레스토랑보다도 엄격했다.

"거기 있어? 들어가도 돼?"

"네."

문 앞에 서서 물었다.

"들어오세요."

문을 열려는 순간, 달칵, 문이 열렸다.

문을 열고 선 우형이 선혜를 내려다봤다. 짙은 네이비색 정장 바지. 클래식한 화이트 드레스 셔츠. 덜 잠긴 커프스. 그리고 목에 걸린 상아색 넥타이. 옅은 노란색 패턴이 미세하지만 화려했다.

자신이 고른 드레스를 입고 옆에 선다면, 아무것도 모르는 사람도 커플이라고 추측할 디자인이었다.

"찾으셨어요?"

넥타이를 매게 할 계획은 없었다. 하지만 이 상황에서, 그 넥타이는 빼는 게 좋겠다고 말하는 건 이상했다. 가족들 앞에서 커플처럼 보이는 걸 싫어한다고 생각하게 될지도 몰라, 오해의 소지가 있었다.

가족들은 고지식한 편이었다. 격식에 맞지 않게 캐주얼한 건 견디지 못하고 요구된 것보다 더 잘 갖추어 입은 사람은 싫어하지 않는다. 그러니 넥타이 자체엔 문제가 조금도 없었다.

"아냐. 아니."

"네?"

"기사님 안 쓴다고 했지. 택시 내가 부를게. 30분쯤에 나가자. 여기서 20분 정도 걸릴 테니까."

"아, 제가 아까 예약해 뒀어요."

우형이 웃었다. 조금 전에요.

입 모양만 움직인 건지, 뒷부분은 거의 속삭이는 것처럼 들렸다.

"그럼……. 계속 준비해."

선혜가 한 걸음 물러났다. 우형은 문을 닫지 않고 선혜를 보았다.

"왜?"

무표정하게 물었다. 우형은 입술을 벌렸다가, 닫았다가, 다시 열어서 답했다.

"잘 어울려요."

"……."

"예쁘시네요."

문이 닫혔다. 막힌 문 앞에서, 선혜는 손등으로 볼을 짚었다.

사생아로 태어났다는 것이, 유복하지 못하게 자랐다는 뜻은 아니었다. 그동안 보여 준 테이블 매너를 생각하면, 어떤 자리에 어떤 옷을 입고 가야 하는지 아는 게 이상할 것도 없었다.

무슨 생각인지 모르겠다. 좋지 않았다. 좋은 징조가 아니었다.

4.

트렁크에 선물을 싣고 택시 문을 열어 주는 우형은 스무 살처럼 보이지 않았다. 앞머리를 반쯤 넘겨 이마를 드러낸 스타일도 그랬지만, 몸에 밴 매너가 그를 더 성숙해 보이게끔 했다.

"고마워."

선혜가 먼저 차에 올랐다. 우형은 가볍게 미소 지어 보이고는 따라서 차에 올랐다. 그는 택시 기사와 날씨 얘기를 하며 웃었다. 낯선 사람에게 건네는 인사말 역시 다정했고, 그런 일에 익숙한 티가 났다.

원래 알고 있던 부분이었다. 유럽에서와 크게 다를 것도 없었다. 그런데 몸이 스칠 만큼 가까워지는 순간마다 그의 어른스러움을 의식하게 됐다. 몇 년을 후하게 그의 나이에 더하더라도 여전히 자신의 나이에 못 미친다는 걸 아는데도.

"향수는 안 뿌리는구나."

순간 무방비하게 생각을 말해 버렸다. 머스크향 같은 게 나지 않는다는, 스치듯 떠올린 생각이었다.

"향수요?"

"응. 향수."

"뿌릴까요?"

우형이 시계를 찬 손목을 매만지며 물었다.

이제야 보이는 거지만, 시계 역시 옷과 더불어 아버지의 취향이었다.

"어떤 향 좋아하세요?"

"글쎄."

선혜는 시선을 창밖으로 돌렸다. 좀 달달한 게 좋긴 했다. 다만 남자 향수는 잘 몰라서, 특정한 브랜드를 말할 수가 없었다.

"더 생각해 볼게."

선혜는 생각에 잠겼다. 편안하고 달콤한 향에 대한 생각이 아늑한 기분을 불러왔다.

5.

한남대교와 한강 너머가 멀리 보일 때쯤, 선혜가 차 안의 정적을 깼다.

"선환 오빠, 연진 언니, 선재 오빠는 따로 만나 봤으니까 알 거고. 부모님도 뭐 그렇고. 결혼식 때 선율 언니랑은 인사했나?"

선혜는 사 남매 중 막내인데, 첫째가 선율, 둘째가 선환, 셋째가 선재였다. 그중 선혜를 제외하면 결혼을 한 건 둘째인 선환밖에 없었다. 선환은 연진과 3년 전에 결혼했고, 지금 연진은 첫 아이를 임신한 상태였다.

"인사만요. 금방 가셔서 오래는 못 뵀어요."

"언니가 좀 까칠하게 느껴질 수 있어. 악의가 있어서 그러는 건 절대 아냐. 부모님 앞에서는 특히 그러니까. 아버지가 언니한테 한소리 하면 분위기 험악해질 텐데 그럴 때는 그냥 가만히 있으면 돼. 말리지 말고, 표정 변화도 없이, 가만히."

"네."

"견해가 완전히 반대니까 두 사람 있는 자리에서 정치 얘기는 절대 피하고. 역사 얘기도 주제가 변질될 우려가 있으니 조심하고."

"네."

선혜는 그것 외에도 주의사항을 여러 개 알려 주었다. 연진 언니가 요즘 예민하다고 하니까 주의하고, 둘째 오빠가 결혼까지 생각했던 여자친구랑 헤어진 지 얼마 안 되었으니까 주의하고, 엄마가 친구들한테 자랑할 수 있게 엄마 핸드폰에 웃는 얼굴로 사진 찍혀 드려야 하고, 등등. 우형은 하나하나 꼼꼼히 새겨들었다. 집중한 모습이 진지해 보였다.

"신경 쓸 게 많지. 이렇게까지 해야 하나 싶은데, 난 용기가 없어서 1년에 서너 번 참는 게 한소리 듣고 두고두고 씹히는 것보다 나은가 봐."

"저도 같이 실수하지 않을게요."

그다음에 우형은 선혜가 읊어 준 목록을 짧게 정리해서 들려주었다. 기억력이 비상했다.

"고마워. 정말."

"제가 감사하죠."

선혜는 맥락을 잡지 못하고 고개를 기울였다.

"정말 잘 보이고 싶은데, 방법을 몰라서 고민했거든요. 하나하나 알려 주시니까, 정말 도움이 돼요."

답하려고 했던 말을 잊었다. 선혜는 괜히 고데기로 말아 둔 머리끝을 매만졌다.

"혹시 가족들 관해서 궁금한 거 더 있어?"

남산1호터널에서 나와 을지로 입구를 지나쳤다. 조금만 더 가면 목적지였다.

우형은 특별히 궁금한 게 떠오르지 않는지 잠시 입을 다물고 있었다. 그러다가 그가 꺼낸 것은 질문이 아니었다.

"친하신가 봐요."

"누구?"

"처형이랑요."

처형. 선혜는 그 호칭이 가리키는 사람이 누구일까 잠시 생각했다. 가족을 칭하는 우형의 호칭이 낯설었다.

아내의 언니, 선율 언니를 부르는 말일 터였다.

"응. 의외로 서로 좋아해."

선혜가 웃음을 터뜨렸다.

"어떻게 알았어? 사람들은 내가 언니 얘기하면 보통 짐작도 못하는데. 신기하네."

아이처럼 웃는 옆모습을 바라보는 시선이 무언가에 홀린 것처럼 머물렀다.

우형은 선혜의 고개가 움직이려 하자 황급히 시선을 돌려 밖을 보았다. 그의 손이 자신의 얼굴 근처로 올라왔다.

택시가 멈추었다.

6.

가족 모두가 차를 타고 사라지고, 건물 바깥엔 선혜와 우형만이 남았다. 신혼집에서 나올 때만 해도 초봄답게 쌀쌀했는데, 오후가 되자 햇살도 좋고 황사나 미세먼지도 없어 완벽한 봄날이 됐다.

"다들 새신랑 엄청 좋아하네. 나보다 더 예쁨받는 거 같아."

"그건 아니겠죠."

식사 분위기는 적당히 나이스했다. 엄마와 연진이 각자의 선물을 마음에 들어 했던 시작이 특히 괜찮았다. 두 사람이 기뻐하면 자동으로 두 명분의 기쁨이 추가되기 때문이었다. 중간에 아버지와 선율 사이의 기류가 냉랭해지기는 했지만, 언성 높인 대화 없이 해결된 걸 보면 나름대로 선방했다고 볼 수 있었다.

"그런데 우형아, 여기서 난 빨리 사무실 가야 해서 지하철 타려고."

"저도 그럼 지하철 탈게요."

"그럴 필요 없어. 편하게 가. 어른들 때문에 완전히 기 빨렸을 텐데."

"전혀요. 전 그냥 좋았는데요. 게다가 케이크까지 배부른 채로 먹어서, 좀 걷는 게 나을 것 같아요."

티타임엔 선율과 선재, 아버지가 빠졌다. 각자 급한 일 때문이라고 했다. 덕분에 장소가 연진이 가고 싶다고 한 케이크샵으로 바뀌었다. 층고가 높고 조명이 밝은 케이크샵은 토요일 오후에 가족끼리 웃고 떠들기에 제격인 곳이었다.

자식 부부 두 쌍을 보는 엄마는 즐거워 보였고, 먹고 싶었다는 치즈 크레이프를 돌돌 마는 연진 역시 행복해 보였다.

어머니와 원래 친한 선환도 그 자리가 편치 않을 이유가 없으니 케이크집에서의 분위기는 더 화기애애했다.

하지만 분위기가 좋았다고 해서, 우형 역시 그 자리가 마냥 편할 거란 생각이 들진 않았다.

"불편한 티 나한테는 내도 돼. 연진 언니는 유치원 때부터 엄청나게 놀러 와서 엄마랑 오래전부터 가까웠는데도 결국 시어머니는 시어머니더라. 게다가 나도……."

"……."

"나도 힘들어. 내 부모님인데도 오래 얘기하면 가끔 죽겠다 싶지. 그래도 우리 부모님은 아버지가 다사다망하시고, 엄마가 자식들 바쁜 거 잘 이해해서 명절 빼면 분기별로 한 번씩 정도만 이래도 될 거야. 편하게 가."

선혜가 우형이 탈 택시를 잡아 주려고 도로 쪽으로 걸어갔다.

"그럼."

우형이 선혜의 앞을 막아섰다.

"역까지 바래다 드릴게요."

어쩐지 그건 바로 거절할 수가 없어서 망설이는데 핸드폰이 울렸다. 선혜는 우선 주머니에서 핸드폰을 꺼냈다. 김지환-밈플레잇. 액정엔 지금이 3시를 약간 넘긴 시간이란 것 역시 떴다.

"우형아, 잠시만."

통화버튼을 드래그했다.

"네, 선배."

—회사 가는 길?

"아직요."

—광화문 근처?

"딱 광화문은 아닌데, 네. 넓게 보면 근처예요."

—나도 지금 그쪽으로 외근 나왔거든.

"아, 네. 저는 지하철 타고 들어갈 생각이에요. 그게 빠를 것 같아요."

—내가 픽업할게.

"프로그램 다 사무실 컴퓨터에서 돌아가는데, 저라도 빨리 가서 보는 게 낫지 않을까요."

우형을 보았다. 우형 역시 선혜를 가만히 보고 있었다.

—가는 길에 들어야 할 거 있어. YK에서 펀딩 더 끌어올 수 있을 것 같은데, 예전에 미팅 들어갔던 게 선혜 너잖아.

"네."

—사무실 도착해서 회의실 들어가는 것보다, 차 타고 가면서 듣는 게 낫지 않을까. 월요일 9시 전까지는 답 달라는데, 그럼 나는 적어도 오늘 안에 검토 여부에 대한 정보는 다 들어야지. 내일 안에 다 같이 회사에서 의견 취합 끝내고. 어디야?

"어…… 그게."

우형은 말없이 기다리고 있었다. 거리가 시끄럽지 않아서, 김지환 선배의 목소리가 다 들릴 게 뻔했다.

"여기가…… 선배, 제가 문자로 주소 보내 드릴게요."

—알았어.

통화가 끊어졌다.

"나는, 선배 차 타고 가야 할 것 같아."

"그럼 저는, 올 때까지 같이 기다리면 되겠네요."

문자를 전송했다. 그리고는 둘 다 거리에 서 있기만 했다.

말없이 함께 있었던 때가 많았다. 유럽에서도 그랬고, 당장 점심 전만 해도 택시 안에서 정적이 꽤 오래 유지됐었다. 그런데 그 어느 때보다 침묵이 버거웠다.

"밈플레잇 대표님인가요?"

"응. 김지환 선배."

"결혼식 때 오셨던 것 같아요. 키 크신 분. 친해 보이시던데요."

"맞아. 친한가……. 선배 중에서야 가장 친한 편이긴 했는데."

말이 거기서 끊겼다. 그 이상 설명하기가 쉽지 않았다. 얼마나 변명해야 하는 건지도 감이 오지 않았다. 아니, 김지환 선배와는 변명이 필요한 사이가 아니었다. 설령 변명이 필요한 사이라고 해도, 우형에게 변명할 필요가 반드시 있는지도 의문이었다.

우형이 자신과의 관계를 어떻게 생각하는지, 얼마만큼 일반적인 부부처럼 굴어야 하는지부터가 모호했다.

김지환 선배의 차가 도착할 때까지 대화엔 조금의 진전도 없었다.

"밈플레잇 대표 김지환입니다. 우형 씨? 결혼식 때 보고 또 뵙네요."

"네."

"역시 훤칠하시다."

"감사합니다."

김지환은 차에서 내려 선혜보다도 우형에게 먼저 인사했다. 정장을 입은 두 사람이 악수했다. 키는 엇비슷했지만, 우형의 눈높이가 약간 더 높았다.

"언제 술이라도 한잔해요. 선혜 남편이면 나랑도 친하게 지내야지. 선혜야, 먼저 타."

악수가 풀어지고, 김지환이 조수석의 문을 열었다. 선혜는 우형을 한 번 보고는 문 근처로 다가갔다.

"먼저 갈게."

"네."

우형이 웃어 보였다. 탁. 선혜가 차에 오르자 김지환이 문을 닫아 주었다.

"아무튼, 언제 또 봐요. 그냥 하는 말 아니라, 조만간 한번 술자리 갖죠."

"네."

"복 받으셨어요. 많이들 부러워합니다."

김지환은 크지 않은 목소리로 말했다.

"네. 알아요."

우형 역시 크지 않게 답했다. 김지환은 바로 차에 오를 것처럼 몸을 옮기려다가 멈추어 섰다. 그는 조금 더 우형의 가까이로 갔다.

"근데 이제 신입생이라고 했나? 우리 후배님은 아니고."

"네."

"선혜 대학 입학한 이후에 S대 아닌 남자가 들이댄 적이 없어서,

난 내가 꼭 그 상대가 아니더라도, 시집은 무조건 동문한테 갈 줄 알았거든요."

선혜는 안전벨트를 매고서, 두 사람 사이의 대화를 창문 너머로 지켜보았다. 바로 끝날 것처럼 보이지 않아 답답한데, 목소리까지 들리지 않았다.

"게다가 이렇게 빨리 보낼 줄은 몰랐는데."

"저는 저한테 오게 될 줄 알았습니다."

"……."

"저 말고 다른 남자에게 갈 거란 생각도 해 본 적 없습니다."

우형이 옅게 웃었다. 바람이 불어와 머리카락이 아주 조금 흐트러졌다. 우형은 그 상태로 한 걸음 물러났다.

"제 와이프 다치지 않게, 운전 조심하세요."

김지환의 표정이 딱딱하게 굳었다.

차가 시야에서 사라지는 순간까지 우형은 잔잔하게 웃고 있었다. 좌회전하여 빌딩 숲으로 들어가 보이지 않게 된 다음에야 미소가 풀어졌다. 뒤돌아서 걷는 우형의 얼굴엔 표정이랄 게 남아 있지 않았다.

7.

우형은 불 꺼진 신혼집에서 선혜를 상상했다. 문을 열고 들어와 다녀왔다고 인사하는 모습은 어떨까, 하고.

낮에 보았듯 차분하지만 화려한 드레스를 입은 채여도 예쁘고,

오직 편안함을 위해 디자인된 가벼운 티에 헐렁한 바지를 입고 들어서는 것도 예쁠 터였다. 그래도 둘 중 하나를 고르라면 야근 중엔 드레스가 갑갑하고 구두도 불편할 테니까 가능하면 편한 옷으로 갈아입고 업무를 끝마쳤으면 싶었다.

상상 속의 장면엔 웃는 얼굴로 그녀를 품에 안는 그가 있었다. 늦게까지 수고했어요. 망상이 창조한 주우형은 다정하게 말을 건넨다. 그렇게 우형은 선혜의 허리와 등을 끌어안으면서 속삭이는 장면을 수십 개의 레퍼토리로 그려 봤다.

다시, 다시.

더 자연스러운 인사는 어떻게 해야 할까, 어디에서 그녀를 기다리고 있는 것이 가장 평범할까 질문하며 야경이 내려다보이는 마루를 서성이기도 했다.

들어오자마자 격정적인 키스를 퍼붓는 것도, 다정한 포옹도 단념해야 했다. 남는 건 짧은 인사 후 방에 들어가는 선택지뿐이었다. 그녀에게 부담을 지우는 짓은 하기 싫었고, 고민 없이 행동했다가 후회하고 싶지도 않았다. 그러다 아무래도 제정신이 아닌 것 같아서 벽에 등을 대고 주저앉았다.

"안 와."

부정하려 애쓰는 자신에게 알렸다.

"올 이유가 없으니까."

아는데도 다시 망상이 부풀었다. 말도 안 되는 상황을 수백만 개쯤 가정해서 그녀를 다시 돌아오게 만드는 것쯤이야 머릿속으로는 얼마든지 가능했다.

말도 안 되는 결혼 역시 하게 되었다. 그 하나의 엄청난 성공에 도취해, 널뛰는 감정을 제어하지 못하고 주도권을 심장에 완전히 빼앗겼다.

다녀왔어. 그 목소리가 자신을 얼마나 행복하게 할지 그녀가 짐작 못 하기를 바라고, 동시에 알아 주기를 바랐다.

짐을 대신 넘겨받아야 할까, 코트 역시 내가 받아서 드레스룸에 걸어 주는 게 나을까, 오늘 하루 어땠냐고 하나하나 물어보는 게 나을까, 지나친 질문은 피곤한 사람에 대한 배려가 부족해 보이려나, 따뜻한 허브 티 한 잔을 내줄까, 입욕제를 풀어 놓으면 기뻐하려나, 빨리 자고 싶어서 싫어할까.

답을 알 수 없는 질문을 만나면 가지를 쳐서 모든 경우에 맞는 행동을 생각해 냈다. 무엇이든 원하는 대로 할 테니, 언젠가는 그녀가 답을 알려 주기를 바라면서.

"정신병자 같아."

사랑은 인간을 편집증적으로 만든다. 우형은 손으로 눈을 가렸다.

아무리 어른스러운 척하려고 필사적이어도, 어설픈 구석과 결핍된 부분이 너무나 많다는 걸 알았다.

그래서 아팠다. 동시에 스스로가 미친 상태라도 그녀의 남편인 상태로 미쳐있는 거라 생각하면 고통이 견딜 만해졌다.

낮에 보았던, 그녀가 좋아하는 선배의 뒷모습이 떠올랐다.

'지환 선배도 제가 선배 꽤 좋아하는 거야 아시잖아요.'

그 사람일 것이다.

'그것만 알아주세요. 그 이상은 말고, 그냥 그러셨으면 좋겠어요.'

같은 마음이었을까. 우형은 그 답만은 절대로 알고 싶지 않았다.

8.

YK 펀딩은 불발됐다. 누군가의 잘못 때문도, 밈플레잇에 타격이 큰 일도 아니었다. 국제 유가 시장이 요동치면서 투자자가 생각을 바꾼 듯하니 어쩔 수 없는 문제였다.

그래도 큰 프로젝트에 참여할 기회를 놓친 게 아쉬웠는지 밈플레잇의 임원들 몇이 회의실에 둘러앉아 술을 땄다. 전원은 아니어도, 파운더끼리 갖는 오랜만의 술자리였다.

선혜는 도망치려다가 유민성과 전수연에게 붙잡혔다. 거절하려 했지만 30분만 있다가 가란 애원에 결국 끌려오고 말았다.

"선혜. 이걸로?"

유민성이 선혜에게 한 손에는 토닉 워터를, 다른 한 손에는 보드카를 쥐고 흔들며 물었다.

"전 그냥 주종은 맥주로……."

"여기, 선혜야. 형들이랑 누나도 맥주 원하면 이걸로."

이희결이 선혜의 자리 앞에 맥주를 하나 놓고, 그 옆자리에 앉았다. 선혜는 고맙다고 말하며 받아들었다. 이희결에 대한 배신감을 억누르려 노력하지 않아도 이제는 행동이 퍽 자연스러워졌다.

"내 맥주가 나는 하나도 안 마시는데 싹 사라졌다 했더니……."

김지환이 이희결의 머리카락을 헝클어뜨리고서 유민성에게서 잔을 받았다.

"아, 형! 왁스 바른 건데!"

이희결은 헝클어진 머리를 다시 돌려놓고서는 김지환의 허리를 퍽퍽 두들겼다. 둘이 투덕거리면서 시시껄렁한 장난을 쳤고 술자리는 꽤 화기애애한 분위기로 시작됐다.

잔이 전부 돌고 건배를 하고 나서는 이희결과 유민성, 전수연이 담배를 한 대씩만 피고 오겠다며 일어났다.

"새신부 빨리 집에 보내야 하는데, 저것들이 배려가 없네."

"그러게요."

선혜는 작게 한숨을 쉬면서 맥주를 한 모금 더 마셨다. 김지환은 다리를 꼰 채 의자에 기대어 선혜를 보았다.

"남편이랑은 잘 지내?"

"……네."

잘 지낸다면 잘 지내는 편이었다. 서로 만나지 않을 뿐.

오늘은 신혼집으로 퇴근할까, 내일은 어떨까, 그 생각을 반복하다 보니 가족 모임 이후 일주일이 또 흘러갔다.

정말로 신혼집에 돌아갈 수 없을 정도로 바쁜 건 아니었다. 심리적인 장애물이 오히려 큰 원인이었다.

우형이 왜 갑자기 왔냐고 물어보면, 답할 말이 없는 것도 문제였다. 처음부터 신혼집으로 퇴근을 했으면 그곳으로 돌아가는 게 당연했을 텐데, 이미 오랜 시간을 들어가지 않았으니 들어갈 계기가 특별히 없는데도 들어가는 게 이상하게 보일 것만 같았다.

우형의 질문에 답을 못하고 집에서 도로 나오는 건 더더욱 이상할 터였다.

"그래?"

"네."

"집에 맨날 안 들어가도 이해하는 게 쉬운 일은 아닌데."

김지환은 무언가를 안다는 듯이 말했다. 선혜는 맥주병을 잠시 바라보다가 김지환에게로 시선을 옮겼다.

"알고 계셨어요?"

"너 살던 투룸이 바로 옆에 있는데 모르기가 쉽나. 남편이랑 싸웠어?"

"아니요."

"안 싸운 거면 더 문젠데."

"신경 쓰지 마세요."

"오지랖이야?"

"네."

결혼의 내막을 어느 정도 알고 있는 건 밈플레잇 안에서는 이희결뿐이었다. 밈플레잇을 살리기 위해 아버지에게 돈을 받는 것에 우형과의 결혼이 조건으로 걸려 있었다는 걸 공공연하게 알리고 싶지 않았다. 자랑스러운 얘기도 아니고, 다른 동료들에게 마음의 짐을 지우고픈 생각도 없었다.

그러나 아무리 우형이 잘생겼다고 해도 갓 스무 살이 된 여섯 살 연하와의 결혼이 자신이 벌일 만한 사건처럼 안 보이리라는 건 알았다.

"어떻게 만났는지 묻는 것도 오지랖인가? 결혼도 거의 통보식으로 말하고, 신혼여행도 안 가겠다고 하는 거 우리 회사 전 직원이

합심해서 휴가 다 빼 줬더니 돌아와서 신혼여행 얘기는 하지도 않고."

"그건 감사하게 생각해요. 그런데 사적인 거니까……."

"알아. 막 캐물을 부분은 아니지. 근데 궁금하잖아. 그게 범죄는 아니라지만 몇 달 전만 해도 미성년자였고, 만날 시간은 있었나 싶기도 하고. 처음엔 어쩌다 아이를 가진 건가 생각했는데."

김지환이 선혜의 손에 잡혀 있는 맥주병을 봤다.

"그것도 아니고."

"……소개받았어요. 어른들 통해서."

틀린 말도 아니었다. 아버지와 어머니가 선혜보다 먼저 우형을 알았다.

"어지간히 잘사는 집 아들인가 봐."

"비슷해요."

"의원님한테서 온 투자금 엮여 있었던 거지? 거기에 뭔가 있는 거고."

김지환은 말을 더는 돌리지 않았다.

"선혜야. 나 바보 아냐."

"희생했다고 생각 안 해요. 제가 원했던 거고, 불만 없어요. 우형이도 싫지 않아요."

싫지 않은 것보다는 더 좋은 쪽으로 기울어 가고 있는 것 같기도 했다. 선혜는 입술을 꾹 다물었다가 맥주를 두어 모금 더 마셨다.

"그래. 귀엽긴 하더라."

"네?"

"남편."

선혜는 김지환이 저런 평가를 할 만한 사건이 있었을지 떠올려 봤다. 일주일 전 차 밖에서의 대화가 짐작 가는 전부였다.

"우형이요?"

선혜는 안주를 집으려고 들었던 젓가락을 다시 내려놓았다. 김지환은 의자 팔걸이에 팔꿈치를 대고서 술이 든 잔을 작게 흔들었다.

"일주일 전쯤, 저번 주말에 술자리 잡자고 얘기했었잖아."

"네."

"진짜 약속 잡아서 만났어."

당연히 인사치레일 거라고만 생각했다.

"엄청 마셨어. 나도, 주우형 씨도. 스무 살이니까 허세가 덜 빠졌는지, 주량 이상을 치기로 먹더라. 어린 티가 나. 덕분에 카드 값 꽤 긁었어. 어린 네 남편이 해롱거리면서 궁금해하더라. 너랑 나 무슨 사이냐고."

"네?"

김지환이 쿡쿡 웃었다. 그리고는 잔을 테이블 위에 두고 자신의 머리를 이마에서부터 뒤로 쓸어넘겼다.

"우린 플라토닉한 사이였다고 말해 줬어. 정신적으로만 깊은 사이였다고. 그러니까 뭐라는 줄 알아?"

선혜는 황당함을 감추지 못하고 김지환을 보았다. 정신적으로 깊은 사이였다는 건 그녀도 알지 못했던 사실이었다.

"그러니까 그러더라, 누구도 자기보다 정신적으로 깊은 사랑을 할 순 없다고. 변함없이 몇 년 째래. 아무리 생각해 봐도 타임라인상 그 상대가 선혜 너일 수는 없고."

"……."

"사랑, 사랑. 사랑하는 사람 얘기를 하면서 거의 울더라. 장난 아닌 순애보야. 자기한테 올 때까지 평생 기다릴 수 있대. 그때를 위해 뭐든 하겠다고."

김지환은 다시 잔을 잡아 술을 넘기더니 더 덧붙였다.

"영원히 사랑할 거고, 무슨 일이 있어도 사랑할 거라고. 결혼이 아니어도 완성될 사랑이라고 하면서 또 블라블라. 심지어 그 사람이 자기 영혼의 주인인 반려자래. 그런 표현 처음 들어 봤어. 요즘 그렇게 말하는 순정파가 어디 있어."

"……."

"근데 덕분에 나랑 이해관계가 맞아서 다행인 것 같긴 했어. 주우형 씨는 자기 사랑이 지금도 너무너무 미치게 보고 싶다고, 내내 붙어 있으면 싶은데 그럴 수가 없어서 미칠 것 같다고 해서, 내가 최선을 다해서 도와주겠다고 했지. 그 사랑이 누구든지. 그러니까 눈을 빛내더라. 술에 취한 녀석이. 해롱대는 와중에 갑자기 눈만 반짝반짝."

선혜는 테이블만을 쳐다보며, 의자에 기댔다. 양팔을 몸 가까이 당겨, 최대한 태연한 몸짓으로 머리카락을 넘긴 다음에 팔짱을 꼈다.

"선혜야."

"네."

"돈 때문이었지."

선혜는 담배를 피우러 나간 사람들이 빨리 돌아오기만을 바랐다.

"이해해. 그리고 이제 밈플레잇은 돈 받았으니까 해결된 거 아냐? 의원님이 이제는 싹 다 빼가도 우리 아무 문제 없어. 그냥 몇 년 뒤에 이혼하면 되겠네. 주우형 씨는 그 영혼의 반려자, 아무튼 그 상대한테 보내 주고. 우리 밈플레잇 이제 순항할 일만 남았어. 국제적 기업이 될 거고, 누구도 못 막아. 게다가 딸이 하는 사업인데 의원님께서 나서서 깽판 치시겠어?"

"정확하게 제 사정 다 모르시잖아요. 전 이혼 쉽게 생각하려고 결혼한 거 아니에요."

선혜는 고개를 저었다.

"너 나 좋아한다고 했잖아."

"선배로서 좋아해요. 여전히 좋아하는데, 그거랑은 다른 문제예요."

"난 너 기다릴 수 있어. 갔다 온 것도 큰 하자라고 생각 안 해. 너도 알지만 나도 좀 더럽게 놀았잖아. 그리고 우린 대학 다닐 때부터 누구나 다 인정하던 특별한 사이잖……."

"이상한 말 좀 마세요."

선혜는 그의 입을 틀어막고 싶었다.

S대 재학시절부터, 김지환과 이선혜는 S대에서 유명한 조합이었다. 재학 중에 드라마, 영화, CF, 토크쇼 고정 출연 혹은 차트 상위에 오르는 음반 발매를 하는 정도에 비할 순 없지만, 교내 꿀교양 목록에 비견할 만한 인지도는 있었다.

'경비쇼2(경영대 비주얼 쇼크)'라고, 학교 익명 커뮤니티에서 두 사람을 칭하는 웃기는 용어가 있을 정도였다. '경비쇼3'라며 가끔 이희결을 끼워 넣어 세 사람을 세트로 묶는 일도 있었지만, 대부분은 선혜와 김지환 둘 만을 묶어 경비쇼2라고 했다. 동시에 사람들은 근거 없이 두 사람이 오랜 연인 관계라고 추측했다.

하지만 사람들이 짐작하는 것과는 다르게 졸업 전까지 선혜와 김지환이 특별한 사이였던 적은 없었다.

"넌 나 여전히 좋아하니."

"선배가 생각하시는 그런 감정 아니었어요. 이제는 진짜 아무 의미도 없고. 착각하지 마세요."

졸업 후 선혜와 김지환의 관계는 이상해졌다. 김지환이 적극적으로 선혜에게 이성적인 호감을 표시하기 시작한 것이 원인이었다.

선혜는 기본적으로 김지환을 좋아했지만, 김지환이 가까이 다가오려 할수록 그가 거북해졌다. 대화를 나누는 시간이 길어질수록 그의 매력은 증발했고, 업무에도 사감이 끼어드는 것 같아서 소름이 끼쳤던 순간도 있었다. 다행히 김지환도 그게 문제란 걸 바로 깨달았는지 그 이후에 같은 실수를 반복하진 않았다.

남자의 근본은 여자가 바꿀 수 없다. 설령 둘 사이에 사랑이라는 감정이 실제로 싹튼다고 해도. 그건 선혜가 수많은 커플이 깨지는 걸 지켜보면서 깨달은 바였다.

동시에 몇 년 동안 봐 온 경험으로 단언하건대 김지환은 좋은 선배가 될 수는 있을지언정 연애 상대로는 최악이었다. 선혜는 유능하고 천재적인 선배를 잃고 싶지 않았고, 밈플레잇의 좋은 동료 관계를 지킬 수 있길 간절히 바랐다.

그래서 이야기했다. 선배를 정말 좋아하고, 좋은 선배를 잃고 싶지 않아서, 선배를 남자로 생각하지 않겠다고. 선배도 부디 그래 달라고.

"넌 나 좋다고 하기는 했었잖아. 다가왔던 남자 중에 나 이상으로 좋아했던 남자가 없다며. 그럼 때 되면 주우형이랑은 정리하고 나랑 결혼해야지."

"선배……."

유부녀를 상대로 이 선배가 미쳤나 싶은 생각이 일었다.

탁.

김지환의 말에 혼이 빠졌는지 사람들이 돌아오는 소리도 제대로 듣지 못하고 있었다. 선혜는 화들짝 놀라며 소리가 난 방향으로 몸을 돌렸다. 회의실 문은 원래부터 열린 채였고, 복도에서 사무실로 들어오는 문도 열려 있었다.

"희결아, 왔……."

이희결이 아니었다. 그곳에 있는 건 우형이었다. 몸을 돌려 멀어져 갔다. 들어오지도 않고, 그대로 사라져 버렸다.

"내가 우리 회사 한번 와 보라고 불렀는데……."

선혜는 몇 초를 굳어 있다가 의자를 박차고 일어났다. 그대로 우형을 따라 나갔다. 엘리베이터는 모두 올라오는 중이었다. 선혜는 계단을 달려 내려갔다. 그러나 건물 밖에 이미 우형은 없었다. 뒤늦게 따라 내려온 김지환이 다가왔다.

정신적 바람은 쌤쌤이야, 라고. 우형을 놓쳐 버린 선혜에게 김지환은 그렇게 말해 주었다.

선배랑 저랑은 바람 그 비슷한 것도 아니에요, 선혜는 울 것처럼 그렇게 말했다. 어깨를 도닥여 주려 하는 손을 거칠게 뿌리쳤다. 손이 덜덜 떨렸다. 이렇게 당황스러워할 이유가 없는데, 우형의 반응도, 그에 대한 자신의 반응도 너무나 격했다. 무엇도 진정되지 않았고, 호흡이 뒤늦게 가빠졌다.

선혜는 외투 없이 늦은 밤의 봄바람을 맞으면서도, 우형을 따라가서 해 주고 싶었던 말이 무엇인지 알아내지 못했다. 그래서 그날도 두 사람의 집으로 돌아가지 않았다. 우형이 말한, 우형이 사랑하는 사람에게 갔을, 그런 자그마한 가능성 때문에 그가 있어야 하는 둘의 집으로 돌아가는 것이 너무나 무서웠다.

그를 만나기 위해 간 집에서 그를 찾을 수 없을 미래만 선명하게 그려졌다. 두려운 일을 애써 저지르고 싶지 않았다. 전화도 걸수 없었다. 하고 싶은 말을 추리고 추려 변명을 늘어놓았을 때 그가 아무런 반응을 보이지 않으면 어떻게 행동해야 하는 건지 조금도 모르겠어서, 끝내 용기를 내지 못했다.

9.

사건은 순식간에 벌어졌고, 수습은 오랜 시간 이루어지지 않았다. 우형은 대학을 자퇴하고 학원에서 살았고, 선혜는 짐을 챙길 때만 신혼집에 갔다. 투룸 전세의 계약 기간이 끝나고 선혜가 신혼집에 들어간 뒤에도 선혜와 우형이 집 안에서 마주치는 일은 거의 없었다.

그나마 있었던 진전은 선혜가 김지환에게 우리 사이엔 어떤 가능성도 없다며 선을 그은 것이었다. 김지환은 그 사인을 제대로 이해한 것처럼 밈플레잇의 유능한 대표로 돌아와 주었다.

시간은 금방 흘렀다. 우형은 군대에 갔고, 안 그래도 뜸하던 만남의 횟수는 끔찍하게 줄어들었다. 선혜는 우형의 생각을 궁금해하며 잠 못 들던 순간들을 잊었다. 우형이 원한 건 분명해 보였으며, 자신이 원했던 것 또한 그랬다. 쌍방 모두 돈 때문에 한 결혼이다. 그 명제만 머리 안에서 굳어졌다.

균열은 항상 있었다. 그래서 안고 있던 것이 박살 났을 때, 무엇을 정확한 원인이라 짚어 내기도 어려웠다. 밈플레잇이 망가지면서, 선혜는 시선이 닿는 모든 것에 환멸을 느꼈다.

통보

1.

어쩌면 마지막일지도 모르는 밤이 지나갔다. 삐익. 삐익. 탁자 위의 자명종이 내는 소리에 눈을 뜬 건 선혜 혼자였다. 하얀 손이 이불 속에서 빠져나와 알람을 껐다.

"으......"

갈라진 목소리가 흘러나왔다. 목을 매만져 본 뒤 몸을 일으키는데 맨 살결의 느낌이 뽀송했다. 다리를 벌리고 얽히던 장면이 기억나는 것보다, 지금 다리 사이가 질척거리지 않는 것이 더 신경쓰였다.

여자의 몸은 인형 같은 게 아니라고. 면역력이 약해지기도 하고, 호르몬의 영향을 받아 컨디션이 널뛰기도 한다고. 그러니 그렇게 심하게 쏠린 뒤 각종 체액에 범벅된 상태로 놔두면 염증 때문에 산부인과에 가야 하는 일이 생길지도 모른다고. 선혜는 언젠가 자신이 우형에게 해야 할 법한 말을 도리어 우형에게서 들은 적 있었다.

맞는 말이라 고개를 끄덕거리며 알았다고 했다. 어쩐지 혼나는 기분이었다. 몸을 일으켜 씻으러 가려는데 우형이 먼저 다리의 오금 아래에 팔을 넣어 몸을 번쩍 들어 올렸다. 반사적으로 급히 그의 목에 팔을 감았다. 떨어질까 긴장했던 것이 무색하게, 욕실까지 안아 옮겨 주는 남자의 품은 편하기만 했다.

'제가 씻겨 드릴게요. 힘드실 테니까 가만히 계세요.'

아내의 몸이니까 걱정하는 게 당연한 거라고, 최대한 아프지 말라고. 그는 그렇게도 말했다. 샤워기를 들고 온도를 확인하는 남자의 목소리는 퍽 다정했다.

오늘 새벽, 정신을 놓듯이 잠에 빠져들던 다음에 그가 한 일들은 그때와 비슷하겠지. 선혜는 심호흡을 크게 하고서 이불을 걷어 냈다.

허벅지 안쪽이 왕복 운동의 마찰 때문에 여전히 붉었다. 그것 외에도 빨려서 울혈이 진 흔적이 곳곳에 보였다. 눈을 질끈 감았다. 흔적을 무시하며 침대 아래로 다리를 내리는데 이물감이 몸을 채우던 감각이 시차를 두고 다시 느껴진다고 생각될 만큼, 무언가 불편했다.

"으."

아픈 건 아니었다. 그래도 어제 좀 격렬했구나, 하는 걸 바로 알 정도는 됐다. 선혜는 고개를 절레절레 젓고 최대한 빨리 욕실 안으로 들어갔다. 물을 맞으면서 머리 안의 장면들까지 씻어 내고 싶었다.

샤워를 마치고 나오자 2층 부엌의 토스터에서 나는 빵 냄새가 1층 침실까지 퍼져 있었다. 선혜는 수년 전부터 집에서 아침을 먹지 않았다. 출근길에 라떼를 한 잔 사서 먹는 게 고작이었다. 반면에 우형은 아침을 빵과 과일로 챙겨 먹는 편이었다.

평소라면 조금도 신경 쓰지 않았을 테지만, 새벽까지 격렬한 운동을 한 덕인지 배가 이상하게 고팠다. 하지만 어제처럼 아무런 신경도 쓰지 않으려고 했다. 머리를 말리고 출근 준비를 마치는 데에만 집중했다.

우형은 바삭한 빵과 따뜻한 커피를 아침으로 먹으며 태블릿으로 기사를 읽는 일에 집중하고 있을 거고, 그의 앞자리는 누군가를 위해 마련된 자리가 아닐 터였다. 선혜는 출근길에 라떼와 함께 베이글이나 하나 더 주문해야겠다고 생각하고 말았다.

2.

선율이 오랜만에 선혜에게 전화를 걸었다. 자매끼리 얼굴 까먹기 전에 저녁이나 한번 하자는 용건이었다. 선혜가 좋아하며 생각나는 레스토랑 목록을 읊었고, 선율이 그중에서 프렌치 레스토랑을 골랐다. 바삭하고 촉촉한 바게트에 리예뜨를 덕지덕지 발라 먹고 싶단 이유에서였다.

"이선혜요. 두 명으로 예약했는데요."

"네. 교수님께서는 먼저 와 계십니다. 이사님 정말 오랜만에 오셨네요."

"그러게요. 바빠서 자주 오고 싶어도 그럴 수가 없네요."

매니저가 레스토랑 입구에서 선혜를 맞았다. 선혜 역시 익숙하게 인사하며 코트를 벗어 다른 직원에게 건넸다.

"의원님께서도 종종 오시고, 사모님께서는 나흘 전에도 오셨는데 교수님이랑 이사님께선 언제 오시나 했습니다."

어머니의 취향에 딱 맞아 레스토랑이 오픈했던 10년 전부터 방문해 온 곳이었다. 아르바이트생으로 시작해 이제는 매니저가 된 직원이 가족들에 대해 아는 체를 했다. 선환 오빠 부부는 조카 둘을 데리고 가끔 방문하며, 선재 오빠는 선혜만큼이나 이곳을 자주 찾지 않는다고. 선혜 역시 매니저에게 안부를 물었다.

홀에 들어서자 창가 테이블에서 선율이 핸드폰을 내려놓고 손을 흔들어 인사했다. 선혜는 미소 지으며 다가갔다. 누가 봐도 자매로 보이는 외양이었다. 다만 20년 전부터 항상 선혜의 머리카락 길이가 선율의 두 배쯤 되었던 탓에 두 사람을 혼동하는 이는 누구도 없었다.

"늘 드시는 코스로 드릴까요?"

선혜가 자리에 앉자마자 선율이 주문을 시작했다.

"네. 거기에 리예뜨만 양 추가 부탁드려요. 바게트랑. 두 배쯤이요."

"가격 추가 없이 그렇게 드리겠습니다."

"그래 주시면 정말 감사하죠."

"뭘요. 저희야말로 항상 감사드립니다. 다른 거 필요하신가요?"

"저는 괜찮아요."

선율이 눈짓으로 뭘 더 원하는지 물었다. 선혜는 추가할 것이 없나 살피며 메뉴판을 넘겨보았다. 모든 게 바뀐 것 없이 그대로여서 달리 덧붙일 게 없었다.

"저도 괜찮아요."

"와인도 드시던 대로 준비해 드릴까요?"

"전 그렇게 할게요. 선혜야 넌 운전?"

"응. 난 차 끌고 와서. 와인은 언니만 주세요. 전 혹시 코코넛 워터…… 있을까요?"

"메뉴에는 없지만, 항상 찾으시니까 준비해 뒀습니다."

선혜는 웃으면서 감사하다고 말했다. 매니저는 깍듯이 고개를 숙이고는 메뉴판을 받아 나갔다. 테이블에 의자를 바짝 당겨 앉은 선율이 팔꿈치를 테이블 위에 올렸다.

"우리 선혜, 얼굴 보기 왜 이렇게 힘들어."

"그러니까. 잘 지냈어?"

"오늘 중간고사 문제 만들고, 뭐. 그거야 괜찮은데 채점이 끔찍하지."

선율의 근황 얘기가 이어졌다. 그러다가 다가오는 할로윈이나 크리스마스, 맛있는 팬케이크를 파는 이태원 브런치 레스토랑, 캐나다 오로라 여행 같은 주제를 넘나들었다.

대화의 중간에 첫 플레이트가 나와서, 주제가 프랑스 회화로 바뀌기도 했다. 고대하던 리예뜨가 서빙된 이후엔 선율이 요즘 몰두한 논문의 개요를 들었다. 자매의 수다는 수다의 본질에 걸맞게, 예측 가능한 맥락을 따라 흘러가지 않았다.

"그래서, 선혜. 넌 요즘엔 어때?"

"그냥 뭐."

한참을 돌고 돌아 다시 최근의 일상사가 화제가 되었다.

"연민이랑 저번 주말에 테니스 쳤는데, 회사 상황은 무난하다고 듣긴 했어."

"응. 일이야 똑같이 잘 돼. 옛날보단 여유 있고, 그나마 편하고. 심연민 대표님이랑도 나이스하고."

선혜가 모든 친구와 직업을 동시에 잃었다고 생각했을 때 MZ 컴퍼니의 심연민 대표를 소개하며 새 일자리를 찾아 주었던 것이 선율이었다. 선율과 심연민 대표는 중학교 동창이면서, 석사학위를 같은 대학에서 비슷한 시기에 받은 동갑내기 친구였다. 모두 선혜보다 여섯 살이 많고, 결혼 생각이 없었다.

"그 외에 별다른 일은 없고?"

선혜는 마지막 바게트가 든 바스켓을 선율의 앞으로 밀어 주었다. 그리고는 선율이 리예뜨를 싹싹 긁어서 바게트에 올려 먹을 때까지 잠시 기다렸다.

"있어."

선율은 음식을 씹으면서 눈을 다소 크게 떠서 의문을 표시했다. 선혜는 금방 선율의 의문을 해소해 주지 못했다. 그 이야기를

해야겠다는 생각을 하면서 운전해 오기는 했으나 쉽게 입 밖으로
꺼내 놓기가 힘들었다.

"무슨 일 있었어?"

바게트를 삼킨 선율이 조심스럽게 물었다. 그때 직원이 다가와
빈 접시들과 바게트를 추가로 담아 줬던 바스켓을 치웠다. 두 사
람은 메인 플레이트가 놓일 때까지 조용히 기다렸다. 선율이 와인
을 몇 모금 넘겼다.

"그냥."

선혜는 부르기뇽 안의 소고기를 썰었다. 괜히 손을 부산하게
움직이는데, 선율은 와인 잔을 들고 선혜의 눈을 보기만 했다.

"뜸 들이지 말고."

"일이 있었던 건 아니고, 있을 예정에 가까워."

"말해 봐."

선율이 잔을 내려놓았다.

"내가 걱정해야 하는 문제야?"

"아닐걸."

"어디 아파?"

"아니."

"임신했어?"

"아냐, 아냐. 그건 아냐."

선혜는 급히 손사래를 쳤다. 그리고 뱉어 버렸다.

"이혼하려고."

"……이혼?"

"응. 이혼."

"네 남편이랑. 내 하나뿐인 제부."

"그렇지."

이혼. 그 단어를 선언하듯 꺼낸 건 처음이었다. 선혜는 썰어 둔 소고기를 입 안에 넣고 꼭꼭 씹었다. 다 먹은 다음엔 그 안의 각종 채소도 차례로 입 안에 넣었다. 선율은 한 손으로 입을 가리면서 몸을 뒤로 물렸다. 등이 의자 등받이에 닿았다.

"왜?"

"할 때가 된 것 같아서."

"대체 무슨 소리야."

"특별한 건 아니고. 때가 됐다 싶으니까."

선율은 드라마틱하게 반응하지 않았다. 관찰자가 된 것처럼 침착하게 선혜의 반응을 지켜볼 뿐이었다.

"합의는 된 거야?"

"아직 말 안 꺼냈어. 그렇지만 그냥 혼자서 막 결정한 건 아니야."

"어떻게 말을 안 꺼냈는데 혼자서 결정한 게 아닐 수가 있어?"

선율은 비난하거나 책망하는 어투로 들리지 않도록 주의하면서 동생에게 물었다. 정말로 아무 계기가 없을 리가 없었다. 무언가가 있는데 말하기가 싫은 게 분명했다.

계기라고 하기엔 너무 사소해서, 혹은 말할 수 없을 만큼 충격적인 거라서. 선율은 선혜와 우형의 성향을 고려하면 전자일 확률이 높다고 생각했다. 보통이라면 이혼할 만한 큰 계기가 아니겠지만, 적어도 선혜만은 방아쇠가 당겨졌다고 생각하게 됐을 무언가.

선율은 선혜가 사람들이 기대하는 것처럼 귀한 공주님 취급만 받으며 어린 시절을 보내지 않았다는 걸 알았다. 덕분에 어렸을 때부터 동생은 유독 인간관계에 방어적이었다. 성인이 되고는 친구들도 많이 생기면서 나아지나 했는데, 밈플레잇이 매각되는 과정을 겪은 뒤에 선혜는 더더욱 사람들에게 벽을 쳤다.

물론 겉으로 보기엔 멀쩡했다. 선혜의 얕고 넓은 인간관계는 여전히 잘 유지됐다. 똑똑한 머리는 사교적으로 보이는 방법을 잘 학습해 낸 듯싶었다. 그러나 가까이 있는 선율에게는 타인에 대한 모든 신뢰가 선혜의 내면에서 지워지는 게 보였다.

이후로 선혜는 불신을 극복하길 원치 않았다. 선율도 억지로 상처를 끄집어내 동생을 다치게 하고 싶지 않았다. 동생에게는 이미 가정이 있고, 그 배우자가 선혜와 그 누구보다 잘 어울리는 사람이니 시간이 결국 그 한 사람에게만은 선혜의 마음이 열리게 할 거라고 쉽게 믿어버린 탓도 있었다.

어쨌거나 뭐가 됐든지, 이 밑도 끝도 없는 통보를 받은 상황에서 너 좋을 대로 하라고 할 수는 없는 노릇이었다.

"선혜야. 나는 결혼이 뭐 그리 숭고한 제도라고 생각하지 않아. 그래서 이혼이 딱히 개인의 오점이라고도 생각하지 않고."

"응."

"하지만 이혼이 이유 없이 할 만한 일도 아니라고 생각해."

선율은 다른 걸 먼저 물어보기로 했다. 짐작되는 부분이 몇 가지가 있었다.

"작년쯤에…… 아이 가지고 싶은 것 같다고 했잖아. 제부한테 얘기는 해 봤어?"

"……이제 그렇게 생각 안 해."

"내가 궁금한 건 지금 생각이 아니고. 그러니까, 예전에 그렇게 생각할 때는 말해 봤어?"

선혜는 가만히 테이블을 보다가 고개를 저었다.

"내가 낳은 애는 대체 무슨 고생이고, 우형이한텐 또 무슨 날벼락이겠어. 그리고 이젠 생각 접었어. 그냥 언니한테도 그때 별생각 없이 말했던 거야."

"선혜야. 연민이한테도 물어봤었잖아."

"……."

"출산휴가 관해서. 연민이가 역으로 얼마 전에 나한테 오히려 물어보더라고. 누굴 닮든 애 엄청 예쁘겠다 했는데, 다른 이유로 마음 접은 건지, 아니면 자기가 이선혜 이사한테 비슷한 주제로 앞으로 얘기 절대로 꺼내면 안 되는 뭐가 있는 건지."

"내가 우형이한테 물어보면."

선혜는 목소리를 더 작게 냈다. 테이블 사이의 간격이 넓은 레스토랑이지만, 누구도 그들의 대화를 듣지 않았으면 했다.

"나 듣기 좋게 거짓말할 거야. 그리고……."

"제부 이제 그렇게 어리지 않아. 그렇게 생각 없지도 않고."

"진짜 내가 애라도 가지면, 우형인 살면서 내내 책임져야 하잖아. 애한테도 미안한 일일 거고."

"그런 건 일단 제부 생각을 들어봐야 알 수 있는 문제지. 물어보지도 않고……."

"그만해. 안 물어봐도 알아."

떠올리기 싫은 고백이 기억났다.

우형에게는 삶의 이유가 되는 사람이 따로 있다. 섹스야 몸이 동하니까 성욕을 풀기 위해 법으로 구속된 상대랑 그냥 하는 거라고 치더라도, 아이를 만드는 문제는 달랐다. 물어보고 싶지도, 요구하고 싶지도 않고, 거절당하고 싶지도 않았다.

"……선혜야."

"기대하고 실망하고 뭐 그런 거 지긋지긋해. 설득하고, 애원하고, 나만 등신이 되고. 내가 얼마나 대화를 해 보려고 필사적이었는데 김지환이고, 이희결이고, 싹 다 하나같이 나한테……."

"……."

선혜는 말을 잇지 못하고 물잔을 찾아 맹물을 들이켰다.

"미안. 언니한테 화낼 게 아닌데."

"괜찮아."

"그냥, 사람이랑 부대끼면서 사는 거 힘들어. 불편한 게 나만 그러겠어? 이런 감정은 결국 상대도 알아. 내가 좋은 엄마 될 것 같지도 않고, 우형이가 계속 2층에 있는 것도 신경 쓰여서 힘든데, 우형이도 지쳤겠지. 당장은 아니어도 나랑 살다 보면 지치게 돼. 더 나이 들면 서로 성욕도 사라져서 몸도 필요 없어질 거 아냐. 이제는 그냥, 제발 혼자 살고 싶어."

유독 함께하면 감정의 진폭을 크게 만드는 사람이 있다. 선혜에게는 선율이 그랬다. 의연하고 무덤덤하게 넘어갈 수 있던 문제들이었는데, 언니 앞에서 이야기를 꺼내다 보면 뒤늦게 서러워졌다.

어렸을 때부터 언니에게 안겨 많이도 울었다. 선율 역시 그걸 알았다. 미세하게 떨리는 선혜의 손을, 선율이 감쌌다.

"달콤한 디저트라도 빨리 달라고 할까?"

"괜찮아."

"선혜야. 일단 너무 서두르진 말자."

선혜는 눈을 감고, 숨을 크게 들이마셨다가 뱉었다.

"알았어. 고마워."

"뭘."

"나도 누군가한테 언니 같은 사람일 수 있으면 좋을 텐데."

선율은 조금 더 즐거운 화제를 꺼냈다. 대화는 다시 화기애애하게 이어졌고, 선혜는 중간중간 작게 웃기도 했다.

디저트까지 코스가 끝나고도 수십 분을 일어나지 않고 더 떠들었다. 선율이 와인을 한 잔 더 비우고 다음 약속을 잡은 다음에야, 다음의 만남을 기약하며 일어났다.

선율은 선혜의 차가 멀어지는 걸 확인하고서 핸드폰을 꺼냈다. 그리고 망설이다가 평소에는 연락하지 않던 사람에게 문자를 보냈다.

[제부 우리 한번 만날 수 있을까요. 선혜 관련한 건데. 괜찮은 시간 있으면 알려 줘요.]

[빠를수록 좋습니다.]

다른 사람 인생에 오지랖 부리며 간섭하지 말자는 게 인생 신조였다. 그러나 사랑하는 동생의 인생에 의도치 않은 대참사가 일어날 것 같다면, 그건 예외상황이었다. 동생을 위해 재해를 막아내거나, 재해가 불가피하다면 대피소라도 대신 만들어 줄 필요가 있었다.

3.

차고엔 선혜의 차 하나뿐이었다. 우형이 타는 세단은 아직 서울 어딘가를 누비는 모양이었다. 선혜는 벨트조차 풀지 않고 운전석에 한참을 머물렀다.

처음엔 선율과의 대화를 돌이키며 굳어 있었는데, 협력업체 박재균 본부장의 전화를 받은 뒤부터는 통화에 집중하느라 나갈 수가 없었다.

—저희는 작가님이랑 협의가 된 줄 알았는데, 알고 보니 담당 PD의 독단적인 결정이고, 외주사니 뭐니 해서, 아, 암튼 파벌 싸움 복잡하고, 설명하자면 엄청 깁니다. 어쩌죠. 이사님 정말 죄송합니다. 제가 윤 부장한테 연락하니까, MZ컴퍼니 쪽은 PJ 결정권자가 이사님이라고 해서 이 늦은 시간에 정말 진짜 죄송하고 또 죄송…….

"괜찮습니다. 어쨌거나 김찬규 PD는 여전히 진행 의사가 있는 거죠?"

—모르겠어요. 작가는 엄청 화났고. 작가가 그런 낙하산일 줄 저희가 어떻게 알았겠어요……. 으으. 면목이 없습니다.

"위에 CP는요?"

─전화를 안 받으시는데……. 으아. 죄송합니다.

선혜는 마이크를 가리고서 상대가 들을 수 없게 한숨을 쉬었다.

"김찬규 PD랑 통화하고, 그쪽 의견 확실하게 정리해 주세요. 제가 CP가 프로젝트 엎어 버리는 일은 없게 할 테니까요. 통화 끝나면 문자 남겨 주세요."

─네, 네. 알겠습니다.

사고를 수습하기 위해 차에 앉아서 20분을 더 보냈다. 태블릿을 켜 메일과 서류를 뒤지고, 뒷좌석에 둔 노트북을 열고, 전화를 다섯 통쯤 하고 나서는 좌석이며 옷매무새며 모든 게 난리였다.

하지만 파국에 이를 줄 알았던 우려가 무색하게, 모든 문제가 담당 작가의 사소한 오해에서 비롯된 것으로 결론이 났다. 끝에는 오히려 처음에 소리를 지르던 담당 작가가 모든 관계자에게 죄송하다는 문자를 돌리는 웃기는 장면까지 연출되었다.

미디어 콘텐츠 개발·투자를 하는 MZ컴퍼니에 10월 들어 처음 떨어진 폭탄은 다행히도 불발탄이었다.

[이사님 PJ 엎어진다는 거 무슨 얘긴가요?]

그리하여, 마지막 통화를 마칠 때쯤에 도착한 심연민 대표의 메시지에 마음 편히 답신을 보낼 수 있었다.

[해결됐습니다. 그대로 진행합니다.]

잠금 버튼을 누르고 조수석에 던지듯 놓았다.

"하아."

선혜는 기진맥진해 운전석 시트를 뒤로 넘기고 누워 버렸다. 이 황당한 상황에 대해, 선율이 아까 레스토랑에서 했던 말이 예언처럼 느껴졌다.

'어떻게 말을 안 꺼냈는데 혼자서 결정한 게 아닐 수가 있어?'

맞는 말이었다. PD랑 작가의 싸움에 적용하면 천만 번 옳기만 했다. 사업을 하면서 마주치는 장애물의 상당수는 의사소통 부재의 결과물이었다. 의사가 곡해되거나, 소통이 단절되거나.

쌍방이 의도하지 않은 오해만큼 난해하고 허무한 것도 없다. 수십, 수백만을 죽인 역사적 전쟁들 역시 비슷한 이유로 시작된 것들이 많다.

비단 정치나 비즈니스 세계에 국한된 문제가 아니었다. 그러니 우형의 이혼 의사를 파악하기 위해 대화를 시도해야 한다는 건 타당한 조언이었다. 굳이 결혼을 인생을 건 M&A라고 비즈니스적으로 표현하지 않더라도, 사람이 둘 이상 모인 곳에서 중요 결정을 하기 위해 의사소통을 해야 한다는 건 진리였다.

그런데 왜 자꾸 회피하냐고 물어보면, 그냥, 그러고 싶다고, 당장은 그렇게밖에 답할 수가 없었다. 사람에게는 누구나 일관되지 않은 구석이 있으니까. 거부감이 들고, 답을 아는 걸 미루고 싶고, 마음에 나도 모르게 벽을 세워 두고픈 그런 것들이 있으니까.

그리고…… 굳이 물어보지 않아도 답을 알고 있는 것들이 있으니까. 처음엔 이혼 문제 앞에서 태연했다. 막연히 이혼을 언젠가

해야 할 것으로 생각하고 있을 때도 그랬고, 수표를 마주했을 때도 그랬고, 변호사와 약속을 잡으면서도 그랬다.

그런데 침대에 앉아 베개 위로 흩어진 머리카락을 만지던 우형을 보고 난 뒤부터 뭔가가 꼬이기 시작했다.

우형의 사랑 이야기는 항상 거북했다. 여러 사람과의 통화 중에는 잊혔던 선율과의 대화까지 떠올라 어지러웠다.

얘기는 하자. 얘기는 해 봐야지. 내일쯤. 아니면 내일모레. 변호사 미팅을 며칠 미룬 덕에 아직 조금은 여유가 있으니까.

선혜는 시간을 확인하고, 시트를 다시 앞으로 당기고, 안전벨트를 풀고, 핸드폰을 챙기기 위해 손을 뻗었다.

똑똑.

"아."

선혜의 고개가 운전석 창문 방향으로 돌아갔다.

"우형아?"

우형이 운전석 문을 열었다.

"차 없는데, 어떻게 퇴근했어?"

"기사님 따님이 교통사고로 응급실로 갔다고 해서요. 그냥 제 차 몰고 가시라고 했죠. 집에 도착해서 연락받았는데 다행히 큰일은 아니라고 해요."

"다행이네."

차에서 내린 다음의 분위기가 어색했다. 선혜는 춥지도 않은 곳에서 코트를 여몄다. 우형은 어제 침실로 왔을 때와 비슷한 차림이었고, 머리카락 끝이 살짝 젖어 있었다. 금방 씻은 듯했다.

"차고엔 왜 내려왔어."

"분명히 차는 주차된 것 같은데 너무 오래 들어오시는 소리가 안 들려요. 무슨 일 있나 걱정돼서."

"아……. 급한 전화 때문에. 일이 좀 꼬였다고 해서. 정리하느라."

"해결된 건가요?"

"응. 잘."

집으로 들어가는 문을 우형이 열어 주었다. 자연스레 선혜가 먼저 발을 들였다.

"몸은 좀 괜찮으세요?"

선혜는 뒤에 선 우형을 돌아보지 않았다.

"응."

"다른 일은 없으세요?"

"응. 별일 없어."

선혜는 2층으로 올라가는 계단 앞에 우형이 멈추어 있다는 확신이 들고서야 몸을 돌렸다.

"올라가."

"네. 필요하면 부르세요. 언제든."

침대로 오길 원하면 어제처럼 문자를 보내서 침실로 부르라고, 교통사고가 나도 바로 전화해서 병원으로 부르라고. 우형의 말엔 다층적인 의미가 있었다.

"선배."

부름에 붙잡혀 몸이 굳었다.

"뭐든지 제가 먼저 알았으면 좋겠어요. 다른 사람 통해서 말고요.

남편은 다른 사람 아니고, 바로 저잖아요."

우형은 답을 기다리는 것처럼 집요하게 선혜의 입술을 바라보았다. 그러나 선혜는 당장은 해 줄 말이 없었다.

"잊으시면 안 돼요."

"알아. 그런 거 없어."

선혜는 고개까지 양옆으로 작게 저어 보였다.

"편하게 주무세요."

우형이 두어 칸 계단을 올라갔다. 긴장이 조금씩 풀어졌다. 성큼성큼 다가와 오늘도 위로가 필요하다며 키스라도 하면 밀어 낼 수 있었을까, 그런 질문을 떠올리는 걸 멈추었다.

"그래. 잘 자."

선혜는 침실로 들어가 형체가 모호한 그림을 보고 섰다. 언니를 만나 중요한 계획을 말하면 기분이 편안해질 줄 알았다. 조금도 그렇지 않았다.

4.

[이선혜 이사님 안녕하세요. 임현아 변호사님과 내일 16시 30분, 코리센터아트빌딩 18층 D코너 회의실에 미팅 잡혀 있으십니다. 1층 리셉션에서 뵙겠습니다. 확인 뒤 짧은 회신 부탁드립니다. 감사합니다. 김지유 대리 올림.]

선혜는 1층 소파에 앉아 임 변호사의 비서가 보낸 문자를 들여다봤다. MZ컴퍼니에 관한 이야기를 한 뒤, 가사사건을 하는 변호사를 만나 협의이혼에 관해 상담할 계획이었다.

우형이 이혼 상담에 대해 다른 사람을 통해 알게 되어서는 안 됐다. 비밀유지의무에도 불구하고 로펌에서는 종종 정보가 밖으로 흘러나가니, 오늘 밤과 내일 새벽이 주어진 전부였다.

뒤통수를 맞았다는 기분이 들게 하고 싶지 않았다.

우형이 차고의 입구에서 1층 거실로 들어온 것은 9시를 앞둔 시간이었다. 다소 느슨해진 넥타이와 흐트러진 머리가 직장인의 피로를 드러냈다. 그래도 완벽한 정장이란 생각이 들기는 했다.

"왔어?"

우형은 선혜를 바라보고 멈추었다. 눈이 조금 크게 뜨였다가 작아졌고, 입술이 벌어진 건 그다음이었다.

"기다리셨어요?"

"응."

우형의 입술이 작게 뻐끔거리다 소리를 내지 않고 닫혔다.

"연락 주셨으면 더 빨리 왔을 텐데."

그는 선혜의 의중을 살피는 표정으로 느리게 다가왔다.

"금방 9시인데 늦은 퇴근으로 안 느껴지는 걸 보니까, 고생이네."

"아무래도, 잘 해 보고 싶어서…… 그러다 보니 이렇게 되네요."

"앉아. 마실 거 줄까?"

선혜의 앞에도 음료가 있지는 않았다.

"아뇨, 저도 딱히."

"그래, 그럼."

우형은 선혜와 90도 방향에 앉았다. 정적이 감돌았다.

"회사생활 힘들지?"

"괜찮아요."

우형이 작게 웃었다. 시선을 내리깔았다가, 눈을 몇 번 깜빡이고는 시선을 올려 선혜를 시야에 담았다. 볼과 귀가 조금 붉어진 것처럼도 보였다.

"나도 누가 물어보면 예나 지금이나 괜찮다고 하긴 하지. 근데 사회생활은 초년생이든, 10년 차든, 정년을 앞두고 있을 정도로 오래 하더라도 다 힘든 거랬어. 힘든 거 알아."

바로 본론을 뱉기가 그랬다. 선혜는 낮은 테이블을 보며, 마실 게 있으면 도움이 되었을 거란 생각을 뒤늦게 했다.

"그래도, 전 정말 괜찮아요."

"그래?"

"네. 그렇게 걱정해 주시면 그나마 조금 안 괜찮던 것들도 괜찮아져요."

"내가 물어보면?"

"네."

실없는 말이었다. 선혜는 내포된 뜻을 짐작하기를 관뒀다. 원래 다정한 화법을 구사하는 상대고, 서론처럼 꺼낸 주제에 목매고 싶지 않았다.

"우형아."

"네."

두 사람이 서로를 보았다. 선혜가 먼저 시선을 피했다.

"중요한 얘기를 할 거야. 너도 짐작하고 있을 것 같지만, 우리 사이도 이제 뭔가 정리가 필요하잖아."

"정리요?"

"응. 나한테 잘 보이려고 더 애쓸 필요 없어."

선혜는 손끝을 보았다. 표정을 보지 않고 짧은 되물음만으로 알아낼 수 있는 것은 많이 없었다. 우형이 변함없이 다정하게 말하고 있다는 것밖에는.

망설였다. 어떤 말로 표현해야 의사를 가장 잘 전달할 수 있을까 오래 고민했다.

"보내 줄게."

그러나 선혜의 노력은 성과를 거두지 못했다.

"무슨 소리를 하시는 건지 모르겠어요."

우형은 여전히 아무것도 알아듣지 못한 것처럼 말했다.

5.

"무슨 얘기냐면, 우리……."

"네."

"이혼하자."

예고 없이 절벽으로 떠밀렸다. 우형은 말을 잃었다. 표정이 딱딱하게 굳어갔다.

쿵. 쿵. 얼굴에서 피가 빠지고 심장이 거세게 뛰었다. 짧은 말의 의미를 이해하지 못한 것은 아니었다. 네 글자의 의미를 정확하게 인식했기에 대체 무슨 뜻이냐고 되물을 수도 없었다.

"내가 생각해도, 더 늦어져서 복잡하게 꼬이기 전에 이혼하는 게 나을 것 같아."

확인사살이 이어졌다. 잘못 들은 거라고, 더 기다리면 조금 전의 네 글자가 진짜 무엇이었는지 추측해 낼 수 있을 거라고, 이제는 그렇게 합리화를 해 볼 수도 없었다.

"너를 위해서 하는 일일 뿐만 아니라, 나를 위한 거기도 하니까 서로 힘들 것도 없고."

며칠 전 그녀의 침대에서 키스하고 섹스하던 기억이 선했다. 어떤 감촉이었는지, 어떤 온도였는지 전부 되짚을 수 있었다. 마치 지난 밤인 것처럼 아직 잔상에서 벗어나지 못했다. 그렇기에 조금도 준비되지 않은 통보였다.

"시기가 이쯤이면 좋겠다고 너도 생각하고 있었을 것 같아."

자신 역시 통보를 예상했을 거라는 그녀의 태도가 이상했다. 그러나 왜 그렇게 생각하냐고 물을 용기가 없었다. 그걸 묻기 위해서는 그전에 그녀가 꺼낸 말을 알아들었다는 걸 인정해야만 할 테니까.

"내가 너 돕겠다고 했던 거, 오래전에 약속했던 건 언제까지나 유효해. 주인규 다시 법정에 서야 할 때, 원한다면 연락해. 언제든 협조할 테니까."

"……."

"우리 서로 갈 데까지 가서 끝내는 거 아니잖아. 난 끝까지 네편일 거야. 법적 구속이 풀려도 내 도움이 필요하면 불러. 갈 테니까."

우형은 갈피를 잡지 못했다.

왜?

말을 꺼내기는커녕 눈동자조차 굴릴 수 없었다. 심장이 억눌려지고 갑갑해서 토할 것 같은 게, 원래 정신이나 의지와 무관하게 움직여야 하는 근육들에까지 마비가 오는 것 같아 두려웠다.

집에 들어와 그녀를 발견하고 들떴던 마음이 순식간에 뒤집혔다. 함께 재잘재잘 이야기를 나누면서 더 다가갈 수 있을 줄 알았다.

꿈일까. 그래, 가위에 눌린 것이길 바란다.

사실은 최근 들어 꿈이 아니기를 바라는 순간이 잦았다. 먼저 오는 연락, 보다 적극적으로 안겨 오던 몸, 세심한 손길, 훨씬 더 다정해진 것 같은 부름, 그리고 어쩐지 자신을 더 의식하는 것만 같은 미세한 변화를 마주할 때마다 모든 게 착각이나 백일몽이 아니길 바랐다.

그냥 차라리 전부 다 꿈이었으면. 우형은 이명이 울리는 것 같은 느낌 속에서, 부디 눈을 뜨면 땀에 범벅된 채로 깨어났으면 좋겠다고 생각했다. 그녀가 약간 더 무심하고, 냉대하는 현실로 돌아가더라도, 자신을 끊어 내려고 말도 안 되는 말을 꺼내는 상황보다야 나았다.

정말로 이건 아니었다.

조금도 어른스럽게, 의연하게 대처할 수가 없다.

"우형아."

진짜 남편이 되어 가고 있다고 생각했다. 내일은 오랜만에 처형과 만날 약속까지 잡았다. 별일 아닌데 괜히 더 들뜬 마음이 됐다.

처형은 아내가 누구보다 믿고 의지하는 사람이기 때문에 질투가 일 때가 많았지만, 그래도 처형이 아내에 관한 일을 논의하고 싶다고 연락하는 건 남편으로서 인정받고 있기 때문이라 생각하면 기분이 나아졌다.

모든 사람이 다 자신을 이선혜의 남자라고 생각한다. 그 사실에 하루하루 기뻐했다.

아무리 그녀가 감정적으로 자신을 원치 않더라도, 자신이 이선혜의 것이라는 감투는 주우형에게 견고한 갑옷과 같았다. 아무리 그녀라도 그걸 빼앗아가서는 안 됐다.

"우형아."

이름을 부르는 목소리는 늘 달았다. 그래서 독을 품고 있는 게 당연한 건가.

"듣고 있어?"

우형은 들리는 목소리를 모른 척하고 싶었다. 불안함이 발끝에서부터 몰려와, 이제는 목에서 찰랑거리며 숨통을 조였다.

선을 넘어가기로 기대한 게, 욕심을 더 낸 게 문제였다. 하지만 이렇게 버려지는 것은 불합리하다. 필사적으로 사랑한 것이 단죄가 내려지는 이유인 건가. 멈출 수 없는 사랑이 자신을 초라하고 힘없게 만드는 게 끔찍했다.

"지금은 때가 아닌 것 같아?"

"……."

"할 말을 정리해야 하는 거면 다음에 더 얘기해도 돼."

우형은 테이블만 보았다. 움직임이 없었다. 그러지 말라고 무릎

꿇고 비는 것이 답은 절대 아닐 텐데, 몸이 알아서 그렇게 굴 것만 같아서. 우형은 힘이 들어가지 않는 몸을 힘주어 멈추어 두었다. 빌 말도 없었다. 설득할 말로도 무엇도 준비된 게 없었다.

"우형아. 나 내일 변호사 만나."

한마디도 더 듣고 싶지 않았다.

"일단 그걸 알려 주려고 했어. 다른 사람 입으로 듣게 만들 수는 없잖아."

"……."

"아직 회사에서 자리 잡기 전이라서 시기가 문제라고 느껴지면, 시기를 늦추는 건 문제가 아냐."

"……."

"생각해 봤는데, 어차피 언젠가 정리할 거면 결혼생활 오래 끌어 봤자 좋을 거 딱히 없어. 우리 아버지한테 묶이는 것도 그렇고."

"……."

"회장님께서도 이미 마음 기우셨다고, 나도 소식통 통해서 들었어. 보수적이긴 하셔도 결국 이해해 주실 거야. 우형아 너 아직 서른도 안 됐기도 하니까, 결혼 다시 할 수도 있고. 요즘엔 서른 전이면 초혼으로도 이르다고들 하잖아."

선혜는 얼어붙은 우형의 표정에서 무엇도 읽어 내지 못했다. 생각을 정리할 시간이 필요한 거라고 짐작해 볼 뿐이었다. 선혜가 먼저 일어났다. 우형은 선혜를 따라 고개를 들지도 않았다.

"왜……."

우형이 잠긴 목소리를 냈다. 귀 기울이지 않으면 들을 수 없을 정도로 작은 물음이었다.

"내가 이혼하고 싶은 이유가 궁금해?"

선혜는 질문의 내용을 예단하여 답했다.

"나는, 태연한 내가 좋아. 그런데 우형아."

"……."

"계속 너를 보고 있다 보면 통제가 안 되는 느낌이 들어. 나도 원하는 거니까, 너를 위해 내가 이혼하는 거라고 죄책감 가질 필요는 없어."

선혜는 침실에 들어가 문을 닫고 주저앉았다. 생각만큼 깔끔하지가 않았다.

6.

"제부, 오랜만이네요."

선율이 우형을 만나러 E전자 강남사옥 근처 카페로 왔다. 우형이 미리 주문한 커피와 간단한 다과가 독립된 룸 안에 준비된 채였다.

"네. 처형도 잘 지내셨어요."

인사하는 우형의 안색이 어쩐지 파리했다. 눈의 흰자위에 미세하게 실핏줄까지 도드라져 보였다.

"어제 야근했어요? 피곤한 것 같은데."

"네. 약간요. 무리한 건 아닙니다."

우형은 자세한 설명은 삼갔다. 선율 역시 더 캐물을 이유가 없으니 화제는 금방 전환됐다.

"제가 먼저 만나자고 해 놓고 일정이 급해져서 시간도 바꾸고, 지금도 시간이 얼마 없어서 죄송해요."

"신경 쓰실 필요 없습니다. 전 괜찮습니다."

"그럼 제가 여쭤보고 싶었던 거 바로 여쭤볼게요."

우형은 조금도 손대지 않은 찻잔을 보며 기다렸다. 단죄라도 예상하는 표정이었다.

"선혜 말인데요……. 무례한 질문처럼 들리진 않았으면 좋겠어요. 전혀 악감정이나 그런 거 없이, 혹시 선혜가 저한테 말하지 않은 사건이 있는지 확인해야 하니까 물어보는 것뿐이거든요."

"……네."

"선혜한테 무슨 잘못이라도 하셨나요? 누가 봐도 문제라고 동의할 만한 잘못이요. 물론 그런 일이 있었으면 선혜가 당연히 저한테 숨길 이유가 없다는 생각은 드는데, 혹시 모르니까 여쭈어보는 거예요."

"……."

"혹시라도 그런 짓을 저지르셨으면 이른 시일 안에 제가 알게 될 테니까 괜히 거짓말 지어내느라 애쓰실 필요 없다는 것도 말씀드릴게요."

우형은 눈을 감았다가, 떴다. 어제와는 다르게 목소리를 낼 수 없을 것 같은 상태는 아니었다. 그래서 입을 열었다. 뻑뻑한 목과 건조한 입술을 지나 낮은 목소리가 흘러나왔다.

"모르겠어요."

진심이었다. 동시에, 정말로 자신이 어떤 잘못을 했을지도 모르겠다는 생각도 했다.

"바람피우고, 물건 던지고, 몰래 도박하고, 범죄 저지르고 그런 것들 말이에요."

"그런 짓은 절대 안 합니다. 제가 어떻게……."

우형의 동공이 흔들렸다. 말끝이 흐려졌다.

"네. 일단 그럼 됐어요."

어제 소파에 그대로 멍하니 앉아 있다 보니 새벽이 지나갔다. 조금도 자지 않고 그대로 출근했다. 옷도 갈아입지 못했다. 어제랑 같은 정장에 넥타이라고, 오전에 마주친 주인규가 무어라 말하는 것에도 전혀 집중하지 못했다. 구내식당에서 점심을 먹으려다가 속이 울렁거려 숟가락을 놓았다. 화장실에 가 헛구역질을 했다. 속은 여전히 안 좋았다.

"제부."

"……."

"지금 괜찮으신 거 맞나요?"

모든 게 이렇게 쉽게 산산조각이 날 유리 같은 것이었는데 왜 조금의 준비도 해 놓지 않은 거지, 비난의 화살은 전부 자신에게 돌아갔다.

"괜찮아요?"

"제가, 그냥……."

우형은 필사적으로 괜찮은 척 연기했다.

"잠을 잘 못 자서요. 죄송합니다."

"네. 피곤하셔도, 다시 약속을 잡을 순 없으니까 말씀드릴게요. 제가 더, 너무 몰아붙이는 것 같아 죄송해요."

선율은 찜찜한 기분 속에서 하고 싶었던 말을 꺼냈다.

"저도 제부가 특별히 문제를 만들진 않았을 거라고 생각했어요. 폭력이나, 바람이나 그런 거요. 얼마 전에도 아버지 만났는데, 사람 워낙 안 믿으시는 분인데 사위는 밖으로 도는 녀석은 아니라고 호언장담을 하시더라고요. 제가 아버지를 뭐 그리 존경하는 딸은 아니라지만 인정할 건 인정해야 하는 부분이 있죠. 정말로 믿을 수 있는 사람은 잘 분별하시니까."

우형은 선율의 말에서 위안을 얻지 못했다. 듣고 싶은 건 칭찬이나 위로가 아니었다. 자신이 어떤 잘못을 했는지, 그게 고칠 수 있는 것인지를 알았으면 좋겠다는 생각에 스무 시간 가까이 아무 것도 먹지 못했고, 서른 시간 넘게 깨어 있는 몸을 질질 이끌고 이 자리에 온 것이었다.

"그런데 제부. 혹시 지금 이러는 게⋯⋯."

"⋯⋯."

"선혜가 이혼 얘기 꺼냈나요?"

우형이 고개를 들어 선율을 보았다.

"제부는 이혼 생각이 있어요?"

선율은 직구로 물었다.

"아니요."

답은 분명했다.

"조금도 없습니다."

우형은 다시 입을 다물었다.

"다행이네요. 그래서 지금 제부 상태가 안 좋은 거죠? 이선혜 애가 진짜, 서두르지 말라니까, 말을 안 들어요, 말을."

선율은 알겠다는 듯이 고개를 주억거리더니 뜨거운 커피를 몇 모금 마시고 내려놓았다.

* * *

"우리 형제들이나 부모님이 다른 사람한테 절대 안 꺼내는 얘기가 있어요. 저도 선혜가 원하지 않을 거 아니까 디테일하게 떠벌리고 싶지는 않아요. 그런데 선혜가 어떤 애인지 이해하고 이혼을 막고 싶으시다면……."

"네."

"말씀드릴게요."

우형이 선율을 봤다. 조금 전보다는 힘이 들어간 눈빛이었다.

"요약하자면, 어렸을 때 납치를 당했어요. 목적은 돈이었죠. 집에서 일하던 사람한테."

"……."

"몸을 다치진 않았고, 범죄자가 여자여서 성적 학대도 없었다고 하는데, 갇혀 있던 기간이 좀 길었어요."

시간이 많지 않은 건 사실이었기 때문에 선율은 금방 핵심을 쏟아 냈다.

"살아 돌아온 것에 감사하라고. 안 그래도 돈 많은 집 막내딸로 태어나서 타고난 게 많은 애가 납치당했다가 사지 멀쩡하게 돌아 왔으니 운까지 좋네, 그런 반응을 보인 친척들이 꽤 있었어요. 선 거가 멀지 않아서 아버지도 친척들 앞에서 상을 엎을 수가 없고, 이런저런 집안 사정에, 공개되면 안 될 이유가 또 많아서 기자들 이 눈치채게 할 수도 없고, 선혜 케어가 제대로 될 수가 없는 상 황이었어요."

"……."

"끔찍한 사건을 겪고도 선혜는 삐뚤어지지 않았어요. 사고 하 나 안 치고. 뭐, 봐서 아시겠지만, 너무 지나치게 잘 자랐어요."

우형은 하나의 추임새도 없이 선율의 말을 듣기만 했다.

"못된 어른들한테 설득된 거죠. 딱히 대단한 일 아니라고 생각 하려고 하고. 자긴 노력한 거 없이 타고난 운이 좋은 애니까, 어 쩌다 당하는 범죄나 겪게 되는 불행은 응보라며 감내하는 게 어 른스러운 거라고 믿고, 친절한 사람은 못 믿게 되고."

선율은 허탈하게 웃었다. 그 웃음을 보는 우형의 표정엔 미동 도 없었다.

"그 납치범, 엄마만큼이나, 아니, 엄마보다 더 선혜랑 시간을 많이 보내던 여자였단 말이에요."

"……."

"애가 잘 웃지도 않고 엄청 방어적이게 변하니까 처음에는 엄 마가 주기적으로 상담을 받게 했는데, 또 중고등학교 들어가니까 입시가 중요하잖아요. 미루고 미루다 보니 우선순위에서 한참 밀 려났죠. 학창시절에는 사실 성적이 모든 걸 대변하잖아요. 근데 선혜가 성적을 잘 받으니까, 아, 얘 머리에 아무런 문제가 없나 보다, 다들 그렇게 안심하고."

그래서 치료는 선혜의 일과에서 완전히 사라지게 됐다. 선율은 교복을 입은 선혜가 '오늘 상담은 취소됐다고 해서 안 갔어. 앞으로도 안 가도 된대.'라고 말하고는 방문을 닫아 버리던 장면이 생생했다.

"솔직히 선혜처럼 불평불만 없이 불행을 받아들이는 건 주변 사람들이 보기에 오히려 좋은 덕목이잖아요. 안 징징대고, 겸손한 사람으로 보이게 만드니까. 사람 잘 못 믿는 성격도, 유독 신중한 편이라고 생각하면 꽤 괜찮은 장점이죠."

"……."

"요즘 세상에 마음의 병은 감기처럼 누구나 겪는 일이기도 하잖아요. 디스크나 안구건조증 같은 것처럼, 난치병으로 지니고 사는 사람도 많고, 꽤 흔하고. 타인에게 피해 하나 안 줄뿐더러 개인에게 어쩌면 도움이 되는 성격을 갖게 된 선혜 같은 경우는, 사실상 교정의 필요성이 없다고 그냥 우리가 마음 편하자고 결론 내린 것 같아요. 이기적이게."

게다가 상담을 계속 받으면서 선혜가 눈에 띄게 나아지는 것 같지도 않았다. '너는 정신병자야'라는 걸 알리는 외에 실제로 치료가 이루어지는 게 아니라면, 그냥 가족의 사랑 속에서 안정을 찾게 하는 게 나을 것 같아서, 선율 역시 치료가 중단된 것에 대해 부모님에게 의문을 제기하지 않았다. 선혜와 더 시간을 많이 보내고 더 대화를 많이 해야겠다고 생각했을 뿐이었다.

"그런데 그래서 정말 선혜의 하루하루가 행복해졌는지, 그건 모르겠어요. 아마, 아니, 분명히, 아닐 거예요."

선율은 선혜에게 미안했다. 선환이나 선재 역시 비슷한 부채감을 느끼는 것 같았다. 그런데 성인이 된 형제들에게는 각자의 삶이 또 있었고, 어느 순간부터는 선혜가 그 누구보다 과거의 일을 끄집어내는 걸 끔찍하게 싫어하니까 다들 없는 일 셈 치게 됐다. 그렇게 과거의 사건을 존재하지 않는 것처럼 묻어 버렸다.

"그 뒤로, 이러저러한 이유로, 다 설명하기는 그런데…… 저는 제부가 계속 옆에 있으면 선혜도 나아질 거라고 생각했거든요. 선혜가 제부를 조금씩 더 좋아하는 게 보이고, 가끔 자기도 모르게 즐거워하면서 이런저런 소소한 제부 얘기를 하기도 하고, 게다가 제부가 워낙 선혜한테 다정다감하니까."

선율이 양 손바닥에 얼굴을 묻었다가 떼어 냈다.

"얘기가 중구난방으로 튀는데, 아무튼 대학 가서는 여러모로 진짜 괜찮았죠. 친구들도 많이 사귀고, 열정적으로 하겠다는 일도 생기고. 그래서 10년 전 사건은 알아서 다 극복했나 했어요. 괜히 선혜가 엄청 강한 애인데, 제가 선혜는 여리고 약하니까 절대로 극복하지 못할 거라고, 싸고돌면서 애를 아픈 애로 몰았나 싶어서 다른 의미로 미안하기도 했고."

선율은 커피를 더 마셨다. 당이 필요한 것 같아서 쉘초콜릿까지 입에 넣었다. 바삭. 필링이 입 속에서 다 사라질 때까지도 우형은 질문을 하거나, 감상을 덧붙이지 않았다.

"근데 결국 난리가 났죠. 그 관계가 완전히 박살이 났잖아요.

선혜한테는 최악의 상황이 된 거죠. 그 상황에서 선혜는 스스로가 정말 아무런 문제 없는 상태라고 믿고 있으니, 지켜보는 제 입장에서는 정말 환장하겠다 싶었어요."

"……."

"본인이 방어적으로 구는 걸 정상적인 반응이라고 생각해 버리는데, 거기에다 대고 저는 그게 아니라고 말해 줄 수도 없었어요. 왜냐면, 그렇게 만들어 버린 사람 중 하나거든요. 제가."

후회한다고 해서 어떻게 돌이킬 수 있는 문제도 아니었다.

그리고 동시에 그때도 선율은 어쨌든 선혜가 우형과 계속 함께 지내면 다시 입은 마음의 상처도 서서히 치유될 거라고 생각했다. 이희결이나 김지환이 아무리 선혜가 좋아하는 사람이었더라도, 남편에 비할 수는 없는 거니까.

관계로 생긴 상처를 회복하기 위해 수십 개의 다른 깊은 관계가 필요한 것은 아니다. 그러니 제부와의 관계만 계속 안정적이면 되는 거였다.

"호들갑 떨지 않았던 건 선혜한테 제부가 있어서예요. 예전에 저한테 그랬잖아요. 돈 때문에 한 결혼 아니라고. 선혜 평생 아껴 줄 자신 있다고. 거짓말은 아니었겠죠."

"……네."

두 사람은 결혼 전에도 만난 적 있었다. 결혼 이후에도. 선율은 항상 둘의 만남을 선혜에게 알리지 말아 달라 당부했다.

우형은 선혜에게 거짓말할 생각은 없었다. 그러나 애써 먼저 만남을 알리지도 않았다. 선혜는 선율과 우형이 만날 거라는 생각

자체를 하지 못한 건지, 혹시 언니랑 따로 만난 적이 있냐고 물어본 적이 한 번도 없었다.

"제가 결혼시키지 말라고 아버지한테 생난리를 치니까, 아버지는 제부가 E그룹보다 이선혜라는 사람을 원한 거라고 했어요. 제가 제부한테 그거 맞냐고 물어보니까 진짜라고, 애정 없이 선혜랑 결혼하기로 한 거 아니라고, 그러니까 제발 믿어달라고 저한테 그러셨던 것도 기억해요. 생각은 변함없는 거죠."

"네."

우형은 단호했다. 그것만큼은 자신할 수 있었다. 그때 이후로도 마음은 더 깊어지기만 했고, 사랑은 더 중증이 됐다.

"확실하게 말하는데, 저 선혜한테 큰 문제가 있다고 생각하지 않아요. 애가 비정상이라고, 병자 취급하는 것도 아니에요. 선혜가 지금처럼 계속 사는 거, 아무 문제 없다고 생각해요. 제부 옆에서 우리 막내가 안심할 수만 있으면. 이기적이게 들렸다면 미안해요. 저한테는 선혜가 중요하니까."

"저도 그렇게 생각합니다."

"네. 겉으로는 선혜 성격이 나이스하잖아요. MZ 대표로 있는 심연민, 걔가 입바른 칭찬 막 하는 스타일이 아닌데 그렇게 칭찬을 해요. 유능하고 성격 좋다고. 저도 그렇게 내 예쁜 동생 사회적으로 능력 있다고 인정받는 거 좋아요. 그러니까 더 행복해지기 위해서는 선혜 성격이 바닥부터 바뀌어야 한다고 생각하지 않아요. 선혜도 지금처럼 사는 거 좋아하니까. 저도 선혜가 스스로에 대해 자신감 가지는 거 좋아요."

"……."

"그런데 선혜는 그 상태로 혼자서 못 살아요. 사랑받고 있다고 확신시켜 주는 누구 하나는 필요해요."

선율은 확신에 차 말했다.

"혼자서 잘 살 수 있는 사람들 있죠. 제가 그런 사람이에요. 그런데 선혜는 자꾸 만나서 얘기하다 보면 정신세계가, 나쁘게 욕하자는 건 아니고, 정말로 별로 혼자 사는 것에서 안정감을 느낄 수 있는 타입이 아니거든요. 본인이 애착을 느끼면서 곁에 붙어 있는 사람이 더, 더 늘어났으면 좋겠다고 생각하는 게 보이는데……."

선율은 말끝을 흐렸다. 선혜가 아이를 원하는 것까지 이야기를 진행하는 건 너무 나갔다는 느낌이 들었다.

"아무튼, 선혜한테는 제부가 필요해요."

우형은 선혜를 가장 오래 지켜봐 온 사람이 해 주는 말을 마음 깊숙한 곳에 담았다.

"이혼 원하는 거, 더 좋아했다가 상처받는 거 싫어서 그러는 거예요. 의지하던 사람이 사라지면 이제 다시는 회복될 수 없을 것 같아서 두려운 마음에. 대체 무슨 상처를 받을까 봐 그러는 거냐고 물어보면, 본인도 대답 잘 못 할 거예요. 형체가 없는 두려움이고, 그동안 겪어 온 사건들이 만들어 낸 무조건적인 자기방어니까."

"……."

"이혼해 주지 마세요. 저한테 예전에 말했던 것처럼 선혜가 그렇게 좋으면, 뭐든지 감당할 자신 있으면, 제부도 여전히 선혜

놓아주기 싫을 거잖아요."

"네."

말 그대로 죽기보다 싫었다. 그녀를 위해 무엇이든 할 수 있다고 생각하면서, 그녀가 원하는 이혼은 도저히 해 줄 생각이 안 드는 모순적인 상황이었다.

"선혜는 진짜 지금 자기한테 필요한 게 뭔지 모르고 있어요. 저는 제가 이 정도 오지랖은 부려도 될 것 같거든요."

다시 조용해졌다. 선율은 다시 쉘초콜릿을 입에 물었다. 바삭. 바삭. 필링에 견과류와 쿠키가 들어 있어 선율이 초콜릿을 씹는 소리가 났다. 우형은 손을 뻗어 찻잔을 들었다. 따뜻한 라떼가 조금 넘어갔다. 스무 시간이 넘게 지나 처음으로 식도로 무언가가 흘려 보내졌다.

"제가…… 어떻게 할까요."

"저야 모르죠."

우형은 여전히 불안했다. 선혜에게 필요한 것이 조건 없는 아늑한 애정이라 해도, 선혜가 원하는 것이 자신이 아니라 다른 사람일 수도 있다는 가능성이 아직 목을 조르고 있었다.

"만약, 다른 사람을 원하면요?"

목을 쥐어짜 두려운 것을 물었다. 그런 상황에도 선율이 선혜를 멈추어 주겠다고 단언한다면 그나마 좋은 일이었다.

"누구. 김지환?"

"……."

"그 개 쓰레기 새끼는 우리 집안에 발 못들일 역적이고, 무엇보다 선혜가 그 쓰레기를 정말 역겹게 생각하거든요."

우형이 아는 바와 달랐다. 그러나 부정하지는 않았다.

"말도 안 되는 거 신경 쓰지 마시고, 선혜가 의지할 수 있는 사람이 돼 주세요. 서로 예의 너무 차리지 말고. 어리광부리는 거 받아 주고 싶다면서요. 어떻게 선혜가 어리광을 부리게 할 수 있을지는 모르겠지만, 시간도 더 많이 보내고, 대화도 좀 많이 해요."

갑작스럽게 할 생각은 아니지만, 선율이 말하는 건 꿈 같은 얘기였다.

"선혜는 제부가 자기 말고 다른 여자를 아내로 두고 싶어 할 거라고 생각하는 모양인데, 제부도 좀 적극적으로 그게 아니라는 걸 선혜한테 어필을 하세요. 너 하나밖에 없다고. 너 말고 다른 여자들 다 안중에도 없다고. 가능하면 이희결이랑 김지환 같은 새끼들도 좀 저 멀리 치워 주면 좋고."

"……"

"내가 웬만해서 커플들한테 이런 얘기 잘 안 하는데, 두 사람 정말 잘 어울려요. 선혜한테는 제부가 최고고 최선이에요. 자신감을 좀 가져도 돼요. 맨날 나 만나서 자기 와이프 너무 좋다, 좋다 그런 얘기 하지 말고 선혜한테 좀 해 보란 말이에요."

그걸 선혜한테 해도 되는 얘기라고 생각해 본 적이 없었다. 게다가 그동안 처형에게 선혜를 좋아한다고 별로 많이 얘기한 것 같지도 않았다.

정말 사랑하는 마음을 다 드러내려면 수백, 수천 배는 더 얘기해야 할 것 같은데 처형은 이미 완전히 질렸다는 표정이었다.

"전 이제 시간이 없어서 가 봐야 할 것 같은데."

"아, 네."

자리에서 둘이 일어났다. 급작스럽게 본론에 진입한 것만큼이나 빠르게 대화가 끝맺어졌다.

"조심히 가세요."

"그럼, 필요하면 연락하시고요. 제가 바쁘긴 해도 어찌어찌 시간을 만들어 보겠습니다."

"네. 감사합니다."

"뭘. 제가 사실 감사하죠. 그리고 앞으로 더 감사할 일 좀 많이 만들어 주세요."

함께 카페를 나선 뒤에, 문 앞에 나와 헤어졌다. 선율은 핸드폰으로 누군가에게 전화를 걸면서 빠르게 저편으로 사라졌다.

우형은 다시 사옥으로 발을 옮겼다. 시원하고 부드러운 바람이 몸을 덮었다. 죽으러 가는 기분으로 여기까지 걸어왔는데, 돌아가는 길은 그리 힘겹지 않았다.

선율의 모든 짐작에 동의할 순 없었다. 타인이 어떤 생각을 하는지는 누구도 모른다. 특정한 공식에 맞추어 타인의 사고를 간파해 낼 수 있다면 세상사가 이토록 복잡하지는 않을 터였다. 하지만 선율이 옳을 가능성은 있었다. 그리고 그 가능성에 모든 걸 걸고 싶었다. 아니면 어차피 모든 게 끝일 테니까.

차라리 죽는 게 낫다고…… 실현하면 분명히 범죄가 될 것들에 대해서도 새벽부터 많이 생각했다.

아낌없이 애정을 퍼붓는 거야 얼마든지 할 수 있었다. 사랑이 돌아오지 않는 것도 문제는 아니었다. 다만 여태껏 그럴 수 없었던 것은, 자신의 감정이 선혜를 거북하게 할지도 모른다는 공포 때문이었다.

사랑한다고 말하고 싶을 때가 많았다. 뒤늦게 사랑한다고 말하지 않았던 걸 후회했다. 필사적으로 참은 결과가 겨우 이것이었다.

그녀는 마치 단 한 번도 제게 사랑받은 적 없는 것처럼 행동했다. 자신에게 그녀가 중요한 사람이 아닐 거라 확신하는 선혜를 보며 존재 자체가 부정당하는 느낌은 참혹했다.

사랑하는 일보다 익숙한 건 없다. 다정하게 애정을 퍼붓는 건 태양이 지구를 집어삼키는 때까지도, 그다음 우주가 완전히 사라지는 때까지도 할 수 있었다. 이제는 사랑을 제대로 전하고 싶었다. 일방적인 것이어도 괜찮고, 그것이 설령 답이 아니어도 괜찮으니.

너무 오랜 시간을 그저 모두에게 다정한 사람인 것처럼 특별함을 감추어 왔다.

마각

1.

[오늘 저녁 같이 드실래요?]

우형에게서 메시지가 왔다. 변호사와의 미팅을 마친 선혜가 엘리베이터에서 내용을 확인한 건 오후 5시 50분. 저녁 약속을 승낙하기엔 늦은 시간이었다. 선혜는 굳은 표정으로 문자를 들여다봤다. 이혼하자고 말한 것이 당장 어제저녁의 일이었다. 만나서 나눌 대화의 주제는 뻔했다.

어제는 급해 보이지 않았는데, 하루가 지나니까 급해진 건가.

변호사가 말해 주던 옵션을 떠올리며 액정을 두드렸다. 지하 주차장에 도착한 엘리베이터가 멈추었다.

[오늘은 일정이 있어. 대신 내일 저녁은 괜찮을 것 같아.]

답장을 보내고서 차를 주차해 둔 곳을 살폈다. 그런 적이 거의 없는데, 차를 세워 둔 곳이 기억나지 않아 한 바퀴를 빙글 돌았다. 운전석 도어 앞에 서니 답장이 도착해 있었다.

[저도 내일도 좋아요]
[(이모티콘)]

우형을 닮은 커다란 강아지 그림이 고개를 끄덕였다. 무게감 없는 답변이 이상했다. 먹고 싶은 게 있냐고 물으려는데, 연속해서 우형의 물음이 도착한 게 더 빨랐다.

[드시고 싶은 거 있으세요?]

질문을 다른 것으로 고쳤다. 우형을 위해 E전자 근처로 가야겠다는 생각이 들었다.

[회사 근처에 뭐가 맛있는데?]
[지금 통화 가능하세요?]

답을 금방금방 확인하니까 당장 급한 일이 없다는 걸 알아챈 모양이었다.

[응]

금방 핸드폰이 진동했다. 운전석에 앉아 전화를 받았다.

"응. 우형아."

—식당보다 집은 어떠세요? 제가 직접 할 수도 있거든요.

"뭘?"

—요리요. 드시고 싶으신 거 있으세요? 저 꽤 요리 잘해요. 뭐든 골라 주시면 오늘 집에 가서 한번 연습해 보고 내일 차려 드리면 될 것 같은데.

"뭐······."

—여러 개여도 괜찮아요. 정 너무 많으면 내일 한 번 차려드리고, 주말에도 또 제가 다른 메뉴로 요리해서 차려 드리고 그러면 될 것 같은데. 주말엔 따로 약속 있으세요?

대체 네가 직접 요리를 왜 해. 그리고 주말에는 또 왜 해. 선혜는 안전벨트도 하지 않고 멍하게 차창유리 밖을 보았다.

—주말에 출근하시나요?

질문에 답하기 위해 스케줄을 떠올려 보기는 했다. 오늘이 목요일이었고, 금요일 밤부터 개인적인 약속은 없었다.

"토요일은 안 나가고, 일요일 오후엔 잠깐 들러서 확인할 게 있어."

─그럼 내일 저녁부터 일요일 오후까지 다른 약속은 있으세요?

모처럼 일정이 없었다. 하지만 한가하다고 말하고 싶지 않았다.

"생각해 둔 계획은 있는데."

─알려 주세요.

그걸 알릴 필요가 있었던 적이 없었다. 선혜는 답을 망설였다. 약속이 없어도 원래부터 집에 붙어 있는 편이 아니었다. 정 침대에서 뒹굴고 싶으면 호캉스를 위해 호텔 방을 잡았다. 그편이 호텔 티어를 유지하는 데에도 도움이 됐고, 집에 있는 우형을 신경 쓸 필요가 없어 편했다.

함께 집에 있으면 식사를 어떻게 해야 할지, 언제까지 하나도 안 씻고 늘어져 있어도 되는 건지 신경 쓰일 때가 종종 있었다.

"필라테스랑…… 다녀와서, 오후엔 그림이나 볼까 하고."

─어디서요?

"그게 왜 궁금해?"

우형은 바로 답을 주지 않았다. 선혜는 그 정적을 이용해 벨트를 매고 내비게이션에 목적지를 검색했다.

─이유 없이 궁금해도 되지 않나요.

내비게이션 위를 움직이던 손이 멈추었다. 무어라 지적하려다가 입을 다시 닫았다.

─아니, 이유가 있는 것 같아요.

"……어떤?"

─제가 남편이잖아요. 원래 와이프 일거수일투족에 관심 있어야만 하는 거 아닌가.

손가락을 접어 약하게 주먹을 쥐었다. 몇 번 눈을 의식적으로 깜빡인 다음에 빠르게 내비게이션 모니터를 터치했다. 투자설명회 겸 이브닝파티를 위해 예약된 베뉴까지의 예상 도착시각을 딱딱한 목소리가 알렸다. 시간 여유는 차고 넘쳤다.

"우형아 나 이제 운전해야 해."

―아, 네⋯⋯.

"메뉴는 생각해 보고 문자로 보낼게. 고마워."

―네. 운전 조심하세요.

잡생각을 떨치려고 하며 액셀을 밟았다. 주차장을 나선 뒤 처음 걸린 신호에서 파스타가 먹고 싶다고 메시지를 보냈다. 그나마 삶은 면을 레디메이드 소스에 채소랑 고기 좀 썰어 넣고 볶으면 되는, 기분은 내면서도 간단하게 할 수 있을 요리인 것 같아서.

우형이 또 무어라 답장을 보냈다. 다음 신호에 걸린 다음에 확인했다. 우선 어떤 소스를 원하는지. 베이스로 제공된 보기는 토마토, 로제, 크림, 오일, 페스토. 그리고 또 소스에는 돼지고기, 소고기, 닭고기, 해산물, 치즈 등 무엇이 들어가길 바라는지.

심지어 파스타의 종류까지 특별히 원하는 게 있는지 물었다. 펜네 좋아하시잖아요. 페투치네랑. 가만히 그걸 보다가 신호를 어길 뻔했다.

답을 보내고 있지 않으니 사진이 도착했다. 결국, 갓길에 차를 세웠다. 누가 봐도 백화점 식품관 사진이었다. 곳곳에 우형이 동그라미를 쳐 둔 표시가 있었다. 직접 찍어 특정 재료가 어떠냐고 묻는 듯했다.

[토마토랑 크림 베이스로 하나씩 할까요. 보통 레스토랑 가면 선호하시는 조합으로요.]

[독촉하는 건 아니고 전 시간 많으니까 천천히 고르셔도 돼요. 이것저것 여기서 구경해 보고 있을게요.]

차를 갓길에 세웠다. 다음에 도착한 메시지들은 여자친구를 집에 초대해 음식을 처음 차려주는 남자친구가 할 법한 말들이었다. 어떻게 봐도 지난 밤 이혼 얘기를 꺼낸 아내에게 남편이 보낼 내용이 아니었다.

"뭐 하자는 거야⋯⋯."

결혼을 끝내기 전에 한 번은 직접 밥을 차려 주고 싶었을까. 우형이 아침을 해 먹는다는 건 오래전부터 알았다. 대부분은 그냥 토스트였지만, 베이컨을 굽고 수란을 만들고, 무언가 본격적으로 하는 걸 이전 아파트에 살 때 가끔 본 적이 있긴 했다. 종종 냉장고에 요리 재료들이 채워졌다가 비워졌던 걸 생각해 보면 점심이나 저녁까지 차려 먹지 못할 이유도 없었다.

선혜는 우형의 시간을 더 빼앗지 말자는 마음에 무난한 조합으로 답장을 빨리 보냈다. 다진 돼지고기가 들어간 토마토소스에 펜네. 해산물이 들어간 크림소스에 페투치네. 알겠다는 답을 확인한 것을 끝으로 다시 액셀에 발을 올렸다.

식욕이 없어 점심을 걸렀는데 음식 얘기를 하다 보니 배가 고파졌다. 원래는 주요투자자들을 위한 설명회에 핑거푸드가 과하게 준비될 테니 그때 배를 대강 채울 계획이었다. 갑자기 그때까지 기다려야 하는 시간이 길게 느껴졌다.

프레젠테이션에 일가견이 있는 심연민 대표가 직접 마이크를 잡을 예정이라, 발표 중엔 앉아서 박수만 보내면 된다고 하지만, 그 이후에 있을 게더링 시간에는 열심히 웃으며 회사를 홍보해야 한다는 점도 갑자기 걸렸다. 경우에 따라 잘못 붙잡히면 아무것도 입에 넣지 못하고 내내 떠들기만 해야 할 수도 있었다.

결국, 시럽을 넣은 라떼와 마카롱을 가는 길에 테이크아웃 해서 먹기로 정했다. 주차가 될 만한 건물과 커피숍을 살피다가 적절한 곳을 발견하고는 차를 몰았다.

주문을 마치는 데까지 시간이 조금 걸렸다. 위층 오피스에서 일하는 것 같은 젊은 회사원 두 명이 열 잔이 넘게 주문하는 걸 지켜봐야 했다.

"이선혜!"

겨우 주문을 마치고 서서 멍하니 기다리는데, 이름이 불려서 주문한 음료가 나온 건가 하고 고개를 퍼뜩 들었다. 그러나 이름을 부르는 방식도, 목소리가 들린 방향도 주문 완성을 알리는 통상적인 경우와는 너무 달랐다.

"선혜야."

목소리가 더 가까이 왔다. 어깨가 움찔했다. 음료가 나오는 바 테이블에만 시선을 고정했다. 못 들은 척, 돌아보고 싶지 않았다.

"선혜야. 맞지?"

끝내 어깨가 붙잡혔다. 선혜는 손을 떼어 내듯이 물러나며 돌아섰다. 큰 키, 시원시원한 이목구비, 몸을 두르고 있는 비싼 맞춤

정장. 피하고 싶던 그 사람이 맞았다.

"지환 선배."

예상 못 한 만남이었다. 선혜는 어색한 미소를 지었다. 반면에 김지환의 표정은 환했다.

"여긴 어쩐 일이야. 긴가민가했는데, 진짜 신기하네."

선혜는 카운터 너머의 파트너들이 언제 자신의 이름을 불러 줄지 살폈다.

"코트 안에 그렇게 예쁜 드레스 입고. 화려한 취향으로 변했나?"

여전히 앞에 쌓여 있는 단체주문을 처리하는 중인 것 같아 갑갑했다.

"저녁 늦게 좀 차려입을 모임이 있어서요."

"아, MZ? 뭐 행사 있나 봐?"

"네. 선배는…… 근처에 일이 있으셨나요."

"난 내 오피스가 이쪽이지. 완전 근처는 아닌데, 생각 정리 겸 산책했어. 알겠지만 내가 회사 새로 하고 있잖아. 요즘 꽤 잘 나가는데. 물론 이선혜 이사 MZ에서 잘 나가고 있는 정도로 아직 이름을 떨치는 건 아니지만. MZ 수년 내 상장이 목표라는 소문도 있던데, 진짜야?"

그의 물음만 듣고, 그의 표정만 보면, 아무 문제 없는 친한 선후배가 바빠서 못 만나다가 오랜만에 마주친 장면처럼 보일 것 같았다. 선혜 역시 적당히 장단을 맞추기로 했다.

"그냥 뭐, 상장 안 된 회사들은 원래 다 상장이 목표라고 하잖아요."

"그렇긴 하지. 근데 얼굴 보기 왜 이렇게 힘들어. 여럿 모이는 모임에 불러도 계속 핑계 대면서 안 오고."

"바쁘잖아요. 그냥 핑계는 아니었어요."

"그래서, 여긴 왜? 미팅? 오피스는 강남 아냐? 너 사는 주택도 여기선 가깝지 않고."

이사 간 집이 아파트가 아니라 주택인 건 흔치 않은 일이었다. 집이 주택인 것도 알고, 위치가 어디인지도 안다는 게 소름 끼쳤다. 김지환은 기억력이 좋은 편이니 아주 이상할 것도 없었다. 사업상 만나는 사람들에 관한 디테일을 잊지 않는 것은 원래부터 김지환이 가지고 있던 대단한 장점이었다.

그런데 선혜는 동시에 김지환의 기억력은 다분히 선택적이어서, 얻어 낼 게 없는 사람에 대한 정보는 순식간에 삭제된다는 걸 알았다. 여전히 얻어 낼 게 있는 상대로 여겨지고 있다는 것. 그건 그에게 어떤 것도 주고 싶지 않은 입장에서는 조금도 유쾌한 일이 아니었다.

"로펌이요."

거짓말을 할 문제는 아니었다. 물어물어 알게 되었다가 나중에 사실이 아닌 게 들통나면 오히려 의아하게 생각할 테니 솔직하게 답했다. 세상은 의외로 좁다. 당장 리셉션에서 만난 비서와 데이트를 하고 있을지도 모를 일이었다.

"아. MZ 정도면 그냥 회사 근처로 부를 수도 있지 않나? 비싼 척 굴다가도 이동시간 타임 차지 받겠다고 하면서 직접 와 줄 때도 있는 것 같던데. 너희 사내 변은 없어? 메일도 있고. 아니면 뭐…… 다른 개인적인 일이야?"

김지환은 변한 게 없었다. 눈치가 빠른 것도 여전했다.

"이선혜 님. 주문하신 헤이즐넛 라떼와 마카롱 준비해 드립니다."

고문의 끝을 알리는 목소리가 들렸다.

"저 주문이 나와서, 다음에 뵐게요."

"그래, 그러자. 오랜만에 보니까 좋네. 나 명함 하나 줄게."

"네. 제가 먼저 연락드릴게요."

선혜는 웃으면서 명함을 받아들고는 김지환을 지나쳤다. 연락할 생각이 없는 사람이 연락을 먼저 하겠다고 선수를 쳐야 피곤한 일이 발생하지 않는 법이었다.

2.

MZ컴퍼니를 비롯해, 미디어 업계에서 최근 가파른 성장세를 보이는 회사들이 주최한 이브닝 파티는 고급스러운 홀에서 진행됐다. 선혜는 화려한 비즈가 네크라인에 수놓인 드레스를 입고 손님들을 맞았다. 차에서 끼고 내린 롱드롭 이어링이 샹들리에의 빛을 받아 반짝거렸다.

특별히 신경 써야 하는 주요투자자, 협력업체 임원과 간부, 기자, 셀럽 대부분은 원래부터 알던 사이라 어려울 게 없었다. 다만 예기치 못한 사건이 심연민 대표의 PT 이후에 발생했다. 밈플레잇의 마가 낀 날임이 분명했다. 선혜는 김지환에 이어 밈플레잇의 다른 코파운더인 유민성과 마주쳤다.

"선혜야, 진짜 오랜만이다."

유민성은 명품 브랜드 로고가 박힌 명함을 건넸다. 콜라보레이션을 한 번 진행한, 국내외를 불문하고 알아주는 유럽발 다국적 거대기업이었다. 헤드헌팅을 당해 얼마 전 직장을 옮겼단 소식을 전해 듣기는 했지만 이렇게 만날 거라고는 생각하지 못했다. 그래도 당황한 내색 없이 똑같이 안부를 물었다.

"그러게요. 선배는 잘 지내셨어요?"

"나름 잘 지내는 편이었는데, 둘째 태어나고는 그냥 죽을 맛이지."

"그래도 축하드려요."

"고맙다. 둘째 얼마 전에 100일 넘었어. 애 우는 것만 해도 미치겠는데 와이프는 또 큰돈 들여서 이것저것 사진을 찍자고 난리고. 비싼 호텔 잡아서 돌잔치 스냅? 아……. 난 그건 신혼여행에서만 하면 끝나는 건 줄 알았는데."

유민성은 유부남의 한탄을 장난스럽게 늘어놓았다. 선혜는 애가 둘 있는 오빠 선환을 떠올리며 적절히 맞장구쳤다. 가벼운 신변잡기식 질문이 몇 개 오갔다.

"인수인계받으면서, MZ는 진짜 프로페셔널하단 칭찬을 그렇게 들었어. 내가 이선혜 이사님 일하는 스타일 잘 알지. 앞으로도 잘해 보자. 오늘 심 대표님 얘기도 좋더라."

"네. 다시 같이 콜라보 할 기회 주시면 저희는 정말 감사하죠. 재밌게 있다 가세요."

유민성은 친한 척을 하며 대화를 더 이어가고자 했지만, 선혜에겐 그럴 의지가 없었다. 유민성은 또 보자며 샴페인을 원샷으로 다 비우고 새로 한 잔을 집어갔다. 술 때문인지 다른 이유 때문인지, 멀어지는 그의 몸이 몇 년 전보다 한참 옆으로 커져 있었다.

이후로도 선혜는 여러 사람 앞에서 많이 웃었다. 웃고 싶지 않아도 웃음을 짜내야 했다. 에너지를 쏟아 내는 게 오늘따라 유달리 힘겨워서 괜히 입 안에 뭘 더 많이 넣었다. 샴페인과 카나페를 정량 이상으로 먹어 대는 건 선호하는 스트레스 해결 방법이 아니었다. 그래선지 파티가 끝나기 전부터 부작용이 왔다.

배가 더부룩하고 취기가 올랐다. 선혜는 이대로는 안 되겠다 싶어 잠시 양해를 구하고 바람을 쐬러 나갔다.

"하아……."

겨울이 성큼 다가온 듯했다. 가을이 이렇게 짧아져도 되는 건지, 며칠 전까지는 아직도 여름이 끝나지 않은 건가 했는데 바람이 놀라울 만큼 찼다. 그래도 선혜는 코트를 가지러 돌아가지 않았다. 춥긴 해도 머리가 식어 가는 느낌이 좋았다.

낙차가 있어 쳐진 펜스에 양 팔꿈치를 올리고 그 너머를 바라보았다. 밤 풍경 속에서 반짝이는 불빛들이 보였다. 왼손 약지에도 저 불빛들처럼 반짝이는 것이 있었다. 반지를 끼워 준 사람이 내일을 위해 정말 요리 연습을 했을까 궁금했다.

혼자 긴 시간을 보내진 못했다. 서 있는 곳이 흡연 장소와 이어지는 길목인지, 홀에서 만난 사람들이 담배 케이스를 들고 옆을 지나치며 몇 마디씩 건네고 갔다. 흡연자인 유민성을 다시 마주치게 된 것도 그래서였다.

"안 추워?"

"더운 곳에 있다 나와서 그런지 방금까진 괜찮았어요. 금방 들어갈까 싶어요."

바람을 맞는 선혜의 옆으로 유민성이 다가와 섰다. 술 냄새가 확 풍겼다. 샴페인만으로 이 상태가 되기는 쉽지 않을 테니, 위스키나 보드카까지 마신 모양이었다.

"야망이 있더라. 옆에서 견딜 만해?"

"심 대표님이요?"

몇 마디 대꾸하고 자리를 비키려고 했다.

"아니. 주우형 씨."

훅 들어온 이름에 다리가 굳었다.

"이직 전에 TF 돌아가는 건이 있어서 만났거든. 평사원이 올 자리가 아닌데 나타나서는, E전자 임원들 사이에 자연스럽게 앉아서 진짜 후계자처럼 굴더라고. 포스 장난 없더라. 생긴 것까지 그러니까 정말로 후광이 번쩍번쩍하고. 질투가 나는 레벨도 아냐."

"……."

"선혜 너도 MZ 상장에 힘쓰는 게 아니라 E그룹 어디 들어가서 자리 꿰차고 앉아야 하는 거 아냐?"

"글쎄요."

"나도 급을 좀 높여서 결혼했잖아. 장인어른 돈 많고. 앞으로 떵떵거릴 일만 남은 줄 알았지. 근데 아니더라. 세상에 참 날아다니는 녀석들 많아."

유민성은 정말로 취해서 자기가 무슨 말을 하고 있는지도 잘 모르는 것 같았다.

"사람 사는 거 뭐 다 똑같은 건 줄 알았는데 아니야. 음. 아직 대한민국 신분제 국가인 걸 내가 순진하게 몰랐구나, 싶더라니까. 아직도 하루하루 그래."

"그래서 이직하셨나 봐요."

"뭐, 그렇지."

작게 욕설이 들렸다. 옆을 쳐다보니 유민성이 머리를 쥐어뜯으며 괴로워하는 게 보였다. 비속어가 섞인 문장 몇 개가 더 혼잣말로 이어졌다. 내일 술을 깨면 선배가 후회 좀 하겠구나 싶었다.

20대 초반부터 술을 부어 마신 유민성은 이런 식이었다. 10년이 한참 넘게 지나도 같은 사람은 같은 실수를 했다.

"너는 어떠냐. 주씨 집안."

"저요?"

"어. E그룹이라니. 게다가 방계도 아니고 회장 직계 아들. 다이아도 그런 다이아가 없지. 너한테 더 잘할 걸 그랬다, 요즘 들어 그런 생각도 하고 그러네."

선혜는 아까부터 유민성이 유독 친한 척을 하려고 애쓰던 이유가 이것이었나, 하는 생각을 했다. 김지환 역시 비슷한 이유로 연락을 한다는 걸 알았다. IT업계에서 일하지 않더라도, E그룹의 다른 거대 계열사가 존재하는 업계에서 일하지 않아도 E그룹의 영향력에서 벗어날 수 있는 필드는 사실상 없었다.

올봄 우형의 입사 이후로, 여의도에 주인규 자리를 주우형이 차지할 거라는 소문이 쫙 돌고 나갔단 건 들어서 알았다.

"몇 년 전까지만 해도 우리 스타트업도 잘 되고 그래서 나도 패기가 있었잖아. 몇백억 굴리니까 내가 재벌 3세보다 더 잘난 새끼라고 생각했지. 3세들은 그냥 잘 태어난 게 다고, 난 자수성가니까 내가 더 높게 평가받아야 마땅하다고."

"……."

"근데 고작 몇 년 차이라고, 스타트업 뽕 빠지니까 이제야 확확 느껴. 꼭 그게 아닌걸. 재벌기업은 차원이 달라. 돈만 많은 게 다도 아니지. 사람 관리하고, 정책을 바꾸고, 여론 통제하고. 어떻게 사람 몇 죽이고도 없던 일로 묻어 버릴 수 있는지, 정경유착 찐하게 다룬 범죄영화가 그냥 픽션이 아니란 것도 알 것 같고."

유민성은 라이터를 딸깍거렸다. 담배를 피우고 싶은데, 흡연구역도 아니고 선혜까지 옆에 있으니 그러지 못하고 있지만 조금만 더 지나면 자제력을 잃고 품에서 담뱃갑을 꺼낼지도 몰랐다.

"그래서 네 말 대로야. 장인어른이랑, 처가 식구들 쪼는 것도 못 견디겠고, 이래저래 초식동물들 사는 곳 찾아서 도망치는 것처럼 이직했는데. 뭐 여기라고 쉽냐. 돌겠다, 정말. 그래서 넌 어떻게 견디는지 궁금하기도 하고."

"딱히…… 견디지 않아요. 그냥 그런가 보다, 하고 말죠."

"아직 너한테까지 E그룹에서 해 먹으려는 어르신들 마수가 뻗어가진 않은 모양이네. 경호원도 안 대동하고 다니고. 아니, 대한민국 치안이 너무 좋아서 그런가."

선혜는 쓸쓸하게 웃으며 긍정도 부정도 하지 않았다.

수조 원이 오가는 레벨은 선혜에게도 불가해한 영역이었다. 10억, 아니, 1억의 보험금을 위해서 피붙이까지 죽이는 세상이었다.

그보다 큰 몇십억, 몇백억 단위와도 비할 수 없는 돈을 우형이 쥐고 흔드는 때가 오면, 어떠한 말도 안 되는 사건이 주변에서 일어난다고 해도 이상할 게 없었다.

언젠가 돈을 위해 무엇이라도 하는 인간들이 못 볼 꼴을 보여주겠지. 지금은 주희철 회장이 정정하고, 우형이 어리고, 주인규가 나름대로 멀쩡해 보이는 면이 있으니까 삶이 잔잔하게 유지되고 있을 뿐이었다.

다만 우형이 그 한복판에 설 때 그 옆에 자신이 있을 것 같지는 않았다.

"네 남편이 가지려는 건 정말 웬만한 담으로는 감당도 못 할 것들인 것 같거든. 근데 꽤나 어린데도 왠지 자기가 뭘 바라는지 확실히 알고 하나도 그걸 안 무서워하는 느낌이었어. 원래 그렇게 싸한 타입이었어? 그냥 잘생긴 미소년인 줄만 알았는데. 좀 무섭더라. 눈빛부터. 이상하게."

"……."

"으아. 내가 취해서 괜히 이러네."

유민성은 고개를 세차게 좌우로 흔들었다. 취기를 떨치려는데 잘 안 되는 듯했다.

"찬물 좀 들어가서 드세요. 저도 추워서 들어가야 할 것 같아요."

"그래, 그래. 차기 회장님 속 썩이면 안 되지."

"네?"

"아냐, 아냐. 그리고 너 희결이 본 적 있어?"

"이희결이요?"

"아…… 어. 얼마 전에 만났는데, 선혜 네 얘기 하더라고. 보고 싶다고. 근데 합병 이후로 연락이 뜸해져서, 연락해 보기 그렇다고. MZ 투자를 원하는데, 너 만나서 돈 달라는 말하기도 그럴 거 아냐. 어서 들어가 봐. 춥잖아."

선혜는 답 없이 뒤돌았다. 그리고는 홀에서 다시 많이 웃었다. 샴페인을 좀 더 마셨다. 2차는 몸이 못 버티겠다며 뒤풀이를 거절하고 차에 탄 건 12시를 앞둔 때였다.

대리기사가 운전하는 차의 뒤편에서 선혜는 우형이 보낸 메시지들을 다시 읽어 보았다. 모션을 마치고 멈추어버리는 강아지 이모티콘을 몇 번이고 다시 눌러 새로 움직이게 했다.

우형을 닮은 강아지가 계속해서 고개를 끄덕거렸다.

멍청한 짓거리였다. 탁. 선혜는 핸드폰을 옆으로 던지고 지끈거리는 머리를 차가운 창에 기댔다.

해결할 방법이 없는 불쾌한 기운이 차올랐다. 차곡차곡 겹쳐서 쌓이고 쌓였다. 지금 그리울 건 아무것도 없는데, 대상 없는 그리움이 가슴을 갑갑하게 하는 것만 같은 이상한 기분도 느꼈다.

이런 걸 공허함이라고 하나. 기분이 허했다. 특별히 상심할 만한 거대한 사건을 오늘 겪은 것도 아닌데, 기운이 축축 쳐졌다. 힘들었다.

몇 개월 전이었다면, 이대로 집에 도착하면 우형의 침대에 파고들었을지도 몰랐다. 감기처럼 몸에 들어온 우울을 어떻게든 했으면 좋겠단 생각에 우형의 침대로 가 섹스를 바란 적이 있었다. 모든 것이 해결되지는 않았지만, 효과가 없는 것도 아니었다.

뇌가 녹아 버릴 정도로 흥분해 헐떡이고 얽히다 보면 잊히는 것들이 있었다. 우형 역시 괴로울 때는 비슷한 안도를 느끼니까 자신에게 오는 것일 터였다. 품앗이 같은 관계였다.

그러나 안 될 생각이었다. 어제 이혼 얘기를 했다. 저녁을 차려 주겠다며 강아지 이모티콘을 보내는 우형보다 더 말이 안 되는 짓거리를 저지를 생각은 없었다. 인간이 짐승이 아닌 데에는 그럴 이유가 있었다.

그래서 선혜는 집에 도착했을 때 우형이 깨어 있지 않길 바랐다. 잘못이나 실수가 일어날 확률이 낮았으면 했다.

그러나 문을 열고 들어서자마자 우형의 뒷모습을 봤다. 거실을 등지고 외부의 정원에 서 있었다. 가끔 선혜가 생각에 잠겨 시간을 보내는 흔들의자 옆이었다.

못 본 척 방으로 들어가려는데 우형이 먼저 돌아봤다. 선혜는 무언가에 이끌리듯이 유리문으로 다가갔다.

"기다렸어요. 이제 오셨네요."

문에 손이 닿기 전에, 우형이 선혜를 위해 길을 열어 주었다.

3.

우형은 가끔 흔들의자에 앉은 선혜를 멀리서 바라보았다. 2층 창가에 다가서면 생각에 잠긴 그녀가 보일 때가 있었다. 그러면 뜻밖의 행운을 만난 기분이 되어, 무슨 생각을 하는 걸까 궁금해 하며 가만히 서 있고는 했다.

내 생각은 아니겠지. 우형은 선혜가 보이는 창에 손끝을 대어 보기도 했다. 차가운 유리의 온도가 느껴지면 씁쓸한 표정으로 천천히 손을 떼어 냈다.

파스타를 연습 삼아 조금씩 만들어 맛보고 아일랜드를 정리한 뒤에 정원으로 나선 건 그 흔들의자가 눈에 밟혀서였다.

그녀를 연상시키는 것에 더 가까이 가고 싶은 충동이 일었다. 그래서 우형은 좋아하는 배우가 광고하는 제품을 쓰지도 않을 만큼 사서 창고에 쌓아 두는 이들을 이해했다. 선혜가 만약 이런 의자를 선전하는 모델이었다면 자신 역시 똑같은 의자로 가득한 창고를 수십 개는 가지게 되었을 테니까.

누군가는 이를 10대 중반에 졸업하여야 했을 미숙한 감정의 발현이라 했으나, 그 어릴 때도 지금도 여전히 같은 사람을 바라보는 우형에게는 그러한 냉소적인 평가가 아무런 무게를 갖지 못했다.

우형은 꽤 오랜 시간을 흔들의자 옆에서 보냈다. 그가 밟고 선 곳은 2층에서 정원을 내려다보며, 저 정도는 가까이 가서 서 있고 싶다고 생각했던 위치쯤이었다. 선혜가 도착할 때까지 시간은 더디게 흘렀다. 우형은 선혜가 바라보던 하늘을 눈에 담고, 선혜가 느리게 밟아 가던 짧은 돌길을 따라 걸었다.

좋아하는 마음이 티가 나면 부담스러울까 봐 참던 일들을 미친 것처럼 저질러 버리기로 했다. 그녀가 자신을 곁에 두고 다른 남자를 찾을까 겁나서 버티고, 물러나고, 숨던 것 역시 그만둘 생각이었다.

그녀가 부담스러워하며 밀어 내고, 다른 사람을 그리는 걸 보면서 상처받더라도, 앞으로 함께할 시간이 길고 길 것이고, 그 시간 내내 그녀의 배우자는 그 누구도 아닌 바로 자신일 거란 생각으로 버티면 됐다. 퍼부어지는 사랑에 익숙해지면, 부담감이 사라지겠지. 자신 역시 상처에 무뎌질 터였다.

나는 정상적이지 않은 사랑에 빠졌다.

나를 죽여 가던 지옥을 사라지게 한 건 당신이었다고, 질릴 만큼 말해 줄 것이다. 이 사랑 고백이 당연한 진리처럼 느껴질 만큼 자주, 끊임없이 속삭여 줄 것이다.

우형은 단 한 번도 꺼낸 적 없는 고백을 입 속으로 읊었다.

그녀가 집에 들어서자마자 달려가 품에 안고 싶은 마음을 감추어 얻을 수 있는 것이 겨우 너를 위해 끝을 고하겠다는 말이라면, 이제 더는 같은 짓을 반복할 필요가 없었다.

이별을 고하는 선혜의 뜻에 반해 그녀를 자신에게 묶어 둘 나름의 근거를 가지게 된 우형은 망설임 없이 액셀을 밟았다. 그는 브레이크의 존재엔 관심도 없었다. 어쩌다 사고로 망가졌든, 자신이 고의로 박살을 냈든, 애초에 그런 게 존재하지 않는 차에 탑승한 것이든, 이제는 알 바 아니었다.

"기다렸어요."

아름다운 사람이 결국 곁으로 왔다. 항상 끝에는 품으로 돌아와 주기로 정했던 서약과 맹세에 따라.

"이제 오셨네요."

"응. 왔어."

선혜는 자신도 모르는 사이에 벗어날 수 없을 곳에 발을 들였다.

4.

바보 같지만, 저 깊은 곳으로 침몰하던 기분이 우형의 미소로 조금 나아졌다. 잘생긴 얼굴을 보는 거야 당연히 기분 좋은 일이니까, 선혜는 술김에 그렇게 생각해 버렸다. 파티를 나서기 전에 마지막으로 부은 칵테일까지 흡수되어 취기가 최고점에 달한 듯했다.

"춥지 않아?"

우형이 걸친 가디건은 도톰했지만 단추가 하나도 안 채워져 있었다.

"저는 괜찮아요. 그래도 확실히 쌀쌀해지긴 했네요."

추위는 문제가 아니었다. 그러나 선혜의 목소리를 듣고 나자 무뎌졌던 감각들이 제자리를 찾는 기분이 되긴 했다. 완전히 증발한 줄 알았던 식욕이 돌고, 차가운 바람이 느껴지고, 세상이 좀 더 환해졌다. 차분한 목소리에 귀 기울이자, 이 정원을 채우고 있던 다른 소리까지 들렸다. 있는 줄도 몰랐던 풀과 나뭇가지가 춤을 추는 소리가 잔잔했다.

우형의 시선이 선혜의 이마, 눈, 코, 볼, 귀, 입술, 목선, 어깨를 따라 내려갔다.

반짝이는 귀걸이와 어울리는 고급스러운 드레스, 예쁜 어깨선을 따라 흐르는 코트, 검은 스타킹에 감싸진 얇은 발목까지.

불안하고, 질투가 나고, 사랑스럽고, 직접 벗겨 내고픈 생각이 드는 차림이었다.

"뭐 하고 있었어."

"파스타 만들어 봤어요."

"아…… 그거."

"이태리식이 좋으시죠. 간 세게. 내일은 소금을 좀 더 넣으려고
해요. 괜찮으세요?"

"응. 좋아. 그게 더 좋아."

선혜가 고개를 여러 번 끄덕였다. 취한 것이 분명했다. 말이 평
소보다 한참 느렸고, 행동이 엉성했다. 그리고, 예측 못 한 행동
을 했다.

"아……."

우형의 손이 덥석 잡혔다. 그의 눈이 크게 떠졌다가 원상태를
회복했다.

"뭐야. 안 춥다며."

"……."

"손 너무 차잖아. 하기야, 원래 찬 편이긴 해도."

따뜻한 선혜의 양손이 우형의 커다란 오른손을 앞뒤로 덮었다.

쿵. 쿵. 우형의 심장이 뛰었다.

취해서 상기된 얼굴이 바로 가슴 근처에 있었다. 속눈썹으로
그늘이 져 눈동자는 보이지 않았다. 미미한 알코올 향이 맡아졌
다. 그 향이 연상시키는 많은 장면이 있었다. 선혜는 원래 술김에
그를 찾을 때가 종종 있었다. 그러면 당연히 그녀가 원하는 대로
몸을 섞었다.

쿵. 쿵. 심장 소리가 그녀의 귀에도 크게 들릴 것 같았다.

시선을 다른 곳으로 돌리려 하는데, 우형의 눈에는 그녀가 걸친

반짝이는 것들만 보였다.

선혜의 드레스 차림을 좋아하는 편이긴 했다. 반짝이는 것들이 워낙 잘 어울리기 때문이기도 하지만, 파트너로 동석해야 하는 자리에 갈 때마다 그녀가 이렇게 차려입는 게 더 큰 원인이었다. 부부동반으로 둘을 부르는 자리는 격식을 갖추어야 하는 경우가 대다수였다.

드레스를 입고 있으면, 자연스럽게 허리에 손을 올리고 에스코트해도 될 때가 많았다. 정말로 그녀가 자신의 것인 양 사람들 앞에서 굴 수 있었다. 춥다고 하면 외투를 벗어 주고, 그녀가 앉은 의자에 그녀를 보호하듯 팔을 걸칠 수도 있었다.

"추운 데서 뭐 하고 있었어."

선혜는 손을 만지작거리며 같은 질문을 반복했다.

"그러게요."

손은 이미 뜨거워졌다. 손이 찬 편이긴 해도, 선혜와 닿아 있으면 금방 그녀의 몸보다 뜨거워지고는 했다.

"밤에 이제 추운데. 들어가는 게 낫겠다. 나도 추워. 춥다."

선혜가 따뜻해진 우형의 오른손을 놓더니 그다음엔 왼손을 잡아 따뜻하게 만들었다. 우형은 그대로 선혜를 당겨 끌어안고 몸 전체가 뜨거워질 때까지 품고 있고 싶었다.

이제는 그래도 되지 않나.

그러나 선혜가 먼저 손을 놓고 멀리 물러나며 코트를 여몄다.

"추워. 난 들어갈게."

우형이 문을 열어 주었다. 선혜가 스쳐 지나갔다. 선혜는 바쁘게 침실로 들어가려는 듯하다가 우뚝 멈추어 섰다. 그리고는 천천히 뒤돌았다.

"우형아. 그래서, 아까…… 나 기다렸다고."

"네."

선혜는 여전히 추운 것처럼 코트를 여몄다. 우형을 보지 않고 바닥에 시선을 고정했다.

"뭐 때문에?"

"일단."

"……"

"남편이 늦게 들어오는 아내를 기다리는 데에는 아무런 이유가 필요하지 않아요."

그 사실 자체가 이유가 됐다. 주말에 무슨 약속이 있고, 지금은 무슨 생각을 하고, 저녁으로는 무엇이 먹고 싶은지 물어보는 것 역시 마찬가지였다.

"그리고 그것과 무관하게 해야 하는 말이 또 있기도 했어요. 어제 하셨던 말씀이랑 관련……"

"우형아."

선혜의 부름이 우형의 말 사이를 파고들었다.

"내가 지금 좀 취한 것 같고, 나도 내가 좀 통제가 안 되는 것 같고, 그래서 있잖아."

"네. 그럼 금방 끝낼……."

"지금 진짜 그냥 쉬고 싶거든."

선혜는 계속 바닥만 내려다봤다. 미묘하게 애원하는 듯한 어투였다.

"방까지 모셔다드릴까요?"

우형이 성큼성큼 다가왔다.

"아니, 아니. 그게 아니라……."

선혜는 양옆으로 고개를 저었다. 어느새 우형이 바로 앞에 있었다. 하아. 선혜는 한숨을 쉰 뒤 머리카락을 쓸어 넘기고는 우형을 보았다.

"그래. 앉아서 얘기해."

선혜는 비틀대듯이 걸어가 소파에 걸터앉았다. 우형은 거리를 두고서 흐트러진 선혜를 보았다. 선혜는 의식을 전혀 못 하는 것 같지만, 코트가 벌어지고 드레스가 말려 올라갔다. 바깥보다 밝은 조명 아래 있으니, 그녀가 지금 얼마나 예쁜지, 얼마나 취했는지가 더 잘 보였다. 그러니 가까이 붙어 앉는 건 좋은 생각이 아니었다.

걷기 힘들다고 하면 욕실까지 안아서 옮겨 줄 생각이었으나, 어쩐지 그것 역시도 오늘은 좋은 생각이 아닌 듯했다.

"말해."

선혜는 그렇게 말하고는 무릎 위에 올려 둔 손끝만 바라보았다.

완전히 지친 기분이었다. 우형에게서 둘의 사이가 어떤 식으로 정리되었으면 한다는 얘길 들으면 가슴이 더욱더 텅 빈 기분이 될 것만 같아 무서웠다.

그냥 피곤해서 도저히 못 견디겠는 척, 뒤에서 무어라 말하든 못 들은 척, 어떤 소리도 듣기 싫은 척 방으로 들어가 버리면 오늘은 술주정이려니 하면서 이해해 주지 않을까, 하는 헛된 망상을 했다.

생각에 일관성이 하나도 없었다. 먼저 이혼 얘기를 끝낸 것도 자신이고, 결국 그렇게 되리란 걸 오래전부터 알고 있었고, 빨리 관계가 정리되는 게 서로를 위해 옳다는 생각이 드는데도 그냥 지금은 듣기 싫었다. 스스로에게 화도 났다.

우형은 힘없어 보이는 선혜를 위해 최대한 빨리 용건을 끝마치기로 했다. 그래도 쉽게 듣고 흘려버리게 만들어서는 안 됐다. 그래서 자그마한 부탁을 했다.

"저 좀 봐 주시면 안 될까요."

"……."

"여기 앞에 있거든요."

선혜는 입술을 다물고 우형을 올려 보았다. 둘 사이엔 약간의 거리가 있었다.

"저희는."

"……."

"절대로 이혼할 일 없어요."

우형은 선혜를 흔들림 없이 봤다.

"다시 한번 말씀드릴게요."

"……."

"그럴 일은 절대로 없어요. 영원히 없어요."

우형은 선혜가 제대로 알아듣지 못했을까 봐, 다시 한번 똑같이 말해 주었다. 분명하게 말씀드리는데, 저희는 절대로 이혼하지 않아요.

조금의 오해도 없이, 의심도 없이, 착오의 여지 없이, 전하고자

하는 뜻을 완벽하게 이해시키기 위해서, 우형은 선혜가 이미 그 말의 뜻을 완벽하게 이해한 것 같아 보이는데도 다시 한번 더 말했다.

"평생 제 아내로 사셔야 해요. 다른 선택지는 없어요."

우형은 모든 문장을 뱉는 내내 선혜의 눈을 보고 있었다. 선혜는 우형이 마지막 문장을 마치는 순간까지 그 집요한 시선을 그대로 받아 냈다.

외상

1.

오래 억눌러 온 감정을 말하기에 적절한 때와 장소인지 따지고 싶지 않았다.

"그래야만 하는 여러 이유가 있어요. 일단 무엇보다……."

심장이 밖으로 튀어나올 것처럼 뛰었다. 그래도 표정은 담담했고, 목소리도 침착했다.

"제가 선배를 좋아해요."

입 밖으로 고백을 꺼내었다고 세상이 물리적으로 뒤집어 엎어지진 않았다.

"이해관계나 득실을 따지는 거랑 관련 없어요. 짐작하시는 것보다 훨씬 더 많이, 아주 오래 좋아해 왔어요."

우형은 선혜의 반응을 기다렸다. 선혜는 우형의 어깨쯤을 보다가, 눈을 깜빡이며 시선을 내렸다. 검은 스타킹에 감싸진 무릎에서 그 움직임이 멎었다. 무릎을 덮으려고 드레스의 옷감을 당겼다. 신축성이 없는 옷감은 구겨진 채로 허벅지의 절반까지만 내려갔다.

"잊어버리셔도 돼요. 못 들은 척하시는 것도 자유지만……."

"……."

"계속 다시 말할 테니까. 자고 일어날 때마다 잊으신다고 해도, 끊임없이 모른 척하셔도 그것보다 더 자주 제가 참지 못하고 말해 버릴 테니까, 그러면 되니까…… 계속 새로 알게 되실 거예요. 저는 얼마든지 그럴 수 있어요."

선혜는 크게 동요하는 것 같지 않았다. 째깍. 째깍. 어디에 있는지도 모르겠는 시계의 초침 돌아가는 소리만 크게 들렸다.

표정 변화 없는 얼굴로, 선혜는 인형처럼 앉아 있었다. 한숨이 한참 뒤에 흘러나왔다. 하아. 긴 속눈썹이 눈 아래를 덮었다. 하얀 손이 이마를 짚은 뒤 방향을 바꾸어 볼에 닿았다. 그 손이 코트 위로 떨어졌다.

"우형아."

작은 부름엔 힘이 없었다.

"네."

우형은 계속 선혜를 눈에 담고 있었다. 선혜는 우형을 보지 않았다.

"우선 미안해."

"……."

"난 그런 고백이 좀…… 힘들어."

싸늘한 분위기는 우형이 꿈꾸던 것과 달랐다.

"너한테 특별히 나쁜 감정이 있어서가 아니라, 나는 이런 상황을 아주 불편하게 생각하는 그런……. 굳이 뭐라고 정의해야 한다면 피해망상증 같은 게 있어. 노력으로 어떻게 안 되는 병 비슷한 거야. 특히 지금은 술 마시고, 피곤하고, 여러 가지로 상태가 더 안 좋네."

방금 우형이 뱉은 말을 돌이킬수록 상태가 더 안 좋아졌다. 이혼에 관한 이야기를 당장 피하고 싶었던 것보다 더 듣기 싫은 말이었다. 갑갑했다. 고백은 예상도 하지 못한 상황이었다는 점에서 더 안 좋았다.

"……그럼, 내일 더 얘기할까요?"

우형이 조심스럽게 물었다. 선혜는 바닥을 보며 숨을 골랐다. 그렇게 스스로 기분을 다스리려 했다. 피가 식고 술기운이 꺼지는 느낌이 드는 것이 우형의 잘못은 아니었다.

"우형아. 지쳐 버린 나한테 그제야 나를 좋아한다고, 그걸 제발 알아 달라고 했던 사람들의 공통점이 뭔지 알아?"

김지환, 이희결, 전수연 등등. 그들의 '좋아함'은 각기 다른 형태기는 했지만 비겁하고 기만적이었다는 점에서는 공통됐다. 그들은 모두 선혜가 왜 그래야 하냐고, 왜 그런 걸 원하냐고 물었을 때 비슷비슷한 답을 내놓았다.

김지환은 사랑 타령을 하며 '사실은 너를 좋아해서'라고, 이희결은 우정을 들먹이며 '내게 가장 소중한 친구는 너라서'라고, 전수연은 동생을 아끼는 애정을 말하며 '정말 우리를 자매처럼 생각해서'라고 구구절절이 그 마음이 얼마나 진실한지 역설했다.

"사실은 그냥 다 나를 등쳐 먹고 싶어 했단 거야. 그리고 또 진짜 어이없는 건 뭔지 알아?"

"……."

"어쩌면 내가 그걸 기꺼이 들어줬을지도 모른다는 거야."

그래서 비난의 화살을 그들을 쉽게 좋아해 버렸던 자신에게 돌렸다. 자기 파괴적인 분노가 몰아치던 순간들이 하나하나 기억났다.

"난 누군가가 깊은 마음을 꺼내는 건, 내가 같은 마음이고 아니고를 떠나서, 충분히 존중받아야 하는 무게감 있는 일이라고 생각했던 것 같아. 세상엔 상대의 고백을 가벼이 여겨서는 안 되는 법칙 같은 게 있기라도 한 듯이. 내가 좀 순진했지."

애정을 말했던 그들 중 진심이었던 사람은 한 명도 없었다.

김지환은 갓 성인이 된 연예인 지망생들을 불러놓고 옷 벗기기 게임을 하는 난교파티 같은 것에 심취한 채였다. 이희결은 자신을 처음부터 끝까지 친구는커녕 같은 인간이라고도 생각하지 않았다. 전수연에겐 인터넷 익명게시판에 눈꼴 시린 여왕벌 후배가 얼마나 쌍년인지를 지어내서 연재하는 취미가 있었다.

그걸 끝까지 모를 수 있었다면 좋았을까.

목이 졸리는 기분이었다.

진중한 고백은 늘 최악의 상황으로 접어들 것을 알리는 신호탄이었다. 그 두 가지 사이에 필연적인 연결고리가 없다는 걸 머리가 알아도, 몸은 논리가 아니라 반복된 학습에 따라 반응했다.

평소라면 이렇게 쉽게 미칠 것 같은 기분이 되지는 않았을 터였다. 그런데 하루 내내 안 좋았던 컨디션, 밈플레잇 파운더 두 명과의 마주침, 저녁부터 자정까지 속에 부어 넣은 알코올이 불안을 악화시켰다. 중첩된 불행이 침착과 평정을 짓이겼다.

안 좋은 하루의 끝이었다. 도무지 진정할 수가 없었다. 고백은 트라우마를 자극했다. 좋아한다는 말을 꺼낸 게 우형이라서, 그래서 더 최악이었다. 선혜는 거의 울먹이듯 말했다.

"난 로맨스 소설에 심취해 세상 물정 모르는 애가 아니야. 그래서 사랑 때문에 뭐든지 하는 소설 속 인물들은 그냥 활자로 창조된 망상인 걸 알아. 왜, 사람들이 하는 말 있잖아, '너를 사랑해.'"

"……."

"그게 사실은 무슨 뜻인 줄 알아? '그러니까, 제발 그 로맨스 소설 같은 사랑이 있다고 믿으면서 내 호구가 돼 줘.' 그냥 딱 그거야. 환상 같은 감정을 믿는 상대를 혹하게 만들어서 인생 편하게 살기 위한 수단."

화가 났다. 그보다 더 슬펐다.

"선배. 저는……."

"네가 그런 사람이 아닌 걸 알아. 우형아. 넌 정말 괜찮은 사람이고, 네가 나를 존중하고 아껴 준다는 건 매번, 항상 느끼고 있어. 정말 고마워. 내가 고맙다고 여태껏 말해 온 것보다 더, 사실 더 고마워하고 있었어. 내가 이런 말부터 하고 보는 꼬인 인간이라 미안해. 갑자기 내가 완전히 미친 것 같지. 나도 동의해."

말이 점점 빨라졌다.

"그런데 나는 좋아한다는 말을 듣는 순간부터 그런 끔찍한 생각을 해. 그럴 수밖에 없는 인간이야, 내가."

"……."

"미안. 정말 취했다. 머리가 맑으면 이렇게까지 말하진 않을 텐데. 내가 대체 왜 이러는지 나도……."

선혜는 손바닥에 얼굴을 묻었다. 모든 게 엉망진창이었다. 선혜도 자신이 내보이는 게 정상적인 반응이 아니라는 걸 알았다. 아무리 술에 취해 있어도 그 정도의 판단력은 남아 있었다.

하지만 밖으로 토해 내게 되는 두려움과 분노와 무어라 명명할 수 없는 감정을 다시 주워 삼킬 수가 없었다.

"그러니까 부탁인데, 제발 날 기만하지 마."

"……."

"난 그런 사랑 타령이 싫어. 끔찍해. 그런 사랑 얘기 받아 줄 여자 찾고 싶으면 그렇게 해. 나가서 찾아. 기왕이면 참하고, 착하고, 선하고, 나보다 더 너 잘 내조하고 서포트해 줄 수 있는 여자. 아니면 예전부터 네가 좋아하던 다른 사람이나. 정말로 내가 좋다고 해도, 세상 여자 중에 나만 좋아할 수 있는 건 아닐 거 아냐."

선혜는 피를 낼 듯이 주먹을 꽉 쥐고 우형을 봤다.

불안정한 시선이 서로 스쳤다. 우형은 선혜의 단어 하나하나를 곱씹는 듯했다. 굳은 표정으로 입술을 다물고 있던 그의 동공이 떨렸다. 눈 끝이 붉어진 듯도 했다. 그의 입술이 벌어지려다 다시 다물렸다. 누가 보아도 상처받은 표정이었다. 그래서 선혜는 더 억울하고 미안하고 분했다.

"그래, 뭐 네가 나한테도 진심일 수도 있지. 그냥 뱉는 감언이설이 아니고, 그래, 뭐, 너도 내가 싫지는 않을 수 있어. 아니, 싫지 않으니까 나랑 가끔 자고 뭐 그러는 거란 건 알겠는데…… 아무튼 난…… 미안해. 난 그만 얘기하고 싶어."

선혜의 손끝이 잘게 떨렸다. 나쁜 생각이 폭풍처럼 휘몰아쳤다.

그래. 어딘가엔 사랑이 있겠지. 그리워하는 첫사랑, 닿지 못해서 아련한 그런 사람. 아주 낮은 확률로, 옆에 있는 사람을 계속 끊임없이 사랑하는 것도 가능할 수도 있다. 몇천만 분의 일의 확률이라도 있다면 없다고는 할 수 없지. 그런데 그건 내 이야긴 아냐. 일반적으로 사랑은 조건과 결부된 거고, 누구도 애써서 손해 보는 장사를 하려고는 하지 않아.

존재하지 않는 환영에 홀린 것처럼, 화목한 가족을 상상하며 아이를 꿈꾸었던 것도 지금 다시 생각해 보면 대체 왜 그랬던 건지 이해가 가지 않았다. 사람은 가끔 일관성이 없게 행동하니까, 스스로가 더 특별해질 수 있다고 믿고 싶었나. 아무리 생각해도 부질없고 공허한 믿음 같기만 했다.

"모르겠어. 힘들어."

"……"

"이래서 미안해."

할 수 있는 말이 그것밖엔 없었다.

"뭐가 됐든지 간에 네 입장에서는 용기 낸 걸 텐데, 내가 이렇게

밖에 반응을 못 해서 미안. 들어갈게."

선혜가 소파에서 일어났다. 다리에 힘이 들어가지 않아서 빠르게 움직이진 못했다. 우형이 발을 옮겨 가던 선혜의 앞에 섰다. 그렇게 우형이 앞을 막아서자 더 나아갈 수가 없었다. 우형의 몸은 넘어갈 수 없는 벽이었다. 선혜는 정말로 울고 싶은 기분이 됐다.

"좀 비켜 줘……."

"선배."

"우형아……."

"정말 잠시만요. 이대로 가시는 건 안 돼요."

"왜 저딴 식으로밖에 생각 못 하지, 왜 다른 데서 뺨 맞고 여기 와서 비난하지, 피해망상증 환자인가 싶을 텐데, 맞아 나 환……."

"미안해하실 필요 없어요. 잘못하신 거 없으니까. 무슨 문제 있다고도 생각 안 해요. 제가 잘못한 것 같아서 그래요. 죄송해요. 저는 이런 기분 느끼시라고 그런 게 아니라, 그냥, 정말, 진심이라. 앞으로는 주의할게요."

냉대에 상처받지 않았다면 거짓말이겠지만, 견디지 못할 정도는 아니었다. 그보다는 예상보다 훨씬 더 힘들어하는 그녀가 안쓰러웠다. 아직도 몸을 떠는 게 보였다.

가녀린 몸을 품에 안고 진정될 때까지 도닥여 주고 싶은데, 그러면 더 진저리치며 밀어 낼 것 같아 그럴 수도 없었다.

"이혼하지 말자는 의사는 이해했어."

"네."

"그렇지만 여전히 그게 너를 위한 건지 잘 모르겠어. 나를 위해서도. 그냥 정리하는 게 나을 것 같아. 네가 이러니까 더. 너도 내가 이러는 거 보고 좀 질릴 거……."

"선배. 저는 절대……."

"알았어. 그만해. 나 변호사랑 상담하고 왔으니까, 너도 변호사 구해서 그 창구로 얘기하자."

"아뇨."

우형은 그 문제 앞에서는 단호할 수밖에 없었다.

"얘기는 둘이서 하는 거예요."

"……."

"불안해하시는 거 정말 마음 아프지만, 그러신다고 제 감정이 사라지지 않아요."

선혜가 고개를 들었다. 눈이 마주쳤다. 선혜는 순간적으로 거칠게 호흡했다. 가슴이 올라왔다가 꺼졌다.

"우형아. 난 너를 정말로 잘 모르겠어."

고개가 땅으로 떨어졌다.

"내가 좀 모자란다고 생각하지."

"그럴 리가 없잖아요."

"그래?"

"……."

"너, 나 미행하라고 나한테 사람도 붙였잖아."

선혜는 주먹을 꽉 쥐고, 바닥을 바라보고 말했다. 1억 원짜리 수표를 본 게 그리 오래된 일이 아니었다. 수표를 쓸어 보며, 실제로 그 종이가 실물로 존재하는 것이라는 것도 확인했다.

"너도 나한테 궁금한 거 있으면 직접 물어보지 그랬니."

"……."

"내가 솔직하게 말해 줬을 텐데."

선혜는 우형을 지나쳐 침실로 향하려고 했다. 마루에 턱이 있는 곳이라 우형을 돌아서 턱을 밟고 올라갔다. 하지만 도망칠 수 있는 건 거기까지였다. 우형이 선혜를 뒤에서 끌어안아 버렸다. 선혜의 등이 우형의 품에 갇혔다.

* * *

선혜는 굳은 채로 멈추어 섰다. 몸을 안은 팔의 힘은 강하지 않았다. 원한다면 뿌리칠 수 있을 정도였다.

"그럴 만한 이유가 있었어요. 형이랑 관련된 거예요."

"……."

"다 설명할 수 있어요. 생각하시는 그런 거 아니에요. 기만하려는 거 조금도 아니었어요. 사건 관계자들 전부 다 만나게 해드릴 수 있고, 원하시는 거 있으면 제가 뭐라도 할게요."

선혜는 이를 꽉 물었다가 힘을 풀었다.

"거짓말하지 마."

"죄송해요. 제가 잘못한 건 확실해요."

"……."

"그런데 정말, 나쁜 의도는 아주 조금도 없었어요."

쿵. 쿵. 단단한 가슴 너머에서 우형의 심장이 뛰는 게 느껴졌다.

"알아주세요."

"……."

"제발요."

몸을 가누기가 힘들었다. 그래서 그대로 눈을 감고 우형에게 기댔다. 우형에게 의지한 채 호흡부터 가다듬기 위해 애썼다.

쿵. 쿵. 우형의 심장 소리가 계속해서 들렸다. 시계 초침 소리보다 더 컸다. 그다음엔 따뜻한 체온이 느껴졌다. 우형의 체온은 많은 것을 연상시켰다. 배신감으로 채워졌던 생각이 서서히 다른 것들로 대체될 수 있을 만큼.

우형이 다정하게 몸을 품어 주던 순간들은 셀 수 없이 많았다. 세심하게 배려해 주던 순간들 역시 그랬다.

다른 이들이 상처를 주었던 시간을 아무리 더해 보아도, 우형이 배려와 친절을 베푼 시간에 비할 바가 못 됐다. 그의 고백이 그저 말뿐이라고 하면, 그 변함없는 자상함을 설명하기 힘들어졌다. 우형의 행동은 단 한 번도 변한 적이 없었다. 그는 자신이 이기적이게 굴 때도 단 한 번도 불평한 적 없었고, 자신이 배려하지 않고 되는대로 떠들어 대는 지금도 인상 한번 쓰지 않았다.

그러나 그렇게 상냥했던 사람이 우형 하나인 것도 아니었다. 태어났을 때부터 집에서 함께 지내서, 만난 날이 정확하게 기억나지도 않던 여자가 기억났다.

엄마보다 더 자신의 취향이나 취미에 대해서 잘 알고, 엄마보다도 더 마음에 드는 인형을 잘 골라내 주고, 받아쓰기 채점을 하다가 윙크를 하며 연필 끄트머리로 획 하나를 지우고 '100점'이라며 축하의 레몬 사탕을 주머니에 쏙 넣어 주던 사람이었다.

그녀가 무슨 짓을 했더라. 어린 몸을 얼마나 오랫동안이나 그 불도 들어오지 않는 창고에 피멍이 들도록 묶어 두었더라.

완전히 잊었다고 생각했다.

모두에게 일어나지 않은 게 되어 버렸던 사건이었다.

"무조건 믿어 달라고 하지 않을게요."

"……."

"제가 생각해도 실망하신 거 이해가 가요. 제가 미숙했어요. 어떻게 비난하셔도 드릴 말씀이 없어요. 하지만 그래도 진심이에요. 다시는 같은 짓 저지르지 않을게요. 제멋대로 판단하지도 않고, 어떻게 생각하시는지 먼저 여쭤볼게요."

우형은 여전히 미래를 말했다. 아직 둘 사이에 함께할 수십 년이 남은 것처럼. 이혼하자는 말을 몇 번이나 들었는데도 놀랍도록 끈질겼다.

본심을 적나라하게 까발리면 부들부들 떨며 더 깊은 상흔을 남기기 위해 애쓰던 다른 사람들과는 달랐다.

"방까지 모셔다드릴게요. 피곤하시죠."

선혜는 몸을 움직이지 않았다.

"말해 봐."

그리고는 체념을 담아 말했다.

"무슨 일이 있었는지 말해 줘. 주인규랑, 어쩌다가."

"……."

"일어나서 상태 안 좋으면 내일 오전에 반차 쓰라고 심 대표님이 그랬어. 늦잠자도 돼."

술도 아직 깨지 않았고, 잠이 전부 달아난 것도 아니었다. 기분도 여전히 안 좋았다. 그래도 우형의 품에 기대어 쉬고 있으니까 약간은 누그러진 기분이 됐다. 불안함이 조금 가시는 것 같아서, 염치없이 품에 좀 더 오래 안겨 있고픈 마음도 생겼다.

이런 욕구가 전혀 정상적이지 않게 생각되지만, 고통에서 어떻게든 도피할 수 있다면 일단은 이대로 더 머무르고 싶었다.

"사람을 붙이라고 주인규가 권유했어요. 전에도 같이 하자고 한 다른 것들이 많았는데, 그건 하나도 안 했거든요. 성매매, 마약, 도박 같은 건 죽어도 동참할 생각이 없었어요. 여전히 없고. 그런데 회장님이 직접 전화를 거셨거든요. 형이랑 친하게 지내라고."

우형은 착실히 선혜가 요구한 바에 따랐다. 내용은 둘째 치고, 낮은 목소리가 듣기 좋았다.

"회장님께서 비서실 사람까지 보내는 수고를 하시니까, 그중에서 제일 나아 보이는…… 사람 붙이는 것만 하자, 그랬던 거예요. 정말로 뒷조사를 할 생각은 없었어요. 그래서 사람은 바로 거뒀고, 1억은 버리는 셈 치기로 했어요."

"……"

"더 자세하게 말씀드릴까요? 회장님과 통화한 거나 비서실 사람들이 여럿 등장하는 부분이 상당히 생략되기는 했어요. 축약하니까 좀 개연성이 없는 부분이 많네요."

선혜는 말없이 고개를 끄덕였다.

그러자 우형이 나긋나긋하게 그가 겪었던 다른 일들을 추가로 속삭여 주었다. 10여 분이 넘는 시간이 흘러갔다. 낮은 목소리는 들을수록 기분을 더 편안하게 했다. 진정되는 속도가 빨라졌다.

"이해했어. 오해해서 미안해."

사죄를 구하는 목소리가 작았다. 우형은 그보다 작은 소리로 자신이 더 미안하다고 속삭였다. 둘 사이의 대화가 조금은 다른 국면을 맞은 듯했다.

"그럼. 하나만 더 말씀드려도 될까요."

선혜는 다시 작게 끄덕였다. 우형은 선혜가 기분이 나쁘지 않도록, 그러나 자신이 원하는 바가 확실히 전달되도록 단어를 신중히 골랐다.

"저는 있잖아요, 선배를 대신할 다른 여자 얘기는 안 하셨으면 좋겠어요. 무슨 오해를 하고 계시는 건지 모르겠지만, 저 다른 사람 없어요. 그 비슷한 것도 없어요."

"……."

"다른 사람한테 가라는 거, 저한테 큰 상처예요. 저도 싫어하시는 고백은 피할 테니까. 조금만 신경 써 주시면 안 될까요."

"……."

"제 마음을 빼고도 선배여야만 하는 다른 논리적인 이유들도 많아요. 알아주세요."

목소리만큼이나 그의 심장 소리도 선명하게 들렸다. 선혜는 먼 곳에 시선을 두었다.

"일단, 전 제 일과 관심사를 이해할 수 있는 사람을 만나야 해요. 오스본 효과나 튓포탯이 뭔지 제가 설명해야만 아는 여자랑

살 수 없어요."

우형의 수업 과제를 얼떨결에 도와주게 됐던 날을 기억했다.

"바이올린이랑은 피아노나 첼로가 상성이 좋잖아요. 제가 바이올린을 하니까, 피아노나 첼로를 하는 사람이랑 잘 맞을 거예요. 그런데 또 두 사람 다 고전음악만 좋아하는 것보다는, 각자 다른 걸 좋아해서 서로 모르는 걸 알려 줄 수 있으면 좋을 테니까, 전 고전 회화를 좋아하는 사람이랑 제가 잘 어울리는 것 같기도 해요."

순전히 억지였다. 첼로와 피아노 학원에 열심히 다녔다는 것만 알고서 끼워 맞추는. 그마저도 자녀 1인 2 악기 붐이 강남 사모님들 사이에서 한창일 때 청담동에 산 게 악기를 두 개씩이나 열심히 하게 된 이유였다.

"협상과 타협을 위한 논리를 치밀하게 구성하고, 실제로 상대를 설득해 내기 위해 수많은 밤을 지새워 본 사람이 좋아요. 저는 앞으로 그런 일을 수십 년간 해야 하니까요. 그리고 그 과정에서 제가 도덕적으로 옳고 바른 일만 하도록 강요하기보다는, 세상에 회색지대가 있다는 걸 먼저 이해해 주는 사람이면 좋겠어요."

"⋯⋯."

"균형감 있게 세상을 바라보는 사람이어야 해요. 마냥 만화영화 주인공처럼 착하고 선한, 정의만을 추구하는 사람은 제가 불편해요. 세상은 이상으로 채워진 곳이 아니잖아요."

선혜는 이렇게 되기까지 해 온 많고 많은 타협을 떠올렸다.

"어쩔 수 없이 변호사들 끼고 의견서에 각주 수백 개씩 달아서 법적 판단을 모호하게 만드는 일을 할 때, 무조건 그러지 말라고 말하는 사람이 아니라, 정말 넘어서는 안 되는 선이 무엇인지 일깨워 주는 사람이 제 곁에 있으면 행복할 것 같아요."

몸 끝이 저린 기분이 들었다.

"저는 참한 사람, 내조 잘하는 사람 필요 없어요. 제 업무 서포트할 내근비서, 외근비서가 한둘도 아니고 부서 차원으로 굴러갈 거잖아요. 그러니까 그냥 제가 제 일상을 알려 주고 싶은 사람이랑 함께하고 싶어요. 전 그걸로 돼요."

"……."

"제가 제 편이라고 확신할 수 있는 동반자였으면 좋겠어요. 그런데 약속하셨잖아요. 제 편이 돼 주시겠다고 했잖아요. 끝까지. 영원히. 어떤 일이 있어도."

"……."

"전 그 약속을 믿어요. 한 번도 의심한 적 없어요."

우형은 선혜를 고쳐 안았다.

"제 옆에선 평정을 찾기 힘드시단 거, 알겠어요. 제가 하는 고백도, 힘드신 거 알겠어요. 이상하게 생각하지 않아요. 누구나 그런 구석 한두 개쯤 있으니까. 하지만 이미 말해 버렸고, 아닌 척할 생각이 더는 없어요."

"……."

"저랑 둘이서 그 문제를 극복하려고 시도해 본 적도 없잖아요. 한 번은 노력해 보는 게 어떨까요? 제가 다시는 이렇게 성급하게 굴지는 않을게요. 오늘은 저도 죄송했어요."

"……."

"그러니까 앞으로 같이 천천히 해 봐요. 그러고도 계속 힘들면, 그러면 제가 절대 좋아하는 티 내지 않을게요. 물론 그래도 저희는 계속 부부일 거예요. 무슨 일이 있더라도 갈라서는 일은 없어요. 좋아하는 마음이랑 결혼 생활이랑 별개로 원래부터 생각하셨으니까, 제가 내내 고백하지 않으면서 산다고 해도, 그런 저랑 같이 사는 게 그때가 되어서 새롭게 문제가 되는 건 아니겠죠."

선혜가 허리를 덮은 우형의 손 위에 자신의 손을 덮었다. 그의 손이 차지 않았다.

"도망치지 마세요. 저 그렇게 무서운 사람 아니에요."

논리엔 허점이 많았다. 동시에 타당한 면도 있었다. 완전히 설득된 기분도, 말이 안 되는 소리란 생각도 들지 않았다.

이야기는 계속됐다.

"수십 년 동안 같이 살다 보면, 좋은 일만 있지는 않겠죠. 더럽고 나쁜 게 삶에 끼어들지 않을 거라고 보장은 못 드리겠어요. 그렇지만 나쁜 거 보기 싫으시면, 싫다고 말씀해 주세요. 그때마다 제가 눈 가려 드릴게요."

귓가가 간지러웠다.

고백은 안 하겠다고, 그런 이야기는 주의하겠다고 했지만 이건 본질적으로 고백과 다른 내용이 아니었다. 선혜는 여전히 불편한 마음을 떨칠 수 없었다.

"본인이 아까 말한 거랑 모순된다고 생각하지 않아? 내가 네가 하는 일이나 사업에 공감해줄 수 있어서 좋은 거면 그렇게 선택적으로……."

"일단 무엇보다 좋아하는 마음이 커서 그래요. 다른 이유 전부 차치하고서."

이건 그냥 고백이 맞았다.

"그렇게 물으시면 전 이렇게 말할 수밖에 없으니까, 제 마음을 듣기 싫으시면, 서로 같이 노력할 필요가 있어요. 아니면 사실은 계속 듣고 싶으세요? 만약 그런 거면⋯⋯."

"아냐. 네가 하는 말 믿지도 못하겠어."

"그럼 원하시는 대로 할게요. 지금은 좀 아까보다는 괜찮으세요?"

"그래. 근데 좋아한다는 말은 좀 피해."

선혜는 등을 우형의 몸에서 떼어 냈다. 벗어나고 싶다는 의지를 드러내자 우형이 바로 놓아주었다. 그대로 반 바퀴 돌아서 우형을 봤다. 침실로 가는 턱에 올라 발의 높이가 우형보다 높은데도 우형의 눈이 여전히 위에 있었다.

"네. 당장은 못 믿으셔도 돼요. 천천히 시간을 가지고 생각해 보면 되니까요."

아까보다는 훨씬 진정된 분위기였다. 둘의 표정도 더 평온했다.

"이미 결혼도 다 했고, 아늑한 집에 같이 사는데 급하게 생각하지 않을게요."

"⋯⋯."

"이제 들어가서 쉬실래요?"

"⋯⋯."

"아니면 저랑 더 얘기할까요. 오늘 하루는 어떠셨어요?"

헛웃음이 나올 법한 진행이었다. 결혼 후 7년 만에 남편이 처음으로 고백을 했는데, 아내가 제3의 이유로 난리를 쳤고, 화해 아닌 화해를 이상하게 하고서는, 제삼자를 이 관계에 끼워 넣지 말아 달라는 기나긴 고백을 들었다. 그다음에야 하루가 어땠는지 묻는 말이 던져진 것이었다.

그래도 선혜는 비웃을 수가 없었다. 괴상한 물음이라 치부하고 돌아서지도 못했다.

"왜 궁금한지, 그 이유는 묻지 마세요. 말씀드렸듯이 1차적으로는 이유가 필요 없는 질문이고, 그런데도 이유를 또 물으시면 싫어하시는 답밖엔 드릴 수가 없어요."

선혜는 우형을 보며 하루를 돌이켰다. 오전에 힘겹게 일어나 출근했고, 아침으로 라떼를 몇 모금 마셨다가 속이 안 좋아 남은 걸 다 버렸다. 점심은 하나도 먹지 않았다. 회사에서 업무는 그럭저럭 잘 굴러갔다. 오후엔 차를 몰고 강북으로 가서 변호사와 미팅을 했고, 나오는 길에 우형과 통화를 했다.

그리고 김지환을 만났다. 거기에서 생각이 잠시 쉬어 갔다. 누군가에게 하소연하고 싶은, 마음에 응어리진 사건들이 줄줄이 기억났다.

"나 오늘 밈플레잇 사람들 만났어. 정말 우연히. 예상도 못 했는데 마주쳤어. 김지환 선배."

용기를 낸 말이었다. 우형의 표정이 딱딱하게 굳고 시선의 온도도 식어 갔다. 선혜는 침착하게 그 순간들을 돌이키느라 우형의 표정 변화를 알아차리지 못했다.

"그리고 유민성 선배."

우형은 다정한 위로를 건네지도, 따스하게 다시 안아 주지도 않았다.

선혜는 다시 외로운 기분이 됐다. 안아 주기를 기대하고 있었는데, 기대가 배반당했다고 생각하는 건가. 그런데 다시 안아 달라고 말할 수도 없었다. 생각과 욕구 모두가 어리고 철없게만 느껴졌다.

"힘드셨어요?"

우형이 늦게 물었다.

"……조금."

선혜도 시차를 두고 답했다.

그때쯤 선혜의 목과 턱에 우형의 손끝이 닿았다. 그 손이 볼을 감쌌다. 아래를 향하던 선혜의 시선이 들렸다.

"키스하고 싶어요."

"……."

"이것도 싫어하시는 이유를 댈 수밖에 없어요. 그만큼만 이해해 주세요."

선혜가 눈을 감기 전에 우형의 입술이 닿았다. 입맞춤은 다정했고, 선혜는 매달리듯이 우형의 목에 팔을 감았다.

2.

섹스를 의도한 키스가 아니었다. 욕실까지 안아서 바래다줄 때만 해도 분위기는 깨끗했다. 머릿속으로는 무엇을 망상했든, 겉으로는 질척이는 욕망이 새지 않았다. 하지만 정신을 차리고 보니 색욕을 서로 줄줄 흘리며 침대 위에서 몸을 얽고 있었다.

"으읏. 흐."

선혜의 하얀 허벅지 안쪽에 우형이 입술을 댔다. 가볍게 핥을 것처럼 닿았던 입술이 벌어지고, 강한 힘으로 살을 빨아당겼다. 새하얀 살결 위에 빨린 자국이 붉게 남았다. 여린 살을 괴롭히는 힘이 강해질 때마다 선혜는 입을 가리고 허리를 침대 시트에서 떼어 냈다. 자꾸만 몸이 바르작거리며 들썩였다.

항상 비슷한 곳에 울혈을 남겼다. 못된 버릇이란 생각이 들지만, 은밀한 영역에 키스 마크가 남는 게 싫진 않았다. 그래서 한 번도 그만두라고 하지 않았다.

우형의 손이 선혜의 젖은 속옷 위를 넓게 덮었다. 성감이 집중된 부위가 천천히 어루만지듯 문질러졌다.

"흐으. 너무…… 응. 하."

우형은 힘을 실어 선혜의 허벅지를 더 넓게 벌렸다. 유연한 몸이 걸리는 것 없이 더 활짝 열렸다. 찌걱. 하체가 움직이자, 아직 벗겨지지 않은 속옷이 젖은 채로 살과 마찰하는 소리를 냈다. 우형은 혀를 내어 속옷 위로 젖은 부분을 입에 머금었다.

"하아, 그거 이상…… 읏. 으. 하."

민망한 소리가 아래에서 계속 났다. 키스할 구멍을 잘못 찾았다고 말해 주고 싶었다.

줄줄 흐르는 액체가 속옷뿐 아니라 그 밑의 이불까지 적셨다. 새 속옷을 입은 지 10분도 되지 않았고, 이불은 어제 새로 꺼내진 것이었다. 젖어서 달라붙는 감각이 민망해서 벗어나려 했다. 허리를 들어 올리자 우형에게 더 빨아 달라며 비벼 대는 꼴만 됐다.

저릿저릿한 감각에 온몸이 들떠서 민망한 기분이 녹아내렸다. 무엇 때문에 민망했는지, 민망해하기는 했었는지, 모두 금방 잊었다. 정상적인 판단이 뚝뚝 끊겼다. 야한 바람으로 모든 게 뒤덮였다. 선혜는 이것만으로는 부족하다는 생각에 우형을 보채고 싶어졌다.

"말고…… 더, 더, 다른 거. 하아. 으."

쪽. 소리가 나며 입술이 떨어졌다. 낮은 웃음소리와 함께 숨결이 닿아, 예민한 곳이 저릿해졌다.

"다른 거요?"

우형의 손이 허벅지 안쪽을 매만졌다. 파르르 몸이 진동했다.

"으읏……. 응."

모든 감각이 지나치게 바짝 곤두섰다.

선혜가 우형의 손을 잡으며 몸 쪽으로 당겼다. 그에 따라 몸을 옮긴 우형의 하체가 선혜의 속옷 위로 비벼졌다. 아래에 속옷을 아직 입은 채인 선혜와는 달리 우형은 실오라기 하나 걸치고 있지 않았다.

근육으로 빈틈없이 짜인 몸이 선혜를 눌렀다. 무력으로 당해 낼 수 없는 상대가 가하는 압박이 두려웠고, 그 때문에 더 흥분이 일었다. 이 남자는 자신의 몸으로 원하는 모든 걸 할 수 있는 상태였다. 흐물흐물해진 뇌는 심장을 거칠게 뛰게 만드는 모든 반응을 다 흥분으로 이해했다.

선혜는 넣어져야 하는 구멍 근처를 배회하기만 하는 우형의 성기를 원해서 애가 탔다. 우형이 서랍에서 꺼내 놓은 콘돔을 대신 끼워 주려 했는데, 놓쳐 버렸다. 우형이 다시 손에 쥐여줬다.

"해 주시게요?"

선혜가 고개를 도리도리 젓자 우형이 귀엽다는 듯이 버드 키스를 몇 번 하고는 이로 끝을 물고 비닐을 찢었다.

"빨리……."

선혜는 우형의 허리를 매만지며 졸랐다. 우형은 어느새 선혜의 얼굴을 내려다보고 있었다. 3초, 5초, 10초. 우형은 아무런 몸짓 없이 시선으로만 선혜를 만졌다. 선혜는 자신의 눈동자를 빤히 보는 우형의 눈을 가리려고 했으나, 금방 손이 우형에게 잡혔다.

"그렇게 보지…… 마."

이미 남은 거라곤 속옷뿐인데 그마저도 우형의 시선으로 전부 벗겨지는 듯한 느낌이었다. 우형은 선혜의 손목을 결박한 채로, 귀두 끝을 선혜의 속옷 위에 대었다.

"으응."

하지만 거기까지였다. 천을 거칠게 벗기지도, 옆으로 젖히고 깊이 들어오지도 않았다. 시선만 여전히 집요했다.

"키스해 줘."

시선을 피하고픈 마음에 선혜는 우형이 눈을 감을법한 요구를 뱉었다. 눈을 가리려고 했을 때와는 다르게 우형은 순순히 몸을 내리고 입술을 벌려 파고들었다. 입술이 맞물리면서, 하체 역시 액체에 흠뻑 젖은 천을 사이에 두고 서로 맞추어졌다.

"읏."

우형이 선혜의 가슴을 움켜쥐었다. 악력은 금방 풀리고, 손바닥이 단단하게 굳은 유두 끝을 넓게 압박해 왔다. 선혜가 좋아하는 움직임이었다. 선혜는 우형을 깊이 끌어안았다.

우형은 선혜의 입을 더 벌리고 혀를 넣었다. 온기를 더 내밀하게 확인하고픈 키스는 조금도 순수하지 않았다. 마루에서 키스를 바랄 때부터 내면은 비슷했다.

천사처럼 차려입은 선혜를 보았을 김지환에 대한 분노, 질투 그리고 영역표시에 대한 질 낮은 욕구가 혼탁하게 섞인 몸짓은 절대로 깨끗할 수가 없었다.

이렇게 몸을 비빌 수 있는 건, 벗은 채로 헐떡이는 그녀와 침대에서 구를 수 있는 건 자신뿐이었다. 그 확신을 스스로 심어 주지 않으면 안 될 것만 같은 날들이 가끔 찾아왔다. 지금도 그런 순간이었다.

그녀를 향한 성욕만도 감당이 안 되는데, 다른 충동까지 뇌를 가득 채우는 밤이면 욕구의 해소가 아니라 그 통제가 섹스의 목표가 됐다. 원하는 걸 섹스를 통해 푸는 게 아니라, 더는 미쳐 날뛰지 않기 위해 섹스를 했다.

선을 넘어가서는 안 된다는 걸 잊지 않으려면, 죽을힘을 다해 이성을 붙잡아야만 했다. 그 상태로 그녀에게 규칙적으로 성기를 박아 넣고 물러나고는 했다.

입술이 떨어졌다. 우형은 눈을 깜빡이며 선혜가 바로 이곳에 있음을 확인했다.

"하아, 으……."

선혜가 축촉하게 젖은 눈과 몸을 다 내보였다. 그녀의 가슴이 호흡과 함께 오르내렸다. 사랑하는 사람이 바로 곁에서 살아 숨 쉬고 있다는 모든 증거가 끔찍하게 벅찼다.

우형은 다시 이 순간에 새롭게, 마법 같은 사랑에 빠진 기분이 됐다.

"예뻐요."

"하아. 하."

"너무 예쁘다."

우형은 다시 키스했다. 사랑에 완전히 취한 채였다.

"으응."

선혜가 애원하듯 매달렸다. 그게 미치도록 황홀했다. 이럴 때면 정신적인 쾌감으로 몇 번이고, 사정과 무관하게 절정에 이르는 기분이 들기도 했다. 선혜에게 무엇보다 필요한 게 자신이란 걸 확인받으면서 느끼는 고양되는 기분은, 절정을 겪고 곧장 추락하지도 않는다는 점에서 육체적인 쾌락보다도 더 중독적이었다.

섹스를 통해 상대를 소유한단 착각에 빠지는 건 경계해야 할 일이었다. 여러 가지로 바람직하지도 않고, 건강한 사고방식도 아니었다. 자칫 잘못하다가는 훨씬 더 파괴적인 결과에 이를까 무서울 때도 있었다. 무엇보다 우형은 선혜를 원하는 자기 자신의 통제력을 별로 신뢰하지 않았다.

"흐으."

허리를 숙여 선혜의 입 속으로 더 깊게 들어갔다. 흥분이 그대로 드러나는 몸을 선혜가 끊임없이 끌어당겼다.

우형은 선혜의 얇은 속옷에 손가락을 걸어 아래로 벗겨 냈다. 다 젖은 선혜의 성기가 우형의 하체에 바로 비벼졌다.

이성의 끈을 전부 놓칠 것만 같은 아득한 기분이 됐다.

입술이 다시 떨어지고, 시선이 교차했다. 두 사람 모두 상대가 무슨 생각을 하는지 모르겠는 건 당연하고, 자기 자신이 무슨 생각을 하고 있는지도 모르겠다고 생각했다.

무엇이 됐든 당장은 알 필요가 없었다. 쌍방 모두 흥분에 찼고, 정상적인 사고는 다 허물어졌다. 여유 없이 몸이 붙었고, 온도가 치솟았다. 같은 욕망에 함께 사로잡혔다.

"하읏!"

우형은 선혜의 허벅지를 넓게 벌리고, 핏줄이 불거질 정도로 딱딱하게 솟은 성기를 입구에 맞추었다.

"으으⋯⋯."

거대한 귀두가 연약한 살을 비집고 길을 내며 들어갔다. 선혜가 입을 막고 고개를 돌렸다.

"흐⋯⋯ 으읏!"

우형이 막힘 없이 허리를 끝까지 밀어 넣었다. 가장 깊은 곳까지 채워졌을 때, 선혜가 급하게 우형의 어깨를 잡았다. 우형은 두 몸 사이에 손을 끼워 넣어 손끝으로 클리토리스를 쓸었다. 양옆으로 한계까지 벌어진 선혜의 허벅지가 덜덜 떨렸다.

"하, 으, 우⋯⋯ 형아."

선혜가 고개를 양옆으로 저었다. 의사전달이 제대로 될 리가 없었다. 쪽. 우형은 선혜의 이마에 한 번 입을 맞추었다. 선혜는 팔을 들어 눈을 가렸다. 우형이 그 손을 내려 침대 위로 결박했다. 다행히 클리토리스를 자극해 선혜를 미치게 하던 손은 떨어졌다.

"흣!"

이미 끝까지 들어와 있었다. 그런데도 허리를 더욱 거칠게 박아 넣었다.

"하읏!"

퍽. 선혜의 숨이 턱 막혔다. 손끝도 떨렸다. 우형은 여전히 조금도 허리를 뒤로 물리지 않았다. 그대로 같은 짓을 반복했다. 푹. 들어갈 곳이 없는데도 더 깊숙하게 밀어 넣어졌다.

"아흐…… 읏!"

이성을 잃은 것처럼 보였다. 분명히 어딘가 나사가 풀린 것 같았다.

우형은 광기 어린 눈으로 선혜의 눈동자를 직시한 채로, 처음으로 천천히 허리를 뒤로 물렸다. 안을 꽉 채웠던 것이 느리게 구멍을 빠져나갔다.

쩌억. 완전히 맞물렸던 내밀한 부분이 마찰하며 떨어지는 소리가 작게 들렸다.

"으으……."

퍽.

"읏!"

빠졌던 몸이 다시 깊이 들어왔다. 예고도 없었다. 퍽. 다시 한 번 같은 행동이 반복됐다. 정신을 차릴 수 없었다. 구멍 안은 물론, 전신이 다 울리는 기분이었다.

선혜는 우형의 팔을 꽉 붙잡았다. 끝까지 한 번에 밀고 들어오는 느낌에 숨이 자꾸만 턱턱 막혔다.

"우형아, 흐으. 우형아아……."

선혜는 고개를 저었지만, 푹푹 들어오는 우형의 몸짓은 조금도 느려지지 않았다. 강도가 약해지지도 않았다.

"하아, 하읏."

성기가 마주 닿아 있는 부분에서 물이 줄줄 흘렀다. 이불이 젖는다는 생각을 할 여유도 이제는 없었다. 퍽퍽. 적나라하게 박히는 소리만큼이나 찌걱거리고 찰박이는 소리가 끊임없이 침대 위에서 울렸다.

"하아, 하아."

우형의 낮은 숨소리가 규칙적으로 고막을 자극했다. 숨결이 귓가 언저리에 맴돌 때마다 소름이 돋으면서 즐거워졌다. 선혜는 자신이 미친 것 같았다. 이 순간에 우형이 정신을 놓고 흥분하고 있다는 게 좋았다. 그냥 좋았다.

"더, 더 세게 해 줘."

너무 좋았다.

"좋아, 우형아…… 진짜, 하으. 너무 좋아."

선혜는 들릴 듯 말 듯 한 작은 소리로 우형에게 속삭여 줬다.

그 뒤로는 더 거칠게 헤집어졌다. 원했던 것보다 더 세게, 빠르게 우형의 성기가 드나들었다. 모든 게 무너지는 느낌이 드는데, 견딜 수 없을 정도로 황홀했다.

시간 감각이 사라졌다. 우형의 손길과 몸짓에 따라 체위가 바뀔 때는 뭐가 그리 애타는지 자꾸 목을 끌어안아 키스를 졸랐다. 우형은 항상 원하는 걸 줬다. 원하는 만큼 숨과 애정을 불어 넣어 줬다.

우형이 선혜의 허리 뒤에 손을 넣어 선혜의 몸을 들어 올렸다. 그대로 몸을 돌려 침대 헤드에 등을 대고 선혜에게 깊이 키스했다. 선혜는 우형과 하체를 붙이고 앉아 스스로 허리를 흔들었다. 잠시라도 자극이 멈추어지는 걸 견딜 수가 없었다.

"으응. 흑."

우형은 허리 짓을 멈추지 못하는 선혜의 아래에서 성기를 쳐올렸다. 우형은 양손으로 얇은 허리를 잡고서, 욕정을 조금도 숨기지 않는 선혜를 꿰뚫을 듯이 보았다. 시선은 집요한 것 같기도 하고, 완전히 초점을 잃고 멍한 것처럼도 보였다.

다시 순식간에 체위가 바뀌었다. 우형은 가장 빠르게 성기를 박아 넣을 수 있는 자세를 잡았다.

"아윽! 흣! 아, 앗! 웃. 하아. 윿!"

더, 더, 깊이 박혔다. 선혜가 계속해서 흔들렸다. 끝까지 다 쑤셔지고 있다는 생각밖에는 들지 않았다. 그뿐이었다. 다른 무엇도 판단하거나 떠올릴 수 없었다.

이제는 객기로 더 세게 해 달라는 말도 못 했다. 신음도 나오지 못하고 목에서 턱턱 막힐 지경이었다.

다리 사이나 배 속뿐만 아니라 목까지 채우는 것 같은 흉악한 물건으로부터 도망치고 싶어서 무섭기까지 한데, 허벅지는 더 각도를 넓게 벌려 더욱 깊이 우형의 성기를 들이려고 필사적이었다.

"하아, 하으. 우형아……."

"하아. 하."

우형 역시 스스로를 통제하지 못했다. 숨을 거칠게 내쉬면서 선혜를 끝까지 몰아붙이기만 했다.

퍽. 퍽. 시간이 빨리 흐르는 것 같기도 하고, 무한히 느려지는 것 같기도 했다. 뭐든 좋으니까 이 순간이 영원하기만 했으면 좋겠다는 바람이 간절해졌다.

"나, 나…… 우형아. 으. 나……."

"하. 하아."

우형은 부름에 답해 주진 않았다. 그래도 외면받고 있다는 생각이 들진 않았다. 모든 게 얽혀서 통해지는 느낌이었다.

"하읏!"

말문이 막혔다. 절정이 왔다. 척추가 꿰뚫어지는 듯한 감각이 전신을 쓸고 나갔다. 맥이 풀리고, 순식간에 나른해졌다. 우형 역시 선혜의 안에서 사정했다.

"하아, 하아."

우형은 선혜의 어깨에 고개를 묻고 숨을 골랐다. 사정 직후에 호흡을 더욱 가누지 못하는 건 우형 쪽이었다. 선혜는 온몸에 힘을 풀고 가만히 천장을 보며 누워 있기만 했다.

절정의 전후로 세계가 단절된 기분이었다. 선혜는 두려움에 떨었다.

나, 또 뭘 한 거지.

그제야 모른 척할 수 없는 고백이 귓가에서 재생됐다.

'좋아해요.'

'그걸 알아주셔야 해요.'

'단 한 번도 감정 없이 섹스한 적 없어요. 앞으로도 영원히 그럴 일 없을 거예요.'

정말로 인형이 된 것처럼 전신이 뻣뻣하게 굳었다. 우형은 여전히 몸을 겹치고 있었다. 멍한 기분이었다.

이대로 우형의 품에 머무르다가는, 절대로 탈출할 수 없는 벽 속에 갇힐 것이다. 이 남자에게 여기서 더 빠져들면, 그리고 이 남자의 애정이 거두어지면, 그때는 정말로 멀쩡하게 살아갈 모든 방법을 잃을 것이다.

공포가 왔다. 그동안 느껴 왔던 그 어떤 것보다도 압도적인 감정이었다.

3.

톡톡. 주인규는 응접실에서 스마트폰을 두드렸다.

캉. 폰 액정이 경쾌한 소리를 내며 유리 테이블과 부딪혔다. 그는 미소를 띠며 검은 가죽 소파에 더 깊숙하게 기댔다. 한쪽 무릎에 올려둔 발이 느리게 회전했다. 그의 앞엔 정자세로 대기하는 직원 세 명이 있었다.

"애들은 다 깔았어?"

"작업 중입니다."

세 명의 직원 중 가장 연로해 보이는 이가 대답했다.

"이희결은 그래서 그 조건으로 들어온다고 해?"

"협상 중입니다."

"앙탈도 주제를 알고 부려야지. 기분 좀 상하려고 그러네."

주인규는 양손을 깍지 껴서 목 뒤로 넘겼다.

"김지환, 이희결, 유별……. 그래도 우리 귀여운 동생이랑 그 목석같은 마누라 먼 곳 보내려면 그 정도 수고는 들여야겠지?"

"……예. 그런 것 같습니다."

테이블 위의 핸드폰이 다시 주인규의 손에 들어갔다. 그는 전자기기의 끄트머리를 잡고 흔들었다.

"거기다가 무슨……. 하. 우리 제수씨는 심지어 이혼 상담을 받았어? 골 때리네. 진짜 의외로 귀여운 데가 있잖아."

주인규는 소리를 내 웃었다. 눈꼬리가 휘어지고, 이가 드러났다.

"그런 점이 나는 모르고 우리 동생만 알던 매력인가? 곱게 자란 하얗고 여리여리한 여자가 타협 불가능한 취향이라 소나무처럼 구는 건가 했더니."

"특별한 사유가 있는 건 아니고, 협의이혼을 검토한다고 합니다."

"귀책사유가 있겠지, 당연히. 집에서 때리나? 이선혜가 진단서 같은 거 뗀 기록 있어?"

"그런 얘기는 없었다고 합니다."

"바람은 아닌 거 확실하고. 뭔가 내가 모르는 게 있다면 무조건 집 안에서 벌어지는 일일 거거든."

"더 알아보겠습니다."

정확하게 무슨 일이 벌어지고 있는 건지 감이 오지 않았다. 우형에게 이혼하라고 지속적으로 부추기고 있기는 했지만, 항상 돌아온 건 그럴 일 없다는 대답뿐이었다.

무엇 때문이든 나쁘진 않았다. 주우형이 이선혜에게 어떤 식으로든 상당히 의지하고 있다는 건 이제 확실히 알 것 같았다.

정신적인 문제든, 육체적인 문제든. 그러니 이선혜가 뒤통수를 때려 준다면 고마운 일이었다. 인간을 무너뜨리는 데에 배신당하게 하고서 고립시키는 것만큼 좋은 방법도 없다.

주우형에게는 그의 편을 들어줄 어머니나 외척이 없었다. 특별히 가까운 친구도 없었다. 그나마 믿을 사람이라고는 국회의원인 장인과 그 딸인 이선혜인데, 아무리 자기애가 굳건하고 멘탈이 강한 인간이라 해도 유일한 자기편이 떠나간다는데 완전히 멀쩡하기는 힘들 터였다. 정신에 큰 문제가 있는 게 아닌 이상.

주우형의 정신세계가 일반적이지 않다는 점을 고려하면, 예상 외로 큰 타격이 없을 수도 있겠지만, 이쪽에서 다루기 껄끄러운 장인과 갈라선다는 점만 생각해도 나쁘지 않은 진행이었다.

"나도 내 와이프가 이혼을 하자고 하면 말이야, 아주 기분이 나쁠 것 같거든."

"⋯⋯."

"이성적으로 생각해 보면 그럴 만한 이유가 차고 넘치잖아. 물론 우리 현명한 와이프님께서는 잃을 게 많아서 절대 그런 귀여운 반항은 안 하시겠지만. 그지?"

"예."

"우리 동생도 참 개 같은 기분이 될 거야. 미쳐 날뛰어 주면 좋고. 제대로 때려 맞은 이선혜가 나한테 와 주면 더 좋고. 우리 제수씨도 뇌 구조를 참 알 수 없는 사람이기는 한데, 가까이 지내는 거 나쁘진 않지."

이선혜는 독특했다. 공부만 한 샌님도 아니고, 현모양처 스타일도 아니고, 유해 보이는데도 의외로 성격이 있고, 마냥 인생 편하게 살아온 아가씨인 것 같은데 과거를 뒤져 보면 정신과 진료 기록까지 튀어나왔다. 그러다가 이상한 걸 발견하게 되기까지 했다.

"동생이랑 LA에서 같은 병원 다녔던 건 어떻게 됐어? 나는 주우형이 스무 살 즈음에야 이선혜를 처음 본 줄 알았거든. 그거 아닐 수도 있다며."

"확실하진 않습니다. 정확한 기록이 남아 있는 것도 아니고……"

"그런데 그 정도면 지나친 우연이잖아. 걔 엄마 뒈진 때랑도 좀 가깝고."

"그렇기는 합니다."

주인규는 양다리를 뻗어 테이블 위로 올렸다. 발목이 서로 교차했다.

"또 이선율은 왜 만난 거야?"

"모르겠습니다."

"더 파 봐. 재밌는 거 나오면 바로 보고하고."

"예."

"아, 맞아."

주인규는 그제야 생각났다는 듯이 손가락을 튕겼다.

"예?"

"그 이선혜 비서는?"

"한나영 비서도, 섭외 끝났습니다."

"좋네, 좋아. 그럼 나가 봐."

"예."

홀로 남은 주인규는 테이블 위에 펼쳐진 사진 두 장을 집었다. 둘 다 우형이 장을 보는 사진이었다. 장 볼 목록을 적어 출퇴근하는 가정부에게 보내지 않고 직접 식료품을 사러 간 건 거의 1년 만이라고 했다.

우형은 백화점 식품관 해산물 코너에서 새우를 가리키며 무어라 말하고 있었다. 이어서는 환하게 웃으며 새우를 받아드는 얼굴이 찍혔다. 구석에는 모델 같은 남자를 훔쳐보는 게 분명한 여자들 여럿이 보였다. 연예인 아니냐며 속삭이는 소리가 여기까지 들리는 듯했다.

우형을 데리고 강남을 누비다 보면 흔히 겪는 일이었다. 라운지 바의 여자애들까지 인규 오빠가 신인 배우를 데려온 것 같다며 수군거렸다.

주우형은 은근슬쩍 치대려는 애들 앞에서 정색했다. 무서울 만큼 싸늘한 반응이었다. 선택한 단어들이 나름대로 정중하기는 했지만, 닥치고 꺼지라는 요지는 가감 없이 잘 전달됐다.

그렇게 날 세운 모습은 의외였다. 집에서 와이프한테도 그렇게 신경질을 부려 대서 이선혜가 이혼을 결심한 걸지도 몰랐다.

"조금만 더 갔다간 때릴 거란 판단이 결혼 8년 차에 들었든지. 아, 진짜 폭행 사건 일어나면 재밌을 텐데."

주인규는 사진 두 장을 날리고 테이블에 펼쳐진 다른 사진들을 차례로 짚었다. 파스타면 봉지를 양손에 들고 유심히 살피는 사진이 보였다. 그 이후에 계산대에 내려놓은 각종 재료의 양이 상당했다.

계산을 마치고서는 짐을 운전기사와 나누어 들었다. 딱 보기에 더 무거운 짐을 든 쪽은 우형이었다. 이후의 행선지는 집이었다.

와이프에게 저녁을 차려 주나 했더니, 이선혜는 또 자정이 넘어서 집에 들어갔다고 했다.

주인규가 알기에 주우형과 이선혜가 사는 집에는 요리사가 없었다. 상주하는 가정부도 없었다. 와이프가 이혼 상담을 받은 날 혼자 저 재료를 바리바리 사서 혼자 밥을 해 먹은 건가. 주인규로서는 이해할 수 없는 정신세계였다.

우스웠다. 그리고 불쾌했다.

4.

—오랜만에 학교 가서 강의는 잘 마쳤다며. 엄마가 체면이 좀 살아. 암튼, 용건은 그게 아니라. 다음 주 주말에 시간 되면 엄마랑 오붓하게 둘이서 밥이나 먹자고 전화했지. 막내는 어때?

"정확히 언제요?"

—엄마는 브런치나 점심이 좋아.

"저는…… 토요일이랑 일요일 둘 다 아직은 잘 모르겠어요. 아마 둘 다 괜찮을 것 같긴 한데, 혹시 모르니까 며칠 뒤에 다시 알려 드릴게요."

선혜는 사무실로 오는 길에 텀블러에 테이크아웃한 라떼를 들고 어머니와 통화했다. 한참 전에 식은 라떼는 미지근했다. 어머니가 이혼 상담과 관련해 뭘 알고 전화를 한 건지, 아무것도 모르고 전화를 한 건지 아직은 알 수 없었다.

—만약 이틀 다 괜찮으면, 다음 주 토요일 새벽에 아빠랑 주 서방이랑 오랜만에 만나서 스쿼시 친다니까, 우리도 같은 날이면 좋을 것 같고.

"아버지랑 우형이요?"

박훈 보좌관이 수표를 전해 주었으니, 아버지 역시 우형이 얼떨결에 저질러 버린 일을 알고 있을 터였다. 미약한 두통이 관자놀이에서부터 퍼졌다. 아버지는 막내 사위를 상당히 좋아하니까 무턱대고 화를 내지는 않겠지만, 잘못을 보고서 지적 없이 넘어가지도 않을 터였다.

—응. 요즘 대세는 들키면 욕먹는 골프 라운딩이 아니라 미세먼지랑 자외선 가리지 않는 스쿼시라면서. 주 서방이 또 라켓 스포츠 좋아하잖아. 테니스랑 스쿼시랑 비슷한 거 아닌가?

"……비슷한 면은 있죠."

—저번에 우리 주 서방 테니스 치는 거 보니까 너무너무 멋있더라. 어깨가 정말……. 엄마가 사위 자랑을 친구들한테 그렇게 했어. 다들 어찌나 부러워하는지. 엄마 남편도 어디 가서 빠지지는 않지만서도…….

어머니는 계속 가벼운 얘기를 떠들었다. 선혜는 대충 추임새를 넣으면서 다른 생각에 빠졌다.

아버지가 얼마나 상세한 내막을 알고 있는지 모르니 우형에게 유하게 넘어갈 방법은 알려 주어야 할 것 같았다. 선혜는 라떼를 테이블 위에 내려놓고 포스트잇을 하나 뽑았다. 볼펜의 심을 빼내고 포스트잇 위에 우형의 이름을 적으려던 손이 멈추었다.

오전에 할 일로 메모해 둘 필요가 없었다. 어차피 몇 시간 후에 저녁을 같이 먹게 될 터였다. 군이 오전에 메시지를 보내거나 전화를 거는 건 낭비였다.

두통이 더 거칠게 몰려왔다. 숙취가 유일한 원인은 아니었다.

—엄마가 얼마 전에 갔던 한식 퓨전 레스토랑이 있는데, 요즘 TV 프로에 나오는 정 쉐프가 새로 오픈한 데야. 좋더라. 깔끔하고, 담백하고. 들어보니까 MZ랑도 뭐 하나 한 것 같던데, 아는 사이니?

선혜는 생각에 잠겨 있느라 대답할 타이밍을 놓쳤다.

—막내야?

"아뇨. 개인적인 친분은 없어요."

—그럼 예약 자리가 나려나……. 그럼 되는 시간에 예약 빈 데 있는지 확인한 뒤에 있으면 잡고, 없다고 하면 다시 엄마한테 연락해. 엄마가 어떻게 해 볼 테니까. 자리를 만들어 내든지, 다른 데로 가든지.

"네. 근데 제가 시간이 안 될 수도 있어요."

선혜는 메모지와 펜을 모두 옆으로 치웠다. 하마터면 라떼가 든 텀블러까지 넘어뜨릴 뻔했다. 급히 휘청거리는 걸 잡아 세웠다.

—알겠어. 이제 주말이니까 오늘까지만 수고해. 아, 내일도 출근하니?

"안 할 생각이에요."

—그래. 요즘 별일 없지?

"네."

선혜는 텀블러의 밑동을 꽉 잡고 대답했다.

별일이 없는 건 정말이었다. 남편의 고백도, 그와의 섹스도, 옛 동료와의 마주침도, 업무와 관련된 자리에서의 과음도 특별한 사건이라고 할 수 없었다. 기혼에 직장인인 30대 여자라면 누구나 겪을 일상적 사건일 뿐이었다.

—무슨 일 있으면 알려 주고.

"네. 들어가세요."

통화를 마치고서 선혜는 남은 라떼를 한 번에 다 마셨다. 평소보다 시럽을 더 넣어 달라고 했는데도 속이 허했다. 뭐라도 더 먹을 걸 찾아야겠다는 생각에 다리를 움직였는데, 허벅지가 바지에 쓸렸다. 표정과 몸이 전부 돌처럼 굳었다.

선혜는 눈을 감고 호흡했다.

오전 반차를 쓸 수도 있었겠지만 그러지 않았다. 우형이 2층에서 일어나 내려오기 전에 도망쳤다.

'아침에 볼게요. 좋은 꿈 꾸세요.'

눈을 뜨자마자 다정하게 속삭이고 이마에 내려앉던 입술의 감촉부터 기억났다. 그래서 최대한 빨리 샤워하고, 문 여러 개를 빈틈없이 닫고 헤어드라이어를 켰다.

술에 취해서 했던 말과 했던 행동 하나하나가 다 기억났다. 어제 몸에 퍼 넣은 알코올은 합리적인 행동과 말을 망가뜨렸지만,

기억까지 사라지도록 도와주지는 않았다.

우형의 목소리가 특히 선명했다.

우욱.

구토감이 일었다. 선혜는 급히 다리를 움직여 화장실로 갔다. 가는 길에 마주친 한나영 내근비서가 괜찮으시냐고 물었다. 어떻게 대강 답하고서 빠르게 지나쳤다. 속을 게워 내려고 칸막이의 문을 잠글 땐 식은땀이 주룩주룩 흘렀다.

"하아, 하아……."

구역질을 여러 번 했으나 무엇도 게워 내지 못했다. 고개를 숙이고 호흡을 고르는 데까지 한참이 걸렸다. 결국 구토감은 잠재워졌지만 어지러운 느낌은 가시지 않았다. 선혜는 비틀대며 밖으로 나와 입을 헹구고 손을 씻었다.

계속해서 씻었다. 콸콸 쏟아지는 물을 보며, 핸드 워시를 몇 번이고 짜내 반복해서 씻었다.

멍했다. 색이 짙은 장면들이 아른거렸다.

"이사님."

"……."

"이사님?"

"아…… 나영 씨."

"괜찮으세요?"

"아, 네."

"표정이 너무 안 좋으셔서, 물 콸콸 나오는 소리만 들리니까 걱정돼서 들어와 봤어요."

"전 괜찮아요."

선혜는 수도꼭지를 잠그고, 페이퍼 타월을 뽑아 손을 닦았다. 한나영 비서와 눈이 마주치자 가볍게 웃어 보이기까지 했다. 구겨진 종이가 쓰레기통 안으로 사라졌다. 선혜는 지난밤의 다정한 목소리까지 닦아서 버렸다.

"어제 좀 과음을 했나 봐요."

"저는 달리고 난 다음 날이면 헛개수가 그렇게 잘 받던데, 이사님도 좀 챙겨 드릴까요?"

"그럼 고마울 것 같아요."

고개를 끄덕이며 다시 웃었다. 더 이상 우형에 관한 생각이 일상을 망가뜨리게 둘 수 없었다.

정상인인 척 연기해라. 합리적인 행동을 해라. 선혜는 자신에게 속삭였다. 익숙한 일이었다. 이대로 며칠을 더 보내다 보면 그런 암시를 스스로 걸고 있다는 사실에 너무나 익숙해져 그 암시의 존재까지 잊을 터였다.

할 수 있다. 할 수 있다. 끊임없이 되뇌었다. 하지만 자꾸만 무언가가 삐걱거렸다.

잊어버렸다고, 없던 일이 되었다고 생각한 수십 년 전의 기억까지 샘솟았다.

'좋아해요.'

자꾸 그 말이 몸속에서 울렸다. 마치 그 말을 건넨 사람이 그가 아니라 자신인 것처럼.

띠링. 띠링. 사무실에 돌아오자 우형이 보낸 메시지들이 연달아

도착하는 게 보였다. 발신인을 확인하자마자 눈을 감아 버렸다. 무슨 내용인지, 어떤 이모티콘을 덧붙였는지, 조금도 알고 싶지 않았다.

"하아, 하."

다시 심장에 손을 올리고 호흡했다.

당분간은 우형이 원하는 대로 이 결혼 생활이 유지될 터였다. 당장은 벗어날 방법이 없었다. 그러나 그가 속삭이는 달콤한 감정에 기댈 생각은 전부 버려야 했다.

이선혜라는 인간은 기대하고 버림받는 일에 너무나 취약했다. 그러니 그의 애정이 사라졌다는 사실을 직면한 순간 지옥으로 추락하지 않도록 자신을 보호해야 했다.

버림받았다는 이유로 죽고 싶지 않다. 그런 생각이 들었다.

변동

1.

근원은 어두컴컴한 곳에 있다. 병변은 메스로 도려낼 수 없을 깊은 곳까지 번져 있다.

'뇌에 총알이 박힌 채 수십 년을 살아온 사람이 있습니다. 가정이 아니라 실제로 존재하는 케이스를 말씀드리는 겁니다. 치명적인 중증외상에 대한 치료는, 당연하게도 그를 살해하는 일이 될 것입니다.'

정상상태로 돌리기 위해 살과 뼈를 가를 때 생존을 위한 필수기관이 함께 망가질 터였다.

'정신적 외상이라 해도 다를 것은 없다고 봅니다. 외부의 이물질이 치명적인 부분까지 파고들었다면, 어느 순간부터는 그 치료가 자아를 파괴하는 행위가 될 수도 있지 않을까요.'

'……그러니까, 우리 막내는 말이죠.'

'종종 사람들은 누군가의 근본적인 신념을 꺾어 정신을 교정하여야 한다고 말하는데, 신념을 잃은 그 사람은 이제 무엇으로 살아가죠? 교정 전과 후가 같은 사람이긴 한가요?'

이선혜. 12세.

차트는 스펠링을 읽기 힘든 의사의 악필로 빼곡했다.

'정도는 다르지만, 누구나 정신적인 문제는 있습니다. 사람은 기본적으로 믿을 게 못 된다는 생각을 지니고 살아가는 성인들이 얼마나 많을지 생각해 보십시오. 그건 정신병 축에 끼지도 못해요.'

'그렇긴 하지만, 악몽을 너무 많이 꾸는 것 같아요. 애가 식은땀에 젖어서 깨어나면서 소리도 못 질러요. 소리 내어 웃는 걸 못본 지도 대체 얼마나 됐는지 모르겠어요. 천사 같던 웃음이 기억이 안 나요.'

새벽에 깨어난 아이는 하얗게 질린 표정으로, 좋아하던 레몬사탕을 커다란 봉지째로 쓰레기통에 버렸다. 그 뒤엔 밀랍인형처럼 멍하니 굳어 있었다. 숨도 쉬지 않는 것 같은 아이를 바라보면 억장이 무너졌다.

'얼마나 아이를 사회화할 수 있는가? 그 질문에 대한 답이 보통교정에 앞서서 중요한 문제가 됩니다. 그런데 따님은 그 부분에 대해서는 아무 문제도 없습니다. 지능, 공감 능력, 솔직히 말하자면 오히려 우수할 정도입니다. 그리고 저는 뛰어난 학업 성취도와 성실

함은 따님의 자기방어 기제와 높은 연관이 있을 거라 조심스럽게 추측합니다.'

'······.'

'아이들은 잘 배우는 만큼 잘 잊기도 합니다. 똑똑하고 성실한 성격은 유지되겠지만, 그 원인이 된 것은 기억나지 않게 될 수 있습니다. 두 분께서는 두 분의 성격을 만들어 온, 열 살 이전의 상처받은 기억들을 차근차근히 되짚으실 수 있습니까?'

'······.'

'게다가 한국은 아직 정신적 외상의 치료에 대한 사회적인 인식도, 그 발전도······ 많은 길을 더 가야 합니다. 따님이 이 어린 나이부터 약물에 의존하게끔 만드실 생각은 아니시지 않습니까.'

사랑.

의사는 사랑과 신뢰를 끊임없이 강조했다. 따지고 보면 마약도, 사랑에 빠진 인간의 뇌에서 분비되는 호르몬을 흉내 낸 것에 불과하다고.

'칼에 찔린 외상을 꿰매 두면 그 위에 딱지가 앉고 자연스레 치유가 이루어지듯이, 사랑으로 상처를 묶으면 마음의 상처 역시 서서히 회복됩니다.'

'······.'

'그때까지 버텨 줄 단단한 사랑이 필요할 겁니다. 영원한 관계, 버팀목이 되는 믿음, 변함없는 신뢰, 대가 없는 응원이 세상에 존재한다는 걸 알려 주세요. 어떤 순간이 오더라도 자신을 품어 줄 것이라 믿어 의심치 않도록, 아낌없이 사랑을 주세요. 그런 가족

과 함께하면 따님은 반드시 나아질 겁니다. 다른 큰 배신이나 유사한 사고를 겪지만 않는다면요.'

선혜가 사고를 잊기 전에, 부모가 상담을 잊은 것이 먼저였다.

2.

우형은 1층 주방에서 파스타를 만들었다. 선혜가 고른 두 종류의 파스타뿐만 아니라, 카프레제 샐러드와 티라미수까지 준비했다. 모짜렐라와 마스카포네는 원래 선혜가 좋아하는 치즈니까, 스타터와 디저트 선택에 실패하지 않을 자신이 있었다.

보글보글. 끓는 물에서 펜네를 건지고 올리브 오일 병을 들었다. 달칵. 우형은 멀리서 들려오는 작은 소리에 오일을 내려 두고 아일랜드 앞을 벗어났다.

"오셨어요?"

"응. 거의 안 막히더라. 불금인데 의외였어."

선혜는 약속한 시각보다 조금 일찍 들어왔다. 와인을 한 병 든 채였다. 우형의 시선이 손에 닿자 선혜는 우형의 가슴께를 보며 내밀었다.

"이거…… 좋아했던 것 같아서."

"네. 맞아요."

우형은 환히 웃으며 술을 받아들었다. 그녀가 선호하는 와인이라 자신이 좋아하게 된 것이란 설명은 덧붙이지 않았다.

"집엔 언제 온 거야?"

선혜는 외투의 단추를 푸르며 물었다.

"퇴근 좀 일찍 했어요."

정말 기다려 온 중요한 식사 자리가 있다고 하니까 팀 전원이 얼른 가 보라며 등을 떠밀었다.

"그래도 돼?"

"네."

우형이 해맑게 답했다. 그리고는 편하게 갈아입고 오라며 선혜를 드레스룸으로 들여보냈다. 선혜는 주방 방향을 힐끗 보았다. 맛있는 냄새가 차고에 도착했을 때부터 맡아졌다. 배가 고팠다.

블라우스 단추를 풀던 손이 멈추었다. 선혜는 깔끔한 셔츠를 입고 있던 우형의 옷차림을 떠올렸다. 곧고 넓게 뻗은 골격과 부피가 상당한 근육이 날렵해 보이도록 딱 맞게 재단된 셔츠였다. 어떻게 생각해 봐도 집에서 편하게 입으라고 디자인된 옷은 아니었다. 그 앞에서 편하게 홈웨어를 입긴 그랬다.

선혜는 다시 단추를 잠그고 거울 앞에 섰다. 머뭇거리다가 화장을 좀 고쳤다. 그리고는 이를 닦고 손도 빡빡 오랫동안 씻었다. 다시 한번 망설이다가 립스틱을 또 발랐다.

드레스룸을 빠져나온 건 시간이 더 흐른 뒤였다. 우형의 넓은 등이 보였다. 선혜는 웍 같은 조리도구를 들고 크림 파스타를 마무리하는 우형을 숨죽여 지켜보았다. 뒤에 있다는 게 들키면 바로 돌아볼까 봐 소리를 열심히 감추었다.

1층 주방의 아일랜드 근처는 물을 찾을 때가 아니면 발을 거의 들이지 않는 장소였다. 아주 가끔 집에서 요리를 먹을 때도 테이크아웃한 음식을 먹는 정도가 다라서, 직접 조리대 근처에 서서 무언가를 할 일이 없었다. 저렇게 넓은 주방은 우형과 자신을 위해서는 불필요하다고 종종 생각했는데, 커다란 우형이 그 속에 있으니 판단에 미미하게 금이 갔다.

평소에 생각했던 것만큼 주방이 넓어 보이지 않았다. 기억보다 조명도 환했다. 우형이 공간을 줄이고 전등을 갈아 끼워 놓은 게 아니라면, 이상한 일이었다.

"도와줄 건 없어?"

선혜가 살며시 다가갔다. 우형이 바로 선혜를 보았다. 그는 고개를 젓고는, 손에 든 것을 전부 내려놓았다.

"이리 와 보세요. 조금만 더."

"왜? 뭐 도와……."

입술이 닿았다. 선혜는 눈을 크게 떴다가 감았다. 치약 향이 느껴질 것 같아 신경 쓰였다. 우형은 물기 어린 그릇들에 선혜의 옷을 적시지 않기 위해 허리를 당겨서 끌어안았다.

"으응."

동시에 뒤로 넘어뜨릴 것처럼 파고들었다. 선혜는 넘어지지 않으려고 우형의 목 뒤로 팔을 감았다. 거기서 더 나갈 생각은 없는지 우형은 허리를 꽉 안았다가 몸을 놓아주었다.

"그……."

선혜는 괜히 머리카락을 넘기면서, 우형이 다 해 놓은 것 같은 카프레제를 집어 들었다. 그리고는 우형을 보지 않고 아일랜드 너머의 테이블로 빨리 걸음을 옮겼다.

슥. 슥. 뒤에서 티슈가 뽑히는 소리가 났다.

선혜가 뒤를 돌아보았다. 눈앞까지 다가온 우형이 거기에 있었다.

"번졌어요."

"……."

"가만히 있어 보세요."

우형이 세심하게 번진 립스틱을 티슈로 걷어갔다.

"저한테도 많이 묻었어요?"

약간. 선혜는 들리지 않을 목소리로 답했다. 우형의 입술이 평소보다 붉게 보였다. 선혜는 민망한 기분에 우형의 커다란 손에서 티슈를 빼앗듯 가져와 우형의 입술을 닦아 주었다. 그 손길을 받던 우형의 입술이 호선을 그렸다.

"또 키스하면 다시 또 닦아야 하겠죠?"

"……하지 마."

선혜는 휴지를 손에 꾹 말아 쥐고 속삭였다. 우형은 작게 웃더니 선혜의 볼에 가볍게 버드 키스를 하고 말았다.

계속 아무것도 하지 않고 구경만 할 수는 없어서, 선혜는 차례로 앞접시와 스푼, 포크, 나이프를 세팅했다. 우형은 선혜를 말리지 않고 가만히 지켜보기만 했다. 어쩐지 몸을 꿰뚫을 것 같은 시선이 등에서 떨어지지 않는 기분이라 돌아볼 수가 없었다.

우형이 메인 파스타 두 개를 들고 왔다. 두 가지의 파스타가 큰 플레이트에 하나씩만 담겨 있었다.

음식을 나누어 먹는 건 두 사람이 레스토랑에서 선호하는 식사 방식이 아니었다. 각자 먹을 것을 따로 시키거나, 처음부터 각자의 몫이 분리되어 나오는 코스 요리를 주로 먹었다.

음식 쉐어를 위한 집게는 놓지 않았다. 최대한 격식 없이 먹자는 건지, 그냥 잊은 건지 모르겠지만 선혜는 특별히 그에 관해 언급하지 않았다. 우형이 당황스러운 답을 줄 가능성을 걱정했다.

"많이 드세요."

"……그래. 고마워. 맛있겠다."

선혜는 포크와 스푼을 들었다. 펜네를 몇 개 앞접시에 덜고, 그중 하나를 맛보았다. 굳이 샐러드부터 먹을 필요는 없다는 생각에서였다.

"이거…… 엄청 맛있다."

정말로 맛있었다. 선혜는 돼지고기를 함께 포크에 찍어 다시 먹었다. 역시 맛있었다. 우형은 선혜의 반응에 기뻐했다.

"크림 파스타엔 좋아하시는 새우 많이 넣었어요. 껍질도 다 까서. 이것도 많이 드세요."

우형이 다른 접시를 밀어 주었다.

"……응. 고마워."

선혜의 포크가 그쪽으로 움직였다.

"간 꽤 더 세게 했어요. 파스타는 그런 쪽이 나으시죠."

"응. 완전."

선혜는 짜다 싶은 새우를 맛있게 씹었다. 한국의 이탈리안 레스토랑에서 이탈리아식 소금 간을 원하면 추가로 짜게 만들어 달라고 주문해야 하는 경우가 많았다. 본토처럼 만들면 블로그나 SNS, 각종 맛집 평가 애플리케이션에 간이 너무 짜서 못 먹겠다는 리뷰가

도배될 테니까. 그마저도 밸런스가 망가져 실패하는 경우가 왕왕 있었다. 선혜는 피자나 리조또 같은 음식들은 소금 간이 약한 걸 좋아했지만 파스타만은 달랐다.

우형이 와인까지 따라 주었다. 와인과 파스타의 궁합이 좋았다. 선혜는 페투치네를 한 번 더 접시에 가득 올려 먹었다. 과식하고 싶을 만큼 맛있었다.

"내일 붓겠다."

"티라미수도 있어요. 냉장고에. 그것도 드셔야 해요."

"아, 그래?"

선혜가 즐거워했다. 우형이 선혜의 표정을 보며 또 웃었다. 두 사람은 하루 동안 겪은 별거 아닌 소소한 일상사를 주고받았다. 둘 다 지난 밤에 나누었던 대화에 관해서는 언급하지 않았다.

그래도 선혜는 차에서 내릴 때 품었던 날 선 긴장을 완전히 놓아 버리진 못했다. 치울 수 없는 불안과 공포는 새벽이나 지금이나 달라진 것 없이 선명했다.

우형은 조금도 선혜를 불편하게 만드는 화제를 꺼내지 않았다. 분위기는 계속 편안하고 잔잔했다.

"내일 말이에요."

접시가 거의 비워질 때쯤 우형이 화제를 전환했다.

"내일?"

"운동 다녀와서 그림 보신다고 하셨잖아요."

"응."

"어디 생각하고 계셨어요?"

"글세. 예당에서 저번 달에 시작한 특별전이나……."

선혜는 말끝을 흐렸다. 따라오겠다는 건가. 와인 잔을 집어 들며 생각했다.

"예술의 전당 특별전이요?"

"응. 아마."

사람이 너무 많을 것 같다는 생각이 들기는 했다. 주말에 아이들이 북적이는 게 싫으면, 현대미술도 괜찮은 보기가 되겠지만, 지금 진행되는 다른 끌리는 특별전이 없었다. 그렇다면 몇 번이나 보았던 현대미술 상설전을 보러 가야 했다.

우형은 더 말을 덧붙이지 않고 가만히 선혜를 보았다. 선혜는 포크와 나이프를 집어 토마토와 모짜렐라를 썰었다. 우형이 계속 말이 없어 먼저 묻는 수밖에 없었다.

"……같이 가자고?"

"네. 데이트하고 싶어요."

끼긱. 포크가 어긋나며 접시를 긁었다.

"내일 날도 좋다는데, 좀 걷기도 하고, 맛있는 거 먹고."

"……."

"천천히, 친해지고 싶어요. 어린 애들 몰려오면 제가 벽처럼 옆에서 지켜 드릴게요."

사람들이 북적일 장소가 그려졌다. 예술의 전당의 구조는 뻔했다.

우형은 분명 약속한 대로, 한 그림을 오래 쳐다보고 있는 자신의 뒤에 서서 벽처럼 기다려 줄 터였다. 숙덕이는 어른들의 목소리와 도슨트들의 설명, 아이들의 발소리, 숨죽인 웃음소리 속에서 모든 방해로부터 보호받고 있다고 생각될 만큼 안전하게 옆에서 지켜 줄 것이다.

선혜는 느리게 끄덕였다. 우형은 다시 선을 넘지 않았다. 차에서 내리는 선혜를 불안에 떨게 했던 나쁜 상상은 무엇도 현실이 되지 않았다.

다만 우형은 선혜를 침실 안으로 들여보내기 전에 키스했다.

다 벗겨져서 휘둘릴 때와는 다른 동요가 일었다. 선혜가 그의 옷깃을 꽉 붙잡자 우형은 다시 키스했다. 몇 번이고 입술이 떨어졌다가 다시 붙었다. 어제와는 다르게, 얼떨결에 휩쓸려 나체로 몸을 여는 일은 없었다. 우형은 이제 그만 자러 가겠다는 선혜의 귓가에 오늘도 너무 예쁘다고 수차례 속삭여 주기만 했다.

3.

선혜는 당장 우형이 품은 애정을 의심하진 않기로 했다. 김지환이 자신에 대해 가지고 있을 기본적인 호감을 인정하는 것처럼. 그리고 우형이 자신의 애정을 갈구한다는 사실도 받아들였다. 이희결이 지금 그녀의 투자를 원한다는 걸 이해하고 있는 것처럼.

원하는 것을 줄 듯하다가 빼앗으면 갈망이 더 커진다는 건 상식이었다. 그러니 선혜는 지금 당장 우형에게서 벗어나려 애쓰는 건 나쁜 계획이라 판단했다. 우형을 더 애타게 하면 고문의 시간만 길어질 터였다.

손에 들어온 것의 특별함은 반드시 사그라든다는 것 역시 상식이었다. 동화 같은 엔딩은 현실엔 없다.

그래서 선혜는 우형의 애정 놀음에 적당히 협력하기로 했다. 시간이 좀 걸리더라도 그의 마음은 필연적으로 식을 터였다. 그때까지만 잘 버텼다가 벗어나고 싶었다.

이미 그에게 흔들리고 있다는 것도 부정하지 않기로 했다. 우형이 떠나갈 때, 아무 일 없었다는 듯이 툭툭 털고 일어나는 게 쉽지만은 않을 것이다. 그래도 아직은, 적어도 아직은 끝이 온 다음에 극복할 수 있는 크기의 고통만 느끼면 될 것 같았다.

항상 끝을 염두에 두면서, 더 큰 흉이 마음에 남지 않도록 자신을 지켜 내야 했다.

우형은 금방 이선혜가 사실은 별 게 아니었다는 걸 알게 되겠지. 그렇게 생각해야만 하는 게 기쁘진 않았지만, 그가 다짐하는 영원에 곧바로 넘어가서 몸이고 마음이고 다 자동문처럼 열어 준 뒤에 버려지는 게 더 칠푼이 바보 같은 짓이었다.

"회장님께서는 매번 안정적인 가정환경이 무엇보다 중요하다고 강조하시거든요. 국가 근간이라고."

"……."

"대외적으로도 그렇고, 저랑 식사하실 때도 비슷하게 말씀하셨어요. 맹세했으면 지켜야지, 그걸 쉽게 갈아 끼울 수 있는 것처럼 생각해서는 안 된다고."

미술관에 가는 길에 운전대는 우형이 잡았다. 선혜가 기사님이 운전하는 차를 타는 게 낫지 않냐고 하니까, 그건 둘만의 오붓한 분위기가 안 나서 싫다고 했다. 왜 오붓한 기분을 내야 하는 거냐고 묻지는 않았다. 그러면 또 싫어하는 답을 드릴 수밖에 없다는 답이 돌아올 테니까.

"남자는 자기 뜻을 관철할 때까지 우직하게 굴어야 한다고도 생각하세요. 그래서 회장님께서 제 혼처를 탐탁지 않게 여기셨다고 해도, 제가 그 말에 휘둘리는 모습 보여 주는 게 좋은 전략은 아니에요."

"……."

"전 제가 말 잘 듣는 귀여운 강아지가 아니라, 주인규보다 능력 있고 믿음직한 아들이란 걸 증명해야 하는 거잖아요. 스무 살 때부터 와이프 하나만 보고 사는 거, 따지고 보면 회장님께서 싫어할 만한 덕목도 아니고요."

출발할 때는 차 안이 꽤 조용했다. 그러다 어느 순간부터 우형이 조곤조곤 이 결혼 생활이 유지되는 것이 자신에게 중요한 이유에 관해서 다른 각도로 설명하기 시작했다.

요지는, 회장님께 인정받기 위해서라도 절대로 우리는 갈라서서는 안 된다는 것이었다.

우형은 선혜의 기분이 나쁘지 않도록 말을 예쁘게 다듬어 주희철 회장이 이성창 의원과 그 딸을 그리 좋아하지 않는다는 걸 인정하면서도, 동시에 그건 조금도 문제가 되지 않는 문제란 의견을 열심히 피력했다.

"회장님한테도 만만하게 보여서 좋을 거 없어요. 회장님도 20년 전만 해도 스마트폰이 이렇게 세상을 휩쓸지 모르셨단 말이에요."

"……스마트폰이랑 우리 문제가 무슨 상관이야?"

"주희철의 아바타가 E전자의 미래는 아니라는 거죠. 세계가 이렇게 급변하는데 아무리 거대한 매머드 기업이라고 해도 끝까지 도산하지 않고 살아남는다는 보장이 없어요. 세상엔 예상도 못 한 쇼크가 주기적으로 오기도 해요. 새로운 이슈, 신드롬, 자연재해, 기타 등등."

논리적 비약이나 아전인수격 해석이 없다고 볼 수는 없었지만, 우형이 말하는 바가 무엇인지 알 것 같기는 했다.

"관련된 예시가 너무 많아서 하나하나 들다 보면 날을 새야 하는 거 아시잖아요. 회장님도 알고 계세요. 말 잘 듣는 후계자 키우는 게 답이 아니라는 거. 정계랑 얽혀서 국민 등쳐 먹는 짓거리도 새로운 미디어의 등장으로 자꾸 힘들어지고, 고용시장도 갈수록 유연해지고, 근무환경도 그렇고……."

"……."

"장기적으로 보면 제가 와이프한테 헌신적인 남자로 보이는 게 여러모로 좋아요. 대외적인 제 이미지관리에도 좋고. 형이랑은 다르게 사생활 문제가 털어도 털어도 안 나오는 게 제 특장점이잖아요. 아무리 세상이 변했다고 해도, 이혼 경력 흠이라고 생각하는 보수적인 어르신들 아직 한국에 많아요."

"……."

"전 국민에게 이미지 좋게 박히면, 언론 플레이 쉬워지고, 주주한테 홍보할 때도 좋고, 오너리스크 적다고 외국인 투자자들 설득할 때도 도움 될걸요. 그런 종류의 신뢰는 돈 붓는다고 얻어지는 것도 아니에요. 좋은 인상 하나를 만들어 내려고 기업들이 광고비 얼마나 집행하는지 매일 보시잖아요."

이미지가 아니라 실리를 따라가는 게 비즈니스였다. 그러나 저러한 우형의 주장에도 납득되는 부분은 있었다. 선혜는 창창한 가을 하늘을 바라보다 다른 질문을 던졌다.

"우형아. 내가 나이가 더 있으니까 너보다 훨씬 먼저 병들 거란 생각은 안 해 봤어?"

"딱히요. 대한민국 평균 수명 고려하면 저희 나이 차는 아주 바람직하거든요. 게다가, 병이 걸리는 때는 나이로 짐작할 수가 없어요. 개개인의 인생은 통계에 따라 굴러가지 않거든요."

그러다 갑자기 우형의 표정이 굳었다.

"혹시 지금 어디 안 좋으세요? 그래서 물어보시는 거예요? 병원 가 볼까요?"

"……그건 아냐."

선혜는 어이없어하며 답했다.

"그냥, 건강 걱정을 좀 하기 시작해야 할 때가 오긴 했잖아. 평균 퇴근 시간 밤 10시 전후에, 주말 중 하루는 반드시 출근하고, 장수하려면 스트레스 관리가 필요하겠다 싶은……."

정말로 요즘 들어 생각해 보고 있는 문제였다. 선혜는 말을 마치지 못하고 생각에 잠겼다.

"저도 무리하시는 거 싫어요. 쉬고 싶으시면 그냥 관두셔도 돼요. 나중에 언제라도 다시 일하고 싶어질 때 제가 어디든 원하시는 자리 만들어드릴게요."

"……뭐?"

"와이프한테 그거 하나 못 해 줄 능력 없는 남자 같아요? 저한 테 그 정도 능력은 있어요."

선혜는 입을 벙긋거리다가 다물었다.

"저한테서도 좋은 점을 자꾸 찾아봐 주세요. 가만히 생각해 보면 저보다 괜찮은 옵션이 없을걸요. 객관적으로 생각해도 저희 진짜 괜찮은 조합이거든요. 평소엔 객관적인 판단 엄청 잘 하시잖아요."

선혜는 굳이 안 맞는 점을 알려 주고자 하지 않았다. 대신 어디 까지 가나 들어보자는 생각에 오히려 질문을 던졌다.

"또 좋은 점이 뭐가 있는데?"

우형이 핸들을 돌려 좌회전했다.

"제가 너무 짐승 같아 보일까 봐 굳이 이런 얘기까지 해야 하 나 싶기는 한데."

"……응."

"결혼은 육체관계도 중요하잖아요. 몸 잘 맞는 거요."

"……."

"더 잘 맞는 사람 찾을 수 없어요."

선혜는 안전벨트를 꽉 쥐고 창밖을 보았다.

"그냥 알 수 있어요. 본능에 관련된 거라, 설명을 어떻게 할 수 있진 않은데, 제가 말하지 않아도 알 것 같지 않으세요? 저만 그 렇게 엄청 느끼는 것 같진 않은데."

붉은 신호등이 켜졌다. 우형은 신호에 맞추어 멈춘 다음에 고 개를 반대편으로 돌리고 있는 선혜를 바라보았다.

"……넌 내 몸이 좋은가 봐."

선혜가 아주 작게 중얼거렸다.

"네."

단 0.1초의 고민도 없이 답이 튀어나왔다.

선혜는 천천히 고개를 돌려 우형을 보았다. 우형 역시 선혜를 바라보던 중이었다.

우형은 이제 선혜가 방어벽을 더 높이 세우는 순간이 어떤 때인지 알 것 같았다. 지금도 선혜가 나쁜 생각을 할 때의 표정을 짓는 게 보였다. 그녀는 지금 자신이 그녀를 싫어하게 되거나, 질리게 될 이유를 찾아내고 있다. 마음은 아프지만, 상처를 주려는 의도가 있지 않다는 걸 알기 때문에 견딜 만은 했다.

"나랑 지금보다는 더 자주 자고 싶겠네."

부정할 수 없는 문장이었다.

"그럼 더 해도 돼."

"……."

어떤 메커니즘을 거쳐 나온 말인지 알 것도 같았다. 질릴 때까지 하다 보면 결국엔 시들해질 거라고 생각한 것일 터였다. 문제는 절대로, 어떤 일이 있어도 그럴 일이 없다는 것이겠지만.

"너 하고 싶은 만큼 해."

청신호로 바뀌었다. 뒤에 정지한 차가 클랙슨을 울렸다. 우형은 답하지 않고 다시 액셀을 밟았다. 차가 다시 부드럽게 전진할 때, 선혜는 양팔로 팔짱을 끼고서 창밖을 보았다. 그런데 차가 가서는 안 될 길로 들어섰다.

"너, 여기서 뭐 하는……."

우형이 차를 갓길에 세웠다. 정지와 동시에 벨트를 풀고 상체를 넘겼다.

"키스만요. 일단 그것만."

우형은 그 자리에서는 정말로 키스만 했다. 키스라고만 이름 붙이기엔 한없이 질척한 짓이긴 했지만, 어쨌거나 굳이 이름 붙이자면 그건 키스였다.

예쁘다고, 우형은 마치 숨을 쉬는 것처럼 계속해서 생각했다. 숨을 헐떡이는 선혜는 정말 예뻤다. 항상 예뻤지만, 더 예뻤다. 자신의 아내는 자기가 방금 얼마나 위험한 말을 뱉은 건지 모르는 게 분명했다.

큰 눈을 깜빡이며 앞으로 있을 일을 짐작도 못 하고 있는 사람이 사랑스러웠다.

4.

네 시간여를 미술관 안에서 보냈다. 선혜는 떠나기에 앞서 잠시 화장실에 들르겠다고 했다. 화장까지 고치고 나온 선혜는 우형의 앞에 선 사람의 뒷모습을 보고 걸음을 멈추었다.

선혜와 거의 똑같은 트위드 자켓을 입은 여자는 헤어스타일마저도 선혜와 비슷했다. 여자가 고개를 젓자 끝에 컬링이 들어간 긴 흑발이 흔들렸다. 다른 점은, 우형 앞의 여자는 키가 선혜보다 더 크고, 굽이 상당한 힐을 신었다는 것 정도였다.

우형이 여자의 어깨너머로 선혜를 발견했다. 그가 다가오려 했다.

그제야 우형을 바라보고 서 있던 여자가 고개를 돌렸다. 아는 사람이었다. 유별. 단과대 후배.

"안녕하세요."

"네, 안녕하세요."

"이선혜 선배님 맞으시죠. 또 뵙네요."

우형보다 유별이 먼저 선혜의 앞으로 왔다.

"경영대 후배인 유별입니다. 지금 4학년이고요. 기억하실진 모르겠는데, 이름은 그냥 외자예요."

"기억해요. 또 뵙네요."

얼떨결에 악수까지 했다. 어쩌다가 여기에서 마주친 것인지, 선혜는 우형과 유별을 번갈아 보며 눈짓으로 물었다. 우형은 아는 바가 없었고, 유별은 설명할 생각이 없었다.

"제 롤모델이 선배님인 거 아세요? 다들 제가 선배님이랑 많이 닮았다고 하는데, 제가 좀 더 발랄한 것 같기는 해요."

"……아, 네."

"아무튼, 학교에서도 제가 포스트 이선혜라는 얘기 많이 듣거든요. 교수님들이나, 학번 높은 선배들한테. 스타일이나, 분위기나, 생긴 거나."

유별은 웃는 얼굴로 상당히 빠르게 말을 쏟아 냈다.

"취향도 그렇고. 그러고 보니까…… 오늘 입은 옷도 비슷하네요. 추천받아서 입게 된 거거든요. 선배님이랑 학부 시절부터 잘 알던 선배한테요."

"저랑 잘 알던 사람이요?"

"네. 백화점에 같이 갔다가, 선혜가 좋아할 스타일이라고, 그렇게 선혜 따라가고 싶으면 입으라고 사 주셨거든요. 진짜 딱 맞추시네. 굽 너무 높은 힐 신지 말라고도 하셨는데, 확실히 그래야 했나 봐요."

유별은 선혜를 위에서 아래로 훑어보며 말했다. 평가하듯 훑어보는 것이 썩 유쾌하지 않았다. 키가 아주 작은 편은 아니라고 생각해 왔는데, 동성을 가까이서 높이 올려봐야 하는 느낌도 이상했다. 유별이 자신에 대해 가진 미묘한 악의를 알고 있어서 더 그런 기분이 드는 듯했다.

장관을 지낸 유별의 어머니와 선혜의 아버지가 선거를 앞두고 척을 진 과거가 있었다. 그때 두 사람의 딸을 비교하는 토막기사 같은 것이 가십으로 떠돌던 차에 선혜는 유별을 처음으로 마주치게 되었다. 좋은 시작은 아니었다. 게다가 유별이 우형을 선혜보다 아깝다고 생각한다는 것도 알았다.

"이 귀걸이는 어떠세요?"

"엄청 예쁜데…… 이번 F/W인가요?"

"네! 이것도 같은 선배가 골라 준 건데 정말 바로 마음에 들어 하시네요."

"그런데, 저랑 잘 알던 사람 누구요?"

"유별. 가 봐."

우형은 유별을 보면서 말했다. 우형과 어울리지 않는 싸늘한 말투였다.

"네, 네. 오빠, 그러니까 저한테 앞으로 답장 좀 잘 해 주세요.

선배님, 저는 가 보겠습니다. 조만간 또 뵐게요."

"네. 조심히 가세요."

선혜는 유별이 멀어지는 뒷모습에서 한동안 눈을 떼지 않았다. 유별은 완전히 선혜의 시야에서 벗어나기 전에 뒤를 돌아 한 번 더 인사했다. 선혜 역시 고개를 살짝 숙여 마주 인사해주었다. 우형은 내내 말이 없었다.

"예쁘네."

선혜가 말했다. 솔직한 느낌이었다. 생긴 것부터, 스타일링까지. 닮았다고 말해 주는 게 고마울 정도의 미인이었다. 선혜는 아무런 반응이 없는 우형을 힐긋 보았다. 그는 조금도 수긍하지 못하는 표정이었다. 잠시 후에 그의 입술이 열렸다.

"제가 세상에서 제일 예쁜 사람이랑 같이 살아서 눈이 좀 높아요."

"……."

"그리고 저는 원래 베껴서 찍어 낸 모조품은 안 좋아해요."

우형과 유별의 사이에 관한 아주 자그마한 오해의 소지도 차단하는 발언이었다. 선혜의 생각이 엉뚱한 방향으로 뻗어 나가기 전에 원천봉쇄됐다. 우형은 거기서 멈추지도 않았다.

"선배도 컴퓨터로 검색만 하면 사진이 수십 장 나오는 작품, 그걸로 만족 못 하시잖아요. 그래서 시간 들이고 수고 감수하면서 여기에 원작을 보러 오시는 거고. 저한테 선배의 가치는 더해요. 비교 불가능한 문제에요."

"……."

"심지어 이선혜라는 사람은 무생물도 아니에요. 값을 매기고 다른 무엇과 비교하며 가치를 논할 수도 없어요."

어떤 수를 써도 위작을 만들어 낼 수 없는 종류의 작품도 있다. 그에 대하여는 유사하다고 수긍할 정도의 흉내조차 낼 수 없다.

"……그렇게 반응할 만한 건 아니었던 것 같은데."

선혜는 우형의 반응이 과하다고 생각했다. 그러나 우형은 끝까지 단호했다.

"누가 무슨 소리를 하든 이상한 상상은 조금도 마셨으면 좋겠어요. 전 머리끝부터 발끝까지 제 와이프 거예요."

괜히 얼굴이 붉어지는 것 같아 바닥을 내려다보았다.

"정말 다른 사람들이 뭐라고 하든 신경 쓰지 마세요. 다른 여자들 저한테 아무것도 아니에요. 그리고."

우형이 선혜에게 성큼 더 다가왔다. 선혜가 고개를 들자 우형은 손을 뻗어 선혜의 머리카락을 넘겨 주었다. 내내 눈을 마주한 상태였다.

"저만큼 제 와이프에 대해 사소한 것 하나하나까지 다 잘 아는 사람 없어요."

"……"

"그렇죠? 누구도 저보다 잘 알진 못하잖아요."

선혜는 고개를 끄덕였다. 사실이었으니까. 관찰력이 좋고 세심한 우형은 선혜 자신이 잘 모르는 부분까지도 알아챘다.

우형이 팔을 내려 선혜의 허리를 당겼다. 그리고는 품에 꽉 안았다. 그러자 유별이 전한 김지환의 말을 듣고 차올랐던 분노가 조금씩 진정됐다.

"……숨 막혀. 우형아, 사람들이 보잖아. 조금만…… 응."

품속의 배우자를 대체할 수 있는 사람은 아무도 없었다. 누군가가 그녀와 닮았다는 평가는 모조리 헛소리였다. 자신보다 그녀의 취향과 선호를 더 잘 알아챌 사람이 없는 것도 분명했다.

우형은 선혜의 허리를 쓸면서, 최대한 냉정하게 유별에게 주희철 회장의 말을 전한 배후를 짐작했다.

김지환일 수도, 주인규일 수도 있었다. 어느 쪽이어도 좋지 않았다. 그러나 감당하지 못할 것도 없었다. 반드시 처분해야 하는 쓰레기들을 계속 걸어 다니게 둘 생각은 처음부터 없었다.

폐기의 시기만 문제 될 뿐이었다.

5.

예약해 둔 한정식집까지 가는 동안 우형은 운전대를 왼손으로 돌리고, 오른손으로는 선혜의 손을 잡고 놓아주지 않으려 했다. 선혜가 보기에 저녁 시간의 우형은 미미하게 싸늘한 기운을 풍겼다. 날이 곤두서 있는 것 같기도 했다. 짐작되는 계기는 유별과 마주친 일뿐이었다.

결국, 선혜는 동치미 옆에 가지런히 젓가락을 내려놓고 우형의 눈동자를 보았다.

"아까, 나 나오기 전에 무슨 얘기 했어?"

계속해서 묻지 않는 것이 우형이 바라는 배려인 것 같지도 않았다. 이유를 물을 수밖에 없었다.

"유별 후배님이랑 얘기하고 있었잖아."

"……취직했다는 얘기요."

선혜는 유별이 어딘가에 취직한 것이 우형의 기분을 안 좋게 만들 이유가 있을지 생각해 봤다.

"E그룹 계열사야?"

"아니요."

"그럼?"

우형이 잠시 시선을 피했다.

"김지환 선배님 회사요."

우형이 느끼는 불쾌감이 선혜에게까지 번졌다. 선혜는 굳은 표정으로 따뜻한 찻잔에 손을 뻗었다. 포스트 이선혜라는 말에, 당돌한 후배는 좀 더 다층적인 의미를 담았던 모양이었다. 백화점에서 트위드와 귀걸이를 사 주었다는 선배가 누구인지도 그제야 알 것 같았다.

선혜는 질문을 잇지 않고 찻잔을 한 번에 다 비웠다. 그 행동을 바라보는 우형의 표정이 더욱 어두워졌다.

"김지환이 여태껏 얼마나 많은 여자랑 만났는지 아세요?"

"……그걸 내가 알아야 해?"

"……."

"하나도 안 궁금해."

"김지환은 절대 저처럼 선배한테 못 해요."

김지환에 대한 선배라는 호칭도 생략된 채였다.

"뭐?"

"아무리 선배를 잘 아는 척 굴어 봤자, 정말 선배한테 필요한 건 절대로 못 해 준다는 거 아시잖아요. 김지환은 저 비슷하게 흉내도 못 내요."

"……."

"선배가 단 한 순간도 안심할 수 있게 도와줄 수 없는 닳고 닳은 인간이잖아요."

말문이 막혀서 잠시 입을 열지 못했다.

"우형아. 대체 무슨 말도 안 되는 생각을 하는 거야. 얼마 전까지는 선배도 유부남이었고, 나랑 선배는 조금도 그런 사이가……."

선혜는 적잖이 당황했다.

"저번에 김지환 선배랑 나랑 같이 있는 사진 찍으라고 할 때도 그렇고…… 우형아. 그건 오해인데. 내가 김지환 선배 좋아했던 것도 네가 생각하는 그런 식이 아니라……."

김지환을 좋아했다. 그 말이 유독 우형의 귓가에 선명하게 박혔다.

다른 사람이 아내에 대해 아는 척하는 게 싫었다. 특히나 그 사람이 그녀에게 흑심을 품은 남자라면 더욱. 그중에서도 김지환은 최악이었다. 김지환과 그녀의 과거를 생각할 때 심장이 저릿저릿하고 토할 것 같은 게 어제오늘 일만은 아니었다. 김지환에 대한 그녀의 말과 행동에 따라 기분이 롤러코스터를 타는 것 역시 마찬가지였다.

"분명한 건, 난 김지환 싫어해. 엄청나게 싫어해."

선혜 역시 그를 선배라고 부르지 않았다. 우형은 선혜의 말을 바로 의심하진 않았다. 지금은, 싫어하고 있을 수도 있었다. 우형도 가끔 사랑하는 사람을 원망하게 될 때가 있으니까.

좋아하고 싫어하는 게 꼭 공존 불가능한 감정은 아니었다. 오히려 너무 좋아하니까 미운 마음이 극심해지던 순간이 우형에게도 있었다.

"전혀 아니야. 유별 후배님 너한테 아무것도 아닌 것처럼, 김지환 선배도 나한테 아무것도 아냐."

"……."

"우형아. 나한테도 너뿐이야."

우형은 자신뿐이란 말을 해 주는 선혜를 눈에 담았다.

"알아요."

"응. 알아줘."

"네. 선배가 원하는 걸 누구보다 가장 잘 알아주는 건 저잖아요."

"……응."

"계속 그렇게 말씀해 주세요. 끝까지 그렇게 말씀해 주세요. 침대 위에서도."

우형이 옅게 웃었다. 타인의 그림자를 굳이 끌어와서 두 사람의 위로 드리울 필요가 없었다.

"제가 원할 때마다 하자고 하셨잖아요."

"……."

"그리고 저만 알고 있는 선배가 좋아하는 것들이 꽤 많잖아요. 저만 아는, 원하시는 거 다 해 드릴게요."

우형이 테이블에 놓인 선혜의 손을 잡았다. 손가락 사이를 파고들어, 약한 강도로 매만졌다. 노골적인 유혹에 선혜는 숨을 들이마시고

굳게 닫힌 미닫이문을 살폈다. 당장 여기서는 무슨 일도 일어나지 않을 거라고, 단언할 수 있는 건지 의문이었다.

구절판이 도착하고 직원이 룸에 들어오면서 우형이 손을 놓아 주었지만, 마디마디를 쓸던 감촉이 한동안 남아 있었다.

우형은 선혜의 행동을 세심하게 살피며 관심을 보이는 요리를 더 가까이 밀어 주고, 눈이 마주치면 웃었다. 몸 안에서 계속해서 나비가 퍼덕이는 듯했다.

선혜는 최대한 오래 음식을 씹었다. 그러지 않으면 체할 게 분명했다.

6.

아슬아슬한 긴장에 심장이 펄떡거렸다. 섹스가 예정된 채 차에 동승하는 게 이렇게 숨 막히는 일일지 몰랐다.

길이 막혔다. 톡. 톡. 우형이 손가락 끝으로 핸들을 두드리는 소리가 유난히 크게 들렸다. 커다란 손과 기다란 손가락이 연상시키는 이미지가 선정적이었다. 선혜는 망상을 물리치려 애썼다. 노력에 따른 성과는 크지 않았다.

"하아……."

우형이 한숨을 쉬었다. 앞으로 갑자기 끼어든 차 때문인 듯했다. 욕설을 뱉을 것만 같은 표정이었다. 그래도 우형은 액셀을 더 과격하게 밟아 사고를 내면, 이미 길게 겪은 기다림이 더 한도 끝도 없이 길어질 거라는 걸 잊지 않았다.

"초보 운전잔가 봐."

"저따위로 운전할 자신으로 왜 나왔을까요. 그냥 집에 박혀 있지."

선혜는 제대로 들은 게 맞나 귀를 의심했다.

같은 구간을 달렸던 낮의 드라이브와 완벽하게 대조됐다. 깊고 낮은 목소리는 잔잔하지 않았고, 밖은 어두웠고, 붉은빛을 내는 차들이 도로에 가득했다.

무엇보다, 이번엔 이 차가 무사히 사고 없이 목적지에 도착할 수 있을지 장담할 수가 없었다. 모든 게 불안요소였다. 그리고 그 모든 상황 덕에 자꾸만 허벅지에 힘이 들어갔다.

꽈악. 선혜는 주먹을 쥐었다. 그 손을 우형의 커다란 오른손이 덮었다.

아.

선혜는 입술을 벌렸지만, 밖으로 감탄사를 뱉지는 않았다. 우형은 전방을 주시하면서, 꼭 쥐어져 있던 선혜의 주먹을 풀어 그녀의 손가락 사이에 자신의 손가락을 넣어 얽었다.

미술관에서 한정식 레스토랑으로 갈 때도 비슷하게 손을 잡고 있었다. 그러나 그때는 손길이 이렇게 야하고 은밀해질 수 있다는 생각을 못 했다. 만져지는 곳들이 여리고 부드러운 부분들이란 것도 의식하지 않았다.

"우형아……."

우형은 답하지 않았다. 대신 손에 더 힘을 실었다.

선혜는 우형이 상식적인 사람임을 의심하지 않았다. 잘 교육받고, 교양과 매너가 풍부한 것으로 치면 대한민국에 비할 대상이 많지 않다는 게 선혜만의 생각도 아닐 터였다. 그러나 가끔, 침대 위에서 우형이 평범하지 않은 행동을 할 때가 꽤 많다는 것도 분명했다.

이 차의 내부는 상식이 지배하는 곳일까, 아니면 침대 위 만큼이나 사적인 공간일까.

신호에 걸렸다. 우형이 고개를 돌려 선혜를 보았다.

"자꾸 손을 움직이시니까 그래요."

"내가?"

"네. 그렇게 자꾸 눈에 아른거리게 만드시면 당연히 만지고 싶어져요."

가만히 있는 편이 운전에 도움이 된다는 의미로 이해했다. 선혜는 손에서 힘을 풀고 우형이 만지지 않는 오른손마저 얌전히 허벅지 위에 얹었다. 그쪽 손에도 우형의 시선이 닿았다가 떨어졌다. 우형은 무어라 더 말하지 않고, 신호가 바뀔 때까지 기다리다가 다시 앞으로 고개를 돌렸다.

시선이 닿았다 떨어질 때마다 델 듯했다.

네가 하고 싶을 때마다 하자는 말을 한 지 얼마 되지도 않았다. 원한다고 하면 거부하고 싶지 않았다. 오전에도 생각했다시피, 몸을 사리고 빼는 건 좋은 전략이 아니었다. 그렇지만 집이 아닌 야외에서 일을 치르는 건 각오한 목록에 없었다.

선혜는 자신과 우형이 그런 외설적인 그림 안에 놓이는 게 가능하다고 단 한 번도 생각해 본 적 없었다. 그 정도로 막 나가기에, 우리 부부는 매우 금욕적이고 담백한 조합이라 믿어 왔다. 하지만 오판인지도 몰랐다. 우형에 대해, 그리고 자신에 대해서도.

이 분위기가 조금만 더 지속되면, 우형이 아무 데에나 차를 대고서 시트를 뒤로 넘기고 옆자리로 넘어오는 진행에도 없던 개연성이 생기겠다고 자신이 생각하고 있는 걸 보면.

"무슨 생각 하세요."

멍하게 넋을 놓고 있자 우형이 물었다.

"어?"

"무슨 생각 하시는지 궁금해서요."

우형은 앞의 차를 보고 있었다.

"……인절미 아이스크림."

선혜는 아무거나 생각나는 걸 뱉었다. 후식으로 먹지 못한 인절미 아이스크림을 겨우 생각해 냈다. 솔직한 답인지 아닌지는 중요치 않았다. 뭐가 되었든 방금 하고 있던 생각보다야 나았다.

"드시고 싶으셨어요?"

"배가 불러서, 먹고 싶은 건 아니었는데, 그냥 갑자기……. 아니야."

갈비찜과 돌솥밥을 비운 다음 디저트가 남아 있다고 직원이 안내했을 때, 선혜가 우형에게 먼저 디저트까지 먹고 싶냐고 물었다. 그러자 우형이 선배는 먹고 싶으시냐고 되물었다.

선혜는 고개를 저었다. 더 여기에 머무르기를 원치 않는다고, 우형의 눈이 그렇게 말하고 있다고 생각했다.

"먹고 나올 걸 그랬나요."

"아니, 다음에. 다음에 먹으면 될 것 같아."

"네. 다음에 저랑 또 가요."

우형이 작게 웃었다. 길이 이렇게까지 막히는 건 앞에서 난 사고 때문인 듯했다. 저 지점만 지나면 차가 덜 막힐 거라는 생각에, 선혜는 조금 긴장을 놓았다.

"디저트 먹는 것보다 즐거운 게 세상에 많기는 하죠."

우형이 선혜의 손을 놓고 양손으로 핸들을 돌렸다.

즐거운 일. 선혜는 우형이 있는 쪽을 쳐다보지 않으면서, 손도 계속 움직이지 않도록 신경 썼다.

농담 같은 말을 던지는 우형은 역설적으로, 조금도 여유로워 보이지 않았다. 도리어 그는 여유가 완전히 남아 있지 않아 그렇게라도 여유 있는 척을 하고 싶은 것만 같았다.

발레파킹한 차가 늦게 나올 때부터 그랬다. 평소의 우형이라면 늦은 일 처리에 죄송해하는 직원들에게 웃으며 괜찮다고 말했을 터였다. 그러나 오늘의 우형은 그러지 않았다. 늦어서 죄송하다는 말에 고개를 끄덕이며 선혜에게 조수석 문을 열어 주기만 했다.

운전에 속도가 붙었다. 교통법규는 준수하는 속도였지만, 오히려 숨통이 조금씩 트였다. 느릿느릿 전진했을 때엔 차라리 난폭운전에 떨고 싶은 기분이었다.

큰 도로를 벗어나 주택가에 접어들었다. 한적하고 좁은 도로는 눈을 감고도 그릴 수 있었다. 정말로 조금만 더 가면 집이었다.

끼익.

차고에 차가 안착했다. 선혜는 벨트를 푼 뒤 조수석 문을 열며 우형을 한 번 보았다. 우형은 눈을 감고 있었다.

"……안 내려?"

우형의 눈이 떠졌다.

"내려요."

목이 낮게 잠겨 있었다. 선혜의 등을 타고 소름이 돋았다. 우형은 느리게 문을 열었다. 절제된 행동이었다.

마치 여태까지 다급했던 건 혼자였던 것만 같은 기분에, 선혜는 다리에 힘을 주어 일어나지 못했다. 차에서 먼저 내린 건 우형이었다. 차에서 내려 막힘없이 걷는 우형을 문 열린 조수석에 앉은 채로 지켜보았다.

야한 이미지밖에 떠오르지 않는 갑갑한 공기를 혼자만 느낀 것은 아니었을 터였다. 제대로 씻지도 않고 차에서 벗겨지는 건 부담스럽다는 생각에 계속 경계하고 있었는데, 문을 열고서 자신을 기다리고 있는 우형은 지나치게 평온해 보였다.

"안 들어오세요?"

"들어가."

선혜는 다리를 움직여 차에서 벗어났다. 힘주어 문을 닫고, 우형이 열어 준 문 안으로 발을 들였다. 내 집인데 어디로 가야 할지 모르겠단 생각에 헤매다가, 익숙한 곳으로 가자는 생각에 침실로 향했다. 우형이 따라올까, 따라오지 않을까, 뒤를 돌아볼 수가 없었다.

쿵.

짧은 여유는 잠깐이었다.

"아…….."

선혜는 나무 벽과 우형 사이에 갇혔다. 속이 빈 나무와의 충돌은 아프진 않았다. 그러나 소리와 이미지는 강렬했다.

집에 도착하자마자 거침없이 몸으로 들이밀어 지거나, 옷이 벗겨지리란 예상은 빗나갔다. 적극적으로 파고들지 않는 건 지금도 마찬가지였다.

우형은 한 걸음 더 다가와 몸을 더 붙였다. 높은 곳에서 내려다보는 시선을 받아 내는 게 힘들어, 목과 어깨 사이로 눈을 내렸다. 시선이 이리저리 배회했다. 뒤로 몸을 떼어 내고 싶었다. 하지만 더 물러날 곳이 없었다.

온몸이 다 그에게 가려져 있었다. 몸의 뒤가 보이지 않았다. 갑갑했다. 무엇 때문인지, 호흡이 서서히 힘들어졌다. 아무것도 하고 있지 않은데, 어떤 곳도 제대로 닿아 있지 않은데, 모든 곳이 닿아 있는 것 같았다.

우형은 고개를 숙여 키스조차 하지 않았다. 선혜가 살며시 고개를 들었다.

"……더 안 들어갈 거야?"

"제가 결정할 수 있는 건가요?"

물음은 물음으로 돌아왔다.

"여기서 계속 이러고 있고 싶어?"

"모르겠어요."

"……왜 그러는데."

입술이 이마쯤에 가볍게 닿았다가 떨어졌다. 애정을 가득 담은 부드러운 행동이었다.

"진짜 제 거 같아서요."

"……."

"둘이서 주말에 같이 저녁 먹고, 제 차 타고 집으로 돌아와서, 저랑 섹스할 게 당연하게 예정된 여자."

"……."

"그게 선배 맞아요?"

쿵.

이번엔 벽과 몸이 닿는 소리는 아니었다.

사락. 사락. 우형이 선혜의 머리카락을 만졌다. 성행위를 연상시키는 손짓은 아니었다.

"신사답게 굴고 싶어요. 어른스럽게. 그러니까 여기서 다짜고짜 벗기지는 않을 생각이에요. 하지만……."

"……."

"제가 그런다고 해도 거부하진 않으셨겠죠."

선혜는 긍정도 부정도 하지 않았다.

그가 먹어치우고 싶은 것, 그가 품은 탐욕이 무엇인지 알 것 같다가도 알 수 없었다. 섹스를 원해서, 조수석에 앉은 여자를 어서 빨리 벗기고 몸을 쑤셔 넣고 싶은 욕망에 욕설을 삼킨 줄 알았다. 그래서 끼어드는 차를 분노에 차 바라본 것이라고만 생각했다. 정말 원한 건 그게 아니었던 걸까.

"아이스크림 먹는 것보다 재밌는 거 하러 가요."

"……."

"디저트 놓친 거 하나도 아쉽지 않게 만들어 드릴게요."

욕망 앞에서는 숨김없이 직설적인 것 같다가도, 예상치 못한 곳에서 쉬어 가고, 밀어붙일 것만 같은 순간에도, 부담스러운 티를 내면 잠시 기다려 주었다.

지금도 그랬다. 원초적인 욕망으로 얼룩져 거칠게 굴기만 할 줄 알았는데, 다정히 허리를 끌어안더니, 침실 쪽으로 몸을 이끌기 전에 몇 번 볼과 입술에 가볍게 입을 맞추었다.

"들어갈까요?"

"……응."

침실 문이 닫힐 때까지, 성적인 함의뿐인 깊고 강한 손길은 없었다. 사려 깊고 다정한, 우형다운 에스코트였다.

7.

우형이 침실에 따라 들어와 코트를 1인용 소파에 걸쳐 놓고 셔츠의 단추를 푸르기 시작했을 때, 선혜는 이렇게 되리라는 걸 약간은 짐작하고 있었다. 자신의 손만으로 몸을 다 씻게 되지는 않을 거라고.

"으. 하으."

"이거, 좋죠."

"훗. 으응."

하아. 우형의 숨결이 목 뒤에 닿자 허벅지 안쪽이 파드득 떨렸다. 저리는 감각이 퍼지는 곳을 우형의 손이 매만졌다. 우형의 손에 묻은 미끈한 액체가 세정제뿐일 거란 생각이 들지 않았다. 선혜는 민망함도 잊고 다리를 더 벌려 우형의 손길을 더 잘 느끼려고 했다.
우형은 무엇도 구멍 안으로 밀어 넣어 주지 않았다.

"우형아…… 언제까지, 웃."

"좋다고 말해 주세요."

"좋아. 좋아. 좋으니까…… 흐읏!"

우형은 씻기 위해 2층에 올라가지 않았다. 대신 선혜의 욕실에
따라 들어와 남자친구가 아니라 남편이 할 만한 일을 하겠다고
했다.

'영화나 만화에 그려지는 것과는 달리, 현실의 여자친구랑 함
께 몸을 씻는 일은 생각만큼 낭만적이지 않대요.'

우형은 그렇게 말하면서 선혜의 옷 속으로 손을 넣어 가슴을
어루만졌다.

여유로운 말투와는 다르게, 이미 성기가 한껏 발기한 게 느껴
졌다. 흉측하게 커다래진 페니스의 끝에서 흘러나온 프리컴으로
드로어즈까지 다 젖어 있었다. 우형은 그걸 감추려고 하지도 않
다.

선혜의 시선이 드로어즈 위로 튀어나올 것처럼 커진 성기에 닿
자, 선혜의 손을 붙잡고 자신의 손과 겹쳐서 두툼한 성기를 만지
기까지 했다. 힘이 들어간 다른 손이 유두와 가슴을 뭉개듯 눌렀
다.

그는 그대로 선혜의 상의를 벗기고 속옷을 내리고는 가슴 끝을
입에 넣고 빨았다. 살살 혀로 간지럽히는 감각에 허리가 떨렸다.
입을 뗀 뒤에는 그렇게 말했다.

'그렇지만 전 제 와이프 몸 구석구석, 어디든지 다 예뻐하면서 씻겨 주는 일이 좋아요.'

좋으니까, 지금부터 그렇게 하겠다는 뜻이었다. 엄청 좋아해요. 다시 한번 가슴을 부드럽게 움켜쥐며 속삭였다. 미묘한 고백이 색정적인 분위기에 가려졌다. 그리고는 욕실로 선혜를 옮겨 끊임없이 키스하면서, 거품을 잔뜩 내어 씻겼다.

단정하게 끝이 가다듬어진 기다란 손가락은 예민하고 연약한 부위 위에 더 오래 머물렀다.

속옷을 벗겼을 때부터 아래는 다 젖어 있었다. 우형은 미끌미끌한 여성용 세정제가 묻은 손으로 선혜를 뒤에서 안고 손장난을 쳤다.

"아…… 흐으."

"몸에 안 좋아서, 안으로는 못 넣어요."

"으응."

"나중에 제 걸로 끝까지 넣어서 채워 드릴게요."

선혜는 허벅지를 완전히 벌린 채, 욕조에 걸터앉은 우형의 다리 위에 같은 방향을 보고 앉혀졌다. 멀리 있는 거울에 벌려진 다리 사이가 비치기까지 했다. 적나라했다. 우형의 다리에 걸려 다시 오므릴 수도 없었다. 벌어진 음부와 찬 공기가 만나 소름이 돋았다.

"으…… 우형아……. 좀."

"그만 물로 씻겨 드릴까요?"

"응. 읏."

우형은 거품이 잘 나지 않는 세정제가 범벅된 클리토리스와 그 주변을 살살 문지르며 샤워기로 씻어 냈다. 선혜는 눈을 질끈 감았다. 모든 느낌이 부끄러우면서도 익숙했다.

"하아."

우형도 거친 숨을 뱉었다. 목을 뒤에서 잘근잘근 씹기도 했다.

"섹스하고 나서 씻겨 주는 것도 좋은데."

"훗. 우형아…… 그거…… 웃."

선혜는 고개를 옆으로 돌렸다.

"하기 전에 씻겨 주는 것도 엄청 좋네요."

"……이게 왜 좋아."

씻겨 주겠다는 명목으로 손을 대고, 느릿느릿 구석구석 외음부를 문질렀다. 우형은 답하지 않고, 선혜의 등에 성기를 문댔다. 찔꺽. 찔꺽. 아래에선 물과 살이 만나는 소리가 났고, 엉덩이 뒤로는 딱딱하게 굳어 있는 우형의 성기가 느껴졌다.

완벽하게 균형 잡힌 몸에 다소 어울리지 않게, 밸런스가 어긋난다는 생각이 들 정도로 유독 큰 것의 존재감이 생생하게 느껴졌다.

허리를 뒤도 물리면 뜨거운 것이 꽉 눌러졌다. 우형은 그 느낌이 좋은지 팔로 허리를 옭아매고 더 가까이 당기기도 했다.

"혼자 할……. 응."

우형은 애액과 세정제를 다 씻어 낸 다음에도 손을 떼지 않고 클리토리스를 살살 문질렀다. 따뜻한 물로 끊임없이 적셔지며 만져지는 감각 때문에 미칠 것 같았다. 선혜는 허리를 비틀며 우형의 팔을 잡았다. 우형은 멈추지 않았다.

금방 깨끗하게 물에 다 흘려보냈는데, 다시 애액이 줄줄 흘러 아래로 뚝뚝 떨어질 것만 같았다.

"혼자요."

"응. 그……만."

우형이 귀 끝을 약하게 깨물었다가 놓았다. 소름이 돋았다.

"저희가 그렇게 내외하고 낯가릴 사이가 아니잖아요."

"이제, 그만……해."

우형은 알겠다면서 쪽쪽 목 뒤에 입을 맞추어 주었다. 따뜻했던 물이 식어 소름이 돋았다. 선혜의 몸이 떨리자 우형이 기민하게 반응했다. 샤워기를 위로 올려 선혜의 어깨와 상체를 적셔 주었다. 머리카락은 우형이 집게로 집어 틀어 올려 준 상태였다. 등은 우형에게 안겨 있어서 따뜻했다. 금방 추위가 가셨다.

"앗."

우형이 선혜의 몸을 돌렸다. 선혜는 우형을 마주 보며 허벅지 위에 앉았다. 단단하게 선 우형의 성기를 빤히 보고 있을 수만은 없어서 우형의 어깨에 손을 올리고 얼굴을 보았다. 우형은 욕실 벽에 등을 대며 선혜의 손을 끌어 아래로 내렸다.

선혜의 시선이 우형의 몸에 닿았다. 항상 느끼는 거지만 완벽했다. 뭐라 그 이상 묘사할 수 없을 만큼.

"저도 해 주세요. 거품 묻혀서."

선혜는 머뭇거리다가 팔을 뻗어 바디워시를 한 손으로 펌프했다. 몸이 균형을 잃으려고 하자 우형이 허리를 감싸 잡아 주었다.

선혜는 손으로 거품을 만들어 낸 뒤 우형과 눈을 맞추었다. 우형이 나른하게 웃었다.

선혜는 느리게 손을 내려 기둥을 감쌌다.

"으."

우형이 인상을 썼다.

"차가워?"

선혜가 손을 황급히 뗐다.

"약간요. 근데 좋아서 그래요."

"……."

"금방 뜨거워지잖아요. 계속해 주세요."

우형이 선혜의 손을 끌어와 성기를 쥐게 하고 그 위를 손으로 덮어 위아래로 움직였다. 귀두의 경계에 걸릴 때마다, 선혜의 몸이 움찔거렸다.

"하아."

우형이 숨을 뱉으며 손에 힘을 주었다. 선혜의 손을 겹쳐 느끼는 부위를 스스로 만지는 행동이 야했다. 선혜는 손끝과 눈으로 그 궤적을 좇으면서 우형이 어느 곳을 어떻게 만지면 어떤 표정을 하는지를 살폈다.

그의 흥분이 더 큰 흥분을 불러왔다. 이제는 만져지고 있지도 않은데 아래가 계속 움찔거렸다. 선혜는 우형의 표정을 살피며 선단, 귀두의 경계, 핏줄이 선 성기 아래까지를 손으로 세심하게 짚으며 거품으로 우형을 씻겨 주었다.

"읍."

우형이 급하게 선혜의 입술을 삼켰다. 잡아먹을 것처럼 연약한 살을 끌어당기고, 감춰진 곳의 점막을 비비고, 깊숙하게 파고들어 예민한 곳을 괴롭혔다.

"하아, 하아……."

우형의 눈 끝이 붉었다. 그의 가슴이 오르내리고, 숨소리가 거칠어졌다. 선혜는 여전히 흉흉한 물건에서 손을 떼지 않았다. 이상하지만 좋았다. 자신의 손길에 느끼는 것이 분명한 게. 동시에 그의 몸 곳곳이 정말 예쁘다는 생각이 들었다.

"하아. 무슨 생각 하세요."

풀린 눈동자를 봤다. 맨몸을 다 내놓고, 따뜻한 물을 틀어 놓고 욕실에 앉아 노는 중이었다. 불편하고 힘든 것도 없고, 불안하거나 무서운 것도 이 순간엔 없었다. 세계가 아늑하게 좁아진 느낌이었다. 눈앞의 우형에 대한 것 말고는 아무런 생각도 들지 않았다.

"……잘생겼다고."

본심을 말해 버렸다.

"제가요?"

"눈동자가 좀."

선혜는 괜히 수습하려 하면서, 우형의 관심을 돌리고자 샤워기를 들었다. 물의 방향이 바뀌어, 우형의 가슴께로 따뜻한 물이 쏟아졌다.

"저 보세요."

우형이 선혜의 목과 턱에 손을 댔다. 눈이 마주치자, 다시 키스했다. 입술이 떨어졌다.

"제가 잘생겼어요?"

"너도 거울 보잖아."

우형이 웃었다. 나른한 분위기가, 심장이 요동칠 정도로 매혹적이었다. 끝이 젖은 머리카락과 조각 같은 상체까지도 그림 같았다.

"선배는…… 선배야말로 자기가 예쁜 거 아시죠."

"……."

"아니까 일부러 맨날 이러는 거지. 사실은 저 미치는 거 즐기시는 거 아니에요?"

우형이 자신의 성기를 잡고, 귀두 끝을 선혜의 클리토리스에 비볐다.

"하읏."

"나가야겠어요."

"으응."

우형이 선혜를 안아 들었다.

"여기서 박아 대면 어디 부딪쳐서 다치실 것 같아요. 콘돔도 없고."

정신을 차리고 보니 침대 위였다. 가운은 입은 기억도 없는데 가운이 저 멀리 펼쳐져 있었다.

8.

"하으. 으읏! 하아……."

먹어 대고, 먹히고, 거칠고 깊게 쑤셔졌다. 삐걱거리고 찔걱이는 소리와 신음밖엔 들리지 않는 시간이 길었다. 헉헉대는 남자는 어쩐지 광기에 찬 것처럼 보이기도 했다.

"아웃."

퍽. 퍽. 어긋난 박자에 허리가 흔들리고, 허벅지가 경련하듯 흔들렸다.

"응. 흐앗."

볼 때마다, 끝까지 다 들어올 수는 있을까 싶던 흉기 같은 성기가 빠른 속도로 구멍 끝까지 박혔다. 선혜의 얇은 허리가 진동했다. 우형은 정말로 선혜의 몸에 자신을 쑤셔 넣는 데에만 정신이 팔려 다른 무엇도 신경 쓰지 못하는 듯했다.

"하아. 흐읏."

퍽. 찌걱.

유독 집요했다. 반응이 오면, 미친 것처럼 찔러 댔다.

박아 줘. 더. 기분 좋아. 그에 정신을 놓고 매달리는 건 선혜도 마찬가지였다.

순간 이게 무슨 짐승 같은 짓인가, 생각이 들어 도망치려 하면 우형의 커다란 손이 선혜의 허리를 아래로 잡아끌었고, 구멍 속으로 더 깊숙하게 우형의 페니스가 욱여넣어졌다. 그럼 다시 머리가 비었다.

"제발……. 하읏. 우형아, 그냥 빨리……."

정말로 절정이 올 것 같으면 성기를 잡아 빼냈다. 우형은 혀가 목구멍까지 들어갈 것처럼 깊이 키스를 하며 선혜의 몸을 매만지다가, 선혜가 안달하며 보채고, 넣어 주길 바라는 말을 속삭이면 다시 만족스러운 표정으로 귀두 끝을 맞추어 넣었다.

완전히 종속되는 기분이었다. 다른 생각을 조금도 할 수 없었다.

절정 이후엔 암전이었다.

9.

11시가 지났다. 몇 시간을 침대 위에서 보내고, 잠에 빠진 선혜의 몸을 닦아 주고 다시 눕히고도 우형은 선혜의 곁을 떠나지 않았다.

색색거리며 잠든 아내의 입술을 손끝으로 만져 보았다.

그때 무음으로 바꾸어 둔 선혜의 핸드폰 액정에 불이 들어왔다.

[김지환 선배.]

우형은 발신자의 이름을 봤다. 발신자 표시가 '부재중 전화 1통'으로 바뀔 때까지 우형은 말없이 화면을 보다가 시선을 거두었다.

우형은 새벽이 올 때까지 오랜 시간 잠들지 않았다. 선혜의 곁을 떠나지도 않았다.

불상사

1.

세상일은 원하는 대로 풀리지 않는다. 예기치 못한 사건도 끼어든다. 그러니 선혜가 갑자기 화요일 점심에 보리굴비 정식을 김지환과 먹는 일이 발생하는 것도 충분히 가능한 일이었다.

"선혜야, 여기."

"먼저 와 계셨네요."

"강 넘어올 때 많이 막혔어?"

"정확하겐 모르겠어요. 시간 맞추려고 지하철 타서요."

김지환은 독립된 방을 예약하지 않았다. 그가 앉은 창가의 4인용 테이블은 입구에서부터 잘 보여서 직원의 안내도 필요 없었다. 선혜는 코트를 받아가겠다는 직원의 서비스를 거절하고, 외투와 토트백을 빈 의자에 두고 앉았다.

"급하게 불렀나 봐. 내가 더 기다려도 되는데."

"괜찮아요. 별로 불편하게 안 왔어요."

계획대로라면 오늘 선혜는 요즘 잘 나가는 콘텐츠 크리에이터와 갤린 백화점 마케팅 담당자, AKL파트너스 콘텐츠기획팀장과 오찬을 해야만 했다. 그런데 콘텐츠 크리에이터가 어제 새벽 생방송 스트리밍 중에 역대급 방송사고를 낸 덕에 기획이 깨끗하게 무산됐다. 그 결과로 올 연말을 노린 프로젝트 하나가 날아가고 점심시간이 비었다.

소식을 들은 심연민 대표가 뉴욕행 출장길에 오르기 전에 선혜의 사무실에 들렀는데, 때마침 김지환이 전화를 걸었다. 선혜의 핸드폰이 테이블 위에 있었다. 김지환이 누구인지 아는 심 대표가 핸드폰을 가리키며 물어보았다.

'제가 아는 그 김지환 대표인가요?'

'아, 네. 학부 선배요.'

'우리랑 같이 뭐 할 만한 괜찮은 아이템 있다고 들었던 거 같은데. E그룹이랑 거기랑 인규가 뭐 합작 얘기도 꺼내더라고. 한 번 만나서 얘기 들어보는 거 어때요?'

심연민 대표는 선혜가 김지환을 껄끄러워한다는 것 정도는 어렴풋이 알아챘다. 그러나 그에게 있어 선혜는 비즈니스 파트너였다. 껄끄러운 기분을 배려하기 위해 기회를 날려 버리고 싶은 마음은 없을 터였다.

'안 그래도 며칠 전에 인규 얘기 듣고, 이 이사님이랑 김지환 대표랑 자리 한번 만들었으면 좋겠다는 생각은 했어요.'

'⋯⋯네.'

'제가 뉴욕 다녀와서, 뭔가 구체화한 안을 볼 수 있으면 좋긴 하겠네요.'

김지환은 이번 주에 비워진 시간은 당일 점심뿐이고, 주말에 베이징으로 떠나 일주일은 지나야 돌아온다고 했다. 그래서 선혜는 꺼림칙한 기분으로 사무실을 나섰다. 고장 차가 대교 중간에 멈추어서 도로상황이 최악이란 안내를 보고는 차에서 내려 지하철을 타고 강북으로 올라왔다.

"아무래도 우리가 MZ랑, E물산, 성관 저축은행 투자 크게 받으면서 중국 쪽으로 들어가면 좋을 것 같다는 생각은 들거든."

"⋯⋯중국 시장은 사실 제가 잘 몰라서요. 잘 모르는 리스크는 감당하지 말자는 주의인 거 아시잖아요."

선혜는 김지환이 설명하는 아이템이 다 헛소리처럼 들리는 게 기분 탓인지, 아니면 정말로 김지환이 허무맹랑한 소리를 늘어놓고 있기 때문인 건지 고민했다.

"MZ에 영어랑 일어 하는 사람들은 많은데, 중국어는 서포트할 사람이 없기도 해요. 그리고 성관 저축은행⋯⋯ 넘어갈지도 모른다고 소문 많지 않나요. 거기 끌려 들어갔다가는 큰일 날 것 같은데."

"직접 일하라는 거 아니잖아. 아직 뭐 시작도 안 된 건데, 너무 빼네. 나 못 믿는 것도 아닐 거고."

돈이 정말 될 것 같으면, '모든 건 비즈니스'라고 세뇌하며 뛰어들 수 있을지도 몰랐다. 어차피 옛날처럼 사이에 벽 하나 없는 오픈 스페이스에서 주 7일 매일, 하루 열여섯 시간씩 일하는 것도 아니었다. 하지만 김지환에 대한 부정적인 감정을 다 빼고 생각해도 이번 제안 건은 좀 이상했다.

"저희는 콘텐츠 개발을 위해 이것저것 따질 거 다 따지고서 투자하는 거지, 사람만 보고 투자하지는 않아요. 선배가 추구하는 방향과 저희 사업 영역이 정확히 겹치는지도 의문의 여지가……."

"투자는 결국 사람 보고 최종 결정 내리는 거잖아."

"저는 일단 예선에서 기획안을 보고, 본선에서 사람을 봐요."

"모험심이 많이 줄었네."

"무모한 열정으로만 덤벼서는 안 되는 자리에 있죠."

김지환이 고개를 절레절레 저으면서 등을 의자 뒤로 기대었다. 그는 턱을 매만지다가 안타깝다는 표정을 지었다.

"그런 건 이제 스타트업 새로 뛰어드는 후배들 몫이야? 선혜야. 이젠 너도 본인 열정에 자신 없나 봐."

"네."

선혜는 깔끔하게 인정했다.

"너무 올드해졌다, 너."

"맞아요. 요즘 젊은 애들 너무 제정신 아니게 창의적이라, 저는 보수적이고 안전한 방향으로 기획안을 트는 역할을 맡는 편이에요."

"그래도 너는 나 알잖아. 나 이런 거 잘 하는 거."

선혜는 갈수록 김지환이 자신을 여기에 불러낸 이유를 모르겠다고 생각했다. E물산과 제2금융권의 자금을 끌어올 수 있으면 MZ의 도움은 필요가 없는 게 맞았다. 그래서 콘텐츠와 관련한 일이라 MZ의 전문성이 필요한가 싶었는데 들으면 들을수록 그것도 아니었다.

다른 목적이 있었다. 그게 무엇인지는 감이 오지 않았지만, 김지환을 돕고 싶은 마음은 추호도 없었으므로 미팅은 이번 점심 한 번으로 끝내고 발을 빼야겠다고 결론지었다.

"사업 성공은 타이밍이 문제인 거 아시잖아요. 빌 게이츠한테 지금 회사 지분 다 빼앗은 다음에, MS 비슷한 회사 하나 세우라고 하면 MS 가치의 반의 반의 반쯤 되는 회사도 못 세우지 않을까요? 큰 성공은 사업가 개인의 능력으로 보장되는 게 아니에요."

"내가 빌 게이츠에 비견될 정도야? 너무 감동해서 가슴이 뛰는데. 선혜야, 그거 고백이야? 반하겠어."

"지환 선배."

본질을 흐려 버리는 우스운 농담은 친구들 사이의 농담 따먹기에는 도움이 될지 모르겠지만, 수십억의 리스크를 감당하라고 요구하는 미팅에는 매우 적절치 않았다.

"안녕하세요."

그리고 과장된 표현은 그 부분만 떼어 내 듣게 된 사람을 오해하게 만들 위험 또한 존재했다.

"이게 누구야."

"오랜만에 뵙습니다."

익숙한 목소리였다. 오늘 새벽에도, 그 전날의 밤에도 들었고,

오늘 밤에도 듣게 될 것이라 생각하고 있었다. 김지환이 정장의 단추를 잠그며 일어났다.

"처남."

선혜의 고개가 경직된 것처럼 움직이지 않았다.

"원래도 잘생겼었는데, 더 훤칠해졌네."

선혜의 고개가 뒤늦게 옆에 선 우형의 방향으로 돌아갔다. 우형은 딱딱한 표정으로 김지환과 악수하며 선혜를 쳐다보지 않았다.

2.

"도련님."

"……."

E물산 임원들이 우형의 눈치를 살폈다.

"도련님?"

"……네."

"보리굴비가 입에 안 맞으시면……."

"아닙니다. 그냥, 오전에 뵙고 온 회장님께서 해 주신 말씀이 생각나서요."

우형은 입꼬리를 살짝 끌어올려 보였다. 그리고는 젓가락을 들어 생선의 살을 발랐다.

"아, 예. 저희가 괜히……."

"제가 죄송하네요. 귀한 분들 모셔 놓고 잠시 딴생각을 해서요."

"아닙니다, 아닙니다. 저희는 그냥 알아서……."

주인규의 거만한 태도와 히스테리에 익숙한 임원들은 우형의 생각을 방해한 것에 대해 과하게 사과했고, 우형은 오히려 자신을 더 낮추면서 그들을 안심시켰다.

생각이 자꾸만 밖을 떠돌았다. 같은 룸 안의 임원 세 사람이 떠드는 내용은 조금도 귀에 들어오지 않았다. 우형은 아침에 경복궁 근처로 자신을 불러냈던 주 회장 얘기를 꺼내어 다른 임원들이 의아하게 생각할 여지를 차단하고는 다시 혼자만의 생각에 빠졌다.

주인규가 어설프고 유치한 계획을 세팅해 두었다고 생각한다면, 그건 편집증적인 바람일까.

우형은 갑자기 잡힌 E물산 이사들과의 점심 약속이 무엇을 위한 것이었나를 돌이켰다. 주인규가 원한다면 손을 댈 수도 있는 일정이었다. 장소 선택도 그랬다. 주인규가 김지환에게 관심을 자주 보인다는 것도 알고 있으니, 시나리오를 못 써 볼 것도 없었다.

그래도 손끝이 따끔거렸다. 심장에 충격이 간 듯 얼얼한 기분은 사라지지 않았고, 신경은 더욱 날카롭게 곤두섰다. 며칠간 평온했던 기분에 다시 금이 갔다.

우형은 김지환과 악수가 풀어진 자신의 손을 살며시 잡고, 차를 안 가져왔으니, 강남으로 다시 내려가는 거면 같이 태워 달라던 선혜의 부탁을 떠올렸다. 그 손을 바라보던 김지환의 표정도 기억났다.

자신의 여자라는 것을 과시하듯이, 어깨 근처에서 흐트러진 머리카락을 보란 듯이 다정하게 넘겨 주고, 고개를 숙여 잠시 후에 보자는 말을 귓가에 속삭여 주었다. 그래도 불쾌감이 완전히 가시진 않았다.

끼익. 꽉 잡힌 젓가락이 내는 소리에 세 사람의 시선이 모두 우형의 접시로 향했다.

"아, 힘이 너무 들어갔네요. 신경 쓰지 않으셔도 됩니다."

우형이 고개를 저었다. 웃음 뒤로 진짜 기분을 가렸다. 이후로는 적당히 그들의 대화에 끼어들어 멀쩡한 척했다. 집중력이 흩어져도 식사 중의 대화는 깊은 주제를 다루지 않아 적당히 넘어갈 수 있었다.

계속해서 밖에서 김지환 앞에 앉아 있을 선혜에 대한 생각이 끼어들었다. 요즘 선혜는 무엇도 거부하는 법이 없었다. 그래서 좋았지만, 끝도 없이 좋은 것만도 아니었다.

갈증이 일어서 미친 듯이 퍼마시던 게 바닷물일지도 모른다는 의심이 차올랐다. 물론 그걸 이제 와 깨달았다고 멈출 수 있는 건 아니었다.

어디에 있는지 알 수 있었으면, 목소리를 한 번만 더 들었으면, 얼굴을 볼 수 있었으면, 한 번만 말을 걸어 볼 수 있었으면…… 그런 소박한 꿈만을 품고 그녀를 그리던 때가 있었다. 그에 비하면 지금 주어진 하루하루는 분에 차고 넘쳤다.

우형은 먼 과거를 생각하며 기분을 가라앉히려 했다.

이 식사를 마치고 나가면 그녀가 기다리고 있을 거라는 것만으로도 복에 겨운 거라고.

그리고 선혜는 바랐던 그대로 우형을 기다리고 있었다. 임원들은 우형의 아내를 알아보고 인사했다. 선혜는 웃으며 그들과 악수했다.

우형은 선혜의 옆에 서서 허리에 손을 올렸다. 단아한 정장과 단정한 행동을 보며 다른 남자들이 하고 있을 평범한 생각조차 싫은 건 정말 중증이었다.

"저는 질투가 많아요."

차에 오른 우형은 쉽게 인정했다. 선혜는 앞서 있었던 일을 바로 변명했다.

"말했듯이 선배는 나랑 아무 사이 아니야."

"알아요."

"투자 관련한 미팅이었어. 그 투자마저도, 딱히 할 생각 없고."

"……네."

우형은 김지환이 하는 일과 주인규 사이의 연관성을 생각해 봤다. 정적이 오래 머물렀다. 그러다 선혜가 먼저 손을 잡아 오자 불쾌한 생각들이 멀리 뒤로 밀려났다. 우형은 그의 손을 꼭 쥔 선혜의 예쁜 손을 보았다.

"김지환, 싫어한다고 하셨죠."

"응."

"많이요."

"그래."

우형이 선혜의 등 뒤로 팔을 넣어 몸을 당겼다. 선혜는 그대로 끌려가서 안겼다.

"퇴근 가능한 한 빨리하세요."

"……저는, 저기 길가에 그냥 내려 주시면 됩니다."

선혜는 운전기사와 눈을 마주치지 못하고 말했다. 그가 내내 앞에서 둘 사이의 대화를 듣고 행동을 지켜보고 있었다고 생각하니 부끄러웠다. 기사는 무표정으로 깍듯하게 인사만 했다. 문을 열고 내린 선혜는 우형에게 다시 말했다.

"조심히 가고. 태워 줘서 고마워."

선혜는 근무하는 11층에 도착해, 창문 너머로 우형의 차가 섰던 도로를 바라보았다.

꼬인 건 없었다. 오해해 버리게 두지 않았다. 하지만 그렇다고 우형의 기분이 좋아 보였던 건 아니었다. 자신의 기분 역시 그랬다.

3.

주인규는 전화기 너머에서 들려오는 김지환의 보고에 인상을 썼다.

─안 걸려 들어올 것 같습니다.

"이선혜가 눈치챘어?"

─그렇진 않은 것 같습니다. 그런데 말씀드렸다시피 이선혜가 판단력이 그 정도로 없지 않습니다. 어디 가서도 쉽게 사기당하고 공사 쳐질 타입이 아닙니다. 다른 경로로 접근해도 의구심만 키울 겁니다.

주인규는 육포를 씹으며 천장을 보았다.

─스캔들이 예정된 사업으로 재산 털고, 배임이랑 횡령 입혀서 법정 서게 하고, 이성창 의원에 주우형까지 곁들여서 이미지 작살 내는 건…… 당장은 전망이 어둡습니다. 회장님 며느리인 것도 알

만한 사람들 이제 다 아는데, 기자들이 사소한 흠 하나 잡았다고 하이에나처럼 물어뜯을지도 의문입니다.

"두 번씩 말 안 해 줘도 요지 파악했으니까 닥치고 있어 봐."

—…….

"다른 생각 중이니까."

E그룹의 모든 계열사는 주희철 회장의 막강한 영향력 아래에 있었다. 그러니 주 회장의 의사보다 후계구도를 좌지우지하는 큰 변수는 없었다.

주인규는 주우형과 이선혜가 주 회장의 심기를 제대로 거스르게 할 적절한 시나리오를 구상해 냈다. 그러나 상대를 조종하기가 쉽지 않았다. 나름대로 판을 잘 짰다고 생각했는데, 이대로면 조금의 진전도 없이 판이 깨질 상황이었다.

주인규는 주우형에 대한 분노를 다스리지 못했다. 그 망할 자식이 E그룹에 들어와 젊은 임원들에게 호감을 사고 있는 것도 문제였고, 회장님의 마음이 오리무중이 된 것도 문제였고…… 그냥 주우형의 존재 자체가 문제였다. 주우형이 태어나지 않았다면 이런 계획을 짜야 할 필요부터 없었다.

"씹……. 거지 같네. 거지 같아."

주인규는 주우형을 망치는 공작을 위해 E그룹의 진짜 브레인들을 동원하지도 못했다. 전략실에 있는 에이스들은 주 회장의 수족이었지 그의 수족은 아니었다. 게다가 요즘 젊은 임원들은 유교적인 군신의 정서에 취해 있지만도 않아서, 워라밸이다, 소소한 행복 추구다, 준법경영이다, 뭐다 해서 범법적인 일 앞에서 몸을 사리려는 경향이 강했다.

그렇다고 나쁜 일을 목격하면 바로바로 검찰에 전화를 걸거나, 이런저런 경로로 내부고발을 하는 건 또 아니었지만, 뇌 속에 충성심보다 자아가 차지하는 비중이 큰 녀석들이 많아졌다는 것만으로도 주인규의 심기는 불편해졌다.

믿을 녀석을 가려내기가 예전보다 힘들어졌다. 법의 선을 넘을 때 떠안아야 하는 위험요소가 과거보다 늘어났다는 것만은 분명했다.

"이혼도 당장 안 할 생각이라고 하던데."

주인규는 비밀유지의무를 내팽개친 변호사에게 들은 정보를 뱉었다. 이선혜에게서 검토를 미루어 달라는 연락을 받았다고 했다. 한동안은 문제없이 잘 살 수 있을 것 같다고. 그 '한동안'이 어디에 걸린 조건인지 아는 사람은 없다고 했다. 이선혜의 비서마저도 전혀 모르겠다는 반응이었다.

─네. 저랑 레스토랑에서 마주쳤을 때 두 사람 사이가 전혀 나빠 보이진 않았습니다.

마음에 드는 구석이 하나도 없었다.

─오히려, 여전히 꽤 좋아하는 것 같던데요. 주우형 쪽이.

주우형이 콘돔을 쓴다는 엿 같은 정보까지 들었다. 성불구도 아니란 의미였다. 피임을 열심히 할 뿐. 쓰레기통을 쏟아 내기는 역겨운 주제였다. 결론이 마음에 들면 역함을 감수하고 들어줄 수도 있는데, 내용마저 조금도 마음에 들지 않았다.

혹시 이선혜 쪽이 불임인가 생각해 봤지만, 불임이면 피임을 열심히 할 필요가 없으니 그것대로 말이 안 됐다. 그 부부에게 아이가 없는 게 문제라고 회장님께 어필해 볼 수는 있겠지만, 주우형이 아직 서른도 되지 않았기 때문에 회장님이 심각하게 받아들이지 않을 확률이 높았다.

그러다가 주우형이 덜컥 어디서 애라도 만들어오면, 가장 큰 단점이 순식간에 사라진 것처럼 보이는 부작용이 있을 수도 있으니까 그 주제를 꺼내는 일엔 신중해야 했다.

"유별이 몸으로 치대게 하면……. 이선혜는 어떨 것 같아?"

유별도 부릴 수 있는 패였다.

─주우형이 이선혜한테 유별 혼자 들이대는 거라고 설명하면 이해하지 않을까요. 실제로도 그런 형국이기도 하고. 뭣도 물증이 없는데 나서서 별이를 질투하지도 않을 것 같습니다. 선혜가 또 어리고 예쁜 여자라고 무작정 질투하는 타입도 아닙니다.

이선혜의 비서도 무엇이 이선혜를 제대로 열 받게 할 수 있는지에 대해 적절한 답을 주지 못했다. 주인규는 녹음기에서 나오던 얇은 목소리를 떠올렸다. 여자는 그냥 우물쭈물하다가 전혀 도움이 안 되는 몇 마디만 내놓았다.

'그래도…… 요즘 좀 우울해 보이시기는 했어요.'

표정이 좋지 않을 때가 며칠간 많았다는 내용이었다.

'컨디션도 썩 안 좋아 보이시고요.'

월요일에는 오랜만에 점심을 같이 먹었는데 자기가 남자친구 자랑을 하니까 더 음식을 먹지도 않았다고 했다.

"김지환. 너는 이선혜 침대에 눕힐 수는 있어?"

─없습니다.

단호한 답이 돌아와 열이 뻗쳤다.

─심하게 철벽이에요. 제 생각엔, 희결이 쪽에서 정보를 얻는 게 나으실 겁니다.

그 이희결은 또 더욱 비싸게 굴고 있는 게 문제였다.

─어린 시절 관련해서 뭐 분명히 있습니다. 선혜한테 안 좋았던 사건일 뿐만 아니라, 잘만 파면 이성창 의원 멀리 보낼 수도 있는 사건일 테니까 그쪽에 집중하시는 편이 좋지 않으실까, 저는 생각합니다.

"정확히 어떻게."

─선혜가 어떤 사고를 당했는데, 그게 이성창 의원이 묻고 싶어 하던 다른 거랑 엮여 있어서 그냥 덮고 넘어갔다는 정도로 저는 알고 있습니다. 그 정보 알아내면, 이성창 의원 보내고 선혜도 힘들게 만들 수 있죠.

"주우형이 이혼 감수하고 장인이랑 와이프 손절 해 버릴 수 있는 거잖아. 그것도 괜찮긴 하지만, 메인 시나리오 끝에는 반드시 주우형이 죽어야만 하는 거라고."

─두고 보면 알겠죠. 모르는 일이었다고 깔끔하게 선 긋고 장인이랑 와이프 팽할지, 아니면 본인도 알아서 불구덩이로 걸어 들어가 줄지.

주인규는 톡톡 책상을 두드렸다. 처가 쪽 과거사를 캐내는 게 어느 정도의 파급력이 있을지는 모르겠지만, 아무런 계획도 없는 것보다야 나았다. 가족 하나 없이 주우형 혼자만 외롭게 남기는 것도 목표 중 하나였다. 그러니 그 와이프와 장인만 떼어 버려도 밑지는 장사는 아니었다.

　—주우형은 선혜 쉽게 안 놓을 것 같습니다. 느낌이 그래요. 그리고…… 주우형 쪽은 선혜의 첫사랑이 저라는 생각에서 아직도 못 벗어난 것 같던데요.

"더 자세히 썰 좀 풀어 봐."

주인규는 들을 준비가 되어 있었다. 감정적으로 갈라서게 하려고 작정하고 칼을 들었는데도 마땅히 파고들 틈이 안 보이는 게 어이없던 참이었다. 김지환이 재미있는 단서를 제공한다면 기꺼이 시간을 투자할 용의가 있었다.

"빨리."

주인규는 펜을 빙빙 돌리며 김지환을 독촉했다.

똑똑.

"야, 잠시만."

주인규는 핸드폰을 내리고 노크 소리가 들어온 방향을 봤다.

"왜. 들어와."

"주 상무님 안녕하십니까."

"어. 뭔데. 빨리 말해."

주인규는 손에 든 핸드폰을 흔들면서 통화 중이었음을 알렸다.

"문제가 생겼습니다."

"뭐."

"그…… 전화를 상무님께서, 끊어 주셔야."

주인규는 통화가 계속되는 중인 핸드폰을 굳은 얼굴로 쳐다보았다. 그리고는 김지환에게 명령했다.

"내가 다시 전화할 테니까 대기하고 있어."

대답을 듣지도 않고 전화를 끊었다.

"무슨 일인데."

"김 전무가 그…… 저희가 숨기던 여자를 찾아낸 것 같은데."

주인규의 표정이 더욱 딱딱하게 굳었다.

"주우형도 뭔가를 알고 있는 것 같고……."

"……."

"이희결이 조건을 안 맞춰 주면 주우형에게 가겠다고 허세를
부립니다."

와장창.

주인규가 던진 핸드폰에 유리 찬장이 박살 났다.

4.

주인규는 15년 전쯤 사람을 죽였다. 장소는 마카오였고, 피해자
는 한국인 여성이었다. 주인규에겐 그녀를 죽일 의도가 없었다. 살
인은 명백한 사고였다. 기소가 이루어진다고 해도 죄명은 과실치사
일 테고, 거대 로펌의 변호를 받으며 반성하는 모습을 보이면 징역
을 단 1초도 사는 일 없이 사건에서 벗어날 수 있을지도 몰랐다.

그러나 주인규는 자수와 참회의 길을 택하지 않았다.

'나도 알아!'

급히 홍콩에서 페리를 타고 달려온 변호사를 앞에 두고, 주인규는

미쳐 날뛰었다.

'몇천억 해 먹은 거야 어려운 경제용어 범벅해서 넘어갈 수 있지만, 스물하나짜리 여대생이랑 씹질 하고서 그 시체가 호텔 방에서 나오면 내 이미지 좆창 나고 그냥 씨발 존나게 좆 된다는 건 안다고!'

미국에서 함묵증 치료를 받던 사생아가 갑자기 멀쩡하게 학교에 다니게 되었다는 소식을 들은 지 얼마 안 된 때였다. 영원히 말 한마디 못 뱉을지도 모른다는 진단을 조롱하는 것처럼, 영어는 물론이고 한국어도 잘만 말한다고 했다. 바이올리니스트가 되기 위해 유럽 유학길에 오르는 대신, 중고등학교 진학은 한국에서 하려고 준비 중이라니, 돌아 버릴 지경이었다.

그래서 스트레스를 풀 겸 마카오로 놀러 왔는데 어쩌다 보니 벽 너머에서 시체를 만들어 버렸다.

'콘돔은 쓰셨습니까?'

'피임약 먹는다고 해서 그냥 안에 쌌어. 씨발.'

증거를 적당히 없애고 다른 범인을 박아 넣을 수도 없었다. 변호사의 얼굴에서도 점점 핏기가 가셨다.

아버지는 고환암으로 후계 생산 능력을 잃었다. 선택지는 자신을 제외하면 사생아뿐이니, 어지간해서는 회사를 빼앗길 걱정은 안 해도 됐다. 그런데 아무리 생각해도, 살인자에게 회장님이 회사를 줄 것 같지는 않았다. 당시의 주인규는 약물의 약효마저 덜 빠진 상태라, 부정적인 생각에 과하게 몰두했고, 비이성적인 명령을 하며 날뛰었다.

끝내 그의 스위트에 구조대원의 들것이 진입하거나 경찰이 들이닥치는 일은 없었다.

더러운 인간들이 사고를 없던 것으로 만드는 것에 협력했다. 그들은 한국어를 제대로 할 줄 아는지도 불분명한 LA의 사생아에게 E그룹이 넘어갈 확률은 없다고 판단하고서, 차기 E그룹 회장의 약점을 쥐는 좋은 기회를 잡자며 주저 없이 뛰어들었다.

처음엔, 의도치 않은 사고일 뿐이었다고 머리를 조아리고 빌면 교도소에 가지 않을 수도 있는 문제였다. 그러나 사건을 은폐하려고 작정한 이후부터는 달라졌다. 죄질이 급격하게 나빠졌다.

진짜 무슨 일이 일어난 건지는 주희철 회장도 몰랐다. 주인규를 돕기 위해 나선 이들은 주인규가 언젠가 E그룹을 손에 쥘 거란 생각에, 주희철 회장에게도 거짓말을 했다. 연루된 인간들은 전부 한배를 탄 공범이 됐다. 그들에게는 반드시 주인규를 회장 자리에 올려야만 한다는 공동목표가 생겨났다.

'약한 고리가 있어? 불 것 같은 애들 말이야.'

'회사 관련한 사람은 없습니다. 알고 있는 녀석들은 다 도련님께 충성할 사람들뿐입니다.'

'김지승 부장이 뭐라고 문제 제기했다는 얘기 들었는데.'

지금은 김지승 전무이사가 된, 당시 김지승 부장은 출장차 홍콩에 와 있었다. 준법경영을 모토로 꾸려진 TF에서 핵심적인 실무자로 활약했던 젊은 엘리트는 그런 일에 거부감 없이 끌려 들어올 인물이 아니었다.

'전혀 모릅니다.'

'그래?'

'그 샌님은 상상력이 부족해서, 해 봐야 마카오에서 도박이나 좀 했겠거니, 생각할 겁니다.'

'그럼 회사 밖은?'

'그때 목격자라고 찍어 주신 여자 말입니다.'

'어.'

'행방이 묘연합니다.'

'……씨발.'

그래도 20대의 주인규는 모든 사건이 다 덮였을 거라고 판단했다. 사건이 다시 수면 위로 올라오게 되더라도 자신이 그 사건의 머리를 짓이겨 다시 보이지 않는 곳으로 밀어 넣을 수 있을 것이라고도.

"주우형이 뭘 알아?"

"이희결의 죽은 고모부가 홍콩에 있던 담당 변호사였다는 건 아는 것 같습니다."

"이미 뒈졌잖아. 이희결이 할 수 있는 증언도 없고, 관련된 다른 증거도 남은 거 하나도 없어. 그렇지?"

"예."

"회장님도 아직까지 전혀 모르시고."

"예."

"그냥 이희결한테 맞춰서 들어오라고 해. 아니면…… 아주 재밌는 결과에 이를 거라고도 하고. 어차피 E그룹은 나한테 오니까.

과거? 그거 아무 문제도 안 돼. 증거가 없잖아, 증거가."

그러나 주인규는 오판을 했다. 김지승 전무는 그들이 바라던 것만큼 순진하지 않았다. 그는 증거를 USB에 담았고, 가까운 비서실의 임원, 성철규에게 도움을 구했다.

지금 김지승 전무이사는 주인규가 아니라 주우형에게서 E전자의 미래를 찾았다. 그는 언제라도 USB를 가지고 주희철 회장을 찾아갈 준비가 되어 있었다. 그리고 우형은 성철규 사장에게서 차곡차곡 모인 인명부를 넘겨받은 뒤, 감추어진 진실을 김 전무나 성 사장보다도 더 상세하게 복원해 냈다. 오물로 뒤덮인 껍질이 벗겨지는 건 시간문제였다.

5.

오후 4시 즈음에 주희철 회장이 주인규 상무이사에게 전화를 걸었다. 주 회장은 오전에 만났던 둘째 아들의 이야기부터 꺼냈다. 그리고는 몇 주제를 전전하다가 갑작스레 김지승 전무이사에 관하여 물었다.

—어떠냐.

"예?"

—그런 사람이 필요한 걸 알아야지. 입 안의 혀처럼만 구는 녀석들로 주위를 다 채우면 안 돼.

15년 전의 홍콩 출장이 분기점이었지. 김지승 전무는 꼭 필요한 사람이라고, 네 동생 우형이가 그렇게 이야기를 하더라.

"······동생이요."

—그래.

"정확히, 어떤 분기점······."

—그냥, 뭐, 자세히 물어보진 않았다만. 오늘 성 사장도 똑같은 얘기를 하더라고. 너는 왜.

"아닙니다. 아무것도 아닙니다, 회장님."

다른 주제로 넘어갔을 때도, 통화가 끝난 다음에도, 주인규의 안색은 끔찍할 만큼 파랬다.

6.

가을비가 추적추적 내렸다. 캐스터가 내일은 겨울 같은 새벽이 올 것이라 예보했다. 그런가 보다, 선혜는 퇴근길에 라디오에서 나오는 말소리를 주의 깊게 듣지 않았다. 시간이 흐르고 있으니 새 계절이 오는 것은 당연했다.

그런데 우형에게서 늦게 들어올 거란 메시지를 받고 나자, 겨울바람이 금방 불어오리라는 게, 새삼스레 의식됐다.

[오늘 늦게 들어갈 것 같아요. 죄송해요]

[먼저 주무세요]

퇴근을 일찍 하라고 말했을 때는 예상치 못했던 일을 떠안게 되었는지, 갑자기 거절할 수 없는 중요한 만남이 잡혔는지, 그것도 아니면 사고라도 났는지, 우형은 상세히 이유를 알려 주지 않았다.

선혜는 짧은 답을 보냈다.

[응]

금방 다른 메시지가 연이어 왔다.

[혹시 나중에 주무시는 얼굴 훔쳐봐도 될까요]

[그것만 보고서 제 방 갈게요]

[알았어]

선혜는 메시지를 보내고서, 핸드폰을 테이블 위에 두었다. 소파 위로 다리를 올려 무릎을 끌어안았다.

[(이모티콘)]

[저녁 꼭 잘 챙겨 드세요!!]

액정에 뜬 내용을 보았지만 당장 답문을 해야겠단 생각이 들지 않았다. 늦어야만 하는 이유를 묻는 건 이상했다. 언제부터 시시콜콜 그런 걸 보고하는 사이였다고. 협력업체 사장이 모친상을 당했던 몇 주 전, 장례식장에 들를 거란 말을 우형에게 하지 않았다. 그러기는커녕 귀가가 늦어질 거란 연락도 하지 않았다.

군이 더 깊은 일상까지 파고들 필요는 없다. 그러면 다시 사이가 소원해졌을 때 비워진 공백만 크게 느껴질 테니까.

투둑. 투둑. 선혜는 정원에 내리는 비를 보았다. 싸한 한기가 등 뒤를 훑고 지나갔다. 정말로 겨울이 목전에 왔다.

계절이 흘러가듯이 당연하게 변해 갈 것들이 많았다. 선혜는 다시 핸드폰을 들어 우형이 프로필의 배경으로 설정해 둔 결혼식 사진을 보았다. 그때로부터 지금까지 변해 온 것들을 생각했다.

이때의 나는 어땠더라.

기억을 돌이키다 보니, 그때의 자신은 지금의 우형처럼 메시지를 쓸 때 이모티콘을 꽤 많이 사용했다는 게 떠올랐다. 반면에 지금 쓰는 문장들은 짧고 건조하기만 했다. 다시 대화창으로 돌아와, 쓸 만한 이모티콘이 없나 훑어봤다. 마땅한 게 보이지 않았다.

응원해야 할지, 위로해야 할지, 눈물을 흘려야 할지, 우형이 늦게 들어오겠다고 한 상황의 맥락을 모르니 모든 캐릭터 그림들이 뜬금없어 보였다.

어쨌거나 우형에게도 사정이 있을 텐데, 너무 단답으로만 쌀쌀하게 보냈나 싶어서 괜히 문장을 여러 개 보냈다.

[난 알아서 잘 먹을게]
[너무 무리하지 마]
[들어와서 편히 쉬어]

선혜는 1층 냉장고에서 적절한 재료를 찾아내지 못했다. 가볍게 만들 만한 것도 없고 조리 시간도 길어 보여 손이 안 나갔다.

그래서 2층에 조심스레 올라가 우형의 부엌에서 식빵 두 장과 햄, 치즈, 달걀을 집어 내려왔다. 일요일에 우형이 만들어 주었던 걸 흉내 내기 위해서였다.

햄치즈 토스트의 맛은 나쁘지 않았다. 선혜는 아일랜드에 기대어 선 채로 토스트를 꼭꼭 씹어 먹었다. 이후에는 입욕제를 풀어서 거품 목욕을 하고, 동기화된 업무 메일을 훑어보며 내일 할 일을 정리하고, 침대에서 한참을 뒤척이다 빗소리를 자장가 삼아 삼에 빠졌다.

선혜가 깊은 잠에 빠지고 10여 분이 지났을 때 우형이 차고에 도착한 세단에서 내렸다.

집 내부로 올라온 우형은 마루에 우두커니 서서 정원을 지켜보았다. 잔디 위의 물웅덩이가 점차 커졌다. 나무들이 이리저리 바람에 휘둘렸다.

삑. 삑. 타이머가 2시를 알렸다. 우형은 고개를 돌려 선혜의 침실이 있는 방향을 보았다. 오랜만에 자신의 방해 없이 잠에 빠져 있을 터였다. 괜히 들어가 깨우고 싶지 않았다. 그러나 그 방에 들어가 자신이 돌아왔음을 알리고도 싶었다.

홀린 듯 발을 옮겼다. 처음부터 저항할 수 없으리란 걸 알았다.

이른 귀가를 막은 것은 성철규 사장이었다. 만나서 얘기하자는 용건뿐인 전화를 마치고, 선혜에게 늦을 것 같다고 연락을 했다.

늦을 것이라고, 그러니 먼저 자라고, 우형은 그런 내용의 메시지를 보내고 답을 기다렸다. 늦은 귀가에 대한 평범한 예고는 처음이었다. 특별히 선혜와 약속을 잡아 둔 것도 아니었기에, 그녀가 도착한 문자를 보고 뜬금없다는 생각을 하게 될 수도 있었다.

자신이 했던 일찍 퇴근하라는 말의 무게감이 선혜에게 어떤 정도였을지, 우형은 짐작할 수 없었다. 하지만 그래도 알리고 싶었다. 왜냐면 자신은 항상 아내의 귀가 시간이 궁금하니까. 이를지, 늦을지, 궁금하지 않은 날이 없었다.

자신이 먼저 이르다 늦다를 매일매일 열심히 보고하다 보면, 아내 역시 기울어진 추를 인식하고서 매일매일 집에 돌아오는 시간을 알려 줄지도 몰랐다. 그러면 좋을 것 같았다. 보통의 부부는 그렇게 하면서 사는 것 같으니까, 그리 과한 요구는 아니지 않을까.

[너무 무리하지 매]
[들어와서 편히 쉬어]

문자로 적힌 대화가 끝마쳐지고서 우형은 상상했다. 핸드폰을 두드리며 답장을 치는 선혜를 그렸다. 어떤 옷을 입고, 어떤 표정을 하고, 어떤 기분으로, 어떤 생각을 하며 자신에게 이런 말을 해 주어야겠다고 생각했을지.

왜, 이런 순간에도 설레게 하는 걸까.

그런 고민을 하다 보니 성철규 사장이 자신을 불렀던 사실도 잊었다. 오랫동안 기다리던 연락이었다. 모두가 목을 매는 고지가 눈앞에 왔는데, 그 뒤에 누릴 부귀영화보다 메시지를 보내는 선혜에 대한 생각으로만 머리가 가득 찼다.

쾅. 쾅. 밖에서 빛이 번쩍이고 천둥이 쳤다. 빗소리가 더 거세졌다.

잔잔했던 가을비에 천둥 번개가 더해져도, 우형은 표정 변화 없이 발을 천천히 옮겼다. 불 하나 켜지지 않은 집을 소리 없이 걸어, 자신의 방이 아닌 선혜의 침실로 향했다.

우형은 침실 문을 열고, 문틀에 기대어 선혜를 바라보았다. 빗소리가 작아졌다.

선혜는 반대 방향을 보고 누워 있어서, 보이는 건 등밖에 없었다. 먹먹하고 우울한 감정이 커졌다. 우형은 천천히 침대 저편을 향해 걸었다. 소파 앞까지 도착해, 잠든 선혜의 얼굴을 눈에 담았다.

평온했고, 심장이 뛰었다.

코트를 벗어 소파에 걸었다. 가방을 놓고, 정장 자켓도 벗었다. 우형은 침대에 조금 더 다가가려 하다 멈추었다. 그는 옷과 가방을 다시 집어 들고, 방을 벗어나 계단으로 향했다.

2층에 올라가 샤워를 했다. 몸에 열이 올라, 냉수를 한동안 맞기도 했다. 깨끗한 옷으로 갈아입은 다음에, 다시 계단을 내려갔다. 우형은 조금 전보다 빠른 속도로 발을 움직여 선혜의 침실에 들어갔다.

이번엔 선혜가 돌아누워 있었다. 그러나 우형은 기뻐할 수 없었다.

"으."

악몽을 꾸는 걸까. 우형이 더 다가가 선혜의 몸을 짚었다. 이마에서 땀이 났다. 조심히 어깨를 잡아 흔들었다. 그런데도 깨지 않았다.

"⋯⋯으으."

인상을 쓰면서 뒤척였다. 선혜의 몸이 뒤돌았다. 우형은 어깨를 잡았던 손을 떼고, 이불을 들었다. 몸을 움직여 같은 이불 속으로 들어갔다. 우형은 선혜를 뒤에서 끌어안았다. 그리 덥지도 않은데, 식은땀을 흘리고 있었다.

우형은 선혜를 꽉 안고서 몸을 도닥여 줬다. 조금씩, 조금씩 선혜가 진정되는 듯도 했다.

"으응."

선혜가 한 번 더 뒤척였다. 우형이 선혜의 머리카락을 정돈해 주고 이마에 입술을 댔다. 눈썹이 움직이고, 눈꺼풀이 작게 떨렸다. 선혜의 눈이 떠졌다.

"……왔어?"

잠긴 목소리였다.

"네."

우형은 볼에도 입을 맞추었다. 선혜가 몸을 돌려 우형의 품에 파고들었다. 우형이 그런 선혜를 꼭 안아 주었다.

"지금 하려고?"

우형은 아니라며 고개를 저었다. 그는 선혜를 고쳐 안기만 했다.

"나쁜 꿈 꾸시는 것 같아서요."

"응……."

"괜찮으세요?"

"괜찮아졌어."

선혜는 아직 꿈에서 벗어난 것 같지 않았다. 목소리도, 몸도 모두 그랬다. 우형은 선혜를 품으로 당겼다.

"그냥 곁에 있어도 될까요."

"……."

"여기서 자게 해 주세요."

선혜는 느리게 고개를 몇 번 끄덕이고는 다시 잠에 빠졌다. 우형 역시 선혜를 품에 두고 잠들었다.

두 사람이 같은 침대에서 잠든 건 처음이었다.

벽 너머

1.

　인형 같은 아이가 하얀 소파에 기대 눈을 깜박였다. 눈꺼풀은 메트로놈만큼 규칙적인 속도로 오르내렸다. 아이의 시선은 천장을 덮은 거울을 향했다. 얇은 맨투맨과 반바지를 입은 거울 안의 소년을, 아이는 마치 타인인 양 바라보았다.

　"어쨌거나, 바이올린은 똑같이 켜더군요. 기계처럼 정확하게."

　백발의 노인이 소년을 보며 말했다. 노인과 아이 사이엔 세 개의 소파와 두 개의 피아노가 있었다.

　옆에 선 중년의 동양인 남자가 어이없다는 듯 웃음을 흘렸다.

그는 라틴계의 피가 짙은 노교수를 흘겨보았다.

"그나마 다행이란 건가요?"

"네. 여전히 연주는 완벽합니다. 테크닉은요. 그래서 어린 나이엔…… 한동안은 좋은 평가를 들을 수 있겠습니다만, 나이가 더 들어 감성이 풍부한 경쟁자들을 만난 이후부터는 모르겠습니다. 감성이 언젠가 기교를 따라가 줄지……."

"……."

"헨(Hyen)에 대해, 어쨌거나 저는 희망적입니다. 말소리를 잃은 게 다른 예술적인 성장의 기회를 열지도 모르고요. 한국에 스폰서가 있으니, 더욱 괜찮은 포장지에 둘러싸일 수 있겠죠. 교육환경을 생각해도 유럽으로 가는 게 좋지 않겠습니까. 저 얼굴대로 자라나 주면, 동양의 신비로운 느낌과……."

"그만 하세요. 알았으니까."

"미스터 성……."

동양인 남자는 교수를 뒤에 두고 소년에게 성큼성큼 다가갔다. 헨이라 불린 소년은 두 성인 남성의 대화나, 그중 한 남자의 접근에는 조금도 관심이 없어 보였다.

"우형아."

"……."

"주우형."

"……."

"헨."

아이의 진짜 이름은 주우형이었다. 그러나 '형'을 제대로 발음하지 못하는 주변인들이 많았기 때문인지, 소년은 본명보다 더 자주 '현'이라 불렸다.

'댄'이나 '마크' 같은, 흔한 영어 이름을 하나 붙여 줄 법도 한데 아이의 어머니는 그러지 않았다. 아들이 다소 뭉개진 발음이더라도 아버지가 지어 준 이름으로 불리길 바랐던 건지, 다른 이유가 있는지는 몰랐다. 중요치 않은 문제였다.

"안 들리니."

성철규 상무보는 한국어로도, 영어로도 인사를 건네 봤다. 소년은 어떤 부름에도 답하지 않았다. 청각에는 이상이 없다고 했다. 성철규는 한숨을 쉬며 가죽 브리프 케이스를 테이블 위에 내려놓고, 여름용 자켓을 벗어 의자에 걸쳐 놓은 뒤 소년과 마주 보는 자리에 앉았다.

"우형아. 아저씨는 E그룹에서 온 성철규라고 해. 반년쯤 전에 네 연주회에 꽃을 들고 갔었는데, 기억할지 모르겠다. 그때엔 우리가 서로 대화도 나눴었는데. 한국어로도, 영어로도. 그래서 네가 요즘 말을 한마디도 안 한다고 해서 아저씨가 엄청 놀랐잖니."

"⋯⋯."

"어머니와 작은 삼촌 일은 참⋯⋯ 안되었다고 생각해. 하지만 우형아. 사고는 네 탓도 아니고, 극복할 수 없는 것도 아니란다. EY는⋯⋯ 그러니까, 김이영 씨, 네 엄마는 너를 정말 많이 사랑했어. 큰 삼촌이랑, 한국에 계신 네 아버지도, 다들 널 걱정해."

성철규 상무보는 30분이 넘도록 혼자 떠들었다. 그의 혼잣말을 막은 것은 한국에서 걸려 온 전화였다. 그는 발코니로 나가 문을 빈틈없이 닫았다.

"어. EY 아들이랑 만났어."

그는 이마를 짚으며 난간에 기댔다.

"나도 모르지. 우리 회장님 사모님, 그러니까…… 교수님은 한국어 영영 못 하는 상태로 두라고 하시는데, 일단 음악치료, 미술치료 이런 걸 EY 남동생이 강력하게 원하니까."

전화기 저편이 시끄러웠다. 성철규는 인상을 썼다.

"여기 바이올린 지도교수도 정 교수님 돈 먹은 것 같은데. 아무튼, EY 남동생 감옥 들어가기 전까지 원하는 거 들어주라는 게 부회장님 지시잖아. 알았어, 알았어. 인규 도련님은…… 방학 끝날 때쯤에 다시 뉴욕으로 오신다고 해? 어, 어. 그렇게 알고 있을게."

통화를 마친 성철규는 깊은 한숨을 흘렸다. 유리 너머로 보이는 우형은 아직도 같은 상태였다.

"하아……."

성철규는 김이영을 기억했다. 요정 같은 여자였다. 10년도 더전에, 주희철 부회장이 후계자 교육을 강도 높게 받던 중 함께 LA 출장을 와서 그녀를 처음 만났다. 2교대 외근비서로 밤낮없이 주희철을 수행하던 시절이었다.

새벽 3시 30분에 호출을 받고 호텔에서 튀어나와 재벌 후계자의 비서라는 게 이딴 것인 줄 알았다면 시작도 하지 않았을 거라 쌍욕을 하면서 주희철이 파티를 연 별장 앞에 차를 세웠다. 그때 성철규가 운전하는 차에 오른 것이 김이영이었다.

그때로부터 2년 8개월쯤 뒤에 김이영이 임신했다. 그다음 해에 우형이 태어났다. 주희철은 골칫덩이가 된 김이영을 입막음하라며 성철규를 다시 LA로 보냈다. 아내인 정혜윤 교수가 알아채지 못하게 하라는 게 주어진 임무였다. 그 이후로 성철규는 김이영, EY와 그 아들을 전담 마크해 왔다.

요정의 아들도 요정 같았다.

'안녕.'

'……네. 안녕하세요.'

사람 같지 않은 얼굴, 영혼이 없는 듯한 맑은 웃음이 판박이였다.

김이영은 4차원적 사고를 하는 사람이라, 주희철을 포기하도록 설득해 내기가 쉽지 않았다. 하지만 결국 해냈다. 김이영은 결국 주희철의 관심을 갈망하는 걸 관뒀다. 정 교수가 우형의 존재를 알아채게 되었다지만, 적당한 타협안도 만들어졌다. 우형 역시 바르게 자라고 있어 적어도 5년은 큰 사고가 없겠구나, 안심하고 있었다. 그런데 총기사고가 나서 김이영이 죽었다.

막장도 이런 막장이 없었다. 현실은 드라마보다 더하다는 말은 이럴 때 해야 하는 거라는 걸 하루하루 뼈저리게 느끼는 중이었다.

"돌겠네, 정말……."

성철규는 끊은 담배를 다시 피우게 될지도 모르겠다고 생각했다.

회장님이 지병으로 쓰러진 가운데 유일한 후계자인 주희철 부회장의 내연녀가 죽었고, 주희철의 장남인 주인규는 그 상황에서 서울 클럽을 빌려 마약 파티를 했고, 죽은 내연녀의 아들은 함묵증에 걸렸고, 주희철의 부인인 정혜윤 교수는 사생아를 치료 없이 방치하길 원하는데, 자신은 아이의 치료를 도우라고 보내졌다.

어딜 보나 난관뿐이었다. 지금은, 정식으로 인가받지 않은 실험적인 치료센터에 우형을 보내 반년간 음악치료를 받게 하는 중이었다. 우선 그 센터에서 썸머 인턴을 하는 한국인 유학생이 있다고 하니, 정보가 새어 나갈 가능성이 있는지 파악해야 했다. 기자들이 들러붙기 시작하면 정말 곤란했다.

[Ms. Lee.
여름방학을 맞아 한국에서 놀러 온 여동생과 함께 센터 근처에서 지내고 있음. 며칠 따라다녀 본 결과 부잣집 따님들인 듯합니다.]

성철규는 짧은 메모가 적힌 사진의 뒷면을 봤다. 앞면엔 미묘하게 아는 사람을 닮은 것 같은 자매가 있었다.

2.

〈Liszt Concert Etude No.3 Un Sospiro.〉 리스트 연주회용 연습곡 3번 탄식.
우형은 미미하게 인상을 쓰고 벽 너머의 끔찍한 피아니스트를 저주했다. 아니, 저 벽 너머의 누군가를 피아니스트라고 부를 수는 없었다. 그냥 피아노 건반을 누를 줄 아는 아마추어. 아무튼, 얼굴도 모르겠는 상대는 피아노를 상당히 못 쳤다.
메트로놈을 사용하지 않는 건지, 박자가 빨라졌다 느려졌다

멋대로였고, 몇 마디에 한 번씩 주기적으로 실수까지 반복했다. 이게 벌써 사흘째였다.

우형은 입술을 꾹 다물고서 어째서 몇 달 만에 처음으로 생긴 거슬리는 것이 저 연주인 것인지 생각해 봤다. 답은 나오지 않았다. 중요한 건 저게 그냥 불쾌하다는 거였다.

우형은 벽을 통통 쳐서 그만했으면 좋겠다는 뜻을 알리고 싶었다. 낯선 짜증이었다. 배가 고프거나 잠을 못 자서 느끼는 피로함이나 무기력과는 다른, 그보다 수 배는 적극적인 반응이 속에서 피어났다.

심지어 에어컨이 고장 났다. 연습실로 설계되지 않은 방을 개조한 덕에 방음처리가 완벽하지도 않은데, 건물의 관리인이 선풍기를 켜고 양쪽 방의 창문을 다 열어 두었다. 우형은 일단 바이올린으로 한 곡만 연주해 보고, 그래도 기분이 나아지지 않으면 창문을 닫아 버리기로 했다.

우형은 턱에 바이올린을 고정하고 현을 잡은 뒤 몇 개의 스케일을 훑었다. 옆방의 피아노가 조용해졌다.

파가니니의 〈카프리스〉. 24개 중 무엇을 연주할지 고르기 전에, 손이 가장 익숙한 포지션에 놓였고, 그대로 연주를 시작했다. 기교가 풍부한, 길지 않은 연주가 금방 끝났다.

짝짝짝.

미세한 소리였다. 박수라는 걸 알 정도는 됐다. 창문을 닫기 위해 다가서자 더욱 잘 들렸다. 우형은 망설임 없이 창문을 닫았다.

3.

우형은 자신이 운이 좋단 걸 알았다. 객관적인 관찰을 통해 파악한 사실이었다.

붉은 벽돌로 지어진 저택에서 우형의 서열은 극상위에 있었다. 열 살쯤 되는 아이가 어른들을 지휘하는 공간은 기묘했다. 그 기묘함은 어머니와 큰삼촌, 작은삼촌이 집을 모두 비우게 된 사고 이후에 더 극명해졌다.

우형은 말을 하지 않게 된 다음에 새로운 걸 또 하나 알게 되었다. 바로, 자신은 애초부터 저택에서 단 한 마디도 말을 할 필요가 없었다는 사실이었다.

원하는 걸 말하기 전에 필요한 것들이 주어졌다. 말을 하지 않기 시작하자 그나마 존재하던 잡음마저 사라져서, 자신뿐 아니라 이 거대한 집을 오가는 모두가 한결 더 평온한 일상을 사는 듯했다.

생각해 보면, 원래 지휘자는 무대 위에서 말을 하지 않았다.

이곳의 어른들을 내가 닥쳐 주기를 꽤 오랫동안 바라고 있었겠구나. 우형은 건조하게 생각했다. 억울하지도 않았고, 슬프지도 않았다. 그냥 지구가 태양을 도는 것처럼, 2에 2를 곱하면 4가 되는 것처럼, 어떤 감정도 첨가하지 않은 공리를 대하듯, 저택의 사람들이 해 왔을 생각을 짐작했다.

'앞으로도 계속 말을 안 할 필요가 있는 것 같아.'

열 살의 우형은 그렇게 결론지었다. 고개를 끄덕이는 것이야 할 수 있으니 모든 의사소통에 문제가 생긴 것도 아니었다. 어차피 누구도 바이올린을 켜는 것 외에 다른 고등생물다운 일을 자신이 해내길 바라지 않았다. 아, 쓰러졌다는 회장님은 달랐을지도. 아버지도 약간은 둘째가 멀쩡해지길 바라고 있을지도.

그러나 첫째 손자를 탐탁지 않게 여겨 사생아에게 이 저택을 제공한 회장님의 의식이 언제 다시 돌아올지는 누구도 모른다고 했다. 그리고 아버지는 첫째를 더 사랑했다.

가정교사들이 집에 방문했다. 자연스레 홈스쿨링이 시작됐다. 네 아빠가 일본인이냐, 아니면 중국인이냐고 잊을만하면 묻는 몰상식한 또래들만 득실거리는 학교엔 딱히 미련이 없었다. 손을 다칠까 봐 스포츠에 참여하는 일도 적으니 친구가 특별히 필요했던 것도 아니었다.

"영이 죽어서 저렇게 된 걸까요."

"안 됐어요."

"어린 애한테 사고가 얼마나 충격적이면……."

"우발적 총기 난사의 피해자가 되다니……."

우형은 열 살 남짓의 아이들은 어른들이 짐작하는 것보다 훨씬 더 이기적이고 자기중심적이란 것 역시 알았다. 모두가 우형의 증상을 슬픔 때문이라 진단했지만, 우형은 그 판단에 반대했다.

정말로 슬프지 않았다. 어머니는 살아 있었어도 아들의 존재 때문에 절대로 행복할 수 없을 여자였다.

'우형아, 엄마는 실패했어.'

어머니가 죽기를 바란 적은 없지만, 그녀가 되살아난다고 해서 어머니나 자신이 더 행복해질 것 같지 않았다.

'너는 절대로 이런 사랑에 빠지면 안 돼. 네 아빠의 입장이든, 엄마의 입장이든.'

'……엄마. 그만해.'

'나는 그냥 닥치고 지나갔어야 해. 입 다물고 못 들은 척했어야 해. 이게 대체 뭐야!'

'……'

'네 아빠한테 말을 걸었다가 이 지경이 된 거란 말이야!'

우형은 어머니의 장례식이 끝날 때까지 말을 했다. 그러니 언어를 뱉지 않게 된 건, 엄마가 겪은 사고 때문이 아니었다. 우형은 특별한 계기를 찾길 포기했다.

언어를 잃은 건 자연스러운 일이라 받아들이기로 정했다.

어느 순간부터는, 의식적으로 말하지 않아야겠다고 생각하지 않아도 말을 몸이 가로막았다. 벽이 세워진 기분이었다. 반응을 가로막는 벽, 목을 가로막는 벽. 아무도 없는 곳에 숨어 한 마디라도 뱉어 보려 애를 썼지만 어떤 소리도 나오지 않았다.

이게 정말 병이라면, 그것의 원인은 슬픔이 아니라 무감정일 터였다. 우형은 메마른 표정으로 비어 있는 어머니의 침대를 톡톡 만져 보다가 그래도 아들의 도리를 다하자며, 그녀가 좋아하던 곡을 침대 맡에서 연주했다. 우형은 이대로 영원히 말없이 살 수 있길 바랐다.

그러니까, 어째서 다시 이야기해야 하지?

우형은 말을 다시 해야만 한다고 말하는 성철규가 싫었다.

"우형아. 또 철규 아저씨야. 오늘은 아저씨랑 센터로 가지 않을래?"

"……."

"말을 다시 해야, 네가 원하는 걸 정확하게 사람들에게 알릴 수 있지 않을까? 아니, 꼭 불특정 다수의 사람들 말고, 네가 정말 말을 걸고 싶은 누군가가 생길 수도 있잖아."

"……."

"나중에 가까이 가고픈 사람을 만났을 때, 다가가서 목소리를 낼 수 있다면 좋지 않을까? 우형아. 목소리를 가지고 태어났다는 건 행운이야. 인어공주 이야기를 네가 아는지 모르겠다……."

우형은 인어공주 동화를 알았다. 적절치 못한 비유였다. 우형은 무언가를 얻는 대가로 목소리를 포기한 것이 아니었다.

우형은 불만이 없었다. 그냥 이대로 평생을 살면 되는 거였다. 10년이고, 20년이고 계속 바이올린을 켜면, 홀로 바이올린으로 밥벌이를 할 능력은 얻을 수 있을 것 같았다.

설령 그렇게 되지 않더라도 아버지가 아들이 굶어 죽게 두지는 않을 테니, 의식주 정도는 해결할 금전이 주어질 것 같기도 했다. 특별히 윤택한 삶을 바라지 않으니 어찌어찌 사는 건 어렵지 않으리라. 열 살의 조숙한 우형은 그렇게 생각했다. 생각이 또래들보다 한참 빨리 자라 난 아이는 자신을 어른이라 생각했다.

4.

우형은 주 3회 센터를 방문했다. 주로 월, 화, 수.

보통은 미세스 퀜티아가 운전하는 SUV를 타고 갔으나, 가끔 성철규 상무보와 동행하기도 했다. 성 상무보는 월화수에 약속을 모는 것보다 월수금이나 화목토 같은 일정이 낫다고 생각했으나, 그의 의견이 반영되는 일은 없었다. 성 상무보를 제외하면 누구도 우형의 치료에 관심이 없다는 게 드러나는 대목이었다.

센터는 상당히 규모가 컸는데, 주력 연구 분야가 아동 음악치료는 아니었다. 열 살 남짓의 아이를 위한 프로그램이 없는 센터에서 우형이 받을 수 있는 치료란 엉성한 것뿐이었다. 그러나 센터에 상당한 금액을 기부한 다음에 굳이 거기까지 가서 노래를 듣고, 영상을 보고, 악기를 연주할 필요가 있는지 의문을 제기하는 사람은 없었다.

우형 역시 불만 없이 그들의 지도에 따랐다. 정말로 우형은 조금도 불만이 없었다. 종종 이게 대체 무슨 치료인가 싶기는 해도, 생각해 보면 세상엔 원래 이해할 수 없는 게 많았다. 어른들의 이해관계란 항상 그런 것이었으니 받아들이는 게 어렵진 않았다.

"오늘은 뭘 했니."

"……"

"우형아. 점심은 아저씨랑 피자를 먹고 센터로 갈까? 아저씨가 다운타운 쪽에 괜찮은 레스토랑이 있다는 첩보를 입수했거든."

우형은 성철규 상무보의 말에 고개를 한 번 끄덕이고는 바이올린 케이스를 품에 안았다. 성 상무보는 도로변에 주차된 차의 뒷좌석 문을 여닫아 주었고, 우형이 벨트를 매는 것을 확인한 뒤에 차를 출발시켰다. 우형은 휙휙 지나가는 푸르른 가로수들을 바라보았다.

세상은 적당한 만큼 무료했다. 우형은 그게 싫지 않았다. 다들 자신이 큰 상처를 입고 우울감에 허덕이며 괴로워한다고 생각하는 모양이지만, 기분은 매일매일 괜찮았다.

군이 하나 마음에 안 드는 걸 꼽자면, 최근 들어 얼굴을 알 수 없는 아마추어가 옆방에서 치는 피아노가 문제기는 했다. 아마추어는 주로 역량에 안 맞는 어려운 피아노 연습곡을 골랐으며, 틀리는 부분을 반복해서 틀렸다. 피아노를 전공하는 학생일 리 없었다. 아마도 비슷한 치료를 받는 환자가 아닐까, 그 가설이 그나마 설득력 있었다.

초등학생은 자신 하나라고 했으니 비슷한 또래는 아닐 터였다. 어른이라면 풀타임 직장인은 아니어야 했다. 그냥 쉬는 시간을 때우러 온 연구원일 수도 있었다. 여름방학을 맞은 학생일 가능성도 있었다. 우형은 창밖에 시선을 둔 채로, 몇 개월 만에 처음으로 관심을 끈 사람인 옆방 소음유발자에 대해 곰곰이 생각했다.

생각해 보면 이상한 일이었다. 어디에서 바이올린을 켜든 시끄러운 환경이 거슬렸던 적은 없었다.

아무튼, 오늘도 기를 죽여 줘야겠다고 다짐했다. 열등감에 찌든 아마추어가 피아노를 놓아 버리도록 만들 계획이었다. 우형은 콜라를 조금 더 마셨다. 카페인과 설탕이 아마추어가 들을 연주에 도움이 될 것 같기 때문이었다.

5.

옆방의 아마추어가 이틀 연속 나타나지 않았다.

우형은 아마추어가 끔찍한 연주를 하고 있을 때처럼 벽을 노려보았다. 한참을 기다려도 연주는 시작되지 않았다.

그래서 우형 역시 연주를 하지 않았다.

6.

아마추어가 다시 나타났다. 우형은 벽에 등을 기대고, 어긋난 박자와 틀린 음의 개수를 셌다. 처음보다 한참 나아졌다.

우형은 잘했다는 의미로 벽을 톡톡 두들겨 주고는 화들짝 놀랐다.

옆방의 연주가 멎으면 우형이 바이올린을 들었다. 창문 근처에 서서, 오는 길에 꼼꼼히 읽어 둔 악보를 떠올렸다. 짝짝짝. 아마추어가 박수를 보내 주면 기분이 아주 약간 조금 좋아졌다.

7.

아마추어가 3주 만에 실수 없이 곡을 끝마쳤다.

짝. 짝. 짝. 우형 역시 상대를 위해 박수를 보내 주었다.

감탄보다는 노력에 대한 격려의 차원이었다.

예상치 못한 반응이 돌아왔다. 건너편에서 웃음소리가 들렸다. 벽을 타고서도, 열린 창문을 통해서도 들려왔다.

Thanks. 고마워.

웃음 끝에 아마추어가 말까지 했다.

일주일 만에, 건너편의 상대가 여자라는 걸 알았다. 웃음소리가 예쁜 사람이었다. 그녀가 치는 피아노보다 수억 배는 듣기 좋았다. 피아노보다 더 최악이었던 첼로와는 비교 자체가 불가능했다.

왜 저 사람은 다른 음을 내는 악기가 필요한 걸까. 예쁜 소리를 세상에 만들어 내고 싶다면, 그냥 웃으면 될 텐데.

우형은 이제까지와는 다른 표정을 하고 벽을 노려보았다.

새로운 것이 궁금해졌다. 벽을 사이에 두고서는 절대로 풀리지 않을 의문이었다.

8.

우형은 건너편의 여자에 대한 몇 가지 새로운 정보를 알게 되었다.

"썬."

누군가가 그녀를 그렇게 불렀다. 이름이 분명했다. 애칭일 확률도 있었다. Sunday, Sunny⋯⋯.

우형은 창틀에 팔꿈치를 올리고 상상력을 발휘해 봤다.

다음날 궁금증이 해결되었다.

"선혜야."

"응, 응. 잠시만!"

"선혜야. 이제 가야지."

명백하게 한국어였다. 선혜. 둘 사이를 가로막은 벽 위로, 우형은 제대로 들은 게 맞는지 확신이 서지 않는 두 글자를 적어 보았다. 선혜. 입술까지 벙긋거렸다. 목소리는 조금도 나오지 않아, 이름을 불러볼 수는 없었지만.

9.

　일주일이 지나, 우형은 엿들어서 알게 된 그녀에 대한 정보를 정리했다.

　이선혜. 그녀는 한국에서 온 학생이다. 여름방학을 맞아 언니가 대학을 다니는 미국에 놀러 왔으니, 방학이 끝나면 한국으로 돌아갈 것이다.

　[나는 열흘이 지나면 서울로 돌아가]

　네모나고 노란 포스트잇에 예쁜 필체로 영어 문장이 연이어 적혀 있었다. 우형 앞으로 선혜가 남겨 둔 메시지였다. 연습실 문 앞에 붙어 있었다.

　[그동안 고마웠어!]
　[무슨 일을 겪었는지는 모르겠지만, 훨씬 더 네가 행복해지길 바랄게! :D]

　그날은 조금 우울한 곡을 연주했다.
　우형은 옆방 문이 열리는 소리를 듣고 문고리를 잡았다. 그러나 문을 열지 않았다. 문을 열어 봤자 할 수 있는 일은 아무것도 없었다. 소리를 질러 부를 수도 없었고, 자신의 이름을 알리고 인사할 수도 없었다. 멀어져 가는 모습을 지켜보고, 오직 일방적으로 기억에 담아 두기 위해서 얼굴을 보려는 건 비참했다.

어머니가 아버지를 향해, 수없이 반복하던 일이 떠올랐다. 그 결과로 외로운 죽음이 왔다. 그녀는 내내 슬픔에 저며 살았다. 떳떳하지도 않은, 일방적인 애원뿐인 삶이었다.

우형은 문고리를 놓았다.

10.

우형은 협연을 하는 꿈을 꿨다.

어설프고 서툰 피아노, 첼로와 함께였다. 가끔 하는 실수가 거슬리기는 해도 듣기 싫을 정도는 아니었다. 자신의 바이올린이 박자를 잘 잡아 주니 멋대로 빨라졌다 느려졌다 엉망진창이 되지도 않았다. 미소를 지으며 잠에서 깨어났고, 금방 얼음물에 머리를 처박힌 기분이 됐다.

11.

코코넛 쿠키가 든 박스가 연습실 문을 가로막고 있었다.

[난 코코넛이랑 설탕이 잔뜩 들어간 쿠키를 좋아해! :)]
[홈메이드야 맛있게 먹어!!!!!!]

우형은 간식을 먹는 걸 그리 좋아하지 않았다. 세끼 밥때마다 식욕을 돌게 하는 것도 힘들었다. 거기에 단 쿠키 같을 걸 중간에 먹으면 밥을 먹기가 더욱 힘들어졌다.

그렇지만 우형은 바이올린 케이스 위에 박스를 조심히 얹어 품에 안고 SUV에 올랐다. 저택까지 무사히 옮겨진 쿠키 박스는 냉동실로 들어갔다. 우형은 저녁을 먹기 전에 쿠키를 하나만 꺼냈다. 반으로 잘라 입에 넣고 와그작 씹었다.

맛있었다.

쿠키를 먹은 걸 잊은 척 밥도 열심히 먹었다.

12.

옆방의 아마추어에게 무슨 사연이 있어서 센터에 온 건지, 정확하게는 몰랐다. 궁금증을 해소하기 위해서는 누군가에게 물어보아야 했다. 당연히 불가능한 일이었다.

내밀하고 사적인 원인이 있을 것 같았다. 우형은 상대방이 없는 자리에서 그 사람에 대한 칭찬 외의 말을 하는 건 지양해야 한다는 예절교육을 받은 적 있었다. 그러니 타인의 입을 통해 이유를 듣는 건 실례였다. 답을 바라면 직접 물어야 했다.

그럴 용기나 의욕이 생기지 않았다. 궁금함은 버리기로 했다. 다만 그녀가 묻지도 않은 것에 알아서 답을 해 준다면 들어 줄 용의는 있었다.

"너는 왜 아파?"

"……."

그녀가 먼저 물었다. 그녀가 자신에 대하여 같은 의문을 가지고 있었다는 사실이 놀라웠다. 동시에 뭐라 답할 수 없는 것이 답답했다.

"대충 얘기는 들었어. 우리 언니가 여기서 인턴 하는데."

"……."

"말을 안 한다며."

우형이 목소리를 내지 않으리란 걸 아는 선혜는 우형의 설명을 기다리지 않았다. 그다음에 들려온 것은 그녀 자신에 관한 이야기였다.

"나는 내가 어디가 아픈지 잘 모르겠어. 내 인생은 꽤 괜찮거든. 학원 도는 거야 마냥 좋지는 않아도, 못 견딜 정도는 아니고."

"……."

"그렇지만 확실히 평범하지는 않은 것 같아. 동시에, 이 세상에 정말 평범한 사람이 있기는 한 건지, 그것도 모르겠어. 그러니까 의외로 이런 상태가 평범한 게 맞을지도. 평범하지 않아서 오히려 평범한 상태라고 해야 하나?"

"……."

"아무튼, 나는 어떤 불행을 겪었는데. 그 사건이 새로운 세계를 알게 만든 것도 같아. 고통이 오히려…… 평탄하게만 컸다면 내가 발 들일 수 없는 새로운 세계로 나를 넘어가게 한 거지. 덕분에 지평이 넓어진 거야. 좋은 일만 겪고는 알 수 없는 것들이 이 세상엔 많으니까. 나도 내가 정확히 무슨 말을 하고 싶은 건지는 모르겠는데. 너무 두서없나."

우형은 두서없는 그녀의 말을 이해할 수 있을 것 같았다. 자신 역시 종종 비슷한 생각을 하고는 했다. 사랑만을 퍼 주는 부모님을 두고 자란 아이들과는 다른 세계를 알게 되었다고. 세상엔 불행 덕에 이해할 수 있는, 더 넓은 세계가 있었다.

그래서 불행을 겪기 이전으로 돌아가고 싶지 않았다. 그럼 이러한 성장이 없던 일로 삭제될 것만 같아서.

"그래서 난 불행하지 않아. 시간을 되돌리고 싶지도 않아."

"……"

"상처를 준 사람들 원망하고 싶지 않아. 그런다고 나아지는 건 아무것도 없으니까."

"……"

"용서할 수 있을지는 모르겠어. 그렇지만 그 분노에 사로잡혀 내 인생을 망치기엔, 아직 열여섯…… 여기 나이로 세면 열넷, 9학년짜리 애일 뿐이라 네가 뭘 아느냐고 사람들이 생각할지도 모르지만…… 내게 주어진 수많은 축복이 너무 아깝다는 생각이 들어."

큰 목소리는 아니었지만 잘 들렸다. 그녀는 창틀에 앉아 있을 것 같았다. 아무것도 모르는 사람들은 그녀가 혼잣말하는 중이라고 생각하겠지만, 우형만은 그녀의 목소리가 자신에게 닿기 위해 뱉어졌다는 걸 알았다.

둘 사이의 벽이 사라진 기분이었다. 저 너머에서 들려오는 음색은 피아노나 첼로의 소리와는 비할 수 없게 아름다웠다.

"우리는 우리를 포기하지 않을 거야."

"……"

"우리는 문제없어. 지금도 아주 괜찮아. 나는 앞으로 더 많이 웃을 거고, 넌 바이올린을 더 잘 켜게 될 거야. 센터에 주소를 남기고 갈 테니까. 나중에 연주회 티켓을 보내 줘."

우형은 자신에게 상처를 남긴 사람들에겐 관심 없었다. 그러나 그녀에게 상처를 남겼을 누군가는 궁금했다.

멀쩡히 살아 숨 쉬며 돌아다니게 놔두고 싶지 않았다.

13.

그녀와 가장 가까운, 이선율이란 사람이 모르는 것도 나는 알고 있다. 이선율은 그녀의 불행을 온전히 이해하지 못해. 우형은 그 사실에 사로잡혀 잠들지 못했다.

그러나 아는 것은 아주 자그마한 부분뿐이다. 지금은 길거리에서 그녀를 만나도 얼굴을 알아볼 자신이 없었다. 아는 거라고는 이름뿐이었다.

우월감과 불안함이 동시에 왔다.

한국은 멀다. 연주회 티켓을 언젠가 보낸다고 해도 그녀의 나이와 두 대륙 사이의 거리를 고려하면 그녀가 원한다고 해도 이곳까지 오지 못할 확률이 높았다. 연주를 보러 온다고 해도 오래 머무르지 않을 테니 지금보다 가까워질 수 있으리란 생각도 들지 않았다.

그냥 빈말일 확률도 있었다. 어른들은 자주 그러니까. 그녀는 아이보다는 어른에 가까운 나이였다.

상냥한 말을 하는 게 습관인 사람일 수도 있었다.

그래도 다행인 건, 주소를 남겨 두면 자신이 그리로 가 볼 수도 있다는 것이었다. 그녀가 거짓으로 주소를 남길 것 같지는 않았다. 한국어를 알아들을 수 있으니까, 한국에 대한 막연한 두려움은 없었다. 가려고 하면 갈 수 있다.

우형은 이불을 머리 위까지 덮었다. 단 한 번도 돌아가야겠다고 생각해 본 적 없는, 조부모의 조국의 언어를 알고 있는 것이 처음으로 다행스러웠다.

우형은 이불을 걷으며 벌떡 일어났다. 어머니가 죽고 난 10개월 만에 처음으로 그녀가 머물던 서재의 문을 열었다. 책장에서 한국어 동화책들을 살폈다. 『인어공주』를 찾아냈다. 우형은 굳은살이 잡힌 손으로 슥슥 빠르게 페이지를 넘겼다.

이렇게 페이지가 넘어가는 것처럼, 그녀가 떠나는 시간이 다가오고 있었다. 매 하루가 짧게 갔다.

어느 순간부터 손이 움직이지 않았다.

뚝. 뚝.

알록달록한 동화책 위로 눈물이 떨어졌다. 무표정한 얼굴이 유리구슬 같은 눈물을 뚝뚝 흘렸다.

14.

마지막 날이 왔다. 그녀는 LA에 며칠을 더 머물 것이나, 다시 센터로 오지는 않을 것이다.

문이 열리고, 닫혔다. 슬로모션이 걸린 영화처럼 중요한 순간이 길게 늘어지는 일은 없었다. 어제나 그 전날과 다를 게 없었다.

문은 달칵 열렸고, 다시 금방 달칵 닫혔다. 우형은 문가에 서서 무생물이 내는 소리에 굳어 갔다.

타박. 타박.

규칙적인 발걸음이 멀어져 갔다. 그녀는 뒤에 남겨진 바이올리니스트에 대한 미련이 없는 모양이었다. 우형은 움직이지 않았다.

철컥.

급히 우형이 문고리를 당긴 건 더 시간이 흐른 뒤였다.

"하아, 하아……."

계단을 미친 듯이 달려 내려갔지만, 홀에는 누구도 없었다. 푸른 눈의 경비원이 무슨 일이냐며 우형에게 다가올 뿐이었다. 우형은 급하게 유리문을 열고 밖으로 뛰쳐나갔다.

흰색 컨버터블이 저 멀리 사라지고 있었다. 우형은 도로로 달려나갔다. 그녀가 탄 차를 따라잡을 수 없다는 걸 알지만, 몸이 튀어나갔다.

"조심해!"

쾅.

무언가가 팔을 스쳤다. 고통스럽게.

퍽.

검은 차가 가로수에 박혔다. 정상적인 운전자가 타고 있을 리가 없는 움직임이었다.

"큰일 날 뻔했잖아!"

우형은 누군가의 품에 안겨 있었다. 등을 안고 소리치는 건 아는 목소리였다. 아는 목소리를 내는 몸이 우형을 돌려세웠다.

쿵. 쿵. 쿵. 쿵. 우형은 왼쪽 가슴 속에 심장이 있다는 걸 알게 되었다.

"괜찮아?"

"……"

"어디 다친 건 아냐?"

사람들이 놀라서 검은 차 근처로 달려가는 동안, 우형을 구해 낸 소녀는 우형만을 살폈다.

"피 나잖아! 팔 많이 아파?"

짙은 갈색 눈. 짙은 검은 머리카락. 바람이 불어오면 긴 머리카락이 하늘하늘 날렸다. 고개를 숙일 때도 같이 찰랑거리며 움직였다. 피부는 희었고, 입술은 복숭앗빛이었다. 양 볼에도 옅은 분홍색이 감돌았다.

말을 할 때 눈동자가 함께 움직였다. 걱정스레 자신을 훑었다. 어떤 숨겨진 의도도 없는 시선이었다. 가까이 있으니 옅은 숨도 느껴졌다. 인형처럼 보이지만, 살아 있는 사람이라는 걸 알 수 있었다.

이렇게 생긴 사람은 처음 보았다. 생각했던 무엇과도 달랐다. 예쁠 거라 생각하지 않았는데, 생각보다 너무 예뻐서 놀랐다. 목소리와 잘 어울리는 모습이었다. 이렇게 예쁘니까, 피아노나 첼로야 못 치는 게 공평했다. 우형은 그녀에 대한 모든 불만을 잊어버렸다.

천사였다. 팔이 짧은 하얀 원피스가 나풀거렸다.

"괜찮아?"

선혜는 안색이 파래진 우형을 보고 말했다.

"병원 가야 할 것 같은데."

"……."

"보호자 분 여기 근처에 계시니?"

선혜가 인상을 쓰고 바라보는 팔로 시선을 옮겼다. 피가 흐르는 게 보였다. 어떻게 스쳤는지 기억나지 않았다. 아프지도 않았다.

"여기, 여기 이 애 팔이 백미러에 쓸린 것 같은데요!"

그녀가 어른들을 불렀다. 어른들에게 가느라 멀어지기 전에 우형이 선혜의 팔을 잡았다.

"아."

"……."

그녀는 뿌리치지 않았다. 팔을 잡은 손 위로 자신의 손을 덮었다. 따뜻했다.

"괜찮아? 보호자님 같이 기다릴까?"

우형은 느리게 고개를 끄덕였다. 선혜는 무슨 일이냐며 다가온 선율에게 우형을 가리키며 병원에 가야겠다고 했다. 손에서도 피가 흘렀다. 프로의식은 모두 잊었는지, 손을 다친 게 별일 아닌 것처럼 느껴졌다. 덕분에 천사를 만나게 되었으니까.

15.

천사는 병원에 머물러 주었다. 어째서인지 그녀 역시 이런저런 검사와 조사를 받았다. 우형의 시선이 계속 하얀 원피스를 입은 선혜를 따라 움직였다. 고개를 움직이고, 눈동자가 움직이고, 몸까지 따라서 움직이며 기웃기웃 선혜를 살폈다.

16.

매정하게도 그녀의 비행기 이륙 시간이 미루어지는 일은 없었다. 그녀는 떠나야만 했다.

우형은 성철규에게 처음으로 필담으로 공항으로 빨리 차를 몰라며 다그쳤다. 성 상무보는 이상한 표정으로 우형을 바라보았지만, 우형의 바람대로 속도위반에 걸릴 걸 두려워하지 않으며 빠르게 차를 몰아 주었다.

당연히 선혜가 타는 비행기를 멈출 순 없었다. 우형은 망연자실한 표정으로 전광판을 올려다보기만 했다. 할 수 있는 일은 그게 고작이었다. 팔에 붕대를 칭칭 감은 상태로, 인천행 비행기를 반짝이는 전광판에서 찾아내는 것.

천사가 날아가고서야 깨달았다.

"저…… 한국에…… 갈 수 있나요."

하나의 병을 잃고, 또 하나의 병을 얻었다. 우형은 성철규를 보며 말했다. 언어가 목구멍을 비집고 나온 건 8개월 만이었다.

17.

우형은 바로 서울로 가지 못했다. 유럽엔 가지 않겠다며 바이올린을 관두었다. 학교로 돌아갔고, 밝은 웃음을 지으며 많은 친구를 사귀었다. 테니스를 시작했다. 수영도 다니게 됐다. 풋볼에 열광하는 친구들과 함께 경기를 직접 보러 가기도 했다.

성철규는 주 회장의 의식이 다소 회복되었을 때 변호사와 조율해 유언에 몇 가지를 첨가했다. 우형은 언젠가 한국으로 돌아가, 주 회장이 조건을 걸어 준비해 둔 재산을 차차 상속받게 될 터였다.

18.

우형이 한국에 돌아온 날, 판결 선고가 있었다.

비가 오는 날이었다. 우형은 성철규가 운전하는 차를 타고 법원 근처로 갔다.

토독. 토독. 후두둑.

우형은 큰 우산을 들고, 호송 차량에 오르는 범죄자들을 지켜보는 선혜를 멀리서 바라보았다. 서럽게 우는 선혜를 봤다. 판결문에 적힌 피고인의 범죄사실 중 납치에 관한 것은 없었다. 그녀는 그 사실이 서러운가, 아니면 다른 것이 서러운가.

이제는 말을 할 수 있는데도 가서 묻지 않았다. 벽도 없었지만, 다가가지 않았다.

그녀는 기억보다 크지 않았다. 이제는 자신이 더 높은 키로 내려다볼 터였다. 그녀를 안으려고 하면, 품에 다 들어오리란 것도 대강 알 수 있었다.

오래 바라보았다.

그러다 사랑에 빠졌음을 인정했다.

정적이고, 빗소리가 가득한, 단조로운 도시의 전경 속에서 그런 결론에 다다랐다. 누가 들어도 미쳤다고 생각할 기나긴 짝사랑이

째 오래되었구나.

우형은 답이 돌아오지 않는 애원만 반복하다 죽어 버린 여인의 비극을 알았다. 찰나의 순간에 얻은 상사도 유전병인지 몰랐다.

19.

이선혜. 이성창 의원의 막내딸. S대. 경영대학. 밈플레잇 코파운더. 우형은 딱 그 정도를 알았다.

밈플레잇은 아주 작은 주식회사였다. 우형은 경영서나 유명한 창업자들의 자서전에서 읽은 회사의 초기모습을 떠올리며, 밈플레잇이 어떻게 굴러가고 있을지 짐작해 보았다. 같은 사무실에서 일하는 사람들이 부러웠다.

이유 없이 밈플레잇의 애플리케이션과 웹페이지에 자주 접속했다. 괜히 서버의 용량만 잡아먹는 게 아닐까. IT에 대해서는 잘 모르지만 괜히 신경 쓰이기도 했다.

그러다가 우형은 모바일 페이지의 버그를 하나 발견했다. 고민하다가 메일을 썼다. 익명의 계정으로, 버그가 발생하는 루트를 캡처와 함께 상세히 적었다.

[RE: 안녕하세요, 밈플레잇 애플리케이션 버그 관련해 메일 드립니다.]

5분 동안 망설이다가 회신 된 메일을 열었다.

[안녕하세요, 고객님. 밈플레잇 이선혜입니다.]

그녀의 답을 바랐던 게 아니었다. 우형은 메일의 첫 줄을 읽자마자 얼어붙었다.

20.

"이성창 의원입니다. 도련님."
선혜는 아버지를 많이 닮았다.
"주우형입니다."
우형은 이성창 의원에게 환하게 웃어 보였다.

사고

1.

선혜와 우형이 깊이 잠든 가을밤, 주인규는 감히 자신을 협박하려 드는 이희결을 처리할 극단적인 수습책을 생각해 냈다.

"이희결, 성철규 한 번에 다 보낼 건데 이선혜도 끌어들여."

─예.

"성철규 비서랑 이선혜 비서한테 작업질 해 놓은 거 있잖아. 뭐라도 핑계 붙여."

─알겠습니다.

2.

눈을 뜨자 우형이 보였다. 지난 새벽 우형의 방문은 꿈이 아니었다. 자는 얼굴을 유심히 보는 건 처음이었다.

선이 분명하고 뚜렷했다. 시선이 몸으로 옮겨 갔다. 넓은 어깨를 덮느라 이불이 산처럼 높이 오른 채였다. 정말 남자구나. 누구라도 언제까지나 소년으로만 머무르진 않을 터였다. 그걸 몰랐던 것도 아닌데, 이상했다.

색이 짙은 장면들이 떠올랐다. 옷을 입고 있지 않은 우형. 위에서 내려다보는 욕망 어린 시선. 몸을 파고드는 그를 받아 내며, 몸을 채운 그가 남자임을 느끼지 못할 수는 없었다.

꽈악. 선혜는 손에 잡히는 이불을 말아 쥐었다.

미세하게 가슴이 오르내리는 걸 지켜보았다. 새벽에 꾼 악몽이 기억나진 않았지만, 우형의 심장 소리를 들으며 안심하던 기분은 생생했다.

단단하고 넓은 가슴에 당장 파고들어도 된다는 걸 알았다. 그러다 우형이 깨어나면, 우형은 웃으면서 이마와 볼에 입을 맞추고 더 꽉 끌어안아 주지 않을까. 오늘은 그가 그러리란 걸 알았다. 굳이 해 보지 않아도 확신할 수 있었다.

하지만, 일주일 뒤에는, 한 달 뒤에는, 10년 뒤에는?

얼마나 더 기다려야 아내의 방을 찾지 않는 우형을 만나게 될까. 어느 정도 더 시간이 흘러가야 환히 웃으며 좋아한다고 속삭이고, 으스러질 듯 끌어안는 우형을 기억 속에서만 찾을 수 있게 될까.

그 순간이 언제일지 짐작할 수는 없으나, 언젠가는 반드시 그런 순간이 오리라는 걸 알았다. 그건 우형이 나쁜 사람이어서가 아니라, 자신이 모자란 사람이어서가 아니라, 세상이 원래 그런 법칙에 지배당하기 때문일 것이다.

언젠가 이 관계가 틀어지는 건 절대로 우형의 잘못은 아닐 것이다. 그러니까 원망하지 말아야 했다.

자신에게 의도적으로 상처를 남긴 이들조차 원망하지 않으려고 애쓰는데, 오직 애정을 퍼부어 주려고 애썼던 그를 원망하고 싶진 않았다.

다만 두려운 것은, 그런데도 그를 원망하게 되는 일이었다. 논리적으로 가장 원망해야 할 사람을 비교하고 헤아려서 원망하는 식으로 사고가 굴러가지 않을 때도 있으니까.

사락.

선혜의 손이 이불 밖으로 나왔다. 우형의 얼굴 가까이 갔다. 머리카락이 흐트러져 있었다. 그 끝을 손으로 살살 건드려 보았다.

부드러웠다.

손을 옮겨 속눈썹도 만져 보았다. 피부를 건드리지 않기 위해 세심하게 움직여야 했다. 속눈썹이 파르르 떨리는 걸 보고는 더 만지기를 포기했다.

"미안."

작은 소리를 냈다.

혹자는 단 한 번도 상처받지 않은 것처럼 사랑하라 했는데, 자신은 이미 수천 번 살이 파이는 채찍질을 당한 것처럼 주저했다.

그게 미안했다. 우형은 이보다는 그를 아껴 주는 사람의 사랑을 받아야 했다. 그럴 자격이 차고도 넘쳤다.

"음……."

우형이 뒤척였다. 몸이 돌아갔다. 이마가 비스듬히 천장을 향했다. 무의식적으로 바라보는 곳이 바뀌는 건 자연스러운 일이었다. 선혜는 바짝 얼었다가 표정을 풀었다.

3.

선혜는 알람이 울리기 전에 알람을 끄고 일어났다. 자기 전에 무음으로 설정해 둔 핸드폰을 진동 모드로 바꾸자마자 전화가 왔다.

한나영 비서. 선혜는 의아한 표정으로 시계를 다시 한번 확인하고는 전화를 받았다.

"네. 이선혜입니다."

─이사님. 한나영입니다. 너무 이른 시간에 연락 드린 것 같아 죄송해요.

"아니요, 괜찮습니다. 무슨 일인가요?"

선혜는 침실에서 더 먼 방향으로 걸어갔다. 손에 든 잔에서 물이 찰랑거렸다.

─성철규 E전자 사장님 비서분이 제 편으로 연락을 주셨어요. 혹시 이번 주말 저녁 어떠신지 회신 달라고 하시는데, ASAP 붙어 있어서요.

성철규 사장은 우형의 측근으로, 우형에게는 아버지인 주 회장보다 가까운 사람이었다. 결혼식 때 신부 측 혼주석에 대응되는 테이블에 앉은 것도 그였다. 동시에 성 사장은 주 회장의 측근이기도 했다.

성철규 사장은 우형의 아내감으로 선혜를 처음부터 엄청나게 마음에 들어 했다. 여러 가지로 그는 얼굴을 마주하기에 불편한 상대는 아니었다.

"용건에 대해서는 별말씀 없으셨나요?"

—가능하면 빨리 뵙고 싶어 하신다고 해요.

선혜는 마지막으로 성 사장을 마주쳤을 때를 떠올렸다. 우형의 생일이었다. 그는 우형을 잘 부탁한다며, 우형에게는 세상 그 무엇보다 아내의 응원이 가장 큰 힘이 될 것이라 했다. 그러면서 늘 고맙다는 말을 하기도 했다. 우형의 곁에 있어 줘서, 안심할 수 있는 것을 항상 고맙게 생각하고 있다고.

그는 원래 농담을 잘하고, 표현을 과장하는 스타일이었기 때문에 선혜는 그의 말에 특별한 의미를 두진 않으려 했다.

"주말이면, 토요일 저녁이요? 아니면 일요일 저녁도 괜찮으신 건가요?"

—일단은 토요일 저녁이 좋다고 하셨습니다.

선혜는 어머니와의 점심 약속을 떠올렸다. 토요일 저녁은 우형과 약속을 잡았다. 수목금은 우형이 베이징 출장을 가야 해서 집을 비울 거고, 일요일 저녁엔 회장님을 뵌다고 했으니 토요일 저녁에 성 사장을 만나러 가면 우형과 앞으로 이번 주 내내 저녁을 같이할 수 없었다.

"일요일 점심이나 저녁은 안 될까요? 한 번 문의해 주세요."

—……네.

"부탁드려요. 출근해서 뵐게요."

선혜는 통화를 종료하고 고개를 한 번 갸웃했다. 짐작할 수 없는 용건을 가진 약속이었다. 사적인 거라면 비서를 통해 약속을 잡으려는 게 이상했다. 이렇게 이른 시간에 명확한 이슈 없이 비서들끼리 시간을 조율하는 것도 흔히 있는 일은 아니었다.

4.

우형은 선혜가 샤워하는 소리에 잠에서 깼다. 천장이 익숙하면서도 낯설었다. 늘 잠드는 침실과 구조가 다르고 침대도 달랐다.

그러나 눈뜬 곳이 어디인지 바로 알았다. 매일 잠들고 싶었던 곳이니 착각하는 일은 없었다.

몸을 일으켰다. 침대에서 발을 내리고, 그녀가 들어간 욕실 문을 바라보았다. 천천히 일어나 부엌으로 갔다. 코코넛 워터를 하나 꺼내 마시고 침실로 돌아갔다.

물소리가 멎었을 때 앉아 있던 침대에서 일어났다. 똑똑. 욕실 문을 두드렸다. 안에서는 답이 없었다.

"머리카락 제가 말려 드리고 싶어요."

"……."

"안 될까요?"

잠시 후에 하얀 목욕 가운을 걸친 선혜가 문을 열어 주었다.

우형은 화장대 앞에 가만히 앉은 선혜의 뒤에서 머리를 말려 주었다. 수건으로 물기를 더 걷어 내고, 드라이기로 꼼꼼히 물기를 없앴다. 따뜻한 공기와 함께 기다란 손가락이 머리카락 사이사이로 들어왔다. 드라이기가 내는 소음 때문에 대화는 없었다.

선혜는 거울에 비친 우형을 봤다. 얇은 남색의 나이트 웨어와 차분히 내려앉은 검은 머리, 머리를 말리는 데 집중하느라 아래로 깔린 눈이 전부 낯설었다.

시간이 흐르자 젖었던 머리가 매끄럽게 흩날렸다. 선혜가 우형의 손목을 잡았다. 드라이기가 꺼졌다.

"이제 됐어. 나 화장할게. 나가서 아침 먹어."

"보고 있으면 안 되나요?"

"……좀 그래."

우형은 알겠다며 고개를 끄덕이고는 선혜를 일으켜서 품에 꽉 안았다. 이마에 입술이 닿았다가 떨어졌다.

"화장 하나도 안 하셔도 예뻐요."

"……."

"그런데 맨얼굴 저한테만 보여 주시는 건 그것대로 좋거든요. 이상한가요?"

"……나가서 빨리 씻고 아침 먹어."

선혜는 살며시 우형의 가슴을 밀어 냈다. 우형은 평소보다 더 아래로 처진 것 같은 선혜의 눈꼬리를 가만히 보았다.

"옷 다 갈아입으시고 나가시기 전까진 제가 라떼 내려 드릴 수 있어요. 텀블러에 담아 가시면, 출근길에 카페도 안 들르셔도 될 것 같은데. 저랑 앞으로 2박 3일 동안 못 보잖아요. 커피 주문하고 기다리시는 시간만큼 저한테 더 쓰고 출근해 주세요."

"……."

"그리고 출장 갔다가 돌아오면 앞으로 인간 드라이기라고 생각하고 매번 부르셔도 돼요."

선혜가 고개를 저으며 푸스스 웃었다.

"말도 안 되는 소리 하지 마."

"그럼, 토요일 저녁에 뭐 먹을까요. 오랜만에 같이 먹는 거니까 분위기 좋은 데 가요."

선혜는 그 약속을 깨야 할 수도 있다는 말을 꺼내지 못했다. 성철규 사장과 무리해서 조율해야 하더라도 우형에게 실망을 안기고 싶지 않았다.

이제는, 우형의 생각이 뭔지 모르겠는 게 문제인 것처럼 느껴지지 않았다. 당장 자신이 대체 왜 이런 생각을 하는지 모르겠는 것이 더 큰 문제였다. 달콤한 것에 정말로 위험하게 홀리는 중이었다. 마치 단 한 번도 상처받지 않은 것처럼 무모하게 굴어서는 안 되는데.

5.

우형은 오후 3시쯤 인천공항 제2여객터미널에 도착했다. 사수와 함께 베이징에 도착해 E전자 공식일정에 합류할 계획이었다.

체크인 카운터에서 위탁 수하물을 부치고 보안검색대로 이동하던 중 우형의 핸드폰으로 메시지가 도착했다. 주인규를 전담 마크하는 정현재였다.

우형은 출국심사대까지 지난 다음, 사수에게 양해를 구하고 인적이 드문 곳으로 향했다. 사수는 라운지에 먼저 가 있겠다며 멀리 걸어갔다.

"네."

—비행 앞두신 거 알고 급히 연락드립니다.

"말씀하세요."

우형의 표정이 점차 굳었다. 주인규의 새벽 행적에 대한 보고가 가관이었다. 내막을 알 수 없는 미심쩍은 정황도 여러 개였다. 우형은 핸드폰을 들지 않은 손으로 머리카락을 넘겼다.

"경호 인력 제 아내 근처에 배치하는 거 가능할까요?"

—물론입니다. 도련님.

우형은 아내의 허락을 먼저 구하겠다며 잠시 기다리라고 했다. 비행기에 오르기 전에 목소리를 들어 볼 핑계를 찾는 중이긴 했다. 대화를 나누는 건 좋았으나, 평범한 용건이 아니라서 마냥 기뻐할 수 없었다.

"따라다니는 사람들이 크게 눈에 띄는 일은 없을 거예요."

—자세한 이유를 더 알려 줄 수 있어?

"형에 관한 건데…… 요즘 여러 가지로 위기 상황이라 주의하는 게 많아요. 가석방된 이후로 한동안 만나지 않았던 브로커들 접촉하고, 씨가 마른 줄 알았던 폭력조직 간부들도 만나고 해서, 우발적으로 무슨 범죄를 저지를지 모르니까…… 아무 문제 없겠지만,

제 와이프 안전은 더 확실하게 하고 싶거든요."

우형은 사람들이 주위에 없다는 걸 확인하고서도 목소리를 더 낮추었다.

"성 사장님도 특별히 앞으로 몇 주간 보안과 안전에 유의하라고 하셨어요. 여긴 스페이스 오픈된 공항이고 보안 라인도 아니라서 더 자세하게 말씀드리긴 쉽지 않아요. 제가 베이징 가서 라인 확보하고 다시 연락드릴까요? 좀 늦은 시간이어야 할 것 같기는 한데……."

—아니, 그 정도면 됐어. 난 괜찮을 것 같아. 근데 성철규 사장님? 최근에 만났었어?

"네. 당장 오늘 새벽에요."

우형은 자기 전에 전화를 한 번 더 걸어 볼 다른 핑계가 있을까 고민했다.

—음……. 그렇구나.

"별일 없을 거예요. 혹시 무슨 일 있으면 일정 다 취소하고 돌아갈게요. 이상한 거 발견하시면 바로 연락 주세요. 제가 비행기에 있어서 연락 안 되면 전화 거실 번호도 보낼게요."

—알겠어. 너무 걱정하지 마.

선혜는 아버지가 오랜 시간 고위공직자였기에 보안팀의 경호와 주시를 부담스럽게 생각하지 않았다. 어린 시절에 겪었던 사건 이후엔 한동안 밀착 경호원 한 명을 대동하고 다닌 적도 있었다.

—출장이 더 걱정이지. 무사히 다녀와.

"그럴게요."

—끊을게. 비행기 시간 거의 다 됐다.

"네."

통화가 종료됐다. 우형은 탑승구까지 가는 넓은 길과 높은 천장을 봤다. 어렸을 때의 기억 때문인지, 우형은 공항 특유의 반짝이고 널찍널찍한 풍경을 그리 좋아하지 않았다.

성인이 된 이후로도 가끔 공항에서 선혜를 떠나보냈던 순간의 악몽을 꾸었다. 그때엔 잘 몰랐는데, 그 순간 겪었던 절망의 크기가 상당했던 모양이었다. 우형은 굳은 표정으로 깨끗한 바닥을 빠르게 걸어갔다. 선혜를 놓친 공간은 여기가 아니니까, 그리고 다시 금방 돌아올 테니까 괜찮을 거라고 자신을 다독였다.

우형은 선혜에게 10년 만에 말을 걸었던 순간을 되짚었다. 10년을 지나 만난 이선혜라는 사람은 너무나 완벽해서, 자신이 비집고 들어갈 틈 하나 보이지 않았다. 몇 년이 지나 그녀의 몸을 만지게 되자 그 이전까지의 사랑은 아무것도 아니었음을 깨달았다.

지금도 놀라웠다. 여기서 더 빠져드는 것이.

"우형 사원님도 뭐 좀 드실래요? 와인이나?"

"전 괜찮습니다."

우형은 라운지에 먼저 자리를 잡아 둔 사수의 앞에 앉았다. 접시에 치즈와 청포도를 가득 올려 온 사수가 접시를 우형 앞으로도 밀어 주었으나 우형은 웃으며 고개를 저어 사양했다.

지잉. 지잉. 품에 넣은 핸드폰이 울렸다. 우형은 또 정현재로부터 메시지가 왔나 긴장하며 핸드폰을 꺼냈다.

내 아내. 그렇게 저장해 둔 사람에게서 온 메시지였다.

[무사히 도착하면 문자 남겨]

[기다리고 있을게 자기 전에 통화하자]

[조금 더 설명해 줘]

우형은 기적을 목격한 사람처럼 멍하게 문자를 들여다보았다.

"주우형 사원님. 저희 15분쯤 뒤에 게이트로 가면 될 것 같아요. 여기랑 거리가 좀 있어서."

"……."

"사원님?"

"……네."

우형은 사수의 부름에 퍼뜩 고개를 들었다. 핸드폰을 쥔 손이 잘게 떨렸다.

"괜찮으신가요?"

"저 잠시만 전화 한 통화만 더 하겠습니다."

"네. 뭐, 편하게 마치고 오세요. 여유가 좀 있어서 더 늦게 간다고 문제 되는 건 아니에요."

우형은 북적북적한 곳을 벗어나 선율에게 전화를 걸었다. 안부를 묻는 건 간소하게 끝내고 금방 본론으로 진입했다.

"제 와이프 관련해서 여쭤볼 게 있습니다."

─선혜랑 제부랑 적당히 얘기는 잘 된 것 같은데. 선혜도 이혼 얘기 한 건 잊으라고 하더라고요. 뭐 다른 필요한 거 있나요?

"네."

사람들은 우형이 어떤 사람을 싫어하는지 잘 알지 못했다.

우형은 타인에 대한 경멸과 분노를 감추는 데 원래부터 능숙했고, 선혜가 타인에 대한 부정적인 감정을 쉽게 드러내는 사람들을 불편해하기에 그런 기색을 더욱 꼼꼼히 감추었다.

그러나 우형이 불쾌함을 대놓고 표현하는 상대도 있었다. 바로, 유부남인 자신에 대한 호감을 표시하는 여자들.

아내가 있는 남자에게 다가오려는 정신상태도 역했고, 그들이 자신을 넘볼 수 있는 상대로 여긴다는 것도 끔찍했다. 그리고 가장 큰 이유는, 그들의 얼굴에 자신을 투영하기 때문이었다. 자신의 추악한 면을 다른 이에게서 발견할 때에, 동족 혐오는 믿을 수 없을 정도로 짙게 피어올랐다.

사랑하는 사람이 있는 사람을 원하는 이들의 표정이, 토기를 치밀게 했다.

그래서 우형은 항상 두려웠다. 자신이 그녀들을 볼 때 느끼는 부정적인 감정을 선혜 역시 자신을 보며 느끼게 될까 봐. 아내가 아닌 여자들의 사랑 타령에 대한 본능적인 거부감은, 그들을 보는 자신의 시선이 선혜가 보는 자신에 대한 시선이 될 수도 있다는 것을 알 때 절망으로 변모했다.

―제부, 말씀하세요.

"갑작스럽긴 한데요⋯⋯."

선율이 말해 준 과거사가 놀라울 건 없었다. 선혜가 겪었던 사건을 분초 단위로 적은 보고서를 받았다. 선혜를 납치했던 여자가 지금 어느 교도소에서 누구의 감독을 받고 있는지도 알았다.

다만 우형은 자신의 사랑이 선혜에게 도움이 될 수 있을 거란 생각을 해 본 적 없었다. 선혜가 역겨운 표정으로 자신을 대하는 것만 두려워해 왔다. 선율은 그럴 일이 없을 거라고 말했고, 우형은 벼랑 끝에 서서 그녀의 말을 믿어 보기로 했다.

선율의 말대로, 선혜는 감정 자체를 불쾌해하지는 않았다. 거부감을 느끼는 부분은 우형이 걱정했던 지점이 아니었다. 그 이후로 마치 자신의 사랑이 그녀를 위한 안정제인 것처럼, 자신의 품에서 선혜가 편안함과 안정감을 느끼는 걸 지켜보는 건 놀라웠다.

그러나 부작용이 왔다. 독점욕이 자라났다. 그녀의 시선이 닿는 다른 것들을 싹 처분해 버리고 싶은 나쁜 생각을 떨칠 수가 없어졌다.

"확인을 부탁드리고 싶은 건……."

─네.

"김지환 치워 버리라고 하셨죠."

선율의 말이 항상 정답은 아닌 걸 알았다. 선율도 선혜의 전부를 알지 못한다는 건 17년 전부터 알았다.

그러나 그녀의 지지가 필요했다. 나중에 변명하며 선혜를 설득할 방어막을 세워야 했다. 오랫동안 거슬렸던 걸 처리한 건, 독단적이고 유치한 발상에만 근거한 짓거리가 아니라, 당신을 가장 아끼는 언니마저도 원한 일이었다고. 그러면 선혜는 고개를 끄덕이며 이해하고서, 계속 자신의 곁에 머물러 줄 터였다.

"제가 김지환을 교도소에 10년 넘게 가두어 두면, 그 사실을 제 와이프가 알게 되어도, 저희 부부 사이엔 아무런 문제가 없을까요?"

─네.

선혜는 자신의 사랑을 불쾌하게 생각하지 않는다. 그걸 알았다.

그러니까 자꾸 선을 넘고 싶어졌다.

—그렇게 하세요. 가능하면, 부디. 사실 저는 제부가 제발 그렇게 해 주셨으면 좋겠거든요.

김지환을 영원히 눈앞에서 치워 버리면, 갈 길을 잃은 그녀의 마음이 조금은 자신에게로 올 수도 있지 않을까.

우형은 핸드폰을 꽉 쥐었다. 욕심이 자라났다. 출장도 내팽개치고 달려가고 싶었다. 벌써 그리웠다.

6.

선혜는 고민하다가 동기의 번호를 핸드폰에 찍었다. 언론사에서 일하는 기자로, 학부 1학년 때 수강신청을 함께 하고서 붙어 다니던 친구였다. 동기는 고학년이 되어 언론계에 뜻이 생겼다며 언론고시 스터디에 매진하고, 자신은 밈플레잇에 전념한 탓에 연락이 뜸해지기는 했으나, 이후로도 안부는 종종 주고받았다. 1년에 한두 번은 같이 밥도 먹었다.

그녀는 결혼식 전에 이희결의 과거사를 알려 주기도 했다. 학부 때부터 발이 넓고 정보에 밝기로는 타의 추종을 불허했다. 동기의 전문분야가 지금 선혜가 관심 있는 사안과 관련 있었기에, 선혜는 결국 통화버튼을 눌렀다.

—오. 선혜. 오랜만. 무슨 일이야? 갑자기 연락을 다 하고.

우선 통화는 간단한 안부를 묻는 것으로 시작됐다. 촉이 좋은 친구가 먼저 화두를 던졌다.

―관심 주제 있으면 말해 봐. 내가 아는 건 털어 줄 테니까. 대신 나한테 빚졌다는 건 부디 잊지 말아 주고.

"응, 그게. 요즘 성관 저축은행 관련해서 떠드는 얘기 많다고 들었는데, 기사 나오는 것들보다 더 자세히 아나 해서."

―어, 어. 알지. 왜. 너도 뭐 당했어? 미쳤다고 무슨 깡으로 이성창 의원 딸이랑 주 회장 며느리한테 덤벼?

"당한 건 아니고, 내가 좀 이상한 상황을 만난 것 같아서 그런데, 자세한 얘기 들을 수 있을까?"

동기는 10분이 넘게 성관 저축은행의 비리에 대해서 말했다. 난해한 금융 사기의 세계는 10분을 들어도 어려웠다. 선혜는 더 자세한 설명을 원했다.

―음. 기다려 봐. 만나서 얘기하는 게 나을 것 같은데. 저녁 괜찮아?

"오늘 당장? 괜찮긴 한데……."

―나도 돼. 장소 문자로 보내 줄게.

"갑작스러운데 고마워."

―그래, 그래. 이따 보자. 내 얘기 듣고 E그룹에 내가 빨대 꽂으려고 하면 좀 도와줘. 안 그래도 거기도 요즘 재밌는 가십 많더라고.

"나도 잘 몰라."

―에이. 그리고 지금 아니면 뭐, 재벌 비주얼계의 역사를 새로 쓴 잘생긴 우형 씨가 더 높은 자리 가서 사모님이 취재원 돼 주시면 나는 더, 더, 더, 더 좋지.

"그래……. 아무튼, 만나서 얘기하자. 이따 봐."

선혜는 기자 동기와의 전화를 마치고 몇 가지를 메모 패드에 끄적거렸다. 그리고는 우형과의 통화내용을 돌이키며 내선전화로 한나영 비서에게 연락했다. 두 통화를 마치고 나니 어쩐지 기이한 것들이 더 잘 보였다.

"나영 씨."

—네.

"성철규 사장님이랑 미팅은 일요일이나 다음 주로 조율해 주세요."

우형은 무언가를 조심하고 있다고 했다. 감이 안 좋았다. 본능적인 직감이 그랬다.

선혜는 성철규 사장에게 직접 전화를 걸어 무슨 일이냐고 물어볼까 고민하다가 잠시 그 일을 뒤로 미루었다. 처리가 급한 메일이 먼저 도착했기 때문이었다. 동기와 저녁을 먹기 위해서는 일을 더 빨리 끝내 둘 필요가 있었다.

7.

다음날에도 선혜는 텅 빈 집에 도착했다. 아무도 없는 공간으로 지친 몸을 끌고 들어갔다. 우형이 베이징에 도착한 지 이틀째였다.

첫날은 자기 전에 꽤 길게 통화를 했다. 오늘은 새벽까지 달리는 장기 회의가 있어서 통화가 어렵다고 했다. 선혜는 이쯤 되자 대충 눈치를 채게 되었다. 우형이 무리해서 5박 6일쯤 잡고 가야 하는 일정을 전부 2박 3일 안에 욱여넣은 것이라는 걸.

그래서 성철규 사장과 잡힐 뻔했던 약속의 기이한 점은 굳이 언급하지 않기로 했다. 우형이 감당해야 할 업무를 가중하고 싶지 않았다.

선혜는 간단하게 씻은 뒤 천장을 보고 누웠다. 잠이 안 왔다.

어제도 한참을 뒤척이며 한순간도 깊이 잠들지 못했다. 살면서 악몽으로는 고생해 본 적이 있었어도, 잠에 빠지지 못해 고생해 본 기억은 없는데 이상했다. 수면 시간을 줄이는 것에야 능통해도, 밤을 완전히 지새우는 것에는 익숙하지 않았다. 덕분에 하루 내내 병든 닭 같은 상태였다.

피곤에 절어 있으니 눕자마자 잠들 수 있을 줄 알았는데, 피로함과는 별개로 잠이 오지 않았다. 미칠 것 같았다.

며칠 전과 달라진 거라곤 우형이 집을 비웠다는 사실뿐이었다.

선혜는 결국 일어났다. 비틀대며 2층으로 올라갔다. 우형의 방에 들어가 서랍을 뒤졌다. 향수를 찾기 위해서였다. 왜 그런 짓을 하는지, 선혜 본인도 설명하기 힘들었다.

선혜는 찾아낸 향수를 나이트가운 위로 뿌렸다.

다시 1층 침대로 돌아갔지만 효과가 없었다. 선혜는 다시 힘겹게 2층으로 올라갔다. 우형의 침대에 누웠다. 우형이 베고 자는 베개에 머리를 대고, 제발 잠이 오기를 바랐다.

질긴 노력의 끝에 두 시간여의 선잠을 얻었다.

8.

성철규 사장의 비서로부터 약속을 금요일 저녁으로 옮기는 건 어떻겠냐는 연락이 왔다. 선혜는 당일 저녁은 컨디션이 너무 좋지 않다며 한나영 비서에게 대신 거절을 부탁했다.

　퇴근 전에 성 사장의 비서가 직접 선혜에게 연락했다. 그는 잠깐 차로 동행할 수도 없겠냐며 재차 물었다. 퇴근길에 자택까지 모셔다드리면서 이야기를 할 수도 있다고. 권유의 내용도 이상했고, 그 말을 하는 비서의 상태도 이상했다.

　선혜는 급한 일이면 성 사장님과 직접 통화를 하겠다고 했는데, 비서는 그럴 필요는 없다고 만류하며 통화를 끊었다. 선혜는 지금 이 상황이 어이가 없는 게 자신의 컨디션 때문인지, 객관적으로 황당한 일이 일어난 건지 진지하게 고민했다.

　이상한 일이 또 일어났다. 한나영 비서가 방에 들어와 똑같은 권유를 한 것이었다.

　"오늘은 안 될 것 같아요."

　"……그게."

　"대체 무슨 일이죠?"

　"제가 금요일 오후에는 이사님이 일정 없으시다고 이미 말씀드려서."

　"사적인 일도 있잖아요. 밤늦게 저희 남편 비행기가 돌아오기도 하고."

　"잠깐 동행하시는 것도 안 될까요?"

　안절부절못하는 게 더욱 이상해 보였다. 아무리 생각해도 이틀 연속 잠을 거의 못 자서 판단력이 흐려진 탓만도 아닌 듯했다.

　"나영 씨."

"······네."

"대체 무슨 일인가요."

선혜는 피곤이 맺힌 관자놀이를 꾹꾹 눌렀다. 두통도 생겨났다.

"정확하게 무슨 일이 일어나고 있는 건지 알려 주세요. 이 만남에 대해서 성철규 사장님도 알고 계시기는 한가요?"

선혜는 답을 못하는 한나영 비서를 보고 한숨을 쉬었다. 그리고는 전화기를 들었다. 예전에 받아 둔 명함을 찾아냈다. 성철규에게 연락이 돌아갈 법한 E전자의 번호가 거기에 있었다. 그럴수록 한나영의 안색이 파래졌다.

"안녕하세요. MZ컴퍼니 이선혜 이사입니다. 성철규 사장님께 연결 부탁드릴 수 있을······."

팍. 쿵.

한나영 비서가 급히 전화기를 빼앗았다. 연결된 선이 끌려가 전화기 본체가 땅에 떨어졌다. 한나영은 통화를 일방적으로 종료시킨 뒤 덜덜 떨었다.

"죄송해요, 죄송해요."

"무슨······!"

"이미 선을 넘어 버려서, 감옥에 간다고 해서······."

한나영이 두서없는 설명을 했다. 설명이 다 끝나기 전에 선혜는 급하게 핸드폰으로 전화를 걸었다. 사장님은 퇴근하셨다는 답변이 돌아왔다. 전화번호부에 검색해서 나온 성철규 사장의 개인 전화는 통화 연결이 되지 않았다. 다시 회사로 전화를 걸어 주우형의 아내라는 사실을 어필하며 성철규의 운전기사 핸드폰 번호라도 달라고 했다.

결국, 한참 후에 운전기사가 전화를 받았다. 빨리 성 사장을 바꾸어 달라고 다그치자 기사는 당황한 듯했다. 그래도 결국 성철규 사장의 손으로 핸드폰이 넘어가기는 했다.

—네. 이사님. 갑자기 어쩐 일이신가요?

밝은 목소리가 선혜를 맞았다.

"성 사장님, 일단 목적지가 어디든지 가지 마시고, 제가……"

쾅.

선혜가 함께 탔을 수도 있는 차였다.

파직.

전화기 건너편에서 사고가 발생했다. 소리만 들어도 알 수 있었다.

9.

모든 것이 비현실적이었다.

겨우겨우 우형의 전화를 받았다. 그에게 연락이 곧바로 가지 않았을 리가 없었다. 그래도 놀라울 정도로 빠른 반응이었다. 사고 소식을 듣자마자 우형이 찾은 건 그 누구도 아니라 자신임이 분명했다.

"……"

아무 말도 나오지 않았다.

—지금 공항으로 가고 있어요. 최대한 빨리 갈게요.

"……"

─옆에 있어 드리지 못해서 죄송해요.

그는 죄송할 게 아무것도 없었다. 그런데도 우형은 죄송하고, 당장 달려가겠다는 말을 반복했다. 급히 걷는 소리, 크고 빠르게 뱉어지는 중국어, 빵빵거리는 도로의 소음 모두가 전화기 건너편의 상황이 얼마나 급하게 돌아가고 있는지 알렸다.

그런데도 우형은 바쁘니까 전화를 끊겠다고 말하지 않았다. 30분이 넘게 지난 뒤에, 잠시 보안 회의 때문에 통화를 끊지만, 금방 다시 전화를 걸 테니 손에서 핸드폰을 놓지 말고 있으라고 말했을 뿐이었다.

[이희결 LW홀딩스 대표이사 음주운전]

속보에 따르면 LW홀딩스 이희결 대표이사가 교통사고를 냈다. 도심 한복판에서 10중이 넘는 추돌사고가 일어났다. 최초 가해 차량의 운전자는 이희결, 피해 차량의 소유주는 E전자 성철규 사장이었다. 사고의 원인은 음주운전. 알코올뿐만 아니라 향정신성 약물을 투약한 주사기도 차량에서 발견되었다고 했다.

사고 발생 후 40분여가 지났을 뿐인데 기사들이 보도되는 속도가 빨랐다. 서울 도심 한복판의 퇴근길이 완전히 마비되었고, 양 차량의 소유주가 모두 천 억대 자산가이자 유명인이라는 것만으로는 보도의 신속함을 다 설명하기 힘들었다. 마치 누군가가 이 사고가 발생하기를 기다리고 있던 것만 같았다.

[이희결 즉사……성철규 E전자 사장, 혼수상태]

이희결은 충격과 함께 즉사했고, 성철규 사장과
운전기사는 근처의 응급실로 이송되었다. 운전기사보다 성철규
사장이 훨씬 위중했다. 그는 과도한 출혈로 혼수상태에 있다고 했
다. 사망기사가 났다가, 생사를 점치기 어렵다는 내용으로 정정되
었다. 그를 바라보던 선혜의 심장이 여러 번 철렁였다.

이희결은 준수한 외모와 엄청난 자산을 가진 엘리트로 유명했
다. 케이블 TV에 출연했을 뿐 아니라 유명 배우와 공개 연애 후
결별하면서 대중적인 인지도를 얻었다.

그와 전혀 친분이 없는 사람들이라도 황당해할 뉴스인데, 가해
자, 피해자 양쪽 모두와 개인적인 친분이 있는 데다가 비서의 권
유로 같은 차에 오를 수도 있었을 선혜가 받은 충격은 이루 말할
수 없었다.

선혜는 반쯤 패닉 상태에 빠진 채로 의자에 계속 주저앉아 있
었다. 피로한 신체는 충격을 감당해 내지 못했다. 빠르게 뛰는 심
장이 진정되지 않고 식은땀이 흘렀다.

이희결은 원래부터 자극적인 것을 추구했다. 그렇지만 마약을
하고 서울 도심에서 운전대를 잡을 정도로 무모해졌다는 건 충격
적이었다. 사고의 상대방이 성철규 사장이란 건 더욱 충격이었다.

"이사님."

"……."

"이사님. 그, 밈플레잇 같이 하셨던……."

한나영이 계속 곁에 있었다는 것도 잊고 있었다. 그녀는 무릎을 꿇고 저런 일이 벌어질 줄은 자신도 꿈에도 몰랐으며, 성 사장의 비서 역시 그것은 몰랐을 거라고 주장했다. 그녀의 변명이 조금도 귀에 들어오지 않았다.

"나가 줘요."

"……."

"앞으로 출근할 일 없을 건 아시죠. 수사기관에서 조사하러 오면 전 적극적으로 협조할 겁니다."

배신에 대한 분노를 느낄 새도 없었다. 눈앞에서 빨리 치워 버리고, 나중에 죄를 물어야겠단 생각만 겨우겨우 해냈다.

우형의 이름이 핸드폰에 뜨자 전화를 다시 받는 것이 더 중요한 일처럼 느껴졌다.

"……우형아."

—네. 좀 괜찮으세요?

선혜는 답하지 못했다.

—저는 제일 빠른 비행기로 인천 들어가요. 엄청 오래 걸리진 않을 거예요. 근무하시는 사무실 근처에 사람들 다 깔려 있고, 수상한 사람 접근 못 하게 할 테니까 그냥 거기에 그대로 계시면 될 것 같아요.

"비서가……."

—네. 비서분이요?

"……공범이야."

건너편이 잠시 조용해졌다.

"우형아."

―금방 연행되게 조치할게요. 사무실 안에서 문 잠그고 계세요.

선혜는 비틀대며 일어나 우형의 말대로 사무실 문을 잠그고 소파에 쓰러지듯 앉았다.

―제가 모시러 갈게요. 어디 움직이지 마시고, 달콤한 거 드실 수 있으시면 드시고, 편안하게 계세요. 금방 갈게요.

선혜는 고개를 느리게 끄덕였다.

"……응."

―통화 가능한 때까지 계속 통화해요. 전 보조배터리도 있어요. 보조배터리 있으세요?

"찾아볼게."

우형이 계속해서 말을 걸었다. 선혜는 공백 없이 그녀를 안심시키려는 낮은 목소리에 한참을 기대어 있었다.

"우형아."

―네.

"……너는 괜찮아?"

선혜는 진작 던졌어야 했던 말을 늦게 물었다. 바로 우형을 챙기지 못한 자신이 바보 같았다.

―괜찮아지려고 제 와이프한테 가는 중이에요.

"……."

―도착하면 괜찮아질 거예요. 걱정하지 마세요.

우형은 비행기에 오르면서 전화를 끊었다.

10.

우형을 기다리면서 자책이 짙어졌다. 크게 관심을 두지 않았던 사건의 단서들이 연쇄적으로 머리에서 조립됐다. 이상한 걸 발견하면 연락을 달라는 말을 여러 번 들었는데, 우형을 향한 배려라고 생각하며 멍청하게 무엇도 알리지 않았다.

막을 수 있는 사고였다. 사고가 일어날 걸 사전에 알아낼 수 있었다. 무언가 이상하다는 걸 며칠 전부터 알고 있었다. 성철규 사장에게도 미리 알렸어야 했다.

그래서 문을 열어 주자 들어온 우형의 품에 무작정 안길 수 없었다. 선혜는 어깨를 떨면서 물러나 사죄했다. 우형에게 처음부터 괜찮냐고 물을 수 없던 건, 사건에 대한 책임이 자신에게도 있음을 본능적으로 알아챘기 때문일 터였다. 자신은 그를 걱정할 자격이 없어 보였다.

"나…… 알고 있었던 것 같아."

선혜는 우형이 방에 들어서자마자 그렇게 말했다. 전화로도 말할 수 있었다. 그러나 미리 말하면 우형이 이곳으로 와 주지 않을 듯해 그러지 않았던 것 같아 기분이 더 처참해졌다. 우형의 눈을 바라보지 못했다.

우형은 선혜가 말한 내용과 상관없이 그녀를 품에 안았다. 놀라지 않게 조심히, 그러나 손과 팔엔 가득 힘이 들어갔다.

"괜찮아요. 아무것도 잘못하신 거 없어요."

모든 게 엉망이었다. 몸도, 정신도 온전하지 않았다.

"내가 연락했으면……."

"아무것도 잘못하시지 않았어요. 충격을 받으셔서 괜히 원인을 자기한테 돌리려고 하시는데, 이럴 때는 보통 남 탓을 하는 거예요. 그러셔도 되고, 그게 실제로도 맞으니까 안 좋은 생각 마세요."

우형의 손이 선혜의 등과 허리를 쓸었다.

"……미안해."

"사장님 일어나실 거예요."

우형은 품 안에 선혜를 완전히 가두고서 낮은 목소리를 가까이서 들려주었다.

"비서들 감옥 갈 거고, 말단이 아니라, 진짜 처벌을 받아야 할 배후의 주인규는 더 큰 벌을 받게 될 거예요. 제가 주인규 다시 교도소 집어넣을게요. 이번엔 저번처럼 쉽게 나오지 못할 거예요."

멀쩡히 교도소에 집어넣는 것으로 응징을 멈출 생각은 없었지만, 그 이상의 내용을 상세히 말하지는 않았다.

"더 안전하게 지켜 드려야 했는데, 그러지 못해서 죄송해요."

지금 벌어진 사건과 주인규는 표면적으로는 아무런 연관성이 없었다. 그러나 우형은 당장 드러난 게 없을 뿐이고, 금방 진실이 까발려지게 될 거라는 걸 알았다.

"잘못은 다 다른 사람들이 했으니까 자책하실 거 조금도 없어요."

"……."

"살아서 숨 쉬고 계신 것만으로도 감사해요. 제게 감사한 일만 매분 매초 새로 해 주고 계시니까 다른 일을 더 잘 해내려고 하실 필요도 없어요."

선혜는 우형의 품속으로 더 깊이 끌려 들어갔다.

11.

이희결의 시신은 부검을 위해 국과수로 인도되었다. 그런데도 빈소가 금방 차려졌다. 무미건조한 동문 본인상 소식이 알람으로 도착했다. 선혜가 검은 정장을 입고 있었기에 우형은 그대로 대학 병원에 들렀다가 집에 가는 게 어떻겠냐고 물었다. 선혜는 힘겹게 고개를 끄덕이고 자리에서 일어났다.

대외적으로는 조문을 안 가면 이상한 사이였다. 사고에 대한 가십이 더 부풀기 전에 잠시 들렀다가 최대한 빨리 빠져나가는 게 낫겠다는 판단이 섰다.

우형이 안내한 차는 기존의 세단이 아니었다. 운전석과 뒷좌석 사이를 차단하는 스마트글라스가 있는 세단형 리무진은 안전과 보안을 위해 선택된 듯했다. 다른 차가 와서 박더라도 그나마 안전할 구조였다.

장례식장 입구엔 기자들이 진을 치고 있었다. 내부 또한 정신 없었다. 굳은 표정으로 그들을 지나쳐 들어갔다.

조화를 놓았다. 이희결의 환한 웃음을 담은 사진 앞에서는 속이 울렁였다. 짧은 순간이 길고도 길었다. 선혜는 끝까지 울지 않았다. 그러나 죽음이라는 게 얼마나 허망한지, 끝이 어떻게 이리 쉽게 오는지, 많은 것들이 두렵고 먹먹해졌다.

이희결을 싫어했다. 그의 비참한 말로를 원했다. 그러나 이렇게 죽을 줄은 몰랐다.

돌아 나와 아는 사람들 몇과 인사를 주고받았다. 숨죽인 울음소리와 펑펑 울며 절규하는 소리를 들었다. 우형이 출장을 떠난 뒤로 잠을 제대로 자지 못한 지 50시간이 훌쩍 넘어 눈을 뜨고 꿈을 부유하는 기분이었다.

김지환과 다른 밈플레잇 멤버들이 언제 오는지 묻는 소리가 들렸다. 이대로 더 있다가는 속을 게워 내야 할 것 같았다. 손을 뻗어 우형의 손을 꽉 쥐자 우형이 손을 더 단단하게 잡아 주었다.

"돌아갈까요."

"그러자."

더 어지러워지기 전에, 우형이 죽음의 공기 속에서 선혜를 꺼내 주었다.

12.

선혜는 본인의 눈이 완전히 충혈된 것도 몰랐다. 우형은 선혜와 뒷좌석에 나란히 앉아 어깨를 내주었다. 큰 손으로는 선혜의 손을 덮었다.

우형은 빈소를 빠져나온 뒤부터 조용한 선혜에게 먼저 말을 걸지 않았다.

"……나는 이희결이 정말 싫었어."

선혜가 정적을 깼다.

밈플레잇이 어떻게 절친한 관계를 붕괴시켰는지 우형에게 알려 준 적 없었다. 물리적으로 충돌하는 사건이 있었던 게 아니라, 수많은 감정싸움이 얽힌 진창이었기에 외부적으로 관찰해 사건의 경과를 알아채지도 못했을 터였다.

그러니까 김지환을 정말로 싫어한다는 것도 우형은 아직 모르는 것이었다. 우형이 설령 주변 행적을 조사했다고 해도, 인간의 머릿속을 읽을 수는 없는 노릇이니까.

"그런데 죽길 바란 건 아니었던 것 같기도 해. 조금 더 고통받길 바란 건가."

"……."

"아니면…… 그래도 내가 언젠가 사과받을 수 있을 거라고, 그런 기대를 했나? 그리고 우린 동갑이잖아. 이희결이랑 나랑. 머리로는 당장 언제라도 사고가 벌어질 수 있다는 걸 이해하지만……."

무슨 말을 하려는 건지 정리가 안 됐다. 선혜는 눈을 감았다. 뻑뻑했다. 건조함과 피로함 때문에 눈가에 물이 차오르는 듯했다.

"제가 지켜 드릴 거예요."

우형이 팔을 선혜의 몸 뒤로 넘겨 허리를 끌어당겼다.

"나쁜 말은 서로 말아요. 그럴 일 없어요."

그의 심장 소리가 불안을 진정시켰다.

장례식장의 마루에서 이희결의 어린 조카들이 멋모르고 뛰어다녔다. 이희결의 누나는 망연자실한 얼굴을 하고서 아이들을 말리는 목소리를 내지도 못했다. 그 장면이 방금 꾼 꿈 같았다. 이희결의 누나와 과거에는 가깝게 지내던 사이였다. 못 본 세월이 길었다. 그동안 갓난아이들은 뛰어다닐 수 있을 만큼 자랐고, 그녀의 머리카락 절반이 희게 변했다.

그 순간 뒤에 우형이 있다는 걸 알았다. 우형 역시 나이가 더 들 수도 있고, 그런 변화를 겪지 못할 수도 있었다. 단 한 번도 생각해 보지 않았던 끝이었다.

선혜는 계속 우형의 심장 소리를 들었다. 앞으로도 그의 곁에서 이렇게 안심하고 싶다는 생각이 짙게 차올랐다. 허무하게 끝나 버린 한 사람의 삶을 위로하는 자리에서 내내, 그만이 안겨 줄 수 있는 안락함을 그리워했다.

이제는 알 것도 같았다. 언제 끝날지 모르는 이 시간을 어떻게 보내고 싶은지, 누구의 곁에 머무르고 싶은지. 답은 아주 분명했다.

"우형아."

"네."

절대로 그를 허무하게 잃고서 슬퍼하고 싶지 않았다. 영원은 당연한 것이 아니다. 그렇기에 우형이 언제까지나 지금 같을 수 없다면, 바로 이 순간에 그에게 말해야 했다.

"나도 너를 지켜 주고 싶어."

"……."

"태어나 줘서 고마워. 나도 네가 살아서 숨 쉬어 주는 것에 감사해. 너만 그런 게 아니야."

주인규는 선혜를 그 사고 속에 끼워 넣길 원했다. 결국은 우형을 처리하기 위해서였다. 주인규의 모든 악의의 끝에는 우형이 있다.

사고가 충격적인 건 우형 역시 마찬가지일 테고, 정말로 가까운 사람이 다친 것은 자신이 아니라 우형이었다.

"괜찮아?"

이제야 침착한 목소리가 흘러나왔다.

"네가 걱정돼. 사장님은…… 어떠셔?"

"……."

"치료 중인 병원에 가 봐야 하는 거 아니야? 같이 갈까?"

우형에겐 그가 아버지 같은 사람이었다는 걸 알았다.

"나를 달랠 게 아니라."

"……."

"우형아, 네가 더…… 으."

우형의 팔에 힘이 실렸다. 선혜는 숨이 막힌다고 불평하지 않았다.

"사장님 가족은 한 명도 몰라서, 병원에 제가 가면…… 다들 저 보고 대체 누구인가 할 거예요."

선혜는 몸을 바르작거려 팔을 빼낸 뒤 우형을 안았다.

"괜찮다고 말하지 마."

"……."

"안 괜찮은 거 알아. 안 괜찮아야 하는 상황이야. 그리로 가 볼까?"

선혜는 울지 않는 우형을 달랬다. 마치 그가 울고 있는 것처럼 한참을 도닥였다. 어깨를 안고 조심히 등을 쓸었다. 그렇게 한참을 서로에게 의지해 있었다. 선혜는 어느 순간 스르르 잠들었다.

우형은 성철규 사장이 입원한 병원으로 차를 돌려 달라고 부탁했다. 선혜를 주차장에 두고 병실에 다녀왔다. 성 사장은 안정기에 접어들었다는 안내를 받았다. 선혜는 계속 우형의 코트를 덮고 잠든 채였다.

차고에 도착한 다음, 운전기사가 퇴근한 뒤에도 우형은 차 뒷좌석에 그대로 앉아 있었다. 자신을 지켜 주겠다는 선혜가 어깨에 기대어 잠든 순간을 더 늘리고 싶었다.

13.

우형은 차 안에서 깨어났다. 가만히 머물다가 잠에 빠진 듯했다. 깜빡깜빡. 눈꺼풀이 오르내렸다. 어깨가 조금 무거웠다. 선혜가 여전히 머리를 기대고 잠들어 있었다. 손목시계를 확인했다. 4시. 오랜 시간 자지 않았는데 꽤 머리가 맑았다. 우형은 그대로 선혜를 자도록 내버려 두어야 할지, 침실로 느릿느릿 옮겨야 할지 고민했다.

조심히 선혜의 머리를 어깨에서 떼어 내 시트에 기대게 했다. 소리가 안 나게 차 문을 여닫고 반대 방향으로 돌아갔다. 반대편 문을 열고, 자신의 코트를 덮고 자는 선혜의 몸을 안아 들려는데 선혜가 느리게 눈을 떴다. 그녀는 몇 번 눈을 깜빡이더니 주변을 둘러보았다.

"일어나셨어요?"

"……응."

답이 늦게 돌아왔다. 목이 상당히 잠긴 채였다. 선혜는 눈두덩이를 손바닥으로 꾹꾹 누르더니, 무어라 웅얼거리며 여기에서 이 시간까지 자게 된 이유를 설명했다. 잠이 덜 달아난 듯했다. '며칠 잠을 거의 못 자서…… 졸려서…….' 요지를 정확하게 파악하기 힘들었다.

손을 떼자 손바닥으로 눈화장까지 조금 번지게 만든 게 보였다.

"올라가실래요?"

"으응."

올라가겠다고 하면서 다리는 조금도 움직이지 않았다. 다시 잠들 것처럼 눈을 감았다. 그러면서도 오른손이 부산스럽게 움직였다.

"좀…… 더워."

베이징이 서울보다 추웠던 탓에 우형의 코트가 두꺼웠다. 선혜는 코트를 밀어 떨어뜨리더니 흰 블라우스의 단추를 툭툭 풀었다. 우형의 표정이 굳었다.

"선배."

"……응."

"일단…… 올라가서 벗으세요."

"더운데……."

선혜는 그래도 우형의 말을 들어야겠다고 생각했는지, 몸을 힘겹게 일으켰다. 차에서 제대로 내리지 못하고 휘청거려서 우형이 지지대가 되어 주었다.

선혜가 바짝 몸을 붙였다.

"안아 줘."

"……."

"안아서 옮겨 줘."

"……네."

절반 이상 수면에 발을 담근 상태란 게 훤히 보였다. 술에 잔뜩 취했을 때보다도 더 몽롱한 시선이 우형을 향했다. 우형은 이를 악물고 몸을 안아 들었다. 침실까지 가는 과정이 험난했다. 선혜는 자꾸 알아들을 수 없는 웅얼거림을 반복했다. 그러면서 우형의 목에 팔을 감고 바르작거렸다.

"화장 지우고, 간단하게라도 씻으셔야……."

"응……. 알겠어."

선혜는 양팔을 벌려 양손으로 세면대를 짚은 채로 고개를 끄덕였다. 그러면서 코트도, 자켓도 벗지 않았다. 멀쩡히 씻을 능력이 없어 보이는 상태였다. 우형은 선혜의 뒤로 다가가 코트와 자켓을 벗겨 냈다. 그 이상은 망설여졌다.

"가운이랑 속옷 꺼내 드릴게요."

선혜는 고개를 끄덕이며 직접 블라우스를 벗어 바닥에 떨어트렸다. 속옷 위에 얇은 이너 웨어를 입은 게 다였다. 스커트의 지퍼엔 당장 손을 대지 않은 게 다행이라면 다행일까. 우형은 선혜가 있는 방향과 그녀가 거울에 비치는 모든 곳을 다 바라보지 않았다.

선혜가 머리카락을 집게로 올리고 립앤아이 리무버로 손을 뻗었다. 그리고는 화장 솜을 케이스에서 뽑아냈다. 엉성하기는 해도 맞는 단계를 밟아나가긴 했다. 몸이 습관을 기억하는 모양이었다. 우형은 선혜의 가운과 속옷을 대강 꺼내서 나오는 길에 올려 두었다.

겨우 욕실 밖으로 나와 문을 닫았다.

"하아……."

우형은 세면대의 물이 잠기고 샤워기에서 물이 쏟아지는 소리를 들었다. 혹시라도 안에서 잠들거나, 다른 불상사가 발생할 수 있으니 저대로 두고 가기는 겁났다.

선혜는 어찌어찌 얼굴과 몸을 다 씻고 보송한 상태로 나왔다. 에센스까지 습관적으로 발랐는지 반짝반짝 광도 났다.

우형이 침대 이불을 걷자 선혜가 그 안으로 들어가 누웠다. 선혜는 이불을 덮고서 우형을 올려다봤다.

"안 누워?"

"……"

선혜가 힘없는 손으로 옆자리를 툭툭 두들겼다.

"빨리 씻고 와. 자자."

그녀의 눈꺼풀이 감겼다. 잠에 취한 목소리가 이어졌다.

"주말이니까 늦잠 잘 거야."

우형이 입술을 달싹였다. 침대에 누운 선혜는 무방비했다. 굳게 여미지 않아 벌어진 가운 사이로 도드라진 쇄골이 보였다. 위험했다. 우형은 한숨을 한 번 쉬고는 말했다.

"혼자 주무시는 게 좋을 것 같아요."

선혜의 눈이 다시 천천히 떠졌다.

"몸에 손 안 댈 자신이 없어요. 며칠 못 했잖아요. 지금 너무 예쁘시기도 하고. 뭐, 늘 그렇긴 하지만……."

우형은 자괴감 어린 표정을 손으로 쓸고는 선혜의 이불을 정돈해 주었다.

"푹 주무세요."

"……"

이마에 입술이 가볍게 닿았다가 떨어졌다.

"일어나시면 그때 다시 뵐게요."

우형이 떠나간 뒤, 선혜는 잠들지 못했다. 천장을 주시하면서 수없이 눈을 깜빡이다가 우형이 한 말의 뜻을 뒤늦게 이해했다.

정신이 돌아오며 서서히 깨어나는 기분이었다. 하루 동안 겪었던 일들이 차곡차곡 정리됐다. 우형이 없어서 힘들던 지난 며칠도 기억났다. 머리를 맴도는 이희결의 영정 사진과 싸늘한 옆자리가 심장을 조여들게 했다.

한참 뒤의 시간을 문제없이 살아가려 애쓰는데, 시간은 갑자기 예고 없이 절단될 수도 있었다. 당장 빈자리가 싫었다. 이대로는 다시 잠들 수 없을 걸 알았다.

상체가 매트리스에서 떨어졌다. 선혜는 계단을 밟아 2층으로 올라갔다. 물소리가 멎은 걸 보니 우형도 다 씻은 모양이었다.

14.

똑똑. 가볍게 노크했다. 닫힌 문의 건너편이 조용했다. 선혜는 문고리를 잡고 물었다.

"들어가도 돼?"

조금 더 기다려봤으나, 계속 답이 없었다.

"우형아. 들어가지 마?"

그에 대한 답도 없어서 망설이다 문을 열었다. 달칵. 침실은 밝지 않았다. 그 안에 선 우형의 뒷모습이 보였다. 진남색 가운이 넓은 등을 덮었는데, 어깨 근처가 젖었는지 색이 더 어두웠다. 그는 문을 등진 채로, 이불이 조금 걷힌 침대를 응시하고 있었다.

시선 끝에 있는 건 하얀 침대 시트뿐이었다.

뒷모습은 미동도 없었다. 똑똑. 선혜는 우형이 분명하게 들을 수 있도록 이미 반 이상 열린 문을 다시 두드려 봤다. 우형의 어깨가 작게 움직였다.

"……뭐 해."

그제야 우형이 돌아봤다. 그는 갈피를 못 잡는 표정이었다.

선혜가 조금씩 다가갔다. 그럴수록 우형의 내면이 더욱 극심하게 동요했다.

"여기서 주무셨어요?"

선혜가 우뚝 멈추어 섰다. 우형은 다그치지 않고 차분히 답을 기다렸다. 선혜는 당황했다. 우형과 침대를 번갈아 봤다. 점점 우형의 시선이 뚜렷하고 집요해졌다.

"어떻게…… 알았어?"

"긴 머리카락이 제 침대에 있어서요."

오랜 시간 뒤척였으니 한두 가닥쯤 빠졌을 법도 했다. 선혜는 변명할 말을 찾다가, 지금 자신의 정신상태를 믿을 수 없어서 입을 다물었다. 뭐라도 애써서 말하려고 하다가 영원히 후회할 말을 할지도 몰랐다. 심장이 조여들었다. 완전범죄라 생각하고 저지른 못된 짓이 만천하에 까발려진 느낌이었다.

"왜 그러셨어요?"

선혜는 침을 삼켰다. 길게 말하지 않는 쪽을 택했다.

"잠이 안 와서."

많은 논리적 단계가 생략된 답이었다.

선혜는 바닥을 봤다. 우형이 거리를 좁혔다. 짙은 색의 가벼운 슬리퍼가 시야에 들어왔다. 이제 더욱 갈피를 잡지 못하는 건 선혜로 보였다. 우형은 선혜를 만질 수 있는 거리까지 발을 옮겼다. 바로 끌어안을 수 있을 자리에서 멈추었다.

"지금도 잠이 안 와서 오셨어요?"

"……."

"제가 도움이 될 것 같나요?"

물음에 갈수록 습기가 차는 듯했다. 숨통까지 조여들었다. 긴장감이 발목을 타고 점차 위로 올라왔다. 한 겹 한 겹, 완전히 나체가 되어 몸 구석구석을 다 드러낼 때까지 시선으로 벗겨지는 것만 같았다. 다리를 벌리고 다 열어 주는 일 근처에도 가지 않았는데.

"어떻게 해 드렸으면 좋겠어요?"

허벅지 안쪽에 힘이 들어가고, 다리 사이까지 저릿해졌다. 조금도 만지지 않았는데, 낮게 울리는 목소리만 듣고 있을 뿐인데도 그랬다. 목소리로 자극할 수 있는 성감대 같은 게 있을 리가 없는데, 쾌락을 느끼는 부위를 꾹꾹 누르고 지분대는 것처럼, 몸이 녹고 달아올랐다.

"나 그냥 편하게 자고 싶어서 그러는 게 아니라……."

선혜가 고개를 들었다. 얼굴을 보려면 높이 올려봐야 했다.

"내가 바라는 것보다……."

말끝을 흐리고, 숨을 마시고 내쉬었다. 우형이 너무 가까이에 있었다. 우형은 가운의 끈을 묶지 않고 있었고, 속옷을 입은 채로도 흥분은 적나라하게 드러났다. 시선을 근처에 둘 수 없었다.

"네가 못 참을 것 같다고 했고…… 참을 필요 없잖아. 그러니까……."

횡설수설 정리가 잘 안 됐다. 입 안이 바짝바짝 말랐다.

"우리 둘 다 원하잖아."

졸음에 취해 있기는 해도, 거짓을 말하는 건 아니었다. 차 안에서 하던 생각이 이어졌다. 무모하고, 신중하지 못한 것처럼 보이는 결정을 내리고 싶었다.

"너한테도…… 지금 내가 필요할 것 같아서."

"……."

"하고 싶을 때마다 하게 해 주겠다고 했잖아. 내가 정말 그러고 싶어서 그렇게 말한 거야."

균열이 갔다. 밖으로 보이는 변화는 크지 않아도, 분명히 그랬다. 정신 나간 짓거리였다고 언젠가 후회할지도 몰랐다. 하지만 내일 불의의 사고를 당한다면, 오늘 이렇게 그에게 가지 않았던 것을 후회할 터였다. 그래서 무엇이 옳은지 고민하지 않고, 당장 몸이 이끄는 대로 그에게 안겨지길 바랐다.

15.

선혜는 숨을 크게 마시고 뱉었다. 배 속이 울렁였다. 가슴을 더 가까이 붙이고 우형의 허리에 손을 올렸다. 단단한 몸이 가운 너머로 만져졌다. 우형은 말없이 선혜를 지켜보았다.

스륵. 선혜가 먼저 우형의 허리끈을 풀었다. 벌어진 틈을 넓혀 우형의 어깨너머로 다 벗겨 냈다.

어두운 스탠드는 우형의 뒤에 자리했다. 한 걸음만 더 가면 침대였다. 둘만의 사적인 공간이 은밀한 기대로 빽빽하게 채워졌다.

툭. 몸을 덮던 것이 바닥으로 떨어졌다. 커다랗게 부푼 성기를 담은 검은 드로어즈만 남았다. 떨리는 선혜의 손끝이 그 위를 쓸었다. 축축했다. 윤곽을 더듬어 봤다. 선혜는 시선을 더 높였다. 근육으로 갈라진 우형의 몸 곳곳에 음영이 져 있었다.

우형이 성기를 속옷 위로 어루만지던 선혜의 손목을 꽉 잡았다.

"으……."

다른 손으로는 선혜의 가운 위로 가슴을 움켜쥐었다. 몸이 더 가까이 왔다. 피가 가득 몰린 성기가 속옷 위로 불거져 방금보다 더 도드라졌다. 놀랍게도 이미 완전히 흉흉하게 발기했던 성기가 더 커졌다. 무서울 정도였다.

저게 또 몸을 열고 들어와 빈자리를 꽉꽉 채울 생각에 아득해졌다.

"흡."

우형의 손이 더 센 압력으로 선혜의 유두를 짓이겼다. 같은 손이 천천히 떨어져나와 힘없이 묶여 있던 선혜의 가운을 풀어 냈다. 틈이 다 열렸다. 봉긋한 가슴이 드러났다. 역시 어깨 뒤로 가운이 떨어졌다. 선혜도 가운 속에 속옷은 아래밖에 입지 않았다.

우형은 다시 손바닥으로 부드러운 맨살을 어루만지며, 눈으로는 선혜의 눈동자만 쫓았다. 선혜 역시 시선을 마주했다. 그의 굳은 표정이 차갑게 보여서 조금도 편안하지 않았다.

쿵. 쿵. 쿵. 누구의 심장 소리인지 분명치 않은 소리가 울렸다.

"······으."

선혜는 신음을 꾹꾹 눌러 담았다. 주저앉지 않기 위해 다리에 힘을 줬다.

우형이 몸을 더듬어 가던 손을 떼어 내고 천천히 선혜 앞에 무릎을 꿇었다. 입술로, 속옷 끈 위를 지분거렸다. 간지럽고, 말랑거렸다.

"으응."

큰 손이 부드럽게 엉덩이를 감쌌다. 조심조심 속옷의 경계를 더듬으며 약하게 간질이다, 속옷과 하얀 피부 사이의 틈 안을 자연스레 파고들었다. 손가락을 걸고, 우형은 망설이지 않고 아래로 끌어 내렸다.

축축해진 속옷이 바닥에 떨어지기 전에 먼저 다리에 힘이 풀렸다.

"웃."

푹. 휘청이다 침대 위로 넘겨졌다. 벗겨지다 만 속옷이 어정쩡한 위치에 걸려 있었다. 몸을 일으킨 우형이 침대 밖으로 나온 선혜의 얇은 발목을 잡아 침대 위로 올려 주었다.

"나머지는 직접 다 벗고 다리 벌려 주세요."

말투는 상냥했다. 그러나 분명하고 직설적인 요구였다.

"잘 볼 수 있게 벌려 주세요. 보고 싶어요."

선혜가 행동을 머뭇거리자 다시 말했다. 우형은 약간 거리를 두고서, 자신의 손을 움직여 드로어즈 위로 성기를 만졌다. 선혜가 더듬던 것처럼, 아주 비슷한 궤적이었다. 선혜의 눈이 떨렸다.

선혜는 침을 삼키고, 하체를 불편하게 들어 속옷을 끝까지 벗었다. 숨을 참고 허벅지를 살살 벌렸다.

하아. 하아. 작은 숨이 떨리며 가슴이 요동쳤다. 우형의 시선이 아래로 내려가 벌어진 사이에 고정됐다. 젖은 부위가 공기 중에 드러나 차가웠다. 소름이 돋는 듯했다.

그래도 관두지 않았다. 우형이 볼 수 있도록 하얀 허벅지를 세우고 사이를 더 넓게 벌렸다. 호흡이 더욱 가빠지고, 얼굴과 귀뿐 아니라 몸까지 붉게 달아올랐다.

"언제까지…… 볼 건데."

선혜는 고개를 숙이고 물었다. 열려 있을 뿐인데 구멍에서 흘러나온 액체가 몸을 타고 내려가 시트까지 흘렀다. 외면할 수 없는 감각이 부끄럽고 민망했다. 우형의 시선만 받아내는 것으로는 욕구를 다 채울 수도 없었다.

선혜도 잔뜩 커진 우형의 성기를 봤다. 야한 상상이 끊임없이 뭉게뭉게 피어올랐다. 금방 질 입구를 열고 저 큰 성기가 가득 들어와서, 푹푹 쑤셔지고, 그의 몸이 끝까지 강한 힘으로 밀려 들어오는 그림이 그려졌다. 상상만으로 끝날 리가 없었다. 몸과 마음이 다 흐트러져 녹아내렸다.

반복된 학습으로 알았다. 앞으로 무슨 일이 벌어질지. 우형의 몸이 얼마나 강렬한 쾌락을 안길지.

"훗!"

우형이 순식간에 선혜의 몸을 더 침대 안쪽으로 밀어 넣고는 허벅지 안쪽에 키스했다. 입술이 연약한 부위를 강하게 끌어당겼다. 곧장 울혈이 질 듯했다. 거부감은 조금도 없었다. 솔직히 말하자면 좋은 것 같기도 했다. 그가 숨겨진 곳에 자국을 남겨, 섹스가 다 흘러간 다음에도 비밀스럽게 그를 여전히 느낄 수 있는 흔적이 사라지지 않는 게.

"응. 흐응."

애액을 묻힌 손이 클리토리스를 비볐다. 선혜의 허리가 더 들썩였다. 우형은 손가락 끝으로 구멍 근처를 더듬으면서 허벅지 안쪽에 더 자국을 남겼다. 늘 반복되는 일인데 항상 조금씩 달랐다. 선혜는 고개를 흔들었다. 익숙한 자극이라며 태연하게 받아들이지 못하고 허리를 휘며 신음했다.

"흐읏."

"다리 오므리지 마세요. 그냥, 계속……."

"으응. 응."

선혜가 고개를 끄떡였다. 우형은 예쁘게 자국을 남긴 허벅지 안쪽을 쓸어 보고는 위쪽으로 올라 몸을 겹쳐 왔다. 입술이 깊게 얽혔다. 물이 잔뜩 흐르는 선혜의 다리 사이에 속옷에 갇힌 성기를 비벼 대며 입 속 깊숙이 혀를 넣어 점막을 누르고 빨고 괴롭혔다. 선혜가 우형의 목에 팔을 감고 매달렸다.

숨 쉴 틈도 없이 바짝 붙어 서로를 먹어 댔다.

"하아……. 하."

입술이 떨어졌을 때는 둘 다 숨을 몰아쉬었다.

"하아…… 우형아."

선혜는 끝이 붉어진 우형의 눈가를 만졌다. 살살, 부드럽고 연약한 피부를 만지작거렸다. 우형은 그대로 위에서 선혜를 내려다봤다.

"네."

"나도…… 해 줄까?"

아직은 설명이 부족했다. 선혜가 손을 내려 우형의 속옷 안으로 손을 넣었다. 흥분의 흔적이 손에 잔뜩 묻어났다. 선혜는 귀두 끝을 찾아 우형이 클리토리스를 지분대듯이 만졌다.

"입으로."

한 번도 해 본 적 없었다. 우형이 해 주기를 바란다고 한 적 없으니, 나서서 빨아 주겠다고 말할 필요가 없다고 생각해 왔다. 그렇지만 거부감이 있었던 적은 없었다. 우형이 입으로 아래를 키스하듯 빨아 주는 걸 좋아하기도 해서, 가끔은 혼자만 미칠 듯이 좋은 걸 받는 게 신경 쓰이기도 했다. 대부분은 머리가 하얘져서 아무 생각도 안 들기는 했지만.

"싫어?"

선혜는 불거진 핏줄을 타고 내려가며 기둥을 누르려던 손을 뗐다. 우형은 별다른 반응이 없었다.

상대가 애타서 몸 닿는 걸 더 즐기는 편이라, 오럴은 취향이 아닐 수도 있었다. 질구를 꽉꽉 채우는 삽입 섹스가 훨씬 만족스러워서 다른 전희는 불필요하다고 생각할 수도 있고. 선혜는 괜한 물음을 꺼냈나 싶었다.

"의외로…… 해 보면 좋을 수도 있잖아."

우형의 시선을 피하며 작게 말했다. 해 봐야 좋은 걸 알지도 몰랐다. 그래야 아는 거라면, 그렇게 해서 좋은 걸 알려 주고 싶었다. 자신도 우형이 성기로 구멍을 한가득 채워 주기 전에는 그 압박감이 얼마나 중독적인지 조금도 몰랐다. 그 외에 우형이 먼저 몸으로 알려 준 것들이 셀 수 없이 많았다.

"너무 커서 입에 들어갈진 모르겠지만……."

괜히 말이 많아졌다. 입술 끝이 찢어질까 걱정은 됐다. 당장 알맞은 자극을 주며 잘 해낼 자신이 없기도 했다. 충동적인 제안이 자신의 능력으로는 감당하기 어려운 것이었을 수도 있겠단 생각이 뒤늦게 밀려왔다.

"그래도, 하다 보면 늘지 않을까."

"……."

"연습해야지 늘지. 나중엔 더 기분 좋게 해 줄게. 네가 해 주는 것처럼. 나만큼 기분…… 좋게."

여전히 말이 없는 우형을 밀어 냈다. 우형은 가볍게 뒤로 밀려나 줬다. 선혜는 용기를 얻어 우형을 침대 밖으로 나가서 서게 하고는, 다리 사이에 자리를 잡았다. 입술과 성기의 높이가 비슷해지도록. 그리고 속옷을 끌어 내렸다. 툭. 발기한 성기가 튀어나왔다. 반동에 거대한 것이 크게 끄떡였다. 가까이서 보니 정말 흉기 같았다.

"너무 크……."

선혜는 무의식적으로 나오려는 말을 막았다. 갑자기 자신이 없어졌다. 어떻게 이게 그동안 몸의 틈 사이를 비집고 들어왔을까 싶을 정도로. 그래도 선혜는 가늘고 긴 손가락으로 핏줄이 불거진 기둥을 잡았다.

고개를 살짝 올려 우형을 보자, 우형은 정말로 읽을 수 없는 표정을 하고 있었다. 눈동자가 덜덜 떨리는 것 같기도 했다. 그는 빨리 입으로 성기를 품어 달라고 보채지도 않고, 여기서 그만하라며 행동을 막지도 않았다.

주저하며 입술을 달싹였다. 벌어질 틈 앞에, 프리컴을 흘리는 귀두 끝을 두고 여러 번 넣으려다 말았다. 끝내 입을 벌려 선단을 머금었다. 속눈썹을 내리깔고 상처 없이 빠는 데에만 집중하려 애썼다.

맛도 느낌도 모두 낯설었다.

귀두만 입 안에 넣어 빨아 보려는데 벌써 빈자리 없이 가득 차는 느낌이었다. 입에 커다란 게 들어오니 반사적으로 이가 세워졌다. 우형이 움찔하는 것 같아서 빠르게 이를 떼어 냈다. 선혜는 입을 좀 더 벌려 성기를 넣어 보려 했다. 이대로 여유 있게 빠는 건 무리고, 더 넣는 것도 벅차게 느껴졌다.

우형이 떨리는 손으로 선혜의 머리카락을 넘겨 주었다. 싫은 기색은 아닌 것 같아서 좀 더 용기를 내 시도해 봤다.

"으......."

신음을 들으며 더 깊이 넣었다. 우형이 머리카락 사이로 손가락을 넣는 감각이 느껴졌다. 춥. 쭙. 민망한 소리가 났다. 꿀꺽. 침이 입술 사이로 흐를 듯해서 힘겹게 빨아 삼켰다. 덕분에 성기를 문 입에 압력이 더 크게 가해졌다.

"하으."

낮은 신음이 들렸다. 허벅지가 옅게 진동했다. 뒷덜미까지 내려온 우형의 손에 힘이 들어갔다. 분명 색다른 무언가를 느끼고 있는 거라고 확신했다.

"하아…… 조금만…… 으. 네."

그의 갈망을 확인하는 것이 즐거웠다.

"읍."

우형이 손에 힘을 주었다가, 선혜가 신음하자 바로 떼어 냈다. 선혜는 입으로 품고 있던 걸 꺼내서, 조심조심 손끝으로 만져 보기도 했다. 사실 그동안은 우형의 성기가 어떻게 생겼는지 잘 몰랐다. 몸으로 받아내기만 하지, 눈으로 가까이서 볼 기회가 많진 않았으니까. 커다래서 무섭기도 한데, 모양이 신기하고 예쁘단 생각도 들었다.

관찰하듯 봤다. 우형이 쪽쪽 곳곳에 입을 맞추어 주는 것처럼, 귀두의 경계나 도드라진 핏줄에 입술을 대 봤다.

맥박이 느껴지는 듯했다. 우형의 몸속에서 심장이 뛰고 있다는 걸 확실히 알 것 같았다. 여기서 씨앗들이 잔뜩 나와서 자궁에 뿌리를 내리면 둘의 아이가 생기는 거구나,

선혜는 아이 같은 호기심에 눈을 빛냈다. 그렇게 임신을 해서 배가 부풀고 우형을 닮은 아들이나 딸을 낳는 것도 좋을 것 같았다. 선혜는 손을 아래로 넣어 정자들이 가득 들어 있을 부분을 살살 더듬기도 했다. 그러면서 다시 입을 벌려 성기의 끝을 품었다.

"잠시…… 잠시만……."

우형이 다급하게 선혜를 떼어 냈다.

"그냥, 다음에……."

선혜의 시선이 그제야 다시 우형의 얼굴로 올라갔다.

"좀……별로야?"

"아니요. 그럴 리가, 절대……,"

선혜가 자신의 입술에 침을 묻혔다. 우형은 그걸 제대로 보고

있지 못했다. 그가 고개를 돌렸다. 손으로 입을 가렸다.

"전혀, 아니에요. 좋아요. 그런데……."

"……."

"그냥, 예쁜 얼굴로 들어가는 걸 보는 게……."

우형의 얼굴이 붉었다. 귀 끝까지 빨개졌다.

"그대로 갈 것 같아서. 입 안에 바로……."

그는 민망한지 선혜를 끌어당겨 쪽쪽 입 맞추고 키스하더니 이불을 끌어와 몸을 덮어 주었다. 선혜는 우형이 갑자기 왜 둘 사이에 장벽을 쌓는지 몰라 멍한 기분이 됐다.

"콘돔 가져올게요. 잠시만 기다리세요."

"아……."

이곳은 우형의 방이었다. 피임기구는 전부 선혜의 침실에 있었다. 선혜는 멀어지려는 우형의 손을 잡았다. 잠시도 떨어져 있기 싫었다. 이제야 들어와서 하나가 되는 줄 알았는데, 다시 기다리는 게 싫었다.

"……그냥 해."

그리고 무엇보다, 임신해도 상관없다는 생각이 짙어졌다. 그럴 가능성이 조금도 신경 쓰이지 않았다. 무엇 때문에 결혼했든 엄연한 부부였다. 아이가 없던 7년은 여러모로 긴 시간이었고, 우형에게는 아이가 필요했다. 주희철 회장은 아이가 없는 아들을 견디지 못할 테니.

쾌락을 원해 사고가 마비되었든, 끔찍한 하루가 머릿속을 뒤집어 놓았든, 지금 이 순간의 선혜는 마치 우형이 그녀와 아이들의 곁에 평생을 머무를 사람이라도 되는 것처럼 생각했다.

"……"

"……"

정적이 왔다.

둘의 공간은 오랫동안 조용했다.

우형의 시선이 선혜의 붉어진 입술과 상기된 뺨을 차례로 지나 갔다.

"저도……"

"……"

"저는……"

우형은 선혜의 눈을 보지 않았다.

그는 다 젖어서 물이 줄줄 흐르는 선혜의 하체 사이를 알았다. 흥분에 취해 제정신에는 절대 할 수 없는 생각을 하는 건 자신 역시 밥 먹듯이 처하게 되는 상황이었다. 사정이 임박하면 특히, 무엇을 대가로 치러도 좋으니 아내를 임신시키고 싶다는 생각이 미친 듯이 휘몰아치고는 했다.

정신을 차리면, 실천했으면 안 될 생각이었단 걸 정확하게 알게 됐다. 아내가 오랜 시간 숙고하여 진심으로 원하는 게 아니고서야, 자신이 대신 결정 내릴 수 있는 부분이 아니니까.

"흥분하셔서 그래요."

"……뭐가?"

"원래 이럴 땐…… 평소엔 절대 못 할 생각을 하잖아요."

다시 조용해졌다.

선혜는 그제야 우형이 에둘러 제안을 거절했음을 알았다.

"금방 생리하시는 건 아는데……."

"……."

"안전한 날 같은 거 없어요. 잠시만 기다리세요."

우형은, 내가 임신하길 원치 않는 건가?

선혜는 헤드에 기대앉아 이불을 목 끝까지 덮었다. 아이와 함께하는 미래가 거부당한 건가. 전신이 뻣뻣해지고 심장이 쿵쿵 뛰었다. 불안하고 무서웠다.

16.

우형이 침대맡에 콘돔 몇 개를 떨어뜨렸다. 선혜는 그가 돌아오면 묻고 싶은 것이 있었으나, 문장이 입 밖으로 나가기 전에 몸이 안겼다. 입술이 맞붙었고, 다정다감한 손이 조금 식었던 몸을 세심하게 애무했다. 열이 다시 올랐다. 입 속의 점막과 달궈진 피부가 부드럽게 얽혔다. 분위기가 묵직하고 퇴폐적이게 가라앉았다.

혀가 빨렸다. 선혜는 이대로 점점 먹혀 가면 좋겠다, 결국엔 통째로 잡아 삼켜지면 좋겠다는 생각에 매달렸다.

"하으. 하……."

이불에 감추어 두었던 예쁜 몸을 꺼내, 다시 커다란 몸 아래에 가두었다. 허벅지를 다시 벌렸다. 찌걱. 맞붙었던 부위가 떨어지며 작은 소리를 냈다.

줄줄 흐른 애액으로 범벅된 구멍 근처는 그대로였다. 흥분한 우형의 성기가 그곳에서 앞뒤로 비벼졌다. 매끄럽지 못하게 걸리기도 하고, 그러다가 튕기면서 반동으로 더 강한 자극을 주기도 했다.

"웃. 하읏."

우형이 선혜의 발목 한쪽을 잡고 다리를 더 넓게 벌렸다. 같은 손이 움직여 허벅지 안쪽을 짚고 눌렀다. 그 덕에 근육이 긴장했으나 고통은 없었다.

"더 벌려 주세요."

선혜는 그 말에 따랐다. 우형이 선혜의 볼에 쪽쪽 뽀뽀했다. 그의 손이 선혜가 힘주어 벌리는 허벅지 안쪽을 쓸었다. 빨아서 만들어 놓은 붉은 흔적도 그대로였다.

"훗."

허벅지가 유연하게 한계까지 벌어졌다. 두 눈이 마주쳤다.

귀두의 끝이 클리토리스 아래, 질 입구쯤에 걸렸다. 그대로 삽입해서, 끝까지 밀어 넣은 다음 자궁을 채울 듯 사정하는 이미지가 그려졌다. 두 사람 모두의 머릿속에 똑같이.

우형은 잠시 숨을 참았다. 선혜의 눈이 크게 벌어졌다. 그대로 굳었다.

"으……."

커다란 손이 성기를 잡고, 선단으로 클리토리스를 꾹꾹 누르며 비볐다. 그다음엔 질척이는 애액으로 귀두 전부를 적시려는 것처럼, 난잡하게 젖어 있는 부위 곳곳을 다 성기로 문질러 댔다.

"흐응. 웃."

조금만 힘을 더 실으면, 아무런 방해 없이 성기가 삽입되리란 것을 둘 다 알았다.

"겁도 없이."

억눌린 두 단어가, 낮고 굵게 새어 나왔다.

"……."

"제가 원래 오락가락하는 편이란 거 아셨나요."

숨이 턱 막혔다. 부드러운 입구엔 장애물이 없었다. 그제야 자신이 했던 말이 불러올 수 있는 결과가 실감 났다. 선혜의 성기는 이 상황에 눈치 없이, 우형의 것을 가득 먹어치운 다음 포만감을 느끼고 싶어서 뻐끔거리는 듯했다. 우형의 시선이 흉흉했다. 선혜는 입술 사이에 틈을 만들어 내지도 못했다.

"그래도, 지금은……. 아니지만."

우형이 귀두 끝을 넣었다.

"읏."

선혜의 눈이 놀라서 더욱 커졌다. 입술도 벌어졌다. 우형은 거기에서 멈추었다. 더는 성기를 몸 안에 욱여넣지 않았다.

그래도 압박감이 있었다. 예민한 입구를 쓸며 굵은 것이 들어왔다. 묵직한 성기는 조금 삽입된 것만으로도 하체를 저릿저릿하게 했다. 무엇이 맞는지 알 수 없어서 혼란스러웠다. 바라는 건 여전히 바라는 것 같은데, 정말로 자신을 믿을 수가 없는 게 문제였다.

"하아……."

우형이 길게 숨을 뱉었다. 상체가 더 내려왔다. 조금 더 깊이 삽입됐다. 선혜는 떨림을 참아 내며 우형의 어깨에 손을 올렸다. 우형은 더 다가와 귓가에서 속삭였다.

"나중엔 가득, 몇 번이고 계속 싸서 꽉꽉 채워 드리고 싶어요."

"……."

"줄줄 흐를 정도로. 제가 싼 정액이 다 채우고도 넘쳐서…… 밖으로 흘러나오게."

선명하게 음절 하나하나가 박혔다. 우형이 몸을 뒤로 물렸다. 귀두만 들어왔던 성기가 허전하게 빠져나갔다.

"흐으……."

선혜는 긴장이 풀린 뒤 어깨를 떨었다. 떨리는 손으로 입을 가리려 했는데 우형이 그 손을 잡아 치우고 입을 맞췄다. 그가 깊게 들어왔다. 선혜는 다시 우형의 목에 팔을 걸었다. 울고 싶은 기분이었다. 우형은 선혜의 등과 허리를 쓰다듬으며 다독였다.

"그러니까 제대로 각오를 하시고 말씀하세요."

물에 젖은 눈을 한 선혜가 고개를 끄덕였다. 우형은 선혜의 흩어진 머리카락 근처에 있는 콘돔을 집어 들었다. 선혜가 생각을 정리하지 못하고 눈을 몇 번 깜빡이는 사이, 우형이 금방 콘돔을 씌운 성기가 거침없이 끝까지 박혔다.

푹.

"흣!"

선혜의 허리가 들썩였다. 두툼한 것이 예고도 없이 들이닥쳤고, 느끼는 지점을 강타했다. 쾌감이 바로 정신을 하얗게 했다. 우형은 선혜의 허벅지 아래 손을 넣어, 몸을 좀 더 밑으로 당기고는 더 깊이 구멍을 쑤셨다. 퍽. 찌걱. 끝까지 밀어 넣은 다음 맞닿은 하체를 돌리듯이 비비자 선혜의 허리가 파르르 떨려 왔다.

"으으…… 하, 하으."

퍽. 퍽. 우형은 말없이 깊숙하게, 그리고 빠르게 성기를 꽂아 넣었다. 허리 짓이 반복됐다.

"하읏! 아앗. 홋! 웃."

선혜의 몸이 덜덜 떨리며 흔들렸다. 눈의 초점도 어긋났다. 오래 기다린 만큼, 폭죽이 터지는 것 같은 쾌락이 곳곳에서 왔다.

"으웃. 흐아."

피로했던 신체가 완전히 달구어졌다.

한참 허리 짓을 하던 우형은 성기를 빼내고 체위를 바꾼 뒤에 다시 구멍을 빈틈없이 가득 채워 넣고 선혜에게 더 말도 안 되는 쾌감을 주었다. 손으로 클리토리스를 지분거리기도 하고, 허리를 더욱 거칠게 움직여 맞닿은 하체가 더 많이 자극되도록 만들기도 했다.

"제 거예요."

우형은 선혜의 배를 짚으며 말했다.

"저도 알고 있어요."

가을은 밤이 점차 낮의 영역을 차지해 가는 시기였다. 그만큼 새벽이 길었다.

"하아, 웃!"

우형은 그 어두운 새벽 동안 내내 깊이 파고들다가, 끝까지 성기를 박아 넣은 채로 사정했다.

"홋. 으으……."

절정 이후의 여운에 몸을 떠는 선혜의 입술과 어깨에 키스하고,

바로 잠들 듯 눈을 감는 하얀 몸을 품속 깊은 곳에 끌어당겼다.

"하아, 하아."

숨을 고르는 몸을 마주 댔다. 우형은 한참을 선혜를 안은 채로 먹먹하게 심장을 움켜쥐는 감정을 직면했다.

선혜보다 선혜를 더 아껴야 한다는 결심은 지켜지고 있는 건가. 우형은 자신이 아슬아슬한 선을 탔다는 걸 알았다.

아내는 침대 위에서의 행동을 나무라지는 않을 터였다. 원래부터 상처를 남길 정도로 거칠게 굴어도 다 받아 주고는 했다. 그녀가 이성을 잃은 욕망을 다 감당해 줄 생각으로 침대에 눕는다는 걸 원래부터 알았다. 그녀는 원래 자신에겐 엄격하고 상대에게는 관대한 편이라, 웬만한 수준이면 욕구에 미친 남자의 무절제를 이해해 주려 애쓸 확률이 높았다.

그 사실에 기대어 원하는 대로만 행동하면 결국엔, 그녀가 주우형도 똑같이 자기밖에 모르는, 자신이 원하는 대로 상대를 주무르려는 개자식이라는 걸 알게 되겠지.

'나는, 잘은 모르겠지만…… 젊은 남자들은 원래 성욕이 많다고 하니까…….'

'…….'

'하고 싶으면 해도 되는데.'

왜냐면 애초에 섹스는 그런 식으로 시작되었으니까.

'일주일을 넘게 굶은 사람도 물잔 앞에서 잠시 기다릴 수 있어요. 죽고 사는 일 앞에서도 신체는 통제 가능해요. 하물며…….'

자신은 그렇게 회피하려 했다.

'어쨌거나 하는 편이 좋기는 하단 거네.'

'……'

그리고 중간부터 아프다고 울듯이 말하는 그녀를 기다려 주지 못하고 끝까지 서툴게 안았다. 정말 미숙했다. 요령이 없어서 상처 입히기만 했다. 아프니까 그만두라고 하지는 않았으니까, 끝나고도 네 잘못이 아니라고, 괜찮다고 해 주기는 했으니까, 그 말에 비겁하게 기대 자신의 행동을 합리화했다.

정말로 모든 통제력을 잃을 정도로 좋았다. 원래 알던 세계가 무너져 내렸다. 그 이전으로 돌아가라고 하면 차라리 죽는 게 나을 거라 생각하게 됐다. 황홀했다. 동시에 저 먼 밑바닥까지 추락하는 인간성을 보기도 했다.

'좋았던 거지……?'

'……'

'그래……. 죽고 사는 문제는 아니어도, 물이 마시고 싶으면 마시는 쪽이 좋기는 하잖아.'

하지만 분명히 더 숭고한 정신적 차원이 있다. 섹스를 관둘 순 없지만, 그럼에도 더 망치고 싶지 않은 건 있었다. 그녀를 자신의 욕망을 실현하는 수단으로만 여겨, 원할 때마다 동의 없이 박아 대고, 멋대로 임신시켜 아이를 낳게 하면 언젠가 선혜는 텅텅 비리란 걸 알았다. 그렇다면 사랑받을 가능성 한 톨마저 영원히 사라지지 않을까.

더 긴 시간이 흐르면서 몸이 많이 가까워지고, 그녀도 자신과의 섹스에서 충분히 느낀다는 걸 알게 됐다. 또한, 이제는 그녀

역시 자신이 애정을 가지고 몸을 탐한다는 걸 아니까 이전처럼 몸에 대한 욕망을 시도 때도 없이 드러내는 게 문제 되지도 않았다. 원하는 게 몸만은 아니라는 걸, 그녀를 성욕 해소의 수단으로만 대하고 있지 않다는 걸 그녀도 알 테니.

하지만 그렇더라도, 섹스하고 싶지 않다고 망설이는데 옷부터 벗기고 만져 주다 보면 흥분할 거라고 합리화하는 것이나, 앞으로 수십 년의 인생을 좌우할 문제인데 진지한 대화 없이 내 여자로 만들겠다며 임신부터 시키고 보는 건 여전히 우형이 용납할 수 있는 문제가 아니었다.

선은 한 번 넘으면 돌이킬 수 없다는 걸 안다. 그러니까 지키고 싶은 게 있다면 선을 밟을 때는 신중해야 했다.

보기만 해도 좋았던 시절이 있고, 함께 침대에 들지 않아도 괜찮겠다고 생각하던 시절이 있었다. 항상 진심이었다. 그러나 지금은 몇 주 전으로 돌아가 한 침대에서 잠들 수 없는 상태가 되는 것만도 견딜 수 없을 것이다.

따뜻한 물수건으로 몸을 가볍게 닦아 주고서 우형은 선혜의 허리를 조심히 안았다. 성기를 끝까지 박아 넣으면 들어갈 위치를 짚어 봤다. 자궁이 위치한 배 언저리도 더듬었다. 실제 그게 가능한 일은 아니더라도, 자궁 끝까지 닿도록 정액을 그녀의 몸 안에서 쏟아 내는 상상은 항상 했다.

지금도 생각했다. 매일 그리는 장면이기 때문에 거기까지 생각이 닿는 게 조금도 어렵지 않았다. 자신을 담은 아이를 가져서 배가 부풀면 옆에서 동화책을 자주 읽어 줘야겠다거나, 모유가 나오면 빨아 먹어 보고 싶다는 생각도 하고…… 수많은 장면을 오랫동안 그려 와서 이미 겪은 현실 같기까지 했다.

그대로 넣어 달라고.

당연히 유혹적이었다. 피임기구 같은 건 신경 쓰지 않고 더 질척하게 놀고 싶었다. 정액을 싸고, 또 싸서 가득 채워 주어 하얀 액체가 밑으로 흐를 때까지. 날이 밝아도 개의치 않고 내내.

내 아이를 가지겠다고.

그건 정말로, 아내가 모든 걸 허락했다는 뜻인 것 같아서.

내 아이를 품는 미래를 상상했다면 그 미래 속엔 내가 영원히 있을 테니까.

"우형아."

우형이 멈칫 놀랐다. 자는 줄만 알았던 선혜가 그를 불렀다.

"네."

"정말 너를 잘 모르겠어."

우형은 무어라 뱉어 낼 말을 고르지 못했다. 선혜를 가슴에 당겨 안고서 체온을 건네줄 뿐이었다. 무슨 이야기를 해야 할지 몰라 하염없이 기다렸다. 해가 밝아올 때쯤, 선혜가 완전히 잠들었다는 걸 알았다. 우형도 선혜를 안고 잠들었다. 그녀가 품에 있으니 불안하진 않았다. 조금도.

교착된 세계

1.

군부대에서 우형은 아주 가끔 전화를 걸었다. 그가 부대 내에서 전화를 걸 수도 있다는 사실을 잊을 만하면 한 번씩 걸려 오는 식이었다. 언제쯤 전화가 걸려 올 거라 예상하고 기다리는 건 불가능했다.

선혜가 유민성과 함께 사무실 근처 빵집에 갔을 때 김지환이 우형의 전화를 받게 된 것은 그래서였다. 사무실로 돌아온 선혜는 김지환이 자신의 유선전화를 들고 있는 걸 목격했다. 사무실 중앙에 빵 봉지를 내려두고 다가갔다.

처음엔 그가 업무용 전화를 대신 받아 준 줄 알았다. 누구예요?

선혜는 입 모양으로 물었고 김지환은 질문에 답하는 대신 통화 상대방에게 선혜가 돌아왔음을 알렸다.

"네, 네. 선혜 들어왔어요. 핸드폰으로 거세요."

탁. 김지환이 전화를 끊었다. 그리고 선혜가 책상 위에 두고 나갔던 핸드폰이 진동했다. 김지환이 그것을 턱으로 가리켰다. 이상한 번호가 액정에 떴다. 그렇다면 우형이었다. 선혜는 손에 따로 들고 있던 코코넛 쿠키를 내려두고 핸드폰을 들었다.

"응. 우형아."

선혜는 전화기를 들지 않은 손으로 목을 짚었다. 가다듬어지지 않은 목소리가 나간 것 같아 신경 쓰였다. 사람들이 선혜와 유민성이 잔뜩 사 온 각종 빵을 받으러 몰려갈 때, 선혜는 소음을 차단하기 위해 한쪽 귀를 막고 우형과의 통화에 집중했다.

—바쁘세요?

사무실의 왁자지껄한 소음이 우형에게 들린 모양이었다.

"아니. 사다리 타기에 걸려서 간식 사러 유명한 베이커리 다녀왔는데⋯⋯. 핸드폰 잠시 놓고 갔어."

선혜는 거대한 맘모스 빵을 흔들어 보이는 이희결에게 고개를 저어 주고는 사무실 출구로 다가갔다. 간식을 안 먹냐는 다른 이들의 물음에도 고개를 끄덕여 주며 발을 빠르게 옮겼다.

—아⋯⋯. 전, 저번에 전화 안 받으면 사무실로 걸라고 하셨던 것 때문에⋯⋯.

"그건 잘했어."

한 번 통화 연결이 제대로 되지 않았던 때에 선혜가 '핸드폰을 안 받으면 사무실로 걸어도 된다'고 말했다. 선혜는 CS 담당자가 아니었기에 업무용 전화기로 우형이 잠깐 전화를 걸어도 문제가 없었다. 우형이 통화를 원한다는 걸 확인한 다음에 바로 핸드폰으로 걸게 만들면 되니까. 한정적인 시간에밖에 전화를 걸지 못하는 우형을 고려해 제안했다. 통화를 놓치는 일을 막기 위함이었다.

선혜는 핸드폰을 들고 복도를 누볐다. 통화를 할 수 있는 조용하고 개인적인 공간을 찾아 헤맸다.

—간식은 안 드세요?

"안 먹어도 되기도 하고. 쿠키 따로 사 둔 거 있어. 코코넛 쿠키 맛집인데……."

—아, 그거요.

"뭔지 알아? 집에도 가끔 사가기도 하긴 했는데. 사무실 근처에 있어."

—네.

보통 우형은 아무것도 아닌 이야기를 했다. 선혜는 처음엔 그에게 다른 본론이 있을 거라 생각했다. 용건이 있는데 어떠한 이유 때문이든 본론에 진입하지 못하고 빙빙 도는 중일 거라고. 그런데 서너 번 통화가 반복되고 나니 별거 아닌 이야기 자체가 목적이란 걸 알게 되었다.

생각해 보면, 소소한 주제로 떠들 만한 상대가 우형에겐 없었다. 약간의 외로움이 있으리란 건 짐작 가능했다. 그다음부터는 선혜 역시 특별할 것 없는 일상을 알려 주었다. 한껏 벌어졌던 관계가 조금은 가까워졌나, 그런 생각이 들기도 했다.

"밈플레잇 이제 금방 이사해. 직원들 늘어서 감당 안 되는 것도 있고, 돈도 많이 벌었는데 계속 여기에 있을 이유도 없고."

—잘됐네요.

"응. 개인 사무실 생길지도 몰라. 나는 직접 입주할 건물 보러 가진 않았는데, 사진 찍은 건 봤거든. 깔끔하고 넓더라. 기대하고 있어."

—저는 이번 주에 사격 엄청 잘 맞췄어요.

자랑 타임으로 이해한 모양이었다. 선혜가 소리를 죽여 웃었다.

통화할 때는 많이 떠들기보단 우형의 이야기에 집중하는 편이었기에, 지난번처럼 자리를 잡고 앉아 그의 이야기를 계속 들을 계획이었다. 그런데 오늘은 좀 달랐다. 우형은 별말 없이 선혜가 띄엄띄엄 늘어놓는 얘기만 들으려고 하면서, 적극적으로 길게 말을 이어나가지 않았다. 선혜는 직감적으로 김지환이 무슨 소리를 했단 걸 눈치챘다. 느낌이 그랬다.

"김지환 선배 말인데."

김지환이 무슨 얘기를 했던 걸까. 선혜는 순간 입대 전에 있었던 사건을 떠올렸다. 우형은 여전히 김지환과의 관계에 대해 오해하고 있을지도 몰랐다. 아무리 돈만을 위해 결혼을 했어도, 아내가 다른 남자를 좋아한다고 착각하는 게 유쾌하지는 않을 터였다. 선혜는 딱 그 정도의 무게감으로 김지환에 대한 화제를 꺼냈다.

"약간 늦은 것 같기는 하지만, 저번에 있잖아."

정확하게 시일을 특정하지도 않은, 늦은 변명이었다.

"난 선배랑 아무 사이 아니고, 앞으로도 아무 사이 아닐 거야."

—……네. 더 설명하실 필요 없어요.

"우형아……."

—별로 듣고 싶은 주제는 아니에요. 그냥…….

우형의 목소리엔 힘이 없었다.

—휴가 나오면 만나자고 하셨어요.

섬뜩한 부분이 있었다. 그러나 만나지 말라고 할 근거가 있는 건 아니었다. 이래라저래라 할 수 있는 자격이 있는지도 의문이었다. 같이 대학을 다닌 적은 없지만, 이제 김지환은 우형의 선배이기도 했다. 의외로 두 사람의 관심사나 취향이 비슷할 수도 있었다.

그날 전화는 그렇게 끝났다. 다소 찜찜한 채로. 선혜는 그날 저녁 부터 밀려온 업무에 짓눌리며 우형과 한 통화의 내용을 잊어 갔다.

그리고 3주 정도가 흘렀을 때 김지환이 흘리듯 말했다.

"주우형 씨 며칠 뒤에 휴가 나오면 술 마시기로 했어, 나랑."

선혜는 우형의 휴가가 정확히 언제인지 몰라서, 질문을 던져 보려다 입을 닫았다. 김지환과 나이스한 선후배 관계를 나름대로 유지하던 차였다. 남편이 휴가를 언제 나오는지도 모른다는 걸 들 키고 싶지 않았다.

시일이 더 지나 김지환이 우형과 술을 마시겠다고 알린 날에 선 혜는 부산으로 출장을 갔다. 처음부터 선혜에게 할당된 일은 아니었 다. 그러나 전수연이 맹장염으로 병원에 실려 가는 바람에 일정이 조정됐다.

우형은 휴가 내내 단 한 번도 선혜의 얼굴을 보지 못했다.

2.

원래부터 전화가 자주 걸려 오진 않았다. 김지환과의 만남 이후엔 특히 텀이 길게 느껴졌다. 선혜는 가끔 이유 없이 수신목록을 들여다보았다. 계속 전화가 오지 않았다. 계절이 바뀔 즈음이 되자, 김지환과 만난 이후로 명백히 연락이 뜸해졌다는 게 분명해졌다.

"선배. 우형이 만났을 때."

"뭐?"

"무슨 얘기 하셨어요."

"……그게 대체 언제 적 일이야?"

선혜는 먼저 김지환에게 물었다. 탕비실에서 커피를 타던 중이었다. 남자들만의 얘기를 했다는 답이 돌아왔다. 안 듣느니만 못한 답변이었다. 선혜가 인상을 쓰자 김지환이 부연설명을 추가했다.

"우리 아무 사이 아니라고 했어. 저번에 들었던 건 오해라고."

김지환은 커피잔을 들고 어깨를 으쓱였다. 그가 뱉었을 문장보다도 뉘앙스가 중요했다. 어쩐지 믿음이 가지 않았다.

선혜는 알았다고는 했다. 두통이 오는 기분이었다. 컵을 들고 몸을 돌려 자리를 떠나려고 했다.

"연상 취향이래."

김지환의 말에 선혜의 움직임이 멎었다.

"그래서 네가 좋은 것 같던데. 그런 점은 잘 맞으니까 다행이려나."

'연상 취향'이라는 말이, 그냥 연상의 연인이 있는 경우가 아니라, 연상이라는 특정 집단을 좋아하는 남자들에게 붙는 말이란 걸 알고 있었다.

"적어도 중학생 때부터 오랫동안 좋아했던 누나가 있었다고."

"⋯⋯."

"사랑 타령은 변함없이 잘 하더라. 그 여자랑 애인 사이였냐니까, 그건 또 조금도 아니라고 하고."

김지환은 들킬 거짓말을 하지 않는 사람이었다.

"여전히 덜 자라서 치기가 좀 있고. 주량보다 더 먹이기 쉽고."

우형은 갓 성인이 된 때엔 공부만 했고, 지금은 군인이었다. 성인이 된 지 몇 년이 흘렀더라도 자신의 주량을 잘 모를 수 있었다. 어느 정도 홀짝이면 기분이 알딸딸해지는지, 몇 잔을 추가로 마셔야 뇌와 입 사이의 필터에 구멍이 숭숭 뚫리는지, 거기서 얼마나 더 부어야 뇌가 오작동하는지 등등의 임상 경험이 심히 부족할 터였다.

김지환은 남들에게 술을 먹이는 데 능숙했다. 계속 자존심을 자극하며 권하는 모습이 그려졌다. 우형에게는 아직 면역력이 없는 장난질이라 더 쉽게 휘둘렸을 수 있었다. 선혜는 고개를 저었다,

"앞으로 만나지 마세요. 제 남편 불러서 술 먹이지 마시고."

불쾌한 감정이 끓었다. 김지환이 그녀의 여린 배우자를 끌어내 상처입히려는 게 싫었다.

3.

—만났단 얘기는 들었어. 선배랑.

"네. 다시는 그렇게 안 마시려고요."

—얼마나 마신 건데?"

"전혀 모르겠어요. 감도 안 와요."

—왜 그랬어.

"속상해서요."

—……

"제가 너무 어린 것 같고, 뭣도 제가 원하는 대로 안 되니까……. 이렇게 말하니까 제가 더 애 같네요."

우형은 쓸쓸하게 말끝을 흐렸다.

"나가서 뵈러 가도 될까요?"

부부인데도 허락을 구했다. 한 번도 만나지 못하고 복귀할 때가 태반이니, 확실한 약속을 받아 두고 나가고 싶기도 했다. 거절당하면 어쩌나 하는 불안이 피어올랐다. 하지만 거절의 공포를 각오하지 않으면 무엇도 이룰 수 없었다. 우형은 주먹을 쥐었다.

—당연한 거잖아.

전화기 저편의 그녀가 힘주어 말했다.

—내가 네 와이픈데.

"……네. 그렇죠."

—……

"좋네요."

선혜는 어떻게도 반응하지 않았다.

이후에 두 사람은 좋아하는 음식 얘기를 했다. 선혜가 새 사무실 근처 맛집들 목록을 불러줬다. 우형은 그날 먹은 메뉴를 읊으며 빨리 밖에 나가고 싶다고 했다.

선혜가 크게 웃었다. 웃음소리가 멎은 뒤에, 우형은 한동안 말하지 않았다. 그다음에 입을 열었을 때는, 이상하게 목이 멘 듯한 목소리를 뱉었다.

전화는 결국 끊겼다. 항상 짧았다.

보고 싶어요. 제가 항상 얼마나 오랜 시간을 망설이다 목소리를 듣고 싶어 용기를 내는지 알아주셨으면 좋겠어요. 조금만. 우형은 전화를 끊고 뱉지 못한 말들을 떠올렸다. 보고 싶었다. 하루하루 미쳐 가기만 하는 기분이었다. 저편의 대륙에서는 이걸 어떻게 견뎠는지, 마음을 죽이던 방법도 잊어버렸다.

4.

우형은 다시는 술을 그렇게 먹지 않겠다는 말을 지키지 못했다. 이번엔 대작 상대가 선혜의 아버지였다. 김지환보다도 더 거절이 쉽지 않았을 걸 알아 선혜는 과거의 결심을 되짚어 주지 않았다.

"괜찮아?"

그래도 걸어 다니긴 했다. 그는 새벽에 들어와 선혜의 방문을 두드렸다. 선혜가 들어오라고 한 뒤엔 침실에 들어와 문을 닫고, 그 문에 등을 대고 주저앉았다. 알코올 향과 아버지가 남겨 둔 메시지가 아니면 필름이 끊길 만큼 마셨다는 걸 알 수 없을 정도로 멀쩡해 보이기도 했다.

그렇지만 말과 행동이 평소보다 훨씬 느렸다. 몸짓이 종종 어긋

낳고, 표정도 평소보다 훨씬 나른해 보였다. 그리고 한 번도 꺼낸 적 없던 주제로 말을 했다. 그래서 정말 그가 취했단 걸 알았다.

"좋아하는 사람을 아주 오랫동안 만나지 못하면 말이에요. 둘 중에 어느 한 가지 상태가 된다고 해요."

"……."

"처음부터 없었던 사람인 것처럼 잊거나. 상대를 완전히 환상으로 만들어 숭배하게 되거나. 거의 신격화하는 거죠. 전 완전 후자예요. 제 신념이 자리했어야 할 자리까지 다 내준 것 같아요."

우형은 웃으면서 눈가를 꾹꾹 눌렀다. 힘들고 지쳐 보였다. 하아. 들어 본 적 없는 깊은 한숨을 쉬었다. 선혜는 이불을 덮고 침대에 앉아, 우형이 앉은 곳 근처의 바닥만 봤다.

"머리가 커지면서 알게 됐어요. 제가 좀 이상한 걸. 주변 애들이랑 다르다. 그걸 늦게 안 거죠. 그래서 어떻게 생각했냐면…… 직접 만나면 박살이 날 거라고, 뭐 그렇게 생각했어요. 환상이 그냥 싹 다 사라질 거라고. 여자고 남자고 인간은 다 거기서 거기라고."

우형은 멍하게 선혜를 봤다. 선혜는 시선을 피했다. 그는 누군가와 다시 재회한 순간을 돌이키는 듯했다. 자신에게서 다른 여자를 찾는 걸 보고 싶지 않았다.

"별거 없는 날은 맞았어요."

선혜는 이불을 꽉 쥐었다.

"그냥 수백만 번쯤 저한테 다시 그날의 풍경을 보여 줘도, 정말 딱히 달리 특별할 게 없다고 생각할 풍경. 근데 사람 하나가 모든 걸 다르게 만들어요."

"……."

"제 낙원은 죽어야 갈 수 있는 곳에 있지 않아요. 그걸 알게 됐어요. 어떻게 그 기분을 다 설명할 수 없어요. 이건 사랑인가요?"

우형은 자신의 감정을 도리어 선혜에게 물었다.

"사랑이라고 하면, 사랑인 것 같기는 해요."

선혜는 우형에게 답을 줄 수 없었다.

"이게 사랑이겠죠. 달리 뭐라 말할 적당한 게 없으니까."

우형은 자리에서 일어났다. 문을 열었다. 그리고는 밖으로 나가려고 했다.

"여전히 그리워?"

그가 사라지기 전에 선혜가 물었다. 우형이 몸을 돌렸다. 표정이 말했다. 그렇다고. 선혜는 답을 들을 필요가 없었다. 그런데도 우형은 결국 입을 열어서 재차 확신시켜 주었다. 그녀가 짐작한 답변이 옳다고.

"네. 지금도."

정말 답을 듣고 싶은 질문은 아니었다. 선혜는 답을 듣고 나서야 알게 되었다. 더 이야기를 이어가 봐야 공허함만 커질 걸 알고서도, 선혜는 더 물었다.

"한 사람을 오랫동안 사랑하는 건 어떤 기분이야?"

"살아갈 이유가 변치 않는다는 기분이요."

고작 결혼식 따위를 올리고 같은 집에 산다는 것만으로는 무너뜨릴 수 없는 사랑이 있는 걸까.

"태어난 이유를 확신할 수 있어요."

선혜는 더 이상 우형이 사랑하는 사람에 대해서는 묻지 않기로 했다. 왜 묻지 말아야 하는지, 그 이유에 대해서도 고민하지 않기로 했다. 상처받거나, 상처를 안기거나. 나쁘고 위선적인 일과 공허한 마음을 모른 척하기 위해서.

다음 날 아침, 선혜는 부엌에서 우형을 마주쳤다. 그는 새벽의 일을 전혀 기억하지 못하는 것처럼 행동했다. 술에 취해서 집에 어떻게 들어왔는지도 기억나지 않는다고 했다. 선혜는 굳이 그 기억을 돌이켜 주지 않았다.

기억하는데 모른 척하는 것이든, 잊은 것이든 그건 중요치 않았다. 중요한 건 우형이 진심이었다는 것뿐이었다.

이대로면 우린 언젠가 파국을 맞을 것이다. 흐린 확신에 서서히 색이 입혀졌다. 시간이 지날수록 선혜는 우형에게 '그녀'가 남겨 둔 수많은 흔적을 만나게 됐다. 감추려고 해도 감추어지지 않는 사랑의 잔해가 너무나 많았다.

5.

스무 살의 우형이 권력욕에 취해 결혼했던 거란 생각이 점점 바뀌었다. 아버지의 욕심과 그녀의 무심함이 우형에게서 젊음과 평범함을 완전히 앗았다는 걸 깨달았을 때 선혜는 참담한 기분이 됐다.

그가 그녀를 위해 얼마나 많은 것을 포기하고 있는지, 그에게 얼마나 순박한 구석이 많은지도 알게 되었다. 그럴수록 그가 과거의 사랑을 놓지 못하는 걸 더 절절히 이해했다. 우형에게는 그런 사랑이 어울렸다.

믿었던 사람들이 등을 돌려 가는 걸 지켜보다가 선혜는 그 여자를 부러워했다. 어떻게 그녀는 그런 사랑을 받을 수 있는 건지 물었다. 어느 날 알 수 없는 대상에게 물었다.

자신에게 우형의 사랑을 받을 자격이 있다고 생각하지는 않지만, 그래도 궁금했다.

어째서 나는 안 되고 그 여자는 되는 건지.

6.

세월이 더 흘러, 이제 우형은 말한다.

"제 인생에 다른 여자는 없잖아요."

어떤 계기로 그녀가 삭제된 걸까. 마음이 끝난 걸까. 지워 내게 된 계기가 있기는 했을까. 어떻게 그런 일이 벌어지는 거지. 나는 다를 수 있을까. 다르게 만들 수 있을까.

선혜는 자신이 무엇을 감당해야 하는 건지, 이제는 알아야 한다는 걸 인정했다. 더는 적당히 회피할 수가 없었다.

정리

1.

—주 서방이 내가 외출하기 전에 전화는 해 줬어. 그래서 약속에 안 나올 건 알았지. 희결이…… 대체 무슨 일이니.

눈을 떠 보니 정오를 지난 때였다. 침대맡으로 내리는 햇살을 등지고 우형이 건너편 소파에서 태블릿을 보고 있었다. 이불을 바스락대어 일어났음을 알리자 그가 다가와 볼과 이마에 입을 맞추고는 핸드폰을 가져다줬다. 그걸 받아서 엄마에게 전화를 걸었다.

—살다 보면 세상이 참 그래……. 마음 잘 추스르고. 집에서 편히 쉬렴.

"네."

통화는 금방 종료됐다. 선혜는 다시 베개에 머리를 대고 천장을 봤다. 씻어야 하는데 몸이 아직도 나른했다. 우형은 침대 옆에 걸터앉아 멍한 표정의 선혜를 지켜봤다. 살며시 머리카락을 넘겨주기도 했다.

"제가 점심 약속 못 나가실 거라고 연락 드렸어요. 아침에 장인 어른이랑 잡아 뒀던 운동 약속도 미루고."

"응......"

"오늘은 저희 둘 다 밖으로 안 나가는 게 좋을 것 같아요. 그래서 좋아하시는 레스토랑들 차례로 들러서 음식 여러 가지 포장해 오라고 했어요. 덮밥이나 캘리포니아롤같이 안 눅눅해지고, 안 뜨 거워도 맛있는 것들로만."

우형은 손목시계를 확인했다. 누군가에게 오더를 내린 때부터 흐른 시간을 가늠하는 듯했다.

"금방 도착할 것 같은데, 제가 차려 둘게요. 씻고 오세요."

선혜가 고개를 끄덕여도 우형은 나가지 않았다. 대신에 팔을 뻗어 선혜의 상체를 일으켜 주었다. 그리고는 가슴에 넣어 꽉 안았다. 한참을 그렇게 놓아주지 않았다. 선혜는 우형의 몸에 기대어 눈을 감았다. 쿵. 쿵. 심장이 울리는 소리가 익숙했다. 벗어나고 싶지 않았다.

"우형아."

지난밤 겪었던 모든 일이 선명하진 않았다. 그래도 기억해야할 것들은 무엇도 잊지 않았다.

"잠시만."

"……네."

"잠시만 가만히 있어 줘."

선혜는 더 깊이 안겼다.

우형의 몸도, 토요일 낮의 햇볕도 따뜻했다.

2.

충돌사고의 여파가 몰아쳤다. 점심을 먹은 뒤부터 우형은 온갖 사람들이 수집한 정보를 확인해야만 했다.

수사기관 종사자, E그룹 임직원, 기자, 정치인…….

대외적으로 보도되는 기사에 우형의 이름이 적히는 경우는 없었다. 그러나 핵심 정보를 낚아챈 사람들은 이희결보다도 그 뒤의 주인규와 주우형에 포커스를 맞추어야 한다는 걸 결국 알아낸 듯했다.

핸드폰은 불이 날 듯 울려 댔다. 우형은 하나하나 응대해 줄 생각이 없었다. 결국 배터리가 방전된 핸드폰이 꺼졌다. 우형은 대포폰과 예비용 핸드폰을 사용해 필요한 사람들과만 연락했다.

집에 몇 사람들이 오갔다. 잠깐 다녀간 박훈 보좌관을 제외하고는 전부 선혜에겐 익숙하지 않은 얼굴들이었다. 틈틈이 우형은 선혜에게 사건의 경과를 설명해 줬다. 요약하자면, 이희결이 주인규의 약점을 쥐고 협박했고, 화가 난 주인규가 이희결을 처리했고, 지금 주인규는 자신이 과거에 저질렀던 범죄들까지 전부 이희결에게 덮어씌우는 중이라는 것이었다.

밖으로는 이희결을 매도하는 기사들만 줄줄이 나갔다.

[이희결 이 ㅆㄹㄱ!! ㄱㅅㄲ!!]
[선혜야 너는 알고 있었어?]

선혜의 핸드폰 메신저에도 이희결에 관한 각종 욕과 물음이 도착했다. 별로 친하지 않았던 동기들의 연락도 섞여 있었다. 처음엔 이렇게 다들 난리 칠 인인가 싶었는데, 노트북을 열어 인터넷 창을 열자 이게 그럴 만한 일이 되었다는 걸 확실하게 알게 됐다.

죽은 자에 대한 애도는 없었다. 이희결은 악마가 됐다. 완전히. 각종 스캔들이 그에게 뒤집어 씌워지고, 끊임없이 후속 보도가 이어졌다. 작위적이게 느껴질 만큼. 전 여자친구의 SNS에는 이희결의 바람과 폭행, 성매매에 대한 폭로가 올라왔다. 타임라인이 조금도 맞지 않는 주장이었다. 하지만 불붙은 네티즌은 개연성 없는 장작도 가리지 않으며 활활 불을 키웠다. 우형은 이를 주인규의 마지막 발악이라고 했다.

그리고 토요일 늦은 시간에 검사가 왔다. 주인규와 김지환에 대한 증거를 받아가기 위함이라고 했다. 우형과 오랜 시간 알고 지냈다는 검사는 선혜의 앞에 앉아 김지환에게 적용될 혐의를 알려 주었다. 검사의 옆에는 검찰 수사관과 E그룹 비서실에서 일한다는 우형의 측근이 자리했다.

"두 분이 친하셨다는 말씀은 들었습니다."

"저랑…… 김지환 선배요?"

"네. 지금은 김지환 씨에 대한 정식 입건이 되지 않은 단계지만, 올해가 가기 전에…… 주인규의 특경법위반죄에 대한 공범임이 정황상 명백하여서, 공범으로 기소될 겁니다. 추가될 가능성이 있는 다른 혐의도 많고요."

그는 조금 더 부연했다. 기자 동기에게 들었던 성관 저축은행에 대한 정보가 떠올랐다. 검사가 하는 이야기가 그와 맞물렸다. 그제야 김지환이 치려고 했던 사기가 무엇인지 정확하게 이해했다.

그다음부터 선혜는 기자 친구에게 들었던 내부 정보를 밝혀 검사가 말하는 사실관계를 정정해 주기도 했다. E그룹 비서실에서 왔다는 우형의 측근은 선혜가 성관 저축은행에 대한 내부 사정까지 알고 있는 것에 놀란 기색이었다.

선혜는 기자를 통해 내부자의 정보를 들었음을 밝혔다. 자신이 여기서 말할 수 있는 건 이 정도뿐이고, 제대로 캐내려면 영장을 받아서 들어가야 할 것이라고도.

"그래서…… 김지환과 말씀을 나누셨다고요. 성관 저축은행 관련하여서요."

"네."

"나중에 저희한테 오셔서 혹시 참고인조서 작성 가능할까요? 증거가 다투어지면 법정에서 증언하셔야 하게 될 수도 있기는 합니다."

"상관없어요."

검사는 우형의 안색을 살피며 선혜에게 재차 부탁했다. 아주 큰 도움이 될 거라면서. 우형이 선혜의 어깨에 손을 올렸다.

"무리하실 필요는 없어요."

"그러고 싶어."

"……."

"내가 도울 수 있는 게 있으면, 다 할게. 다른 뭐라도 더 할 수 있어."

선혜가 우형의 손을 내려 꽉 쥐었다. 우형은 입을 닫고 선혜에게 잡힌 손을 봤다. 선혜는 더 힘을 주어 의지를 알렸다. 김지환이 주인규와 함께 저지른 잘못이 있다면 정당한 대가를 치르게 만들어야 했다.

우형은 알겠다는 표정으로 고개를 끄덕였다. 선혜가 손을 떼어 내려고 하자 이번엔 우형이 손을 꽉 쥐었다. 부부는 그들 앞의 세 사람이 모든 용건을 다하고 일어날 때까지 손을 한 번도 놓지 않았다. 우형이 선혜가 손을 살며시 빼내려고 할 때마다 다시 힘을 주어 놓아주지 않았다.

3.

우형은 어리지 않다.

"그렇게 하겠습니다."

선혜는 멀리서 통화하는 우형을 보며 그런 생각을 했다. 그는 그가 오랜 시간 준비해 온 작업의 가장 큰 조력자인 성철규가 병원에 누워 있다고 절망하지 않았다. 그 대신 망설임 없이 수많은 사람에게 적절한 지시를 내렸다.

중요도에 따라, 급한 순서에 따라 우선순위를 붙이고 착실히 단계를 밟아 갔다. 그뿐만 아니라 우형은 타인을 배려하는 법도 알았다. 수많은 지시를 할 때, 우형은 누구도 무시하는 것처럼 보이지 않았다.

"네. 부탁드립니다."

자신의 말에 따라 움직여야 하는 사람들에게 지시를 내릴 때 그들에 대한 존중을 잃지 않는 게 얼마나 쉽지 않은 일인지 우형은 알고 있을까. 아니면 조금도 어려운 일이 아니라고 생각할까. 어느 쪽이든 대단한 건 분명했다. 사실은 대단한 일이 아니어야 하는 일일 텐데, 의외로 세상엔 그걸 해내는 사람들이 많지 않았다.

"무슨 생각하고 계셨어요."

"……너 보고 있었어."

반하지 않을 수 없다. 마음을 지킬 수가 없는 게 당연했다. 망망대해에 떠서 건물의 기초를 다질 곳을 찾을 순 없으니까. 벽은 처음부터 없었는지도 모른다. 가상의 것을 창조해서 있다고 믿고 싶었는지도. 상처받지 않는 것은 이미 불가능했다.

"그러니까 굳이 따지자면…… 네 생각?"

선혜는 자기도 어이없다는 듯이 웃어 보였다. 그리고는 우형에게 손을 뻗었다. 우형이 다가와 선혜를 안았다. 입술이 겹쳐졌다.

입술이 떨어진 다음에 선혜는 괜히 머리카락을 만지작거리며 창밖으로 시선을 옮겼다.

"내가 사는 집인데도 잘 몰랐어."

"여기요?"

"응. 신기해. 2층은 이런 풍경이구나. 밤에 예쁘네."

거의 자정이었다. 늦은 시간에 일어난 덕에 조금도 피곤하지 않았다. 선혜는 2층 창가에 기대었다. 자잘한 이야기가 오갔다. 선혜는 이러다가 그냥 아이 얘기를 뱉어도 되는 건지 궁금했다. 성욕에 정복당한 뇌의 명령에 따라 임신하는 걸 경계했던 거라면, 지금쯤 말을 꺼내는 게 괜찮을 것 같기도 했다. 분위기도 깨끗했고, 둘 다 정신도 맑았다.

긍정적인 대답이 돌아오지 않을 수도 있지만, 묻지도 않고 예단하고 싶지 않았다. 망설여진다고 하면, 자신과는 영영 아이를 낳을 생각이 없는지, 아니면 생각해 보지 못한 원인으로 망설이고 있는지, 그런 것들을 더 물을 수도 있을 터였다.

계속 아이가 가지고 싶단 말이 차올랐다. 흥분에 차지 않은 표정으로 말하면 우형이 확실하게 다른 반응을 줄지도 몰랐다.

하지만 목이 꽉 막힌 것처럼 목소리가 나가지 않았다. 세상에 태어나서 처음으로 사랑 고백을 하는 것과 같은 상황이니까.

쿵. 쿵. 아무 짓도 안 하는데 심장이 쿵쿵 뛰고, 매일 보아 오던 정원의 풍경이 완전히 다른 빛을 뿜었다.

하루 이틀 출장을 떠났다고 잠을 자지 못했다. 심지어 지금은 그의 아이를 가지고 싶단 생각에 젖어 있다. 그걸 말해야 했다.

"우형아. 내가⋯⋯."

"네."

우형이 정원의 흔들의자를 보는 선혜의 등을 안았다. 몸이 겹쳐져 완전히 폭 안겨졌다. 우형은 평온한 표정으로 선혜를 품에 안고서 가만히 기다렸다. 그녀를 품에 안게 될 거라 기대도 해 본 적 없는 위치에서, 마치 품 안에 가두어 두는 게 당연하고 자연스러운 일인 것처럼 그렇게 안고 있었다.

"……며칠 더 고민해 볼게. 그다음에 다시 길게 얘기하자."

"뭐를요?"

쿵. 쿵. 입 밖으로 심장이 정말 튀어나갈지도 몰랐다.

"아이 가지는 거."

진지하게. 성급하게 결정하지 말고. 그럴 수 있는 문제가 아니니까. 우형의 말이 옳은 지점이 있었다. 각오를 단단히 해야만 했다.

"……."

"바쁜 거 알지만, 그래서 다른 일도 많은 거 알지만, 가능하면 긍정적으로 생각해 줘. 너한테도 진지하게 생각해 볼 시간이 필요할 거 아냐."

선혜는 미친 듯이 쿵쿵대는 심장 때문에, 우형의 반응을 살필 수 없었다.

그렇게 많은 시간이 흘렀다.

"제 방에서도 커튼 걷으면 정원 잘 보여요."

우형이 선혜를 돌려세웠다.

"오늘도 거기서 같이 잘까요."

선혜는 볼을 조금 붉히고 고개를 끄덕였다. 둘은 다시 우형의 침실로 갔다. 두 사람은 섹스했고, 함께 잠들었다. 우형은 몸이 겹쳐져 있는 내내 예쁘다는 말을 셀 수 없이 속삭였다.

"진짜 예뻐요. 빛이 막 반짝거리는 거 아세요? 마음 아플 만큼."

다정한 말만 뱉는 입술에 선혜가 먼저 키스했다. 욕심이 났다.

평생 이 남자를 곁에 두고 달콤한 말을 혼자 독차지하고 싶었다. 같은 의미는 아닐 수도 있지만, 선혜 역시 우형이 빛난다고 생각했다. 마음 아플 만큼.

4.

일요일 오후 늦게 성철규 사장의 의식이 회복됐다. 우형은 연락을 받고 나서 두 시간 뒤에 병실을 방문했다. 성 사장은 장치에 의존하지 않고 호흡했지만, 말하는 것은 성대 쪽에 상처가 생겨 어렵다고 했다.

"괜찮으세요?"

성철규는 느리게 고개를 끄덕였다. 희미한 미소도 지어 보였다. 그는 입 모양으로 말했다.

'증거는 찾았겠죠.'

우형은 착잡한 표정으로 고개를 끄덕이지도, 젓지도 않았다. 그래도 성철규는 얼굴을 굳히지 않았다. 뭐라도 말해 보라고, 좋은 소식을 요구하는 표정이었다.

우형은 성철규와 둘뿐인 병실을 뚜벅뚜벅 걸어 냉장고를 열고 물 한 병을 꺼내 마셨다.

"주인규는 특경으로 15년 이상 살게 될 겁니다. 과실치사, 사체 유기, 각종 마약법 위반까지 해서 30년까지도 전망합니다. 유죄 선고가 되지 않는 게 불가능할 정도로 명백한 증거들이 빽빽해요."

"……"

"금요일 저녁의 사고에 관해서는, 주인규가 이희결에게 덮어씌우려고 하는 부분은 사실은 주인규의 죄였음이 다 밝혀질 겁니다. 살인교사는…… 아직 증거가 불충분해요. 명시적인 지시에 대한 직접증거는 시간이 더 흘러도 못 찾아낼지도 모릅니다."

우형은 성 사장에게 거짓을 말할 생각은 없었다. 성 사장의 시선이 계속 우형의 움직임을 쫓았다.

"하지만 저는 법의 테두리 안에서 신사적이게 굴 생각이 없습니다."

우형은 의식적으로, 성철규 사장과 선혜가 둘 다 다쳤을 수도 있었을 거란 생각을 피해 왔다. 그런데 뉴스를 굳은 표정으로 읽는 선혜를 보거나, 병실에 누워 있는 성 사장을 마주하고서는 그럴 수가 없었다. 사고로 가장 아끼는 사람들을 잃을 수도 있었다. 심지어 그가 비행기를 타지 않으면 그들의 곁으로 바로 달려올 수도 없었을 때에.

온몸의 피가 거꾸로 돌며 열이 솟았다. 당장 주인규를 찾아가 생살을 찢어발기지 않기 위해 초인적인 인내력을 발휘해야만 했다.

"사장님은 제가 하나도 안 착한 미친 새끼라는 거 아시죠."

"……."

"지금이 21세기가 아니었으면…… 이미 여기로 끌고 와서 팔다리 하나씩은 잘랐을 겁니다."

성철규가 작게 고개를 저었다. 우형이 그의 몸짓을 봤다.

"그렇게 말씀하실 걸 알았죠. 똑같이 갚아 주는 게 능사는 아니라고."

이번엔 작게 고개를 끄덕였다.

"그렇게 생각하셔서 이 지경이 된 거잖아요. 설령 사장님께서는 실체적 진실의 발견과 법적 정의 운운하면서, 개인적인 원한은 없이 용서할 거라고 말씀하실 수 있겠지만……."

"……."

"제 아내 다치게 만들려던 새끼를 어떻게 멀쩡히 살려 둬요?"

억눌린 목소리의 끝이 잘게 떨렸다. 우형은 붉어진 눈가를 만졌다. 격분이 감추어지지 않았다.

"죽을 수도 있으셨다는 거 모르세요?"

"저는 살아 있……."

성철규 사장은 필사적으로 뱉어 낸 말을 다 끝맺지 못하고 멈추었다. 고통을 견딜 수 없는 듯했다. 우형은 더 딱딱해진 얼굴로 사건의 진행 경과를 읊었다.

"회장님께서는 내일 오전에 이리로 오실 거라고 하십니다. 그다음에 회장님께 저희가 정리한 자료 전해 드리려고 합니다."

"……."

"책임자도, 결정권자도 접니다. 허락을 받으러 온 게 아니라, 알려 드리는 게 예의라 생각해서 말씀드리는 겁니다. 주인규에게 더 지옥 같은 미래를 안기는 것도요."

우형의 의지는 확고했다. 성철규는 뜻을 굽힐 생각이 없는 우형을 묘한 시선으로 바라보았다.

주 회장의 장남에 대한 사랑은 각별했다. 그러나 우형의 보고서는 이성적이지 않은 애정과 아내인 정혜윤 교수의 영향력을 전부

무용지물로 만들 터였다. 보고서에 오른 혐의 중 절반만 인정되어도 주인규는 절대로 회사로 돌아올 수 없다. 그런데 검사는 성철규와 이선혜에 대한 살인교사만 빼면 모든 혐의를 입증할 수 있다고 자신했다.

"장인어른께서도 국회에서 강도 높게 재벌 3세의 도덕적 해이에 대해서 비난하실 거라고 하니까, 여의도에서도 주인규 편들어 줄 사람 없을 겁니다."

급물살을 타긴 했지만 모든 게 계획대로였다.

"주인규는 나름대로 이희결을 이용한 완전범죄를 해냈다고 즐거워하는 중인 모양입니다. 그러나 가석방 중에 몇천억 대를 횡령하고, 비슷한 액수의 사기를 공모하고, 15년 전쯤의 조직적인 사체 유기가 전부 까발려지면…… 알게 되겠죠."

우형은 감정을 싣지 않고 말했다.

그에 더해 마약 밀반입이나 흡입, 성매매, 사기도박 등 현재 이희결에게 씌워 놓은 자잘한 범죄들도 사실은 전부 주인규가 저지른 것임이 밝혀질 것이다. 전 국민에게 지탄받으며 이희결보다도 더 거세게 매도될 터였다.

"그리고 거기서 끝나지도 않을 겁니다."

똑똑. 누군가 병실의 문을 두드렸다. 성 사장과 우형의 고개가 모두 돌아갔다.

"정현재입니다. 김지승 전무님과 같이 왔습니다."

"들어오세요."

핵심 인원이 전부 모였다. 김지승 전무이사와 정현재는 굳은 표정으로 성 사장에게 깍듯하게 인사하고는 자리를 잡고 앉았다. 보고서를 끝까지 다시 한번 퇴고했다는 김지승 전무이사는 조금도 개운한 표정이 아니었다. 정현재는 주인규의 최근 행적을 요약해서 알렸다.

"아무튼, 준비는 끝났습니다. 이희결 쪽은 연결고리를 꽤 잘 묻어 둬서 당장은 살인교사 증명이 어려울 수 있다고는 합니다만, 굵직굵직한 과거 사건이 제대로 까발려지면, 기자들이 달려들고 수사팀 충원되면서 새로운 국면이 열릴 수 있습니다. 게다가 지금 국민들 분노가 고조된 상황이니까 이희결의 범죄까지 다 주인규가 떠안으면 엄청난 후폭풍이 올 겁니다."

김지승 전무이사도 말을 더했다.

"이성적으로 생각해 봤을 때 이희결이 지금 기사로 보도되는 그 짓거리를 믿는 뒷배 없이 저질렀겠냐는 여론도 커지고 있습니다. E그룹 얘기를 슬슬 풀고 있으니 단계적으로 끌고 가는 게 어렵지는 않으리라 생각됩니다."

우형이 고개를 끄덕인 뒤 입을 열었다.

"네. 그래도 주인규에 대한 정식 보도는 제가 회장님께 말씀드린 다음이어야 합니다. 그룹 내부 사정 기사 통해 접하시는 거 극도로 안 좋아하시니까요."

"아, 그리고 김지환도⋯⋯ 주인규랑 확실히 엮일 겁니다. 제가 주인규 따라다녀도 김지환이랑 실제로 만나질 않아서 투 샷은 과거 사진으로 확보해 뒀습니다. 몇 년 전 일이기는 한데, 둘이 웃으면서 악수하는 사진으로요. 몇 년 전에 찍힌 거라고는 해도, 사진이 찍힌

시기가 문제가 되진 않을 테니까요. 투 샷이 있다는 게 중요하지."

"네. 그냥 인생 작살나게 만드세요."

김지승 전무이사는 표정 없는 우형의 얼굴을 유심히 봤다.

"그래도 학교 선배님인데, 가차 없이 작업해도 괜찮으신 겁니까?"

김 전무는 처음엔 우형이 회장이 될 재목이 아니라고 생각했다. 그가 보기에 우형은 여린 구석이 너무 많았다. 기업이라는 게 항상 모두에게 좋은 결정만 하고 굴러갈 수 없는 것인데, 우형은 강직함이 없는 유하고 다정한 년으로만 보였다.

그때 성 사장이 다가와 우형의 와이프에 대한 얘기를 했다. 이선혜. 우형이 시간이 날 때마다 사진을 들여다보는 여자. 그 아내에게 안락하고 좋은 것만 주고 싶어서 반쯤 미쳐 있는 걸 알면, 주우형이란 인간에 관한 판단이 완전히 바뀔 거라고.

"네."

김 전무는 그 말의 의미를 알게 되었다. 지금도 그랬다. 주 회장이 가끔 보여 주는 광기 서린 눈을 지금 우형의 얼굴에서도 찾을 수 있었다. 괜히 소름이 돋았다.

"저는 그런 일로 죄책감 느끼지 않습니다."

김지승은 주희철 회장이 우형에게 가차 없는 결단력을 원해 왔다는 걸 알았다. 누구보다 날카로운 눈을 가진 주희철 회장은 아들인 우형에게서 자신과 닮은 광기를 더 재빨리 읽어 낼 터였다. 그리고 속으로 아주 기뻐할 게 분명했다. 김지승은 주희철 회장이 오랜 시간 주인규를 버리고 주우형을 택할 핑계를 기다려 왔으리라 생각했다.

주 회장은 고환암을 앓은 뒤부터 병적으로 첫아들을 아꼈다. 그러나 그가 몰랐을 리가 없다. 주인규는 회장감이 아니라는 걸. 하지만 우형을 들이기 위해서는 정혜윤 교수를 설득해야 했고, 주인규를 지지해 온 수많은 이해관계인과 각을 세워야 할 수도 있었다. 주 회장도 주변의 모든 이들을 척지는 결정을 쉽게 내릴 수는 없는 사람이었다. 그러나 보고서가 건너가면, 이제 누구도 주 회장이 주인규를 계속 지지해야 한다고는 말할 수 없게 될 터였다.

남은 것은 우형이 공식적으로 인정받는 일뿐이었다. 아직 끝이 오지 않았지만, 승자를 가리기 위해 패를 열어 볼 필요도 없었다. 방 안의 세 조력자는 모두 끝이 머지않았음에 안도했다.

"오히려 저는."

"……."

"이 정도로는 만족할 수 없습니다. 감히, 제 아내한테……."

동시에 그들은 이겼다는 걸 아는데도 분노를 다스리지 못하는 우형의 태도를 이상하다고 생각하지 않았다.

바로 그 이선혜가 다칠 뻔했으니까. 그들은 몇 년간 주우형이란 사람이 무엇을 용납하고 무엇을 용납하지 못하는지 잘 알게 되었다. 이선혜는 명백하게 불가침의 영역에 있는 사람이었다.

5.

선혜는 우형이 떠난 집에서 고민했다. 핸드폰을 여러 번 들었다가 놓았다. 결국 결심을 하고 핸드폰 전화번호부를 열었다.

저장된 목록엔 찾는 사람이 없었다. 그러다가 언젠가 상대에게 문자가 하나 왔었던 것을 기억해 냈다. 1년 하고도 몇 달을 더 거슬러 올라가 원하던 번호를 겨우 찾아냈다.

—네. 누구…… 시죠?

기대한 목소리가 맞았다. 기억 속의 당찬 목소리와는 다르게 불안에 떨고 있었고, 크기도 작았다. 선혜는 자신의 직감을 신뢰하고 조금 더 밀어붙이기로 했다.

"유별 후배님. 전 이선혜입니다."

—이선혜……. 선배님이요.

"네. 기다리시던 전화는 아니죠?"

유별은 말이 없었다.

"우리 좀 만났으면 하는데요. 사고 날 거 두려우신 거 아니까, 제가 경호원들 보낼게요."

선혜는 플래너를 열어 두고 가능한 시간을 불러 주었다. 가장 가까운 시간은 당장 오늘 저녁도 가능하다고 했다. 우형이 10시에서 11시 사이에 돌아올 거라 말했으니, 경호원을 보내 집으로 불러들였다가 대화를 끝내고 다시 돌려보내는 것도 못 할 건 없었다.

유별은 한동안 말이 없다가, 차를 보내 주면 8시쯤엔 탈 수 있을 것 같다고 했다.

"제가 자비를 베풀어 주길 바라시면."

—…….

"제가 죽을지도 모른다는 걸 알고 있었다는 건 솔직하게 말씀하셔야 할 거예요."

—선배님, 저는 절대 그 정도로……

"네. 다음은 얼굴 뵙고 듣죠."

선혜는 유별보다 먼저 통화를 종료했다. 살인교사의 단서를 의외의 인물이 쥐고 있을 수 있었다. 가장 가능성이 큰 게 유별이었다.

검사와 비서실 직원이 말하길 유별은 사기와 횡령의 방조 정도에 그쳤고 우형에게 더 가까워지지 못해서 주인규와 김지환에게 팽당한 것 같다고 했는데 선혜는 그렇지 않을 가능성도 있다고 생각했다. 자신은 전문가가 아니기에 특별히 의견을 피력하지 않았는데, 혼자 앉아 사건을 되짚다 보니 그렇게 쉽게 단정할 문제도 아니란 판단이 섰다.

선혜는 우형을 기다리며 혼자서 아무것도 하지 않는 것보다야, 작은 시도라도 해 보는 게 나을 거라 생각했다. 살인교사에 대한 증거가 나오지 않아도, 유별이 주인규나 김지환에 대해 무언가를 알고 있기만 하다면 손해 보는 일은 아니었다.

적어도 유별과의 짧은 통화로 그녀가 무언가를 알고 있다는 것만은 확실하게 파악했다. 선혜는 집 안을 천천히 걸으며 머릿속을 정리했다.

6.

한 시간여가 흐른 뒤, 파리한 모습의 유별이 나타났다. 화장기 없는 얼굴에 옷까지 검정 일색이라 더 초췌해 보였다. 선혜는 유별을 1층 부엌에 앉히고 따뜻한 허브티를 내주었다.

유별은 손톱 끝이 갈라진 손으로 따뜻한 머그잔을 감싸고 온기를 느꼈다. 차는 조금도 마시지 않았다. 선혜 역시 차나 다과엔 조금도 손대지 않았다. 유별을 바라보기만 할 뿐이었다.

"후배님. 서론으로 빙빙 돌아가지 않을게요. 그럴 필요 없으니까."

먼저 운을 띄운 건 선혜였다.

"어차피 주인규는 침몰하는 배라는 거 알잖아요."

"……."

"거기 타 있으면 후배님 죽어요. 비유가 아니라…… 진짜 죽어요."

선혜는 테이블에 비뚤게 놓여 있던 갈색 서류봉투에서 사진 한 장을 꺼냈다. A4 사이즈로 거대하게 인화된 것이었다.

"흡."

통. 사진을 눈에 담자마자 유별은 잔을 잡았던 손을 급히 들어 입을 가렸다. 무거운 머그잔 안의 차가 찰랑거렸다. 과거엔 사람이었지만 더는 사람이라 말할 수 없는 무언가가 찍혀 있었다. 툭. 툭. 선혜는 차례로 사진을 두 개 더 꺼내 옆으로 늘어놓았다. 그 안에도 각기 다른 죽은 사람이 있었다.

유별은 덜덜 떨리는 손으로 입을 막고 헛구역질했다. 그러면서도 덫에 걸린 것처럼 시선은 계속 끔찍한 사진에 묶여 있었다.

"이 사람이 죽은 건 사고였고."

선혜는 첫 사진을 짚었다.

"여기 이 사람은…… 중국에서 고용된 청부업자였는데 주인규가 이 여자 뒤처리를 부탁했다가, 그다음에 입 막으려고 의도적으로 죽인 거예요."

손가락이 옆으로 옮겨 갔다.

"마지막은 자살했다고 알려진 측근이죠. 맨 첫 사진은 주인규 소행임이 증명됐고, 이 두 건은 주인규가 직접 자기 손으로 한 짓이 아니니까, 성 사장님 건과 더불어서 살인교사 증거가 충분하진 않아요. 하지만 유별 후배님은 엄격한 증명으로 범죄를 인정해야만 하는 판사가 아니니까, 심증으로도 주인규가 유죄임은 인정할 수 있겠죠."

"우욱."

유별은 정말로 속을 게워 내고 싶은지 자리에서 일어나 몸짓으로 화장실을 찾았다. 선혜는 고갯짓으로 화장실의 위치를 알려 주었고 유별은 그쪽으로 달려갔다. 선혜는 천천히 자리에서 일어나 유별을 따라갔다.

"하아…… 하아."

유별은 며칠간 먹은 것이 없는지 아무것도 게워 내지 못하고 일어나 입을 헹궜다. 그걸로도 모자라서 물을 더 세게 틀고 세수도 했다. 젖은 이마 위 머리카락에서 물이 뚝뚝 떨어졌다. 선혜는 열린 화장실 문틀에 기대어 팔짱을 낀 채 유별을 지켜보았다.

유별은 흔들리는 동공을 주체 못 했다. 말하고 싶은 게 있는지 입술을 뻐끔거리다가 물을 잠그고 목소리를 짜냈다. 시선은 내내 세면대 하수구가 있는 아래편에 고정되어 있었다.

"주인규가……."

"네."

"중국 가서 돈 주고 장 담가 달라고 그러면 너 어떻게 될지 아느냐고…….'"

"주인규가 그랬어요?"

"우…… 우욱."

유별은 다시 변기 쪽으로 가서 헛구역질을 멈추지 못했다. 아무것도 나오지 않는데, 압력 때문에 눈은 더 붉게 충혈되고, 도저히 못 견디겠는지 바닥에 주저앉아 울듯이 신음했다.

"저는 주인규가 정말로 사람 죽일 거라고는 생각도 못 했고, 이희결 선배님 기사 쏟아지는 것도 그렇고…… 결과가 이럴 거라고는 조금도 생각하지 않았어요. 그리고…… 그리고 저는…… 정말 이런 일들이 실제로 일어날 수 있고, 이렇게 무서운 건지도 몰랐어요. 제발…… 선배님."

"네."

"저는요, 그냥 선배님 엿 먹이고, 망신 주고, 돈놀이하고, 그런 것만 한다는 줄 알았지…… 물론 그것도 잘못된 거 알겠어요. 죄송해요……. 근데 주인규가 이희결 선배님 차로 성철규랑 선배님 탄 차 박으라고 지시했을 때……."

"직접…… 주인규가 그렇게 말했어요? 차로 박으라고?"

유별은 양손으로 얼굴을 가리고 고개를 끄덕였다. 그러면서 소리 내어 울기 시작했다. 선혜는 유별에게 다가가 몸을 낮추고는 유별의 등을 도닥거려 주었다. 유별의 울음소리가 더 커졌다.

두려움에 떠는 후배는 아직 자신이 들은 말의 가치를 짐작하지 못하는 모양인데, 정말로 주인규가 유별이 '성철규와 이희결을 죽여라'라고 말하는 현장에 유별이 어떤 이유로든 함께 있어서 그 말을 들었다면 그건 교사의 직접증거였다. 유별이 그 장소와 발언 경위, 관련자 등에 대해 더 상세하게 말한다면 반박 불가한 물증까지 찾아낼 수 있을지도 몰랐다.

"더 변명하실 필요 없어요. 저는 유별 후배님한테 주인규처럼 작정하고 해코지할 생각 없어요. 엿 먹이고, 망신 주고, 돈놀이하는 거…… 화가 안 나지는 않지만, 많이 반성하고 계신 것 같으니 죗값을 받으라고 여기서 더 윽박지르지 않을게요. 어쨌거나 그 사건들이 정말로 벌어진 것도 아니니까요. 미수범으로 처벌받으시는 거야 어쩔 수는 없겠지만."

유별은 약한 고리였다. 생각보다도 더. 그리고 기대했던 것보다 더 엄청난 열쇠를 쥐고 있었다.

선혜는 유별의 울음소리가 조금은 잦아들 때까지 기다렸다.

"제 기분과 무관하게 후배님이 저를 도와주면, 제가 유별 후배님을 도와줄 수도 있어요. 후배님이 말씀하신 것 이상으로 잘못한 게 없으면요."

"그렇지만…… 주인규가 제 약점을 잡고 있어요. 그냥 벗어나기가…… 지금 이희결 선배 죽기까지 했는데 이렇게 과거 하나하나 다 털리면서 매도당하는 거 보면……."

"그래서."

"……."

"10년, 20년, 30년. 영원히 주인규 및 그 측근들 노예로 살 생각이에요? 그 사람들이 앞으로 어디까지 더 시킬 수 있을 것 같아요? 아까 사진 보고 뭐 느낀 거 없어요?"

선혜는 힘주어 말했다. 유별이 불안한 거야 이해했지만, 그 불안에 동화되어 유별의 투정을 다 받아 주고 싶진 않았다. 관대하게 구는 모습을 조금 보여 주었다고 자신을 어리광부릴 대상으로 여기는 것도 싫었다.

"주인규가 검사가 자신하듯이 30년 형 받는다고 쳐요. 물론 그만큼 안 나올 확률도 있어요. 과실치사랑 사체 유기는 형량이 안 높아요. 그리고 알다시피 경제범죄는 범죄가 아닌 것처럼 포장하고 장난질 치기 쉽잖아요. 다른 측근들이 등장해서 판은 자기가 깔았고, 자기가 주범이라고 할복하듯 충성하기 시작하면 어떻게 될 것 같나요. 그나마 남는 건 마약인데, 죄질이 안 좋기는 해도 평생 감옥에 박아 두기엔 부족하죠."

"흐으……."

"주인규 나이가 아직 마흔도 안 됐어요. 살인교사 증명 못 하면 분명 교도소에서 살아서 나올 거예요. 저나 우형이야, 가진 거 많고 하니까 경호원 끌고 다니면서 안전 챙길 수 있을지도 모르죠. 후배님은 자기가 그러지 못할 것 같아서 지금 이렇게 무서운 거잖아요."

선혜는 유별이 얼굴을 가리고 있던 손을 떼어 냈다. 볼을 약하게 감싸 시선을 마주했다.

"정말 본인이 아직 큰 잘못 안 한 거 같아요? 그럼 진짜 돌이킬 수 없는 짓 저지르기 전에 발 빼세요. 바늘 도둑이 소도둑 된다는 거, 괜히 있는 속담 아니거든요."

"저는……."

"저에 대한 주인규의 살인교사, 성 사장님에 대한 살인교사, 입증

하는 거 도움 줄 수 있는 거 알아요. 지금 그 도움이 절실한 사람들이 좀 있어요. 그럼 저를 포함한 사람들이 주인규가 후배님 괴롭히게 놔두진 않겠죠. 그러니까 법정 가서, 판사 앞에서 증언하세요."

"저는, 선배님처럼……."

유별은 꾹꾹 눈 끝을 눌렀다. 그리고는 붉어진 눈으로 선혜를 마주했다. 여전히 불안한 얼굴이었다.

"10대 시절부터 쭉 자기 평생을 걸고 저만 사랑해 주는 남자가 없어요. 잘 알지도 못하는 사람 따라 한국 오고, 결혼해서도 끊임없이 헌신적이고, 세상 무엇보다도 자기 아내가 제일 중요하고…… 그래서 선배가 부러웠고……."

선혜는 유별이 갑자기 꺼낸 말이 이상하다고 생각했다. 유별은 횡설수설하는 이야기를 한동안 멈추지 않았다.

"제가 어렸어요. 죄송해요. 그냥 질투가 나서……. 사람들이 다 저는 이선혜 짭이라고 하고, 그러니까, 다른 뭐 대단한 건 아니었고, 저도 길게 생각한 건 아니었는데, 20대 초반에 주인규 명령을 한 번 들으니까. 계속 그게 발목을 잡아서……."

유별은 다시 엉엉 울었다. 웅얼거리는 문장은 어떤 단어들로 구성된 것인지 알아듣기도 힘들었다. 선혜는 작게 한숨을 쉬고 다시 유별의 등을 슥슥 쓸어 주었다.

"유별 후배님이 가진 문제, 제가 전부 해결해 주지는 못해요. 협박받고 있는 근거, 그게 영상이든 녹음이든 사진이든 아니면 다른 무엇이든지 간에, 저나 우형이나 검찰이 그거 영영 사라지게 만들어 줄 거라는 장담도 못 해요."

"……."

"하지만, 주인규한테 협조하면 그게 사라지나요? 사진 보고 구역질 못 참는 거 보니까, 아직 저런 끔찍한 장면들이 후배님한테 익숙하진 않은 거잖아요. 저는 저것들 보고 끔찍하단 생각은 했지만 이렇게 구역질까지 하게 되는 반응은 안 나오던데."

선혜는 더욱 사시나무처럼 떠는 유별이 안타깝단 생각도 했다.

"무슨 범죄를 저질러서 협박당하는 거면…… 초범인 피고인이나 수사 협조하는 피의자한텐 우리나라 법이 꽤 관대하게 적용되는 걸 제가 많이 봐 왔거든요."

"……제가 들키고 싶지 않은 과거가 있어요. 중고등학교 때 좀 나쁜 오빠들이랑 놀다가, 개명하고 살 빼고 시술도 받고 해서 얼굴도 좀 달라지고 뭐 그런 건데……. 저 엄마랑 기사 났을 때 악플 달리는 것도 주인규가 지워 주고…… 과거 아는 애들한테 명예 훼손으로 잡혀갈 수 있다고 경고 주고……."

유별은 따뜻한 실내에서도 추위에 죽어 가는 것처럼 어깨와 몸을 떨었다. 몸을 웅크리고 양어깨를 끌어안았다. 소리 없이 줄줄 흘러나온 눈물이 턱을 타고 내려가 아래로 뚝뚝 떨어졌다.

"하아. 제가 유별 후배님을 잘 모르긴 하지만. 그리고 솔직히 말해서 호감도 딱히 없기는 하지만. 누구 팔다리라도 부러뜨린 게 아니라 그냥 본인이 수치심을 느끼는 부분을 잡아서 협박당하고 있는 거면……. 후배님은 두려움에 떨 거 없어요. 그럼 그건 그냥 후배님이 피해자인 거니까."

"……."

"상대가 잘못한 건데 왜 죄책감을 후배님 몫으로 안으려고 해요. 유별 후배님, 똑똑하시잖아요. 대체 뭘 고민하세요."

유별이 뒤늦게 고개를 끄덕였다. 선혜는 몸을 추스르는 유별을 뒤에 두고 다시 거실로 나왔다. 그리고는 어제 받은 명함에 적힌 번호를 눌렀다. 일요일 밤인데도 검사는 사무실에 있다고 했다. 선혜는 그에게 요지를 짧게 말했다. 살인교사 증인 확보했다고. 아마 캐 볼 만한 구석이 많이 나올 거라고. 검사는 오늘 밤부터 유별이 지낼 안전한 장소를 확보해 주겠다고 했다.

그다음에 우형에게도 연락을 남겼다. 먼저 의논하지 못해서 미안한데, 유별에게서 괜찮은 단서를 찾은 것 같다고. 금방 그에게서 전화가 왔다. 우형은 무엇보다 선혜의 안위를 걱정했다. 통화를 끊을 때쯤에는 지금도 보고 싶다고 말했다.

최대한 빨리 달려가겠다는 말에 선혜는 괜히 멀리 앉아 있는 유별과 경호원에게 들릴까 봐 신경 쓰며 통화 볼륨을 낮췄다.

30분쯤이 지나자 검사에게서 다시 연락이 왔다. 유별을 안전한 장소로 자신들이 인수해 가겠다는 내용이었다.

금방 검찰 쪽 사람이 도착했고, 유별은 선혜와 우형의 집을 떠나기 위해 일어섰다.

"왜 그렇게 평생을 죽고 못 사는지 알 것 같기도 해요."

"뭐가요?"

"어째서 한결같이 특별한지."

유별은 선혜가 더 따뜻하게 입고 가라며 어깨에 담요를 둘러 주자, 그렇게 말했다. 선혜는 왜 아까부터 그렇게 이상한 소리를 뱉냐고 물으려다가 말을 삼켰다. 선혜가 붙잡기 전에 유별은 허리를 숙여 인사하고는 등을 돌렸다.

7.

비슷한 시간에 주인규에게 유별의 배신 소식이 전해졌다. 잠시 한눈을 판 사이에 집에서 도망쳐 주우형의 집으로 갔다고. 주인규는 자리에서 벌떡 일어나 손에 집히는 모든 것들을 다 집어던졌다. 성철규의 회복에 이어, 마카오 사고에 대한 증거가 검찰에 넘어간 것 같다고도 했다. 이희결을 잘 처리해서 축배를 드나 했는데, 모든 게 순식간에 망가지고 있었다.

"이선혜, 이선혜……."

한참 기력을 소진한 뒤에, 주인규는 풀린 눈으로 중얼거렸다.

"그 년만 잡으면 주우형은 조종할 수 있어. 아직 끝난 거 아냐. 아직…… 아냐."

덜덜 떨리는 손으로 다시 주사기를 찾았다. 주인규의 이성은 한참 전부터 제대로 작동하지 않고 있었다.

8.

문득, 한 번도 생각지 않았던 의문이 일었다.

우형에게 10대 시절에 관한 이야기를 길게 들었던 적이 있었던가. 특별히 알고 싶지 않았고, 그래서 묻지 않았기에 그때의 우형이 어떤 굴곡을 겪었는지 자세히 들을 기회는 없었다.

타박. 타박. 선혜는 우형의 공간에 발을 들였다. 우형은 2층 어디든 마음대로 돌아다니라고 했다. 그래서 우형이 문을 활짝 열어두고 떠난 서재에 들어갔다. 그곳에서 한참 전의 연도가 적힌 앨범을 찾아냈다. 인화된 사진으로 채워 넣은 다음에도 여러 번 열어 보았는지, 앨범의 책등이 꽤 해져 있었다.

앨범을 반쯤 꺼냈다. 그러면서 방금 유별이 남기고 간 말을 돌이켰다.

'잘 알지도 못하는 사람 따라 한국 오고…….'

유별은 우형의 그녀를 자신과 동일시하는 듯했다. 말도 안 되는 주장이었다. 그런데 그 말을 듣자 묘한 기시감이 들었다. 과거에도 몇몇 사람들이 마치 우형이 자신을 오랫동안 좋아해 온 것처럼 말한 적이 있었다. 특히 성철규 사장이 그랬다. 그때는 고민 없이 헛소리라 치부했다. 그랬던 순간순간이 갑자기 선명해졌다. 이상한 기분이었다.

과거의 자신은, 마치 명동에서 길을 걷다가 관상이 좋은 분이라는 얘기를 들었던 때처럼 행동했다.

'운이 엄청 좋은 눈썹을 가지고 계시는 거 아시는지요…….'

'죄송합니다. 제가 급해서요.'

발걸음을 빨리하는 선혜는 그들의 말을 조금도 신경 쓰지 않았다. 왜냐면 그냥 던지는 말이니까. 특별한 의미가 없으니까.

사람들이 우형에 관해서 했던 말도 똑같다고 생각했다. 몇 년에 한 번씩 누군가에게 의미심장한 말을 듣더라도, 그건 크게 신경 쓸

가치가 있는 말이 아니었다. 왜냐면 사실이 아니니까. 우형은 다른 사람을 사랑하니까. 그에게는 이선혜에게 줄 몫의 애정이 없어서, 자신의 삶엔 그에게 사랑받을 순간이 오지 않을 테니까.

자신을 지키려는 무의식이 그렇게 행동하게 만들었나.

확증편향에 갇혀 우형이 자신을 좋아하지 않는다는 사실에 힘을 실어 주는 정황만 중요하게 받아들였다. 그런 말은 여러 번 돌이켰다. 계속해서 높은 가치를 부여했다.

톡. 선혜는 앨범을 뽑아 들었다. 우형은 결혼식 이후로 쭉 지갑에 결혼식 사진을 넣어 다녔다. 중요한 사진을 품고 다니는 게 이전부터 가지고 있던 습관이라면, 결혼 이후에 다른 여자의 사진을 가지고 다니는 걸 도리가 아니라고 생각할 우형이, 사랑하는 그녀의 사진을 이곳으로 옮겨 두었을 수도 있었다.

이 앨범을 열면 우형이 좋아했던 여자의 사진이 나올까.

나는 갑자기 뭘 확인하고 싶어진 걸까. 대체 무슨 정신 나간 환영에 취한 걸까.

끼긱. 선혜가 손톱으로 앨범을 긁었다. 책상 위에 놓인 앨범에 길고 얇게 스크래치가 생겼다. 두려운 생각도 몰려왔다. 남편의 사생활을 몰래 뒤지려는 행동이 끔찍하게도 느껴졌다.

달칵. 서재의 문이 열렸다. 쿵. 선혜의 심장이 놀랐다.

"뭐 하고 계셨어요?"

탁. 선혜는 열다 만 앨범을 덮었다. 그리고는 돌아섰다. 꺼내 놓은 앨범은 등 뒤에 가려졌다. 문가에 우형이 있었다. 그는 코트도 벗지 않은 차림으로 다가왔다. 눈이 마주치자 다정하게 웃어 주었다. 그가 다짐했던 대로 일을 빨리 끝내고 달려온 듯했다.

"그냥……."

우형은 더 가까이 다가와 선혜를 품에 안았다. 선혜는 그가 책상 위에 놓인 앨범을 발견하지 못하길 바랐다.

"유별 얘기는 들었어요. 증인 확보는 감사드릴 일인데, 조금은 안전에 신경을 써 주세요. 사람들 물리고 둘이서만 있으면 제가 불안하잖아요."

"응."

선혜는 우형의 어깨에 손을 올리고, 그를 조금 앞으로 밀었다. 그의 시야에 앨범이 잡히는 일이 없도록.

"자기 몸 신경 안 쓰는 거, 저한테 엄청 잔인한 일이란 거 아셔야 해요."

"우형아."

"네."

선혜는 그의 목에 팔을 감고 키스했다. 우형은 갑작스러운 행동에 놀란 듯 눈을 떴다가 더 적극적으로 선혜를 받아 주었다. 덜컥. 어딘가에 우형의 옷이 걸리자, 선혜는 우형의 몸을 빙글 돌렸다. 그리고는 입술을 뗐다. 이제 우형은 앨범을 볼 수 없었다.

그는 읽을 수 없는 표정으로 선혜를 보았다. 앨범은 적어도 내용을 펼쳐 보면 그 안에 무엇이 있는지 알 수라도 있다. 그러나 우형은 책이 아니라서, 내면을 펼쳐 볼 방법도 없었다.

선혜는 혼란스러웠다. 자신이 확인하고 싶었던 부분도 어이가 없게 느껴졌고, 지금 그에게 저 앨범을 감추려는 건 심각할 정도로 우습게 느껴졌다.

앨범 안에는 우형의 사진밖에 없을 수도 있었다. 완전히 의미 없는 풍경 사진들로만 채워져 있을지도 몰랐다. 그래서 우형이 앨범을 발견해도 아무런 의아함을 느끼지 않을 가능성도 있는데 자신은 앨범을 들키지 않기 위해 필사적이었다. 도둑이 제 발 저린다고. 선혜는 그가 앨범을 발견하면 아무렇지 않을 수가 없을 것 같았다.

"일찍 오길 잘했네요."

"어떻게⋯⋯확신해?"

두 말이 엇갈렸다. 선혜는 우형을 꽉 안았다. 따뜻하게 바라보는 눈을 피하고 싶었다. 그를 피하고 싶어서 숨은 곳이 온기 가득한 품이란 게 이해 가능한 행동인지는 생각하고 싶지 않았다.

"어떻게 수십 년이 지나도 나에 대한 마음이 변하지 않을 걸 알아?"

왜 묻고 싶은지 자신도 모르겠는 물음이 튀어 나갔다.

"저는 저니까요."

"⋯⋯."

"수십 년이 지난다고, 주우형이 제가 아닌 다른 사람이 될 리가 없잖아요."

이상한 가능성이 솟았다. 마치 초능력을 발견한 드라마의 주인공이 된 기분. 조금도 믿을 수가 없는 가능성을 직면한 듯했다. 동시에 그 모든 망상이 산산이 조각날까 봐 겁이 났다. 왜냐면 말이 안 되니까. 정말로 말이 안 되니까.

"무슨 일이 또 있으셨어요?"

우형이 등을 쓸어 주었다. 선혜는 고개를 끄덕이지도, 젓지도 않으면서 더욱 그의 품 깊숙한 곳으로 들어갔다.

"우형아."

"네."

"내가 괜히 나서는 게 아니라, 너한테 도움이 되는 중인 건 맞지?"

"그럼요."

우형이 웃었다. 그는 물음과는 완전히 다른 이야기를 꺼내는 걸 조금도 문제 삼지 않았다.

"그럼 나 상 줘. 어쨌거나 잘한 일이잖아."

더 품에 파고들었다. 우형은 아주 소중한 것을 다루듯이 선혜의 몸을 쓸다가, 웃음기 가득한 말투로 선혜의 귓가에 속삭였다.

"저도 상 주시면 안 돼요? 저도 오늘 꽤 처리 잘하고 들어왔는데. 엄청 빨리 끝내고 얼굴 보려고 달려오기도 했어요."

"그래. 뭐 해 줬으면 좋겠는데."

선혜가 얼굴을 들었다. 서로 마주 보고 웃었다.

"기분 엄청 좋아지는 거요."

"……."

"저도 오늘 특별히 더 잘해 드릴게요. 기대하세요."

우형이 툭툭 코트의 단추를 풀어 대충 아무 데나 걸쳐 놓더니 선혜의 몸을 번쩍 안아 들고는 선혜를 자신의 방으로 데려갔다. 그 뒤는 어제와 비슷했다. 우형은 역시 다짐했던 그대로를 실천했다. 뇌가 마비되고, 온몸의 신경이 녹아내리는 것 같아 정신을 차릴 수가 없었다.

밤 내내, 성적 흥분과는 다른 이상한 느낌이 끊임없이 이어졌다. 쾌락과 다른 감각이 계속 자극됐다. 그 감각에 무엇이라고도 이름 붙일 수 없었다.

수많은 물음이 차올랐다가 순식간에 사라졌다. 묻고 싶지만, 알기 싫었다. 혼란스러웠다.

"행복해서 죽을 것 같아요."

우형이 물기 가득한 목소리로 속삭였다. 몸을 압박하는 무게감에 숨이 막혔다. 먹먹하게 심장을 괴롭히는 감정을 견디기 힘들었다. 그걸 들키지 않기 위해 우형의 어깨에 이마를 대고 얼굴을 가렸다.

우형이 허벅지 안쪽에 남기는 울혈을 흉내 내어 그의 쇄골 근처에 붉은 자국을 남겼다. 우형은 손으로 흔적을 더듬으며 정말로 행복해서 죽을 것 같다는 말을 반복했다.

선혜는 오늘은 묻지 않기로 했다. 그가 자신을 아껴 온 시간이 생각보다 훨씬 오래되었을지도 모른다는 착각은 혀가 아플 만큼 달았다. 달콤한 착각에 잠시만 더 파묻혀 있고 싶었다.

9.

선혜는 경호원이 문을 열어 주자 차에서 내렸다. 그리고 행동을 정지했다. 건너편에 가로로 세워진 오픈카에서 선글라스를 벗으며 내린 사람이 주인규이기 때문이었다. MZ컴퍼니가 입주한 건물의 주차장을 주인규가 찾을 이유는 하나뿐이었다. 아마도, 자신을 만나기 위해서.

"안녕하세요. 제수씨."

몇 미터 거리에서 주인규가 마치 어제도 본 사이처럼 평범하게 인사했다. 그러나 그의 안색은 조금도 평범하지 않았다. 눈은 충혈되어 있었고, 심히 불안정해 보이는 것이 무언가에 취해 있는 것 같기도 했다.

"뒤로 물러서 주시길 바랍니다."

선혜가 답을 고르는 사이, 경호원이 주인규의 앞을 막아섰다.

"비켜."

주인규는 순식간에 표정을 굳히고서 명령했다.

"죄송합니다. 상무님. 그런데 지금……."

"꺼지라는 소리 안 들려?"

"그게……."

"주우형이 너희 다 잊어도 나는 기억해. 내가 깜빵에 가든 어디에 가든 너네 인생 하나 못 조질 것 같아? 그냥 내가 내 가족, 우리 똑똑하고 나이스한 제수씨랑 얘기 좀 하겠다는 거잖아. 멀쩡하게 안 다치고 돌려보내 줄 테니까, 나랑 이선혜랑 잠시만 얘기할 수 있게 해 줘."

경호원들은 주인규의 눈치를 봤다. 주인규는 그들이 E그룹의 후계자로 오랫동안 인식해 온 사람이었다. 뼛속에 새겨진 두려움이 그들을 망설이게 하는 듯했다.

"상무님……."

경호원들이 애원하듯 말하는 것을 끊고, 선혜가 끼어들었다.

"말씀하세요. 거기에 떨어져서."

선혜는 더는 주인규가 거리를 좁히게 할 생각이 없었다. 그대로 핸드폰을 들어 우형에게 메시지를 남겼다. 주차장에 주인규가 왔다고. 우형이 바로 읽은 것도 확인했다.

"그래요, 뭐."

"네. 무슨 일 때문에 오셨나요."

"우리 동생이랑 이혼 생각 있으시다면서요. 로펌 가서 상담도 받은 걸로 아는데."

혀가 꼬여 있었다. 선혜는 나쁜 직감을 떨치지 못했다. 그녀는 주차장 상부에 달린 CCTV를 확인하고, 타고 온 차에 달린 블랙박스 카메라의 화각을 신경 썼다. 주차장엔 차가 많지 않아서 다른 차들의 블랙박스엔 의존할 수 없을 듯했다. 손에 들고 있던 핸드폰의 녹음기를 켰다.

"사랑받는 며느리 되기는 글렀던데. 우리 회장님이 별로 자기 생각 있는 여자들을 좋아하지 않으시거든. 여자란 자고로 내조나 해야지 밖으로 돌면 못 써요."

"이혼 안 합니다. 그리고 딱히 주 상무님께서 신경 쓰실 문제는 아닌 것 같습니다."

"주우형, 걔 싸이코 같은 거 알죠? 눈빛 보면 쎄하잖아. 나중에 무슨 사고 칠 것 같지 않아? 우리 집안엔 그런 피가 흐른다고. 그 새끼 대체 어떻게 믿어? 어?"

"……."

"너무 믿지 마시라고. 사진 보니까 저번 주에도 미술관이랑 레스토랑에서 달달하시던데. 그딴 5만 원도 안 하는 거지 같은 식당에서.

돼지우리같이 바글바글한 데에서는 무슨 작품을 본다고……."

미행을 붙였기 때문에 할 수 있는 말이었다. 선혜는 불쾌감을 감추기 위해 노력하지 않았다. 주인규도 선혜의 표정을 신경 쓰지 않는 기색이었다.

"주우형이 진짜 또라이야. 나중에 무슨 짓을 할지 모르지."

"왜 그런 말씀을 하시는지는 모르겠지만……."

"똑똑한 거로 여기저기 유명하더라고, 이선혜 이사님."

그의 말에는 요지가 없었다. 선혜는 그가 한계를 직면했다는 걸 알았다. 동시에 그는 자신에게 우형을 배신하는 대가로 제시할 수 있는 게 하나도 없다는 것 역시 알았을 터였다. 돈도, 무엇도. 그렇다면 왜 나타나야 했을까. 아무런 목적도 없지는 않을 것 같았다. 선혜는 그나마 남은 가능성 하나를 떠올렸다. 이성을 잃은 채로 저지를 수 있는 마지막 발악.

주인규는 정말로 선혜에게 협조의 대가로 약속할 수 있는 것이 없었다. 정보가 더 많이 수집되면 수집될수록 주우형이 파 놓은 새로운 덫에 맞닥뜨렸다.

"저는 그만……."

선혜는 판단을 내리고 도망치려 했다.

그 순간, 주인규가 자켓을 들어 보였다. 선혜는 순간 호흡을 잊었다. 검은 금속으로 만들어진 권총이 그 안에 있었다. 한국에서 휴대가 가능한 물건은 절대 아니라는 걸 알았다. 그러나 저걸 몸에 지닌 사람이 주인규임을 고려하면 저것이 진짜 총이 아닐 거라 낙관할 수는 없었다.

"이선혜한테 더 다가가면 쏠 거야."

경호원들이 우뚝 멈추었다. 그들의 얼굴에 낭패감이 짙게 서렸다. 한국에서는 겪는 게 흔치 않은 총기 위협 상황이었다.

"주변에 어떻냐고 물어보면 다들 그렇게 말해. '어, 이선혜 이사요? 똑똑하고, 감각 좋고, 센스 탁월하고, 깔끔하고.' 다들 하나같이 유능하다고 칭찬 일색이야. 그런데 반반한 새끼가 웃으면서 고작 5만 원짜리 만두전골 사 주니까 넋 놓고 웃는 것 좀 봐."

"……."

"만두전골 5만 원어치 처먹이는 대신에, 주우형은 나중에 너랑 이혼하면서 감정에 호소해서 그래도 우리가 사랑했던 사이네 어쩌네 미래를 위해 어쩔 수 없네, 다른 배우자가 필요하네 하면서 자기 돈 15조 원을 지킬 거라고. 씨발. 5만 원짜리 밥 먹여서 15조? 워런 버핏의 할아버지가 와도 그건 못 해."

주인규는 망상과 망상을 이어붙여, 괴이한 이야기만 꼬인 혀로 이어갔다.

"말씀 다 하셨…… 나요?"

"아직 많이 남았는데."

끼익. 저 멀리서 차 한 대가 주차장에 진입하는 소리가 들렸다. 선혜는 주인규로부터 조금이라도 더 멀어지려고 했다. 경호원들에게 눈짓을 보내자, 그들도 잔뜩 긴장한 표정으로 조금씩 더 다가왔다.

주인규는 피식 웃었다. 철컥. 장전한 총이 선혜를 향했다. 주인규는 그대로 뒤로 한 걸음 물러났다. 그는 천장이 뚫린 오픈카의 운전석을 다시 열었다. 지하 4층의 주차장엔 차가 많지 않았다. 그런데도 멀리서 차가 내려오는 소리를 주인규는 의식하지 않았다.

"이대로 쏘고, 도망치는 건 어떨까 싶어. 범죄인 인도 안 되는 동네로 빠르게 전세기 타고 날아가는 거지."

드릉. 주인규가 차에 시동을 걸었다. 창문이 내려진 상태였다. 그는 그대로 옆에 서 있는 선혜를 쏘고 달아날 생각이란 걸 조금도 감추지 않았다.

"가기 전에 경찰이나 검찰한테 잡혀도 뭐, 나 혼자 죽는 것보다야 낫지."

주인규는 선혜에게 계속 총을 겨눈 채로 말했다.

"어? 그냥 주우형도 죽고 나도 죽는 거야. 주우형 죽이는 것보다 주우형 와이프를 죽이는 게 더 가성비가 좋을 것 같더라고. 사랑에 미친 내 동생은 어마어마하게 고통받겠지. 나 기분 째지라고."

"……."

"애초에 이성창 의원 딸 하나만 죽여 놓으면 그 새끼가 한국으로 돌아올 일도 없고, 그랬겠지? 이걸 왜 이제야 알게 됐을까."

총구가 겨누어진 건 선혜의 심장이 있는 부위였다. 선혜의 시야에 익숙한 차종이 걸렸다.

"하나 죽였을 때는 세상이 노래졌지. 존나게 무섭더라고. 근데 몇 명 쌓이니까 이젠 아무렇지도 않아. 오히려 나 엿 먹이려던 새끼의 삶의 이유를 처리했다고 내 기분이 더 좋아지지 않을까? 이 선혜 시체 만들면 제대로 인생 좋되는 건 주우형이라고."

정말로 우형의 차였다. 운전석에 앉은 것도 우형이었다. 선혜의 동공이 확장됐다. 주인규는 그쪽은 조금도 보지 않았다. 선혜를 죽여야겠다는 생각 외에는 무엇도 할 수 없는 듯했다. 극도로 흥분한 상태라 인식범위가 좁아진 것처럼 보였다.

모두가 얼어 있는 상황에, 주인규 홀로 즐거운 표정이었다.

"어차피 빵에 가서 못 나올 거 하나 더 죽인다고 뭐 큰일 나겠어? 주우형도 존나게 고생 좀 해 봐야지."

선혜는 혈색이 빠진 얼굴로 주인규를 봤다. 총기도 문제였지만, 속도를 줄이지 않고 접근하는 차도 문제였다. 끼익. 멀리서 다가오던 차가 급하게 좌회전했다.

주인규는 환하게 웃었다. 그리고 방아쇠에 손가락을 걸었다. 선혜의 시선이 왼쪽으로 돌아갔다. 차가 오고 있었다. 비명도 나가지 않았다. 주인규는 무언가 이상하단 걸 그제야 알았다. 모든 행동이 경직됐다.

"어⋯⋯."

끝내 그는 총을 놓쳤다. 쾅. 주인규가 탄 차가 우형이 운전해 온 차와 충돌했다. 세단이 오픈카의 운전석에 비스듬하게 박혔다.

순식간에 붉은 피가 솟아올랐다. 안전벨트도 제대로 매지 않은 양 차의 운전자 모두가 정신을 잃었다. 응급차의 사이렌 소리가 점점 커졌다.

순정

1.

　사실은 차에서 잠시 꿈을 꿨다. 몸이 피로했는지, 사무실까지 가는 짧은 시간 동안 선잠에 빠져들었다. 꿈에서 선혜는 퇴근하여 막 집에 도착한 참이었다. 문을 열고 들어갔다가 1층 소파에 앉은 우형을 발견했다. 그는 고개를 숙인 채 바닥을 보고 있었다.

　"우형아."

　다가가서 안기고 싶었지만, 어쩐지 분위기가 냉랭해서 쭈뼛거리게 됐다. 느리게 조금씩만 다가갔다.

　우형이 뒤늦게 고개를 들었다. 선혜는 얼었다. 싸늘한 시선이 그녀를 향했다. 더는 발걸음을 옮길 수 없었다.

"와서 앉으세요."

선혜는 한참을 멈추어 있다가, 긴장 때문에 외투도 벗지 못하고 소파 끄트머리에 걸터앉았다.

"……할 말 있어?"

그는 한숨을 한 번 쉬었다. 팔짱을 낀 몸은 조금도 그녀를 향해 열려 있지 않았다.

"적당한 변호사 찾으세요. 제가 이미 K&L에서 상담을 받았으니까, 그 로펌은 가지 마시고."

우형은 서류 한 장을 펄럭였다. 순식간에 테이블 위에 서류들이 쌓였다. 선혜는 그게 꿈이기 때문에 가능한 장면이라는 생각을 조금도 못 했다. 그저 얼어붙은 표정으로 서류 더미를 볼 뿐이었다.

"올해 끝나기 전에 협의해요."

"협의?"

"네. 협의이혼."

선혜는 멍했다. 우형이 갑자기 사라졌다. 그는 계단을 반쯤 올라가다 말고 밑을 내려다보았다. 선혜는 한참이 지나도 무드등이 만든 우형의 그림자가 움직이지 않는다는 걸 깨닫고는 뻣뻣해진 목을 필사적으로 돌렸다. 그가 보였다. 여전히 차가웠다. 원래 무드등이 달린 자리가 아니지만, 선혜는 거기까지 생각하지 못했다.

"갑자기……."

"……."

"갑자기 왜 그래."

"'갑자기'가 아니잖아요."

우형은 한 걸음씩 계단 위로 올라갔다.

"말도 안 되는 소리 하지 마."

"글쎄요."

낮게 깔린 목소리는 크지 않았다. 갑자기 우형이 눈앞에 섰다. 안아 줄 것처럼 몸을 가까이하고서는, 온기가 조금도 담기지 않은 말만 뱉었다.

"선배님을 위한 거예요."

"……."

"저를 위한 거기도 하니까 죄책감은 느끼지 마세요. 그냥 최대한 빨리……."

선혜는 그의 말이 맺어지기 전에, 호흡을 멈춘 채로 눈을 떴다. 그리고 회사 앞 사거리 횡단보도의 신호등이 바뀌는 걸 봤다. 쿵쿵 뛰는 심장을 부여잡자 옆의 경호원이 괜찮으시냐고 물었다. 선혜는 느리게 고개를 끄덕였다. 멍했다. 주차장에 차가 세워진 뒤에 사무실로 올라가면 커피라도 한 잔 마셔야 할 것 같았다.

과거의 자신이 내뱉었던 말들이 비수가 되어 박혔다. 말도 내뱉지 못할 고통이 몸을 뒤흔들었다. 심장이 터져 피가 줄줄 사방으로 흐르는 기분이었다. 그리고 실제로 주인규의 피가, 상상했던 이미지처럼 터져 나오는 걸 봤다.

내가 대체 무슨 짓을 한 거야.

대체 지금은 또 무슨 일이 일어나는 거야.

쾅.

꿈처럼 우형이 순식간에 왔다. 하지만 여기는 꿈이 아니다.

2.

달려가 품에 안았다. 우형아, 우형아. 불러도 깨어나지 않았다. 그때부터는 어떤 소리도 낼 수 없었다.

삑삑. 삑. 삐익.

정신을 차리고 보니 기계음 가득한 병원 한복판이었다.

며칠 전부터 경험한 것들이 통째로 전부 다 현실 같지 않았다. 귀가 얼얼할 정도로 시끄러운데 머리가 인식할 수 있는 소리는 몇 개 없었다.

주인규는 하반신이 마비될 것 같다, 아내를 구하기 위한 정당방위라서 우형에게는 어떤 혐의도 적용되지 않을 것이다……. 몇 가지를 겨우 건졌다. 하지만 진정엔 조금도 도움이 되지 않았다. 우형이 눈을 뜨는 것 외에 중요한 건 아무것도 없었다.

누군가가 사건의 경위를 말해 주었다. 우형은 선혜가 연락하기도 전에 차에 올랐다고 했다. 주인규가 차를 몰고 간 목적지를 듣자마자 미친 것처럼 액셀을 밟았다고. 그 와중에 겨우 지하 4층이란 메시지만 확인한 듯했다. 직접 주인규가 총을 들고 사모님께 찾아갈 거라고는 생각하지 못한 자신의 불찰이라고, 누군가가 사죄했다.

선혜는 우형이 마지막으로 그녀를 보고 짓던 표정을 알았다. 그가 마지막으로 하려던 말이 무엇인지도 알았다.

우형은 조금도 망설이지 않았다. 그는 주인규가 총을 발사할지도 모른다는 걸 깨닫자마자 주저 없이 몸을 내던졌다. 자기 자신의 안전에 대해서는 조금도 고민하지 않았다.

어떻게 나한테 그렇게 잔인할 수가 있어.

시차를 두고 우형의 말을 이해하게 됐다. 그 상태로, 마지막일지도 모르는 순간에 시선을 맞추고 말했다. 사랑한다고. 입 모양만 보고도 잘못 알아들을 수 없었다. 아주 느리게 지나갔다. 사랑한다는 말이 정말로 끔찍하게 느렸다.

그리고 쾅. 파열음이 났다. 세상이 순식간에 흑백으로 변했다.

3.

'한국에 오게 된 일등공신이시죠.'

'네?'

'우형이가 결혼하러 왔잖아요. 여기에. 한국, 서울.'

성철규 사장은 그렇게 말했다. 크게 의미를 두지 않았다.

'……그런가요.'

'그럼요. 아직 다 크지도 않은 애가 가정부터 꾸리는 게 걱정이지만, 오랫동안 바라던 거니까, 제가 막을 수도 없고…… 우형이한테는 더 도움이 되겠죠. 잘해 주세요. 조금만 잘해 주셔도 엄청 좋아할 겁니다.'

'우형이가…… 결혼을 일찍 하고 싶어 했나 봐요.'

'네. 거의 열 살 때쯤부터? 조숙했죠.'

점점 알 것 같다.

'약간 미친 것 같긴 해도. 내 딸 고생시킬 놈은 아니란 생각이 든다.'

아버지도 그렇게 말했다.

'너한테 잘할 거야. 내 딸한테 함부로 굴 녀석은 아니다.'

아버지는 이상하게 자신과 우형의 사이에 문제가 생길 수 있단 생각을 안 하는 듯했다. 그 이유를 아버지의 죄책감 때문이라고 생각했다.

성철규 사장과 아버지는 아마도, 우형의 사랑을 알았겠지. 그래서 확신에 차 말한 것일 터였다. 이선혜를 만나러 한국에 온 10대 중반의 주우형에게는 그 사랑만 빼면 남는 게 아무것도 없었을 테니까.

"미안해."

자신은 계절이 하나 다 흘러가지도 않은 시간도 힘들어 견디지 못했다. 내내 사랑받고 있는데도 힘들어하고 우울해하고 괴로워했다. 조금 떨어진 나라에 그가 가 있는 며칠 동안엔 모든 게 망가진 기분이었다.

우형이 견뎌 온 시간이, 감당해 낸 고통이 어느 정도였을지 짐작도 할 수 없다.

"정말 미안해."

울지 않으려고 하는데 잘 안 됐다. 우형의 다정한 포옹이 필요했다. 옆에 있는데도 안길 수가 없어서 죽을 것 같았다. 손을 잡고 이름을 불러 보는 것밖엔 하지 못했다.

4.

왜 몰랐을까. 어째서 이렇게 극적이어야만 하는 걸까. 그동안 얼마나 힘들었을까. 지금은 또, 얼마나 아플까.

기억을 더듬었다. 어쩐지 익숙한 것 같은 소년을 언제 만났었는지. 돌진하는 차로부터 구해 내기 위해 급히 당기자, 힘없이 당겨지던 몸이 기억났다. 피가 줄줄 흐르는데도 조금도 아프지 않은 표정으로 자신을 바라보았다. 다친 손엔 바이올린을 켜는 사람 특유의 굳은살이 곳곳에 박혀 있었다.

말없이 쫓던 시선도 기억났다. 기사가 끌고 온 고급스러운 독일제 차와, 차만큼이나 비쌀 것 같은 바이올린이 든 케이스. 그 이상은 자세히 기억나지 않았지만, 이제야 알게 됐다. 첫 만남은 그때였다.

'선혜야, 가자.'

'응.'

듣는 귀가 깐깐한 옆방의 바이올리니스트.

'바이올린이랑은 피아노나 첼로가 상성이 좋잖아요. 제가 바이올린을 하니까, 피아노나 첼로를 하는 사람이랑 잘 맞을 거예요.'

자신은 단 한 번도 우형에게 어렸을 적 배웠던 피아노나 첼로에 대해 말한 적 없었다. 짐작건대, 누군가가 그에게 그 사실을 알려 주지도 않았을 것이다.

그는 알고 있었다. 옆방에서 어설픈 피아노와 첼로를 들려주던 사람이 누구였는지. 그게 이선혜였다는 걸, 그는 처음부터 알고 있었다.

5.

　시간이 길게 흘러간 것은 아니다. 그래도 억겁의 세월이 흐른 것 같았다. 우형은 잠시 눈을 뜨고 반응을 보이기도 했다. 그는 선혜의 손을 꽉 잡았다.

　사랑해요. 시도 때도 없이, 그는 그 말만을 정확하게 남기려는 듯했다. 마지막으로 해야만 하는 말은 그것이었다는 걸 온몸으로 말했다. 선혜는 눈물을 삼켜 내며 고개를 끄덕였다.

　그를 위해 놓아줄 수 있을지도 모른다는 건 거짓말이다. 놓지 말아야 할 이유만을 찾고 있다. 이제는 어떠한 이유가 생겨도 보내 줄 수 없다.

　우형은 깊이 잠들었다. 의사는 불안해하지 말라고 했다. 모든 수치가 다 좋고, 후유증도 크게 남지 않을 거라고도 했다. 큰 무리 없이, 깊이 자고 깨어나면 되는 거라고 여러 번 강조하며 선혜를 안심시키려 애썼다.

　선혜는 우형의 몸을 살며시 흔들어 봤다. 그가 자신을 다정하게 깨워 주었듯이, 귓가에 듣기 좋은 목소리를 속삭이면서. 자신이 그의 목소리를 좋아하는 만큼이나 자신의 목소리를 좋아할지는 모르겠지만.

　"우형아…… 좀 빨리 일어나."

　목이 막혀 왔다. 더 예쁘게 말할 수 있으면 좋겠는데, 잘 안 됐다.

　"바라는 거 다 해 줄게. 시키는 대로 다 할게."

　조금도 잠들지 못했다. 그를 기다리며 반복해서 말했다.

"평생 너만 보고 살게. 네 옆에만 있을게."

누굴 위한 약속인지 모를 말이었다. 이기적인 다짐인데, 그럴싸하게 포장할 수도 없었다. 그런 쪽으로는 지금 머리가 굴러가지 않았다.

"내가 더 잘할게. 깨어나서 옆에만 있어."

손을 놓을 생각이 없었다.

똑같은, 그런 마음이었을까. 상대를 위해 무엇이든 할 수 있지만, 놓아줄 수는 없는 거. 끝내자고 말했을 때 우형이 느꼈을 기분을 생각하면 눈물이 났다. 아무것도 몰랐던 자신이 원망스러웠다.

"내가 더 아낄게."

"……."

어떻게 노력해야 그의 사랑을 비슷하게 흉내라도 낼 수 있을지 모르겠지만, 최선을 다해서 해 보고 싶었다.

"내가 더 많이 사랑할게."

다짐과 다짐만 이어갔다. 시간이 더 흐르고서, 우형의 속눈썹이 작게 떨렸다.

6.

10대 후반의 우형은 알았다. 죽은 어머니가 아버지를 얼마나 사랑했든, 어머니를 아버지의 반려로 기억하는 사람은 없다는 걸. 닿지 않는 짝사랑은 본인에게만 아련했다. 배우자가 있는 남자를 향한 연정은 어머니의 눈에만 보이지 않는 추잡한 옷을 입고 있었다.

정말로 아버지를 가지고 싶었다면 이혼을 하게 만들었어야지.

우형은 그렇게 생각했다. 어머니는 미련하고 멍청했으며, 용기도 없는 사람이었다고.

그런데 한국에 도착한 이후의 어느 날, 자신을 조금도 신경 쓰지 않고 스쳐 지나간 선혜의 뒷모습을 보며 어머니를 조금은 이해하게 됐다.

'저⋯⋯.'

'⋯⋯.'

자신은 그녀를 닮은 그녀의 아들이었다. 심지어 더 미련하고, 더 멍청하며, 더 용기도 없었다. 겨우 뱉은 목소리는 작고 작았다.

'저⋯⋯.'

한 번만 돌아봐 주시면 안 되나요.

그 하나도 제대로 말하지 못했다. 어머니는 아버지에게 전화를 걸어 미국으로 날아와 달라고 울면서 애원하기라도 했다.

우형은 그것도 못 했다. 열 시간이 아니라, 10분이면 도착할 거리에 집을 구하고서 그녀에게 말 한 번 걸어 보지도 못했다.

인사말만 수천 번 연습했다.

'주우형입니다. 사실은 제가⋯⋯.'

오랫동안 지켜봐 왔다는 듯이 말하면 스토커라고 생각하고 소름 끼쳐 할까 봐 걱정했다. 일부러 의식해서 그녀가 사적인 공간이라 인식할 법한 곳에는 가까이 가지도 않았다.

그 대신 자연스러운 첫 만남을 연출할 방법을 고민했다. 그녀가 자주 걷는 거리를 걷거나, 자주 가는 카페에 가서 코코넛 음료를 주문해 보기도 했다. 그게 전부였다. 그 이상으로 나아갈 용기를 낼 수 없었다.

이제야 겨우 물리적 거리가 줄어든 상황이었다. 괜히 성급하게 다가가려다가 지금 가진 것도 잃게 될까 무서웠다.

그러다 하루, 웨딩드레스 스튜디오 근처에서 통화하는 그녀를 우연히 발견했다. 날이 맑고 운이 좋은 날이었다. 그녀는 긴 머리카락을 넘기면서 통화에 집중하고 있었는데, 그 뒤에서 화려한 드레스가 반짝거렸다.

그녀가 배우자가 있는 사람이었다면 단념할 수 있었을까. 그녀가 그 상태로 가까이 다가와 몸을 주었다면, 자신은 그녀가 부담스러워할 이혼 요구를 할 수 있었을까? 아니, 절대. 도를 넘었다는 이유로 버림받을까 봐 덜덜 떨기만 했겠지.

자신의 목숨줄을 쥐고 있는 사람에게 무리해서 무언가를 요구하는 건 생명을 담보로 거는 일이니까. 한 시간만 더 곁에 머물러 달라고 구걸을 해야 하는 처지인데, 안락한 삶과 가정을 버려 달라고 요구했다가 질리게 만들어서 버림받으면 어쩌나 하는 걱정만 했을 것이다.

우형은 시한폭탄에 장착된 붉은 시계가 조급하게 돌아가는 걸 봤다.

'저 결혼하고 싶어요.'

—도련님?

'군대 갔다 와서, 대학 졸업하고 그러면 늦어요. 어떻게든, 저 성인 되자마자 무조건 해야 해요. 아니면 저 죽어 버릴 거예요. 장난 아니라 진짜 죽을지도 몰라요.'

올바른 일은 아니란 걸 알았다. 그래도 올바른 일이 아니란 걸 알면서도 그렇게는 할 수밖에 없는 일도 있다. 그리고 이루어 냈다.

웨딩드레스를 입은 그녀는 정말로 아름다웠다. 자신과 함께 담긴 사진을 못해도 수천만 번은 본 것 같은데 항상 이게 정말로 있었던 일인지 의심하고는 했다. 당일은 특히 극심했다. 믿을 수가 없었다. 이렇게 아름다운 사람이 자신의 망상이 아니라 현실 세계에서 자신의 배우자가 되었다니.

결혼 첫해에는 주기적으로 주민센터에 가서 서류를 떼어 봤다. 한 가족으로 표시되는 사람의 이름을 보는 게 너무나 황홀해서.

그 외에도 남편이라서 당연하게 허락되는 것들이 생각보다 더 많았다.

'제 와이프잖아요.'

많은 사람이 굳은 얼굴로 수긍했다.

'저 결혼했어요. 누군지 아실 수도 있는데.'

'아내분이 그…… 저희 단과대 선배인 선혜 언니 맞으시죠.'

'네.'

그렇게 말하고 나면 하루 내내 기분이 좋았다. 김지환만 엮이지 않으면 그랬다. 그들이 아내의 대학 생활을 돌이키며 이물질을 그 안에 투척할 때는 숨을 깊게 쉬면서, 그래서 이선혜의 남편이 누구인지를 수십 번씩 묻고 답했다.

나라고. 김지환이 아니라 나라고.

그리고는 항상 같은 끝에 다다랐다. 선혜에게 자신이 줄 수 있는 모든 것을 주어야 한다는 결론.

그녀를 만나고 싶어서 한국에 오려고 했다. 그러기 위해서는 성철규를 비롯해 주인규를 E그룹 회장으로 만들어서는 안 된다고 생각하는 사람들에게 협력할 필요가 있었다. 그렇다고는 해도 정말로 E그룹을 가지고 싶어 필사적이지는 않았다.

'네가 바라는 대로 될 거야. 반드시.'

그러나 그녀가 신혼여행을 가서 원한다고 말한 순간부터는 달라졌다. 그녀의 의지에 반해 자신의 아내로 만들었으니, 대가로는 무엇이라도 지급할 생각이었다. 그녀가 원하는 것이라면 무엇이든 품에 안겨 주기로 결심했다.

'나도 언젠가는 E그룹 회장님 사모님이 되겠지.'

돈과 권력을 진지하게 갈망하게 된 건 그래서였다. 그녀가 권력욕에 심취한 사람이 아니란 걸 알게 된 다음에도, 무엇이든 안겨 주고 싶은 마음에 그 목표를 향해 변치 않고 달려갔다.

7.

우형은 주인규를 싫어했지만, 자신이 그에 비해 선하고 깨끗한 정신을 가졌다고 생각하진 않았다. 자신은 그보다 더 맹목적인 추종에 빠져 살기 때문이었다.

자신이 그보다 나을 수 있는 건, 추종하는 대상이 더 선하기 때문일 뿐이었다. 아내가 마약 범죄자라면 자신은 진작에 망가져서 더한 진창에 구르고 있을 터였다. 그녀가 무슨 짓을 시키더라도, 변함없이 모든 걸 바쳐 사랑했을 테고.

나는 어디까지 악한 짓을 해도 되는 걸까. 그 질문은 별 의미가 없었다. 그녀는 어디까지 내 악한 면을 받아들여 줄까. 그 답이 행동의 기준이 됐다.

도덕적인 선을 넘어가지 않으려고 하는 건, 그녀가 그걸 용인하지 않으리란 걸 알기 때문이었다.

'그 과정에서 제가 도덕적으로 옳고 바른 일만 하도록 강요하기보다는, 세상에 회색지대가 있다는 걸 먼저 이해해 주는 사람이면 좋겠어요.'

'……'

'균형감 있게 세상을 바라보는 사람이어야 해요. 마냥 만화영화 주인공처럼 착하고 선한, 정의만을 추구하는 사람은 제가 불편해요. 세상은 이상으로 채워진 곳이 아니잖아요.'

진실한 고백이었다. 그녀를 사랑하는 분명한 이유이기도 했다. 그러나 그런 수많은 이유가 존재하지 않았어도 사랑했을 것이다. 정반대의 이유가 그녀를 사랑하게 된 이유가 되었을 수도 있었다.

어떤 식으로 포장하든 중요한 건 그녀가 이선혜라는 사람이란 것뿐이었다.

사람을 죽인 적은 없지만, 정말 그래야 하는 상황이 온다면 망설이진 않으리라 생각하고는 했다. 그 예상이 옳았다는 걸 확인했다.

액셀을 밟기 전의 우형은 그 무엇도 고민하지 않았다. 언젠가 대가를 지급해야 할 거란 걸 알고 있었다.

목숨 정도야 처음부터 걸었던 것에 불과했다.

8.

하고 싶은 말은 많았다. 주우형에게 이선혜라는 사람이 어떤 의미인지. 자신이 그녀를 통해 겪은 수없이 많았던 처음들에 대해, 특별하고 소중했던 기억들을 하나하나 다 알려 주고 싶었다. 그래서 자신의 사랑을 온전히 받아들이고서, 자신에게 지금보다 더 의지해 주었으면 해서.

그녀의 몸에 대해서도 몇 날 며칠을 떠들고 싶었다. 예쁜 구석 하나하나, 정신을 완벽히 홀리는 곳곳의 유려한 곡선과 미치게 만드는 행동에 대해서도. 같이 하는 섹스에 대해, 함께 욕조에 앉아 몸을 붙이고 묻고 싶은 것도 많았다. 대화를 많이 나누고 서로를 행복하게 만들어 주는 경험을 더 많이 했으면 했다.

그러나 참았다. 그녀가 고백을 원치 않는다고 했다. 그래서 기나긴 고백을 피해 왔다. 하지만 꼭 말로 하는 고백만이 방법인 건 아니었다. 행동으로도 사랑을 확신할 수 있도록 만들 수 있었을지도 몰랐다. 그래서 고백이 아닌 방식으로 사랑을 더욱, 더 많이 표현하지 못했던 것이 조금 후회됐다.

두려워하지 말걸.

그녀가 자신의 사랑을 보잘것없는 것으로 취급할까 봐, 그러면 그녀의 말을 듣고 자신 역시 자신의 본질을 보잘것없는 것으로 인식하게 될까 봐, 그렇게 모든 게 망가지고 버려질까 봐, 그녀를 질리게 만들까 봐 숨죽여 왔던 시간이 이제 와 후회됐다.

내가 안아 주는 걸 이렇게 좋아할 줄 알았으면 더 많이 안아 주었어야 했는데. 더 많이 예쁘다고 말하고 싶었는데. 할 수 있었던 것을 하지 못해 드는 안타까움도 컸지만, 곁에 머무는 동안 그녀를 더 기쁘게 만들어 주지 못했다는 것이 더 아팠다.

9.

쿵.

사고 이후는 잘 기억나지 않는다. 정신이 잠시 들었을 때는 마지막으로 사랑한다는 말을 다시 꼭 하고 싶어 애를 썼던 것 같다. 마음이 제대로 전해지기를 바랐다. 선혜의 얼굴이 아른거렸다.

보고 싶은 마음이 환상을 불러온 건 아니어야 했다. 의식이 회복된 순간부터 서서히 커지는 목소리 역시 마찬가지였다.

"나야말로 너 말고는 아무도 없어. 대체 무슨 착각을 하고 있었는지 모르겠지만, 사랑은커녕 좋아했던 사람도 없어."

환상 같았다.

"세상 누구도 비교가 안 돼. 우형아, 네가 내 눈 진짜 너무 높여 놨어. 네가 책임져야지."

익숙한 목소리였다. 울음기가 섞여 있었고, 애원 같기도 했다. 손에도 감촉이 느껴졌다. 심장을 꽉꽉 짓누르는 그녀의 감촉. 자신이 그녀를 다른 무엇과 착각할 리 없었다.

"우형아."

이름을 부르는 건 항상 반칙이었다. 거짓말을 할 의지를 상실시키고, 모든 이목을 그녀에게 집중시키는 마법의 주문이었다.

"아무 마음 없이 너한테 그렇게 안길 수 없다는 거 알잖아. 매일 안아보니까 알잖아. 나도 네가 아무 여자한테나 나한테 하는 것처럼 할 수 없다는 거 알아."

"……."

"너도 나한테 네가 특별하다는 걸 부정하지 마."

"……."

"이거, 나한테 너무 잔인한 거였어. 다시는 이러지 마. 일어나. 빨리."

그녀가 울게 놔두어서는 안 된다. 그걸 알았다.

"내가 더 잘할게. 깨어나서 옆에만 있어. 내가 더 아낄게."

"……."

"내가 더 많이 사랑할게."

눈을 뜨고 싶었고, 눈을 뜨기가 두려웠다.

10.

고백은 꿈과 경계를 그을 수 없는 일이었다. 듣는 사람과 말하는 사람 모두에게. 선혜는 점차 몸을 옥죄는 수마를 밀어내며 꿈보다 꿈같은 남자에게 계속 속삭였다.

"어린 나이에 팔려 오듯 결혼한 거라고 생각했어. 그러니까 하루빨리 벗어나고 싶을 거라고. 왜냐면…… 나는 내가 너한테 그 이상으로 특별한 사람이 될 수 있을 것 같지 않았거든. 내가 보잘 것없어서가 아니라, 그것보다 네가 한참은 더 빛나는 것 같아서."

호텔 같은 병실엔 켜진 조명이 없었다. 선혜는 우형의 손을 살며시 잡고 조곤조곤 말했다. 우형이 사랑하는 목소리가 차분하고 다정하게 이어졌다.

"사람들이 그러잖아. 많은 이성을 만나면서 젊음을 즐겨야 한다고. 나도 그런 젊음을 즐긴 적 없고 그러고 싶었던 적도 없지만, 사람들이 다 그렇게 말하니까…… 내가 너의 젊음을 빼앗은 건가 싶었고. 너한테 다른 사람이 있다는 생각이 든 다음엔…… 네가 정말로 사랑하는 사람과 함께할 수 있는 소중한 시간을 빼앗았나 싶기도 했고."

그가 수많은 여자를 만나는 삶을 바랐던 적 없다는 건 꽤 일찍 깨달았다. 그러나 죄책감이 바로 사라진 건 아니었다. 빈자리는 그가 사랑하는 여자와 함께할 수 있었던 시간을 빼앗았다는 죄책감으로 다시 채워졌다.

"가장 가까이에 있는 내가 왜 너를 가장 잘 알아주지 못했는지…… 미안해. 내가 상처받기 싫었나 봐. 더 알려고 하다가 상처받고 싶지 않았어."

선혜는 씁쓸하게 웃었다.

"나도 너를 오래전부터 좋아했나 봐. 바보 같아. 그것도 모르고……."

미안했다. 얼마나 원망했을까. 그런데도 한 번 화난 표정을 지어 보인 일도 없었다. 비난한 적은 더더욱 없다. 그래서 일이 이 지경에 이른 것이기도 했다. 끊임없는 회피가 일을 여기까지 키웠다.

"……내가 잘못했어."

그가 일어나지 못하고 있는 건 자신의 책임이었다. 의심할 여지 없이 자신의 탓이었다.

"그래도 괜찮다고 말해 줄 거지. 앞으로 잘할게. 그래도 누가 뭐래도 너한테는 나뿐인 거잖아."

"……."

"나한테 너뿐인 것처럼."

낯간지러운 말도 뱉었다. 우형의 손을 들어 자신의 볼을 감쌌다. 온기가 느껴져서 조금은 안심했다. 욕심을 한껏 담아 손을 더 꽉 잡았다.

"나도 더 예뻐할게. 더 예뻐해 줘."

눈을 마주하고 있지 않기 때문에 더 뻔뻔해질 수 있었다.

"그리고 너를 이해할 수 있게 해 줘. 무섭지 않게. 그동안 미웠다고 원망하면 다 받아 줄게. 마음으로든…… 몸으로든. 네가 원하는 대로."

그를 언제부터 좋아했을까 생각해 봤다. 시작점을 찾기 힘들었다. 어쩌면 처음부터였는지도. 그냥 인정하기 싫었을 뿐.

깔끔하게 정리해 주는 게 그를 위한 거라 생각하면서, 사실은 떠나보낼 마음이 조금도 없었던 것 같기도 했다. 그러면서도 그를 위하는 척 떠나겠다고 말했다. 조금만 깊이 생각해 보면 금방 이상하게 여겨질 바보 같은 발상이었다. 모두 이기적인 마음의 발로이기도 했다. 자신만을 지키고 싶어서 되지도 않는 논리를 세웠다.

그나마 몸은 정신보다는 약간 더 솔직했다. 그런데도 진심을 깨닫지 못했다. 수많은 밤을 함께 보내고 몸을 얽으면서, 그냥 필요에 따라 찾는 위로 정도로 치부해 온 시간이 참 길었다.

처음 그녀를 안았던 날의 서툰 몸짓에도, 애정은 묻어났었다. 붉어진 눈으로 울 것처럼 내려다보는 시선을 마주했던 순간을 기억한다. 섹스를 하는 남자들은 다 저런 눈이 되는 걸까. 알고 싶으면서도 알고 싶지 않았다. 심장이 목으로 튀어나올까 봐 걱정했다.

절정 이후엔 그가 길게 키스했다. 숨을 다 앗아갈 것처럼 집요하게 놓아주지 않았다. 오히려 섹스가 전희였던 것처럼, 진짜 하고 싶었던 일은 따로 있는 것처럼, 몸을 아래에 가두고 오래도록 놓아주지 않았다.

그때부터 알았어야 했다. 그는 계속 그렇게 곁에 머물러야만 하는 자신의 남편이라는 걸. 그러나 자신은 그를 방으로 돌려보냈다. 섹스는 끝났으니까. 그가 보여 주는 애정이 두려워 처음부터 문을 닫고 말았다.

"그냥 다, 내가 다 잘못한 것 같아. 미안해."

"……."

"그래도 널 위하고 싶단 건 진심이었어. 정말로 너를 위한 거라고 확신하기는 했어. 나한테도 항상 너는 특별했단 말이야. 내가 미워도, 이제는 알아줬으면 좋겠는데…… 우형아. 알아줘. 일어나서, 들어 줘."

"……."

"네가 원하는 거라면 뭐든 할게."

우형은 그가 듣는 목소리가 꿈에서 온 것일까 의심했다.

"너를 위해서 살게."

꿈이 아니라면, 들을 수가 없을 말뿐이었다.

"내가 너무 오랫동안 몰라줘서 미안해. 나는 이 짧은 순간도 견딜 수가 없는데. 얼마나 힘들었을까."

우형은 꿈을 유영하는 기분으로 아름다운 목소리를 들었다. 눈을 떴다가 모든 게 산산이 부서지면 어쩌지. 예쁜 눈을 마주하고 싶은 갈망과 환상을 잃는 것에 대한 두려움이 우형을 동시에 짓눌렀다.

선혜는 그의 손을 꽉 잡고서, 사랑한다 속삭였다. 잠깐 우형의 숨이 멈춘 것처럼 보인 건 기분 탓일 터였다. 쿵. 쿵. 들리는 건 자신의 심장 소리일까. 그의 심장 소리일까. 구분되지 않았다. 구분하기 위해 노력할 필요도 없었다.

한참 더 우형을 바라보다가 결국 침대의 이불을 들었다. 이제는 눕고 싶었다. 잠에 빠지기 위해 눕는 곳은 항상 우형의 곁이어야 했다. 사락. 사락. 선혜는 우형의 옆으로 들어가 살며시 그의 가슴에 기댔다. 심장박동이 잘 들렸다. 모든 근심이 녹는 기분이었다. 순식간에 아늑해졌다.

그 순간의 우형은 거의 잠에서 벗어났다. 알 수 없는 변화에 짓눌린 심장이 터질 것 같았다. 이대로 그 압력을 견디지 못하고 터질까 봐 두려울 정도였다. 동시에 신체의 고통은 조금도 없었고, 모든 게 완벽하단 생각만 들었다. 사랑하는 사람이, 사랑한다 말하고서 품에 안겨 오는 것보다 완벽한 일이 세상에 존재할 수는 없다.

가만히 순간을 기억하려 했다. 죽는 순간까지 다시는 그녀가 눈길을 주지 않아도 이 순간을 돌이키며 행복에 젖을 수 있도록. 이 기억으로 평생을 살아가려고.

"으······."

그러나 선혜가 눈물을 꾹꾹 참는 소리를 내자, 아무 말 없이 숨죽이던 걸 멈추었다. 지금 안겨 있는 것이 꿈속의 그녀든, 그렇지 않든 자신의 아내가 아파하는 걸 두고 보기만 할 수는 없었다. 품으로 들어와 파고드는 그녀를 힘주어 더 꽉 안아 주지 않을 수도 없었다.

선혜는 우형의 행동을 바로 인식하지 못했다. 환상이나 꿈결 같은 거라 생각했다. 오랜 시간 자지 못해, 현실과 꿈의 경계를 머리가 무너뜨리고 있다고. 그러나 계속 만져졌다. 숨소리가 들리고, 다정한 손길이 느껴졌다.

더욱 빨라지는 심장 소리에 기대어, 호흡을 골랐다. 진짜란 걸 알았다. 우형이었다. 이렇게 보낼 수 있던 수많은 밤이 과거에 있었다. 정말로 우형에게서 빼앗았던 것이 무엇인지 너무도 늦게 알았다. 떨리는 숨을 꾹꾹 참고 눈물도 눌러 담았다. 그에게 다시 투정 부리고 싶지 않았다.

그리고 그의 목소리를 들었다.

"울지 마세요."

그가 그녀를 품에 더 깊이 끌어당겼다.

"보석을 떨어뜨려서 잃는 느낌이 들어요."

무슨 말을 하는 건지 이해할 수 없었다. 그의 목소리란 것만 분명했다. 긴 시간을 지나 들은 잠긴 목소리는 더 서러운 눈물을 만들어 냈다.

"너······진짜 못됐어. 더 다쳤으면 어쩔 뻔했어."

평평 울면서 그의 어깨를 흔들었다. 다 받아 주겠다고 했으면서, 먼저 그에게 감정을 쏟아 내어 버렸다. 주체할 수가 없었다. 목소리를 듣고 안겨 있으니 자는 걸 볼 때보다 더 서러워졌다.

"죄송해요. 다시는 안 그럴게요."

"너 다치면 나도 아파……. 진짜, 너……."

그 이상 나쁜 말은 꺼낼 수가 없었다. 아픈 자신을 끌어안고 달래어 모든 아픔을 잊게 할 수 있는 건 이 남자 하나라는 걸 온몸으로 느꼈다.

"상처 드리려고 그런 게 아니에요."

이마에 입술이 닿았다. 그리워하던 다정함에 응어리졌던 것들이 다 사라지기 시작했다.

"죄송해요."

선혜는 눈이 부을 때까지 울었다. 사과해야 하는 건 자신인데, 미안하다고 빌어야 하는 것도 자신인 것 같은데, 목이 메서 말이 나오지 않았다. 그저 울기만 했다.

"저도 사랑해요."

선혜는 고개를 끄덕이며 더 파고들었다. 그는 그녀의 울음이 그칠 때까지, 내내 품에 안아주었다. 세심한 손길이 머리칼을 만지고, 등과 허리를 도닥였다.

함께 했던 시간이 정말로 길었다.

로마, 피렌체, 밀라노, 파리, 런던을 거친 여행이 기억났다. 우산을 씌워 줄 때나 문을 열어 그녀를 먼저 안으로 들여보낼 때가 아니면 몸이 스칠 만큼 가까이 다가오지도 않던 그를 떠올렸다.

그때부터 지금까지 함께 살아왔다. 매 순간순간 곁에 있기만 했던 건 아니지만, 멀리서도 항상 함께였다.

그는 그때부터 지금까지 계속 그녀의 남자로서만 살았다. 항상 보호받고 있다고 느낄 수 있는 거리에 있었다. 직각으로 넓게 뻗은 어깨는 언제나 든든하고 안전한 보호막이었다.

신혼여행 때 선혜는 귀국 비행기를 타기 위해 공항으로 가는 리무진 안에서 자기도 모르는 사이에 우형의 어깨에 기대어 깜빡 잠이 들었다. 우형은 탑승 게이트 방향 입구에 리무진이 멈추어 선 다음에도 곧바로 그녀를 깨우지 못하고 한참을 머뭇거렸다.

사실 선혜는 우형이 결국 어깨를 살며시 잡기 전부터 깨어 있었다. 그런데 바로 일어난 티를 내지 못하고 눈을 감고 있었다. 조금 전에 깨어난 우형도 비슷한 기분이었을까.

"우형아."

"……"

"너를 사랑해."

사랑하는 사람이 원하는 것들을 전부 품에 안겨 주고 싶다.

"다쳐도 이젠 내가 다칠게. 내가 좀 다치는 건 문제가 아니야."

"……"

"네 곁에 영원히 있을 수 있게 해 줘."

이 결혼엔 대외적인 목적이 있었다. 선혜는 무엇보다 열정적으로 매달렸던 일을 잃고 싶지 않았고, 우형은 아버지의 유산을 받을 자격을 갖추길 원했다. 그게 다인 줄 알았다. 그 사이에 순수한 애정이나, 열정적인 사랑 따위는 조금도 없다고 믿었다.

"줄 수 있는 건 다 주고 싶어. 너를 위해 뭐든지."

누구에게도 영원히 하지 못할 줄 알았던 말을 뱉었다.

"정말, 이젠 무섭지가 않아."

망가지는 것이 조금도 두렵지 않았다. 그녀를 안은 남자가 상처와 두려움을 전부 지워 버렸다. 그래서 이제야 이해하게 됐다. 그가 어떤 마음으로 이 결혼을 택했는지.

"내가 더 사랑할게."

우형은 선혜의 눈을 들여다봤다.

"제가 아는 게 있는데."

아직도 물기가 남은 눈가를 천천히 손끝으로 쓸었다.

"제가 제 아내를 사랑하는 것보다, 더 저를 사랑하실 순 없어요."

"……."

"하지만 그러겠다고 말씀해 주세요. 계속. 몇 번이고."

우형은 울기보단 웃는 쪽을 택하고 싶었다. 하지만 말끝이 눈물에 흐려졌고, 선혜의 품에 무너지듯 안겼다. 행복에 질식하는 기분이었다. 바라온 모든 세계가 다 그녀의 품에 있었다.

11.

우형은 잠든 선혜를 바라보다 몸을 일으켰다. 핸드폰을 찾아 정현재에게 메시지를 보내자 금방 답이 왔다. 아내가 깰까 봐 통화는 하지 말자고 하니, 첨부 파일이 연이어 도착했다. 그중에는 의사의 소견이 담긴 문서도 있었다.

주인규의 차와 충돌할 때 에어백이 잘 터진 모양이었다. 골절은 없었다. 뇌진탕과 외상으로 인한 출혈만 문제였는데, 초기의 응급조치로 전부 큰 탈 없이 해결되었다는 내용이었다. 상당량 출혈이 있었던 외상도 혈관이 깔끔하게 절단되었던 것이라 깨끗하게 봉합되었다고 했다.

손으로 봉합 부위를 더듬어 봤다. 걷는 정도의 운동에는 큰 지장은 없을 듯했다. 달리 불편한 곳은 없었다.

[의사 올려보내겠습니다.]

[와이프 깰 것 같아서, 제가 밖으로 나갈게요.]

[네........ 그러십시오 괜찮으신가보네요]

[네]

[15분쯤 걸린답니다]

우형은 시간을 확인하고는 다시 누워 조심히 선혜의 몸을 끌어안았다. 색색거리는 숨소리가 듣기 좋았다. 조금 더 귀 기울여 그녀의 숨소리에 집중했다.

이 시간에 영원히 갇혀 있고 싶었다. 의사를 보러 가는 것도, 주희철 회장을 만나러 가는 것도 그녀와 함께 시간을 보내는 것보다 우선시될 수는 없다는 생각이 차올랐다.

테이블에 올려 둔 핸드폰이 깜빡였다. 우형은 그것을 신경 쓰지 않으며 잠든 선혜만 꼭 끌어안았다. 10여 분이 지난 다음에야 몸을 조심스럽게 선혜에게서 떼어 냈다. 일어나기 전에는 선혜의 볼과 이마에 가볍게 입을 맞추었다. 어둠 속에서 선혜의 눈썹이 미세하게 움직이는 것에 시선을 떼지 못하다가 링거를 뽑은 뒤 병실을 나선 건 5분을 더 꽉 채운 다음이었다.

[주인규가 계속 찾는다는 연락이 왔었습니다. 같은 층의 병실입니다.]

쌓인 메시지부터 확인했다. 몸을 움직이고 싶은 용건이 아니었다. 우형은 인상을 썼다.

[회장님께서도 찾으신다고 합니다.]

우형은 작게 한숨을 쉬었다. 그리고 당황한 표정의 의사를 만났다. 그는 우형이 와이프가 깰 것 같아 나왔다고 말하자 안정을 취하셔야 하는 때라고 거듭 말했지만, 우형을 다시 병실로 들여보내지는 않았다. 검사가 끝나고서 우형은 정현재에게 전화를 걸었다.

—괜찮으십니까.

"네. 회장님은 언제쯤 뵈러 오라고 하시나요."

우형은 복도의 의자에 앉았다. 앞을 지키고 있던 경호원들을 멀리 물렀다.

—직접 가시겠다고 하십니다.

"여기 병원에?"

—예. 그리고 주인규는…… 앞으로 평생 다리 쓸 일 없을 거라고

합니다. 이렇게 만든 사람 불러오라고 난리를 치고 있다는 연락을 여러 번 받았는데 지금은 어떤지 모르겠습니다.

복도를 훑어보며 주인규의 병실일 가능성이 있는 곳에 차례로 시선을 두었다. 당장 밖까지 소음이 들려오진 않았다.

"잘라냈나요?"

우형은 표정 없는 얼굴로 물었다.

—일부는요.

"그렇군요. 그것 가지고는 안 되는데. 그래도 죽지 않아서 다행입니다."

쉽고 편하게 죽지 않아서 정말로 다행이었다. 이제 시작이었다. 그가 망가뜨린 사람들의 몫을 받아내려면 한참 멀었다.

"그런데, 제가 굳이 직접 시간 낭비하러 가야 할까요."

우형은 자신에 대한 주인규의 영향력 자체가 사라졌다는 걸 깨닫는 순간 그가 절망하리란 걸 알았다. 주우형은 이제 더는 그가 오가라 요구할 수 있는 대상이 아니란 걸 알게 되면, 다리를 잃었다는 걸 깨달은 순간만큼이나 괴로울 터였다.

"저를 부를 권리도 자격도 뭣도 없다고 하세요."

우형은 주인규로부터 멀리 떨어진 곳에서 그를 고문하기로 했다. 제대로 갚아 주기 위해 가까이에 있을 필요는 조금도 없었다. 주인규는 외로이, 누구도 그의 목소리를 들어 줄 생각이 없다는 절망을 만나도록 방치되어야 했다.

—협박을 하고 있습니다.

"아…… 협박."

—도련님 아내분과 나중에 생길 아드님이나 따님…….

우형은 표정을 굳히고 자리에서 일어났다. 생각이 바뀌었다.

"주인규 상무님 병실이 어디죠?"

경호원이 다가와 우형을 안내했다.

"형이랑 얘기 좀 하고 다시 전화 드리죠."

—네. 김지환이랑 연결 가능한 전화번호 남기겠습니다. 문자로요.

"네."

달칵. 우형은 망설임 없이 문을 열고 들어갔다. 주인규는 불 꺼진 병실에 누워 있었다. 그의 곁을 지키고 있는 사람은 아무도 없었다.

우형은 파리한 주인규의 안색을 보며 조금도 죄책감을 느끼지 않았다. 몇 번이고 시간을 되감아도 다시 액셀을 주저 없이 밟을 수 있겠다는 생각뿐이었다. 자신의 몸에 후유증이 영원히 남는다고 해도 상관없었다. 잘린 다리를 보고도 미안함은 들지 않았다. 팔을 뻗어 절단된 부위에 손을 얹었다.

"아악!"

고통을 준 다음에 손을 떼어 냈다. 번쩍 떠진 주인규의 눈이 우형을 향했다. 우형은 주인규보다 먼저 용건을 쏟아 냈다.

"협박 같은 재미있는 소리를 하셨나 봐요. 여기서 더 발악하시면 더욱 굉장한 선물을 저한테 받게 되실 걸 아시나요."

주인규는 할 말을 찾지 못하고 입술만 뻐끔거렸다.

"이미 아시겠지만, 저도 형 못지않게 상식적으로 사는 타입은 아니잖아요. 다리가 하나 잘려서 이제 더 잃을 게 없다 싶으실 텐데, 양팔은 아직도 멀쩡하네요? 다음엔 뭘 잃게 될까, 재밌지 않겠어요?"

"너, 너······."

"아직 현실 파악이 안 되는 모양인데, 돈 아무리 뿌려도 감옥에서 못 나와요. 대한민국 사법체계가 그 정도로 막장은 아니거든요. 수십 년은 갇혀 있을 거고, 그 시간이 다 지나가면 제가 밖에서 뭐가 되어 있을까요."

"네 여자랑 네 새끼들 내가······."

우형의 시선이 싸늘히 식었다.

"제 아내와 아이를 건들 생각을 하시는 걸 보니 아직도 정신을 못 차리셨네."

우형이 침대에 몸을 대고 상체를 조금 숙였다. 시선이 맞닿았다. 주인규가 뻣뻣하게 굳었다. 우형의 손이 주인규의 목을 잡았다. 그대로 숨통을 조여 살해할지도 몰랐다. 주저함을 조금도 찾을 수 없는 눈빛이었다.

"시간 없으니까 빨리 말씀드릴게요. 주인규는 감옥에서 죽습니다."

또박또박하게, 요지가 다시 읊어졌다.

"한 발자국도 밖으로 못 나오고 죽을 거예요."

"······."

"제가 어떻게 죽일지 아시나요."

웃음소리가 들렸다. 섬뜩했다.

"혼자서 잘 생각해 보세요. 제가 어떻게 죽일지. 어차피 할 일도 없이 시간만 많을 텐데."

우형은 숨통을 조였던 손을 놓고 병실 밖으로 향했다. 문이 열리고, 닫혔다.

다시 돌아오라는 비명에 단 한 번도 돌아보지 않았다. 이제 앞으로 영원히 얼굴을 볼 일은 없을 터였다. 주인규는 주우형을 데려오라며 계속해서 으박지르겠지만, 그는 더 이상 그런 명령을 내릴 수 있는 사람이 아니었다.

우형은 아내가 저 건너편에서 자고 있는데 방음이 걱정되니까 주인규가 소리를 지르는 동안에는 계속 문을 꼼꼼히 닫아 두라고 경호원들에게 주문하기만 했다.

그리고는 연이어 김지환에게 전화를 걸었다. 해가 뜨기까지 얼마 안 남은 새벽이기는 했지만, 김지환이 팔자 좋게 잠들어 있을 것 같지 않았다. 진짜 죽음이든, 사회적 매장이든, 끝을 앞둔 이에게 잠을 잘 여유는 없을 터였다.

항상 김지환을 생각하면 느껴지는 박탈감이 있었다. 그를 닮고 싶었다. 아내가 좋아하는 지점을 찾아내서 어떻게든 흉내 내고 싶었다.

이제는 조금도 그런 생각이 들지 않았다. 애초에 닮아야 하는 점은 없었다는 걸, 오랜 시간이 지나 드디어 알게 됐다. 닮아야 할 점은 영원히 없을 것이다. 아내에게 필요한 것은 그녀의 남편이지 다른 이물질이 아니었다.

"주우형입니다."

―그, 그……. 제가 뭐라고 불러드려야…….

자신을 부를 호칭을 정해 줄 필요가 없었다. 다시 통화하는 일은 없을 테니까.

"왜 거짓말하셨나요."

—주 상무님께서 저를…….

"그거 말고."

화가 났지만, 분노에 정신을 잃진 않았다. 이미 원하는 건 다 가졌으니까. 우형은 조금은 너그럽게 굴어 줄 생각이었다.

—제가 어떻게 빌어야…….

울음소리 같은 게 들렸다. 역겨웠다.

"생각해 보니까, 굳이 변명을 들어야 할 것 같지 않아요. 관심 없거든요."

선혜가 보고 싶었다. 조금만 더 걸어가면 다시 그녀를 볼 수 있었다. 그녀와의 시간이 무엇보다 중요했고, 다른 것들은 그에 비할 게 못 됐다.

—제가, 제가……. 주제넘게……. 죄송합니다. 죄송합니다.

"네. 김지환 씨는 주제를 넘었죠. 미안한데 난 기억력이 좋은 편이라, 그냥 모른 척, 잊은 척해줄 수가 없네요."

우형은 무미건조한 표정이었다. 전화를 마치고 싶었다. 금방 긴 반성의 시간이 주어질 테니 김지환은 교도소 안에서 찬찬히 고민해 보면서 홀로 더 괴로워하면 되는 거였다. 다만 우형은 항상 그를 보면 해 주고 싶었던 말 하나를 더 하려고 전화를 바로 끊지 않았다.

"제 와이프는 제 거잖아요."

김지환이 아무리 애를 써도 항상 그랬다. 우형은 김지환의 울음소리를 들으며 아주 옅은 미소를 지었다.

"그걸 처음부터 제대로 아셨으면 좋았을 텐데."

선처는 없다. 이제 더는 김지환의 애원을 들을 필요가 없었다. 우형은 전화를 끊고 다시 선혜에게로 갔다.

12.

병실 밖에서는 사건이 휘몰아쳤다. 이제는 이희결이 아니라 주인규가 대중의 먹이가 됐다. 그가 평생 불구로 살아야 한다는 사실이 동정여론을 불러오는 일은 없었다.

그 와중에 오전에는 선혜의 부모님과 첫째 오빠가 병문안을 왔다. 우형은 선혜의 손을 놓지 않고서 처가 식구들과 대화했다. 선혜는 우형의 품에 기대어 오빠가 건네는 주스를 받아마셨다. 낯간지러운 행동인가 싶기도 했지만, 우형이 놓아주고 싶어 하지 않는 것 같으니 그냥 가만히 있기로 했다.

그러나 주희철 회장이 왔을 때도 우형이 똑같이 행동할 줄은 몰랐다. 그는 회장님을 앞에 두고도 아내와 붙어 있으려고 했다. 선혜는 난처한 기색을 필사적으로 감추며 우형이 잡은 손을 살짝 흔들어 보았지만, 우형은 더 힘을 주어 손을 꽉 잡기만 했다. 티를 내며 밀어 내면 상황이 더 이상해질까 봐, 선혜는 괜히 어색하게 웃으며 다시 또 가만히 있었다.

주 회장은 묘한 표정이었다. 오전에 보았던 아버지의 표정도 비슷하기는 했지만, 주 회장의 기색이 어쩐지 더 무서웠다.

그는 밖으로 나가기 전에 선혜에게, 아들에게 잘하라고 말했다.

우형이가 제 짝을 많이 좋아하는구나. 너무 속 썩이진 마라. 그는 그런 말까지 덧붙였다. 선혜는 알겠다고 하며 거듭 고개를 숙였다.

주 회장이 떠나고, 폭풍우의 잔해가 남은 것만 같은 병실에서 우형은 다시 선혜를 안고 누우려고 했다.

"이리 오세요."

그 뒤엔 다시 고요가 찾아왔다. 함께 기대어 이불을 덮고 오랜 시간을 보냈다.

"처음엔 내가 왜 좋았어?"

해가 저무는 시간이 되었다. 뜬금없이 선혜가 웃음기 섞인 질문을 던졌다.

"글쎄요. 말하자면 긴데."

우형 역시 웃음기 섞인 답변을 내놓았다.

"짧게 말해 봐."

"살아야 할 이유가 되어 줘서."

"……."

"워낙 예뻤던 것도 있고."

선혜가 소리 내어 웃었다. 그리고는 우형의 목에 팔을 감고 키스했다. 나도 네가 잘 생겨서 좋은가. 그런 것도 같아. 아니, 확실히 그런 것 같아. 그렇지만 그게 다는 아냐. 잠깐의 빈틈에 선혜가 그렇게 속삭였고, 우형도 웃으면서 선혜를 더 가까이 당겨 방금보다 훨씬 깊게 키스했다.

"계속, 나만 원했던 거지."

"네."

"내가 모를 때도."

"네. 항상 그랬고, 변함없을 거예요."

조용히 서로의 눈을 봤다.

"이제는 멀리서 보고 있지만은 않겠지만. 그런데…… 제 과거가 좀 소름 끼치세요?"

"전혀."

선혜는 단호히 부정하며 우형의 품에 파고들었다.

"난 몇 주만으로도 정말 괴로웠는데, 그동안 힘들었지."

"괜찮아요. 그 말도 항상 진심이었어요."

우형은 선혜의 머리칼을 만지다가 그 위에, 이마에, 볼에, 곳곳에 입 맞추었다. 가벼운 키스가 계속 이어졌다.

"제 곁에만 계시면 모든 게 괜찮아져요. 평생 곁에 계세요. 그래야만 평생 괜찮을 테니까. 평생 괜찮게 해 주셔야 해요."

"그럴게."

선혜 역시 우형의 볼에 입술을 댔다가 떼어 냈다. 다시 눈이 마주쳤다. 다정하고 따뜻한 시선에 기분이 먹먹해졌다.

"스무 살 때, 저는 아무런 준비가 되어있지 않았어요."

"그래서 미안하게 생각해."

선혜는 진심으로 사과했다.

"왜 미안해하세요?"

"널 이용할 생각으로 아버지의 제안을 받아들여서. 설령 네가 나를 좋아했더라도…… 내가 원하는 걸 쉽게 가지려고, 널 끌어들였잖아."

"아니요. 제가 어렸기는 해도 아무것도 모르지는 않았어요. 좀 소름 끼쳐 하실 파트가 뒤에 더 있거든요."

우형은 선혜가 모든 것을 알아야 할 때라고 생각했다.

"누구보다 제가 원했어요. 사랑을 놓을 수가 없어서 비겁한 짓을 했고, 그래서 다 이렇게 된 거예요. 제가 죄송해요."

"괜찮아. 미안할 일도 아니지만. 나도 그냥 다 괜찮아."

"……."

"지금은, 뭐 바라는 거 없어?"

"저는 항상 제 아내에게 어울리는 사람이 되고 싶었어요. 제가 더 노력할게요."

시선이 조금도 어긋나지 않고 맞닿았다.

"우형아. 그러지 않아도 돼. 우린…… 이미 꽤 잘 어울리는 것 같아."

"……."

"세상 어느 부부보다도 더."

우형은 말이 없었다. 바라보기만 할 뿐이었다.

노을이 다 저물고, 방이 어두워질 때쯤 우형이 손을 움직였다. 그는 선혜의 손에 끼워진 결혼반지를 만지작거렸다. 손을 겹치자 우형의 손에 끼인 반지가 선혜의 반지와 마주 닿았다. 기이한 감촉이었다. 체온만큼 데워진 반지는 차갑지 않았고, 7년이 되도록 매일같이 끼고 다녀서 몸의 일부인 것처럼 익숙했다.

손가락을 만지는 손이 더 깊이 들어왔다. 갈라지는 부위에 긴 손가락을 끼워 넣고는, 느리게 쓸고 매만졌다.

"지금은 좀 참아야 한다는데, 여기서 나가면…… 저는 그동안 미뤄왔던 섹스를 제 와이프랑 할 거예요. 매일, 매일. 아주 많이, 오래도록."

우형이 속삭이기 시작한 밀어가 분위기를 순식간에 변화시켰다.

"저는 어떤 선택을 하시든 좋아요. 무엇도 강요할 생각 없어요. 그러니까……."

"……."

"제가 계속 피임을 해야 하는지, 그때까지 천천히 생각해 보시고 답을 주세요."

우형이 선혜의 몸을 돌려, 뒤에서 끌어안았다. 커다란 손이 배 위를 쓸었다. 입술이 가볍게 목 뒤에 닿았다가 떨어졌다. 반지가 끼워진 손이 다시 느리게 만져졌다.

천천히 규칙적으로 뛰던 심장에 문제가 생긴 것만 같았다. 귓가에서 들리는 목소리가 모든 것을 뒤흔들었다.

"아직 안 끝났어요. 고백을 다 들으시려면 한참 멀었어요. 앞으로 더 많이, 새로 또 하고 싶은 고백이 생겨나기도 할 거예요. 왜냐면 제 사랑은 한 번 반하고 끝나는 그런 게 아니었거든요. 계속 반하고, 새로 사랑에 빠질 이유가 생겨나고……."

"……응."

"더 사랑하게 될 것 같아요. 미친 사람처럼. 그래도 지금처럼 받아 주셔야 해요. 그냥, 옆에 계셔 주기만 하면 돼요."

"내가, 그냥 옆에 있기만 하진 않을 거야. 나도…… 나도 계속 말해 줄게."

앞으로 더 기나긴 시간을 함께하리란 걸 알았다. 영원히 이렇게 같은 곳을 바라볼 것이다.

"나중에 물어봐 줘. 너만을 오래도록 사랑하는 건 어떤 기분인지."

삶의 이유를 영원히 의심하지 않으리란 걸 아는 기분이라 답해 주고 싶었다.

에필로그

1.

E그룹에 대한 평전을 쓰는 프로젝트가 기획되었다. 주희철 회장의 강력한 바람으로 추진된 일이었다. 펜을 잡은 이는 기자 출신의 신우진 작가였다. 그는 비판적인 시각에서 E그룹의 성장사를 기획기사로 보도한 적이 있었는데, 주 회장은 그때 신우진이 취한 관점을 높게 샀다.

많은 이들이 주 회장이 죽을 때가 되어 경영권을 아들에게 넘겨주고 대신 안 하던 일을 하나 보다 생각하고 있었지만, 소문과는 다르게 주 회장은 아직 건강했다. 그는 시대의 흐름을 제대로 짚어 내는 건 아들이고, 아들이 정점에 있어야 그가 건설한 E그룹이란 제국이 더 번영하리란 걸 인정했을 뿐이었다.

2.

주우형. 그는 이목을 끌 수밖에 없는 인물이었다. 주희철 회장으로부터 모든 의사결정권을 양수한 실질적 오너는 E그룹을 엄청난 성장궤도에 올려놓고 새로운 성공 신화를 썼다.

신우진은 연구를 하면 할수록 주희철 회장보다는 주우형 부회장의 삶에 더 큰 흥미를 느꼈고, 그 흥미는 점차 그의 아내인 이선혜 관장에게까지 미쳤다.

열여덟이 된 아들, 열여섯이 된 딸과 함께 부부가 찍힌 사진을 보자 신우진은 주희철 회장의 비서에게 전화를 걸 수밖에 없었다.

"평전 작업 때문인데, 주우형 부회장님 부부 인터뷰를 잡을 수는 없을까요?"

거절당할 걸 각오했는데, 일주일 뒤에 여러 조건을 맞춰 주기만 하면 가능하다는 답이 돌아왔다.

3.

부부의 인터뷰는 영상으로 기록되었다. 신우진은 묘한 표정으로 일정한 구간을 몇 번이고 반복해서 보았다.

─우형아.

순간적인 부름이었다. 먼저 메일로 보낸 질문지에 없던, 여름 휴가 계획을 묻는 말에 주우형 부회장이 한 번 웃은 다음에 대답하려고 하자, 이선혜 관장이 난감한 표정으로 그를 말리는 장면이었다.

이 관장은 남편을 이름으로 부르고서 당황했고, 주 부회장은 아주 자연스럽게 그녀를 바라보며 또 웃었다. 그의 손이 아내의 어깨를 만졌다. 반말로 이름을 불리는 것에 아무런 위화감도 없는 듯한 태도였다. 다시 한번 같은 구간을 재생했다.

─우형아.

서로 깍듯한 존대를 하던 부부의 가면이 벗겨졌다. 신기하고, 묘했다.

그들은 정략으로 맺어진 부부였다. 그들의 정략결혼이 성공했다는 것을 모르는 사람은 대한민국에 없었다. 그러나 그들 사이에 정말 애정이 존재하는지는 누구도 단언치 못했다. 주우형 부회장은 애처가인 것으로 유명하긴 했지만, 대외적인 이미지야 원하는 대로 만들어 낼 수 있으니 그 이미지를 마냥 신뢰하기는 힘들었다.

신우진은 주우형이 연기에 정말 능한 사람일 수도 있다고 생각했다. 대외적으로 드러나는 모습이 워낙 완벽하니까, 겉으로 보이는 포장지만큼 괜찮은 사람은 아닐 거라고 예단하고 싶은 반항적인 마음도 들었다. E그룹 평전을 쓰며 만났던 관계자들이 하나같이 주우형 부회장은 보이는 것보다 차갑고 냉철한 사람이라고 평가했던 것도 예단을 굳어지게 했다.

그러나 이상하게도, 이선혜 관장의 옆에 앉아 그녀를 애정 어린 눈으로 보는 모습만은 연기일 것 같지 않았다. 본능이 그렇게 말했다.

─남편분의 어떤 점을 사랑하시나요.

신우진은 마지막으로 자신이 물었던 질문을 열었다. 평전의 집필과는 다소 동떨어진 질문이었으나, 반드시 그 질문을 던지고 싶었다. 이선혜 관장은 고민 없이 답했다.

─딱히…… 어떤 점만을 짚어서 사랑하는 것 같지는 않아요. 그냥 다…… 당연한 것처럼 자연스럽게.

교과서적인 답변이었다. 주우형 부회장은 다소곳이 모여져 있던 아내의 손을 잡아 자신의 양손 안으로 포개듯 감쌌다. 애정이 뚝뚝 묻어나오는 몸짓이었다. 이선혜 관장은 잡혀간 자신의 손을 보고서 놓으라는 듯이 남편을 쳐다보기는 했지만, 힘을 주어 손을 도로 빼내지는 않았다.

─마지막으로 묻겠습니다. 아내분의 어떤 점을 사랑하시나요.

남편 쪽의 답변을 듣기까지는 시간이 좀 더 걸렸다. 그는 오랜 시간을 고민하다 답했다.

─모르겠습니다.

─…….

─무엇을 고르든 그게 없어져도 사랑할 것 같아요.

그리고 영상이 검게 변했다.

신우진은 부부가 스튜디오를 떠나기 전에 한 번 더 물었다. 어쩌다 사랑에 빠지게 된 건지. 주우형 부회장은 되물었다. 작가님께서는 어떤 이유로 태어나시게 된 것 같냐고. 질문을 던지는 얼굴과 어조가 모두 진지해서, 농담인 것처럼 웃어넘기지 못했다.

'우형아.'

두 사람이 사라지는 장면을 봤다. 이선혜 관장이 그녀의 남편을 다정하게 불렀다. 다시, 그녀는 그의 이름만을 불렀다.

'네.'

'저녁에 팟타이 먹고 싶어.'

'먹으러 가요. 제가 서화랑 단아한테 먹고 싶은지 전화해서 물어볼까요?'

'응. 좋아.'

부부가 시야에서 완전히 벗어났다. 신우진 작가는 오랜 시간 멈추어 서서 그가 보았던 장면들을 복기했다.

4.

인터뷰가 끝난 날, 잠들기 전에 우형이 선혜를 품에 안고 물었다.

"저의 모든 점을 사랑하신다고."

"응."

"그렇게 저만을 오래도록 사랑하는 건 어떤 기분인가요."

선혜는 작게 웃은 뒤에, 삶의 이유를 영원히 의심하지 않으리란 걸 아는 기분이라 답해 주었다.

〈끝〉

외전

1.

우형의 입원 기간이 길어질 전망이었다. 몸에 이상이 있어서는 아니고, 정략적인 이유 때문이었다. 주 회장이 사생아의 존재를 공식적으로 인정한 이래로 형제간의 교통사고가 연일 화제였다.

그 와중에 우형은 형의 차를 고의로 들이받은 자신이 역으로 피해자임을 대중에게 알려야 했다. 사고 후 며칠이 지나지 않아 건강하게 퇴원하는 모습을 보이는 건 좋은 전략이 아니었다.

이틀째 선혜는 퇴근 후 바로 병원을 찾았다. 50평이 넘는 VIP 병실 내부는 병원보다는 호텔 같은 느낌이었다. 그러나 선혜는 아늑한 인테리어에 둘러싸인 채로도 편안한 기분을 만끽하지 못했다.

"하아."

털썩. 선혜는 우형이 없는 병실에서 소파에 걸터앉았다. 퇴근 길에 세미나룸으로 세팅된 병원 내 공간에서 컨퍼런스콜을 마치고 돌아오겠다는 메시지를 확인했다. 아직 그 일정이 끝나지 않은 모양이었다.

입원한 채로도 우형은 매우 바빴다. 주 회장이 둘째 아들에게 거대 프로젝트에 대한 사실상의 결정권을 쥐여 준 덕에, 수많은 사람이 여러 용건을 가지고 우형을 만나길 원했다. 자연스레 부부 둘만의 시간은 사라졌다.

식사 도중에도 비서들이 문을 두드렸고, 부부간의 대화 중에도 시도 때도 없이 전화가 왔다. 다른 기업의 오너급 인사나 주희철 회장이 직접 전화를 걸면 적당한 핑계를 대고 받지 않을 수가 없었다. 빈도수가 잦은 주희철 회장의 전화가 특히 문제였다.

선혜가 우형이 핸드폰이나 문을 보고서 인상을 쓰는 걸 목격하는 일이 부지기수였다. 그는 한숨을 쉰 뒤 핸드폰을 집어 들거나 문가로 다가갔다. 그것이 지금 선혜가 불편한 기분이 드는 가장 큰 원인이었다.

우형이 바쁜 것 자체는 문제가 아니었다. 선혜는 남편이 과중한 업무에 힘들어하지 않기를 바랄 뿐이었다. 급한 일부터 처리하는 것이니 자신이 우선순위에서 밀려났다는 생각을 하지도 않았다. 그런데 우형은 달랐다. 그는 현 상황에 대해 큰 불만을 품고 있었다. 그러한 우형의 불만이 선혜까지도 불편하게 만들었다.

'갑갑해서 퇴원을 빨리 하든지 해야겠어요.'

'좀 더 있는 편이 낫지 않겠어? 다들 그러라고들 하는데. 상황 안정돼서 사람들 관심 좀 옅어질 때까지. 물론…… 이렇게 꾸며 둬도 병원이 좀 많이 갑갑하긴 하지.'

'……'

'병원 싫어하는 거 이해 가. 나도 좀 그래.'

선혜는 우형이 빠른 퇴원을 원하는 이유를 바로 알아채지 못했다. 그래서 속상한 얼굴을 하고 힘내라며 우형의 등을 도닥거렸다. 우형은 아무 말 없이 바닥을 보다가 고개를 든 다음 선혜의 눈을 파헤칠 듯 들여다보았다.

'저는, 여기가 병원인 게 문제가 아니라.'

'응……. 그럼?'

'……제가 욕구불만으로 죽겠어요.'

뚫어져라 쳐다보다 뱉은 말이 입술을 닫게 했다. 선혜는 그다음부터, 며칠 동안 크게 신경 쓰지 않던 것들을 한꺼번에 의식하게 됐다.

여기는 병원이었다. 동시에 지금은 우형에게 일생일대의 과제가 한꺼번에 몰아치는 시기였다. 그러니 잠시 부부의 사생활이 보장되지 않는 게 서로에게 큰 문제가 되리라고는 생각하지 못했다. 하지만 적어도 우형은 전혀 그렇게 생각하지 않는 듯했다.

"하아."

선혜는 오른손으로 왼팔을 느리게 쓸었다. 같은 곳에 오래 닿아 있던 우형의 시선이 기억났다.

포옹과 키스로만 해결되지 않는 갈증이 있다. 우형은 그런 욕구를 감추려고 하지 않았다. 그 후로 그의 시선과 손길이 선혜의 몸을 옥죄었다. 수많은 사람이 오가는 병실에서 갑작스레 선을 넘어 당혹스럽게 한 적은 없었지만, 언제라도 선을 넘을 것처럼 보여 매 순간 긴장했다. 호텔처럼 보이는 병실의 외관이 더욱 상황을 심화시켰다.

'왜?'

'네?'

'계속 쳐다보니까.'

'그야…… 눈에 보이니까요.'

'……'

'워낙 예뻐서 자연스럽게 자꾸 보게 돼요.'

선혜는 차라리 직접적으로 맨살이 만져지는 게 마음이 편할 것 같다고까지 생각하게 됐다.

곰곰이 생각해 보면, 집에 들어가지 않는다고 물리적으로 섹스를 할 수 없는 건 아니었다. 서로가 원한다면 어디에서든 하는 게 범법은 아니니까.

그러나 이곳이 안방 침대나 욕실 외의 곳이란 생각을 하면 바로 거부감이 일었다. 수많은 사람이 우형을 찾아 대며 밤이고 새벽이고 가리지 않고 병실을 드나들었다. 혹시라도 모를 응급상황 때문에 잠금장치를 해제할 권한을 가진 사람들도 엄청나게 많았다. 게다가 주희철 회장도 밤낮을 가리지 않고 우형에게 전화를 걸어 대서, 섹스의 중간에 핸드폰이 울릴지도 몰랐다.

우형도 그걸 알기에 강요할 생각은 없어 보였다. 조심스레 거절하면 마음 상해하지는 않을 터였다. 그래도 신경 쓰였다. 하고 싶을 때마다 하게 해 주겠다고 말한 게 그리 오래지 않은 일이기 때문이기도 했고, 괜히 의식하고 나니까 자신 역시 우형을 원하고 있다는 생각이 들기 때문이기도 했다.

하지만 집도 아닌 곳에서 관계하려는 중에 누가 난입하거나, 혹은 더 심하게 그 중간에…… 누군가에게 내밀한 장면을 보여 주면 어떻게 무마해야 할지 상상만으로도 난감했다. 선혜는 마음을 정하지 못하고 갈팡질팡 고뇌에 젖었다.

똑똑.

"아."

선혜는 문이 열리는 소리에 퍼뜩 고개를 들었다. 들어온 건 우형이었다. 선혜는 자리에서 일어났다.

"방금 오셨어요?"

"응."

우형이 성큼성큼 다가왔다. 선혜가 그의 품에 들어가 꽉 안겼다. 선혜의 이마와 볼에 차례로 우형의 입술이 가볍게 닿았다 떨어졌다.

"저녁은요?"

"아직. 오는 길에 성일 씨가 뭐 포장해 온다는 얘기 들었어. 7시 전에 온다고."

우형은 왼쪽 손목을 들어 시계를 봤다.

"그럼 금방 또 누구 들어오겠네요."

똑똑. 우형의 말대로였다. 그가 들어오라고 하자 문을 연 비서들이 인사를 한 뒤에 초밥을 세팅했다. 준비가 끝나자 선혜는 우형의 앞 말고 옆에 앉아 젓가락을 들었다.

톡. 젓가락이 테이블에 닿고, 식기가 옮겨지는 소리만 났다. 둘은 긴 대화 없이 밥부터 우선 먹었다.

"안 추우세요?"

조용히 초밥을 먹던 우형이 물었다.

"……뭐?"

"아니에요."

선혜는 젓가락을 내려놓았다. 그리고는 의아한 얼굴로 오른쪽에 앉은 우형을 힐끔 보았다. VIP 병실의 온열 환경이 나쁠 리가 없었다.

"추워?"

"아뇨."

"그럼 왜?"

"그냥……."

우형은 한숨을 작게 쉬고 체념하듯 말했다.

"치마가 짧아서요."

"……."

"춥다고 하시면 다리 덮어 드리려고."

선혜는 눈을 깜빡이다가 시선을 내렸다. 짧은 치마는 아니었다. 그러나 자리에 앉으면서 말려 올라간 덕에 상당히 짧은 스커트를 입은 것처럼 보였다. 알아채지 못하고 있었다.

선혜는 다소 민망한 기분에 하체를 들고 스커트를 아래로 끌어내렸다. 다시 우형을 보자, 그는 입술을 굳게 다물고는 초밥 접시만 노려보고 있었다. 화가 난 것 같기도 했고, 민망한 것 같기도 했다.

"우형아."

"네."

선혜는 무거운 공기를 느끼며 침을 삼켰다. 그리고는 귀가 조금 붉어진 우형의 옆모습을 찬찬히 보았다. 링거를 뺀 지는 꽤 됐다. 아픈 곳이 없다고 하니 의사들이 이젠 진통제조차 처방해 주지 않았다.

"더 드세요. 정말로 못 참고 그럴 정도 아니에요."

우형이 미소 지으면서 선혜의 앞으로 접시를 더 챙겨 주었다. 눈은 아직도 마주치지 못했다. 다정한 표정이었지만 시선이 어긋나있어 다소 작위적으로 보였다.

선혜는 다시 젓가락을 집지 않고서, 식기를 옮기는 예쁜 손만 봤다. 손끝만 보고 있어도 기분이 이상해졌다. 우형의 욕구에 예민하게 반응하는 전용 수용체라도 생긴 건지. 별짓을 하지도 않았는데 덩달아 자신까지 감당 안 되는 기분이 되면서 속이 울렁였다.

우형이 먼저 다시 젓가락을 들었다. 그는 선혜를 보지 않고 저 멀리 건너편만을 보면서 음식을 꼭꼭 씹었다. 선혜는 더 먹으라며 우형이 좋아하는 것 같은 것들을 우형의 앞에 놔 주었다. 우형은 선혜의 손이 가까이 오자 움찔 놀라더니 감사하다고 작게 속삭였다.

선혜도 다시 초밥을 몇 개 더 먹었다. 허벅지와 허리에 바짝 힘이 들어가서, 소화가 제대로 되지 않을까 봐 걱정됐다.

"하아."

선혜는 무의식적으로 한숨을 쉬고는 입을 합 다물었다. 우형을 또 힐끔 보았다. 그는 특별히 크게 반응하지 않았다. 듣지 못한 건지, 모른 척하기로 정한 것인지는 모르겠지만, 어느 쪽이라고 생각해도 기분이 편해지진 않았다.

결국 다시 업무를 봐야 하는 타이밍이 왔다. 몇 사람이 병실에 들어왔다 나갔다. 어깨너머로 지켜보니 해외에서 일어나는 일은 일단락된 모양이었다. 회장님께서 찾으실 밤까지는 좀 쉬시란 말을 끝으로 사람들이 빠져나갔다.

우형은 주희철 회장에게서 전화가 오기 전에 먼저 비서실에 전화를 걸어 주 회장의 일정을 확인했다. 오늘 밤 베이징에서 술 약속이 있어 새벽까지는 아들을 찾지 않을지도 모른다는 답이 왔다. 우형이 알겠다며 전화를 끊었다. 선혜는 옆에서 내용을 다 듣고 있었다. 우형은 이어서 다른 일 처리를 위해 정현재에게 전화를 걸었다.

"그럼 오늘 더 처리할 건 없는 거죠. 알겠습니다. 확인하고 문자 남겨 주세요. 알겠습니다. 그럼 그걸로. 네. 네. 알겠어요. 네."

우형은 통화를 마칠 때쯤에는 누가 들어도 성의 없는 대답만 반복하며 선혜를 빤히 보았다. 선혜는 손에 든 태블릿을 보는 척하고 있었지만, 메일을 구성하는 텍스트를 조금도 읽어 내지 못했다. 선혜는 동요를 감추며 손으로 메일을 스크롤 하는 척했다.

동시에 왜 자꾸 쳐다보냐고 묻지 않기로 했다. 묻는다면, 그 순간에 공기가 수 배는 더 끈적해질 테니까.

우형이 전화를 끊었다. 선혜는 전자기기가 보여 주는 화면에 집중하기 위해 애썼다. 춥지도 않은데 담요로 덮어 둔 허벅지가 갑갑해서 더웠다. 시간이 지날수록 스치는 눈길에 더 긴장하게 됐다.

정말이지, 이제 더는 견딜 수 없었다.

우형이 다가와서 몸을 안을까 봐 어깨가 굳었다. 넓고 단단한 가슴에 머리를 댈 때, 안락함에 편안해지기보다는 그 열감에 온몸이 저릴 게 빤히 그려졌다.

아무 목소리도 들리지 않았다. 선혜는 체념하듯 테이블 위에 태블릿을 내려놓았다. 고개를 들자 우형이 밖을 보는 게 보였다. 뷰가 그리 좋지도 않은 곳이었다. 선혜는 담요를 옆으로 치우고 일어나 우형의 가까이로 갔다. 창문에 다가서는 모습이 비칠 텐데도 그는 돌아보지 않았다. 선혜는 주저 없이 더욱 가까이 다가섰다.

곧게 서 있는 우형의 허리를 뒤에서 안았다. 등에 몸이 닿자 그의 등이 얼마나 넓은지 새삼스레 실감이 났다.

"오늘 여기서 그냥 할까."

오래 기다리지 않고 물었다.

"너 이러는 거 때문에 숨 막혀서 못 견디겠어."

"……."

"아니."

선혜는 바로 말을 정정했다.

"방금 그건 그냥 핑계고, 나는…… 그게……."

모든 걸 그의 탓으로 만들 수만은 없다는 생각이 들었다. 그때 선혜의 손 위에 우형의 손이 포개어졌다.

"너 때문은 아니고. 그냥…… 내가……."

"제 핑계 대세요."

우형이 선혜의 손을 떼어 내고는 몸을 돌렸다. 두 사람이 마주 보았다. 그는 말을 맺질 못하는 선혜에게 말했다.

"무리하실 필요 없어요."

"……."

"잘 알아들었어요."

우형이 선혜의 허리를 안고 입술을 맞댔다. 틈 없이 몸이 붙었다.

"읏."

예고 없이 사람이 들이닥칠까 봐 긴장은 됐다. 하지만 조금도 밀어 내지 않고 받아 냈다.

키스가 깊어진 건 순식간이었다. 얽히는 게 짙어지는 만큼 열이 올랐다. 옷 위로 몸이 만져졌다. 세심하기보다는 투박하게.

"으."

달칵. 몇 걸음만 물러선 것 같은데 정신을 차리니 바로 뒤가 욕실이었다. 스커트 뒤의 지퍼에 커다란 손이 닿았다. 지퍼가 부드럽게 반쯤 내려갔다. 우형은 블라우스부터 위로 빼내고는 틈으로 손을 넣었다. 맨살에 손이 닿았다.

"잠시만, 잠시만……."

선혜가 화들짝 놀라 그의 손을 잡았다. 움직임이 멎었다. 우형이 그대로 선혜를 내려다봤다. 행동이 정지했다고 열이 식는 건 아니었다. 선혜는 거절은 아니라는 뜻에서, 동시에 시선을 감당하기 힘들어져서 우형의 목에 팔을 감고 안겼다. 우형 역시 선혜의 몸짓에 반응해 그녀를 마주 안아 주었다.

선혜는 조심스레 말했다.

"사람들 밖에 있잖아."

이렇게 순식간에 본격적인 단계에 진입할 거라고는 생각하지 못했다.

"네. 경호원들 물릴 수도 없고……"

선혜는 침을 삼켰다. 흥분한 우형은 뭐라도 상관없다고 생각하며 이 짓을 하려던 거였을까. 그게 문제는 아니었지만, 겁이 났다.

"완전히 못 들어오게 하자…… 뭐라도 앞에 걸어 놓든가."

머리가 하얘지는 듯해 일단 우형을 밀어 냈다. 우형이 별생각이 없다면 실천은 자신이 해야 했다.

"일단, 그럼 내가 절대 들어오지 말라고 말하고 올게."

우형이 흥분해서 걷기가 불편할 것 같은 것도 자신이 먼저 행동해야 하는 이유였다. 선혜는 지퍼를 올리며 옷을 정돈하고는 문 쪽으로 걸어가려고 했다.

"웃."

그러나 우형의 앞을 제대로 벗어나기 전에 허리가 잡혀서 다시 안겼다. 꽈악. 선혜는 갑갑할 정도로 우형의 품에 단단히 가두어졌다.

"제가 전화로 할게요."

억눌린 음성이 들렸다.

"왜…… 번거롭게."

"지금 얼마나 예쁜지 모르시잖아요."

"……"

"게다가 그런 목소리로 다른 사람들한테 말씀하시는 거 안 돼요. 절대로 안 돼요."

우형이 핸드폰을 들었다. 그는 조금 화가 난 것 같은 목소리로,

앞으로 해가 뜰 때까지 어떤 사람도 병실에 들이지 말라고 말했다. 평소와는 다르게 답변도 듣지 않고 통화를 종료했다.

그리고는 핸드폰을 꺼서 구석에 처박았다.

2.

스타킹 좀, 대신 벗겨 줘. 선혜가 그런 말을 했다. 벗기 힘들어. 손에 힘이 안 들어가. 비슷한 말이 이어졌다.

우형은 힘 풀린 선혜의 눈을 들여다보며 대답하지 않았다. 깊게 키스만 했다. 혀를 넣어 점막끼리 비비면서, 다급하게 그녀를 먹어 치우려는 듯이 굴었다.

흥분에 취해 뱉는 말은 평소의 선혜와 동떨어져 있었다. 우형은 자신이 그 차이를 얼마나 좋아하는지 당장은 그녀가 모르기를 바랐다. 그녀는 이미 남편이 사랑에 미쳐 제정신이 아니란 걸 알고 있겠지만, 그녀가 짐작하는 것보다 더 심각하게 제정신이 아니란 건 아직도 모르는 듯했다. 그녀를 아연하게 만들지 않으려면 감춰진 부분을 알려 주는 속도를 조절할 필요가 있었다.

"읏."

욕조를 뒤에 두고 맨살이 서로 닿았다. 속옷만 남은 상체에 우형의 입술이 내려앉았다. 입술이 벌어진 뒤엔 목 주변이 빨렸다. 선혜는 상의를 다 벗은 우형에게 무너지듯 안겼다. 우형의 손이 선혜의 허벅지를 쓸었다. 부드러운 스타킹 위로 만져지는 게 간지러우면서도 기분 좋았다.

그 뒤엔 다시 천천히 벗겨졌다. 우형은 급하게 굴지 않았다. 그다음엔 선혜를 앞에 두고 스스로 나신이 됐다. 선혜가 손을 뻗었다.

"만지고 싶어."

우형이 선혜의 손을 잡아끌어 그녀가 원하는 곳까지 손을 옮겨 주었다. 우형은 숨을 억누르고 선혜의 손길을 느꼈다. 성욕과는 다른 질척한 욕망까지 해소되는 기분이었다.

그녀가 누구의 것인지 의심할 필요가 없었다. 물이 채워지는 욕조와 수증기를 배경으로 두고 벗은 몸을 보이며 그를 만져 주는 여자는 그의 아내였고, 그만의 사람이었다. 물론 자신 역시 그녀의 소유임은 말할 것도 없었다.

우형은 터질 것 같이 부푼 성기가 흉흉하게 꺼떡이는데도 거대한 욕조 안에 거품이 잔뜩 만들어질 때까지 기다렸다. 그다음에 선혜와 함께 욕조 안으로 들어갔다.

"깨끗하게 하는……."

"으…… 웃."

"……쪽이 몸에 좋아요."

"하아. 으웃."

우형은 오래 참았더라도 삽입 전에 밟아 가야 하는 단계가 있다고 믿었다. 선혜는 애가 타서 우형에게 치댔지만, 우형은 일단 선혜를 씻기는 데에만 집중했다.

선혜는 예민한 곳에 우형의 손이 스칠 때마다 신음을 꾹꾹 참으며 기다렸다. 흥분을 필사적으로 억누르고 뱉는 다정한 말을 듣고서, 괜찮으니까 당장 그냥 넣어 달라고 다그칠 수는 없었다. 그러나 열감을 해소하지 못해 더 죽을 것 같은 게 감추어지진 않았다.

"으. 우형아. 그냥 빨리…… 좀."

우형이 정말로 흑심 없이 몸을 씻기는 건 아니었다. 따듯한 물에 반쯤 잠긴 채로 하는 일은 질척한 애무와 다르지 않았다.

"어떻게 해 드려요?"

"더 만져 줘. 그리고……."

"넣는 건 안 돼요. 거품 다 씻어 내고 나서."

"장난치지…… 흣!"

우형의 손가락이 클리토리스의 양옆을 쓸었다. 손바닥 전체가 근처를 감싸 꾹꾹 누르는 압박감이 가해졌다. 우형은 그러다가 선혜의 몸을 일으켜 샤워기로 거품을 구석구석 씻어 냈다. 선혜는 원망이 조금 섞인 표정을 하고 커다란 수건으로 물기를 닦아 주는 우형을 바라보았다.

그래도 몸을 번쩍 들어 침대로 옮겨 주는 우형에게는 딱 붙어 안겼다. 핏줄이 다 돋아 정말로 터질 것처럼 커진 성기를 보자 얄미운 마음이 꽤 사그라졌다.

"많이 젖었네. 미끌미끌해요. 이거 왜 이렇게 야해지셨어요."

우형이 선혜의 허벅지 안쪽에 키스를 하다말고 물었다.

"흣!"

뭐라 대답하기 전에 우형이 자국을 남길 듯 여린 살을 강하게 빨았다. 선혜의 허리가 몇 번 들썩였다. 입술이 더 안쪽으로 옮겨 와 가려진 것 없는 구멍에까지 닿았다. 우형은 혀를 넣을 듯이 굴다가, 조금 더 올라가 클리토리스를 자극했다.

"하으⋯⋯."

잔뜩 예민해져 있어서 스치기만 해도 미칠 것 같아졌다. 선혜는 미세하게 허리를 움직이며 더 큰 자극을 찾았다.

"예쁘다."

"흐윽."

"진짜 예뻐요."

분비된 애액이 정말로 흥건했다. 프리컴이 떨어져서 흥분으로 난장이 된 것 같은 건 우형도 마찬가지였다. 그 상태로 우형은 몸을 올려 입을 가볍게 몇 번 맞추더니 고개를 침대 밖으로 돌렸다. 선혜는 한 손으로 우형의 턱을 가볍게 감싸 시선이 다시 자신을 향하게 했다.

"찾지 마."

우형이 지금 찾는 게 콘돔이란 거야 알았다.

"없어도 돼."

"⋯⋯."

"대책 없이 하잔 게 아니라."

선혜의 목소리는 작지만 또렷했다.

"고민 안 한 거 아냐. 맨정신에도 진지하게 똑같은 생각 했어."

선혜는 시선을 내려 우형의 쇄골 즈음을 봤다. 그가 지금 무슨 생각을 하는지 궁금했다. 그러나 알 수 없었다. 그는 당연히 아이를 원하는 것처럼 말했기에, 자신만 원한다면 자녀 만들기에 동의해 줄 거라 생각했는데, 바로 반응이 없으니 부정적인 답이 돌아올까 봐 갑자기 오한이 들었다.

우형은 그 반응을 바로 알아챈 것처럼 몸을 더 붙여 온기를 전해 주었다. 선혜가 우형의 품에 완전히 들어갔다.

"제 이름 검색창에 검색해 보면 제 배우자 프로필까지 링크되는 거 아세요?"

난데없이 주제가 다른 곳으로 튀었다. 선혜는 맥락을 모르겠어서 더 깊이 안기기만 했다.

"우리 둘이 섹스하는 사이인 거 대한민국에 모르는 사람 없어요."

논리의 비약이 심했다. 그러나 부정할 수 있는 사실도 아니었다. 누군가의 배우자라는 게 필연적으로 암시하는 바가 있는 거니까.

"이상하죠. 얼마나 예쁜지 보여 주기는 싫은데, 다들 우리 둘이 밤마다 뭘 하는 사이인지 알고는 있었으면 하는 마음이 있어요."

우형은 그렇게 말하며 선혜의 몸을 만졌다. 허벅지까지 손이 내려가, 여린 살을 만지다가 힘을 주어 양다리 사이를 벌렸다.

두 사람의 몸 사이에 간극이 조금 생겼다. 우형은 시선으로 선혜를 찬찬히 뜯어봤다.

"갈수록 예뻐지는 거, 좀 반칙 같아요."

"……왜 자꾸 그래."

"자꾸 예쁘니까?"

"그만 좀 해."

선혜가 손을 들어 얼굴을 가렸다. 우형이 웃으면서 얼굴을 가린 손 위에 뽀뽀했다.

"이렇게 예쁜 사람이 제 거예요."

"으읏."

"절대 잊지 마세요."

"흐윽."

성기끼리 장애물 없이 비벼졌다. 우형은 귀두 아래를 잡고 구멍 입구에 끝을 비볐다.

"저만 볼 거예요."

"으응."

"제 와이프라고 자랑은 맨날 하고 다닐 거고."

선혜가 고개를 끄덕였다. 변태적인 욕망이라 치부할 수가 없었다. 선혜 역시 그랬다. 그녀만이 볼 수 있는 장면을 다른 사람들과 공유하고 싶은 생각은 추호도 없었지만, 이 남자와의 사이가 얼마나 내밀한지는 사람들이 다 알고 있었으면 했다. 이 사이에 파고 들어갈 틈이 조금도 존재하지 않는다는 것을 세상 모든 사람에게 과시하고 싶었다.

"아이가 있으면 더 확실해지겠죠."

우형은 바로 성기를 삽입하지 않았다. 천천히, 아주 약하게 주변부를 자극하면서 여러 생각을 하는 듯했다.

"어떻게 하더라도 대체 가능한 사람이 아니게 되잖아요. 사랑하는 우리 애 아빠가 또 저니까."

"으……. 흣!"

귀두가 들어왔다. 우형은 가리던 손이 사라진 선혜의 얼굴을 보면서 굵고 단단한 성기를 계속해서 밀어 넣었다. 압박감에 숨이 막혔다. 아래가 질척거렸다. 커다란 게 넓은 부위를 자극하며 계속해서 들어오자 허리가 들썩였다.

"아웃."

허벅지가 더 활짝 열렸다. 시선은 계속 묶인 채였다. 우형의 눈끝이 붉었다. 선혜는 손을 들어 그 주변을 만졌다.

"너도 엄청 예뻐."

거기서부터 시작이었다. 거센 자극에 세상이 다 녹아내리는 기분이 됐다. 퍽퍽. 우형은 거칠게 허리를 움직였다. 조금 전 나누었던 대화도 완전히 잊힐 정도로 거센 쾌락이 몰아쳤다.

"읏. 흑! 하아…… 읏!"

쿵쿵. 찌걱이는 소리보다 침대가 진동하는 소리가 더 크게 울렸다. 아래층이나 밖에서 이 소음의 의미를 알아챌 것 같아서 무서운데도 멈추라고 할 수가 없었다. 퍽퍽거리는 소리는 박자가 빨라졌다가 느려졌다 하는 패턴을 예측할 수가 없었다.

우형도 이성을 놓은 듯했다. 선혜가 허리를 조금 물리려고 하면 도망가지 말라는 듯이 잡아끌어 다시 푹푹 깊게까지 쑤신 다음, 그렇게 끝까지 넣은 상태에서 더 들어갈 곳을 찾는 것처럼 허리를 비볐다.

"흣! 아흐으…… 으응."

느리게 꾹꾹 깊은 곳을 누르다 고개를 숙여 키스했다. 과분한 애정으로 위아래 가릴 것 없이 온몸이 다 채워지는 듯해 눈물이 차올랐다. 그런데 그 감정이 쏟아지기 전에 다시 허리 짓이 거세져서 머릿속이 하얘졌다.

"아! 우, 우형아. 흐읏."

"하아, 하……. 진짜……."

"하으읏!"

우형은 잠시 손끝으로 클리토리스를 세게 자극하면서 성기를 반쯤 빼내 자신의 눈으로 삽입 부위를 봤다. 그리고는 다시 깊은 곳까지 박았다가 허리를 물리며 그 과정 역시 시선을 고정한 채로 봤다.

그가 행복해 보였다. 뭐가 저렇게 좋은 걸까. 아무래도 좋았다. 끝까지 쑤셔질 때마다 너무 커서 배 안이 가득 차는 느낌이 그는 성기가 모든 걸 엉망으로 만든다 해도 좋았다.

"하으…… 기분 좋아."

"제가 좋으세요?"

"으응. 다 좋아."

퍽, 퍽. 우형은 잠시라도 성기를 뒤로 물리는 걸 견딜 수 없는 것처럼, 조금씩만 성기를 뺐다가 최대한 깊이 박았다.

"응, 아읏! 하아응. 훗!"

규칙적으로 성기가 오가다가, 빨라지거나 느려지면서 정신을 못 차리게 했다가, 체위를 바꾸고 다시 처음부터 비슷한 상황이 반복되면서 오래도록 섹스가 이어졌다.

미칠 것 같았다. 쿵쿵거리며 침대가 계속 요동쳤고 성감이 끊임없이 자극되면서 머릿속이 반복해서 번쩍였다.

"하아, 하아……."

우형이 성기를 귀두만 남기고 다 빼냈다. 그리고는 옅게 진동하는 선혜의 허리를 잡으며 끝까지 쑤셨다.

"아훗!"

"여기. 좋으시죠."

정확하게 느끼는 지점을 파고들었다. 고통스러울 정도의 쾌락
이 왔다.

"아, 흐아앗."

퍽. 다시 같은 방식으로 성기가 깊이 삽입됐다. 선혜는 흥분 속
에서도 민망할 정도로 신음을 토해 내며 허리를 흔들었다. 아무것
도 신경 쓰이지 않았다. 상상으로도 상상해 낼 수 없는 엄청난 쾌
감을 주는 몸 위의 남자를 위해서 뭐든 할 수 있을 것 같다는 생
각뿐이었다.

정말 그의 아이를 임신하고 싶었다.

"안에…… 안에."

"네. 가득 안에다 쌀 거예요."

푹. 우형은 성기를 끝까지 쑤시고는 시선을 맞춘 상태로 말했다.

퍽퍽 허리가 더 거칠게 움직였고, 선혜는 우형에게 완전히 매
달려 아무 생각도 하지 못했다.

"하읏! 훗! 흐아. 아읏!"

정말로 무아지경이었다. 그러다가 정말로 죽겠다 싶은 순간에,
깊숙한 곳까지 우형의 성기가 들어오면서 절정이 왔다.

선혜는 신음을 내지도 못하고 몸을 떨면서 우형에게 안겼다. 우
형은 끝까지 성기를 박은 상태로 사정했다. 꾸역꾸역 정액이 구멍
안을 가득 채우다 못해 밖으로 흘러나올 때까지 사정이 이어졌다.

"하아, 하아."

가슴이 오르내렸다. 한참을 그대로 붙어 있던 우형은 성기를
빼내고 몸을 움직여 선혜를 뒤에서 꽉 안았다. 그의 커다란 손이

정액이 가득 넣어진 배 위를 쓸었다. 우형은 성기가 드나들던 궤적을 가늠해 보는 듯했다. 선혜는 그때까지도 너무나 강한 쾌감에 얼어붙어 아무런 말도 하지 못했다.

"뭐든지 할게요."

"……."

"시키시면 뭐라도 할게요. 그냥 사랑만 하는 게 아니라, 정말 뭐라도."

구멍 아래로 정액과 애액이 줄줄 흐르는 느낌이었다. 선혜는 우형의 목소리를 듣고서야 조금씩 정신이 돌아오는 기분이 됐다.

"우형아."

신음을 너무 내질러 목이 쉰 듯했다.

"너도 나한테 바라는 거 있으면 말해."

"지금 밖으로 흘러나오는 거 보게 해 주시면 안 되나요?"

"……나중에."

이런 부탁을 할 줄은 몰랐다.

선혜는 민망한 마음에 눈을 꽉 감았다.

"집에 가서 봐."

"네. 집에 가서도 또 이렇게 할 테니까요."

몸을 돌려 그의 품속에 들어가 숨었다. 온기가 전해졌다. 어떤 상황에서도 이 품 안에 들어올 수만 있다면 걱정 없이 안심할 수 있을 듯했다.

"응. 앞으로 많이 할 거잖아."

"네. 앞으로 많이 하겠죠."

당연히 그럴 것이다. 우형이 미소 지으면서 몇 번이고 버드 키스를 반복했다.

3.

"나…… 말 안 해도 알겠지만, 생리 며칠 밀리는 중이라 이걸로 임신할 확률은 낮을 거야."

선혜가 조심스레 운을 띄웠다. 확실히 서로가 동의하고 합의해서 피임 없이 관계를 이어나가는 건지를 확인하고 싶었다. 흥분에 취해서 그냥 막 떠든 말이 아니라는 걸 우형이 다시 알아주었으면 하는 마음도 있었다.

"상관없어요. 계속해서 하면 되니까요."

우형이 다정하게 몸을 쓸어 주며 말했다. 선혜는 그의 가슴에 머리를 대고 눈을 감았다.

"처음엔 아이를 낳아야만 하는 여러 외부적인 이유가 있다고 생각했어."

심장 소리가 크게 들렸다.

"어쨌거나 나도 우리 부모님 자식이라 좀 가족관이 보수적인 데가 있잖아. 좋지 않은 생각일 수도 있는데…… 30년 넘게 우리 부모님 딸로 살다 보니까……."

선혜는 말끝을 흐리다가 입을 닫았다. 섹스의 여운으로 멍해졌는지 어쩐지 말이 꼬이는 느낌이었다.

"좋지 않다고 전혀 생각 안 해요. 전 너무 좋은데."

"넌 대체 뭐든 말만 꺼내면 다 좋대……."

"좋은 걸 어떻게 해요, 그럼."

우형이 웃었다. 그의 입술이 선혜의 얼굴 곳곳에 몇 번 더 닿았다가 떨어졌다.

"그래서 또, 우리 부모님이 손주를 원하는 것도 무시할 수 없는 이유라고 생각했어. 내 자식 문제까지 부모님께 휘둘리고 싶은 건 아닌데…… 미래에 쭉 이어질 관계를 생각하면 그런 거 있잖아. 신경은 쓰이는 거."

"네. 뭔지 알겠어요. 저도 회장님 신경 쓰이니까."

"그 외에도 여러 이유가 많아. 이것저것. 자잘한 것까지 덧붙이면 끝도 없을걸."

선혜는 잠시 말을 쉬어 갔다.

"그런데 다 핑계야."

부모님이 원한다는 이유로 인생에서 무엇보다 중차대한 결정을 내릴 순 없다. 다른 원대한 이유가 있다고 해도, 자신이 원치 않는다면 강력하게 거부해야만 하는 문제였다.

"그냥 원해. 이제는 충분히 준비돼 있다는 생각도 들어."

"……."

진정한 이유라고 말할 수 있는 게 없다는 걸 알게 되었다. 원하게 된 게 원한다고 말하게 된 가장 큰 이유일 뿐이었다.

"그러고 싶다는 생각이 자꾸 나. 그냥, 좋으니까. 그러고 싶고."

"……."

"아기 낳아서 많이 사랑해 주고 싶어."

"저도 그래요."

"응. 우리 아이가 있는 편이 좋을 것 같지?"

"네."

우형이 선혜를 꽉 안았다.

"저는……, 항상. 물론 원치 않으시면 강요할 생각 조금도 없었지만. 잘 안 된다고 해도 실망하고 그러진 않을 테니까, 마음 편하게 가지셨으면 좋겠고……."

"응. 알아. 그냥 엽산 잘 챙겨 먹고 맘 편히 가져야지."

선혜가 작게 중얼거렸다.

"제가 해야 하는 게 있으면 다 알려 주세요. 아니, 제가 알아서 저 열심히 공부할게요. 최선을 다할게요. 뭐라도 할게요."

선혜가 우형의 품에 완전히 파묻혔다.

4.

늘 우형은 선혜보다 더 그녀의 변화에 예민했다. 가끔은 선혜를 당황스럽게 할 정도로. 그는 단 한 번도 선혜가 생리 중일 때 섹스하자고 한 적이 없었다. 단 한 번도 선혜가 먼저 지금 자신이 생리 중이라는 말을 꺼낸 적도 없는데.

입원 기간에도 마찬가지였다. 스트레스 때문인지 며칠 뒤로 밀린 생리가 시작되자 우형은 짙은 스킨십을 멈추었다. 대신 가볍고 따뜻한 핫팩을 선혜에게 안겨 주었고, 토닥토닥 등을 쓸어 주며 선혜가 편히 쉴 수 있게 도왔다.

선혜는 평소보다 조금 더 나른한 몸을 우형에게 기대었다. 배가 차가우면 배 속이 종종 아래로 긁히는 느낌이 들어 괴로운데, 따뜻한 걸 안고 따뜻한 품에 기대어 있으니 편안하기만 했다.

주기마다 고통에 괴로워하는 편은 아니어도, 불쾌한 느낌이 없진 않았다. 그래도 우형에게서 세심한 보살핌을 받고 있다고 생각하니 약간은 나아졌다. 섹스 없이도 한결같은 애정이 느껴지니 마음이 안정됐다.

"저는, 제 와이프의 고급스러운 취향이 좋아요."

선혜는 우형이 갑자기 나긋나긋하게 속삭이는 말이 어떤 맥락에서 뻗어진 것인지 헤맸다.

"집에 걸어 두는 회화부터, 의상, 가방, 신발, 각종 장신구, 그 외에도 뭐 하나 빠지는 것 없이 모든 취향이 완벽하다고 항상 생각했어요."

"……"

우형은 끊임없이 고백하겠다고 했다. 선혜는 온기가 가슴 깊숙한 곳까지 번져 온다고 생각하며 우형의 손을 꼭 잡았다.

"다이아가 잘 어울리는 사람을 원했어요. 결혼반지만 끼고 있는 게 얼마나 섹시한지 모르시죠. 언제 한번 괜찮으시면, 침대에서 웨딩밴드 말고 프러포즈링으로 바꿔서 끼워 주세요."

갑자기 튄 주제에 선혜가 어이없다는 듯이 웃었다.

"왜, 다 반지인데."

"제가 프러포즈했을 때, 좋다고 말씀하셨던 생각이 나요. 이미 결혼은 다 정해진 거고, 굳이 다시 프러포즈를 또 하면서 왜 이렇게까지 세심하게 준비했냐고 하셨는데…… 전 거절당할까 엄청 무서웠거든요."

"이상하게 생각했지. 왜 이러는 걸까, 하고."

그때의 기억을 더듬어 봤다. 서로 서툴고 어색한 느낌은 있었지만, 식사는 맛있었고 분위기도 나쁘진 않았었다.

"끼워 달라고 손을 내미셨던 순간이 기억나요."

돌이켜 보면 좋은 순간이 많았다. 서로 상처 주기만 했던 것도 아니고, 힘든 순간에 버팀목이 되어 주기도 했다. 서로가 지친 하루의 끝에 함께 머무는 유일한 사람이었던 순간들도 많았다.

"정말 예뻤어요."

제가 울까 봐, 참는 거 엄청 힘들었는데, 상상이나 하셨나요. 우형은 그다음에도 자신이 아내를 사랑할 수밖에 없는 여러 이유를 늘어놓았다. 그렇게 하룻밤이 또 깊어갔다.

5.

어느 날의 새벽이었다. 선혜는 우형의 품에 안겨 그를 생각하며 잠 못 이루던 많은 새벽을 떠올렸다.

"이름은 새벽 같은 느낌이 들었으면 좋겠어."

"네?"

"널 항상 새벽에 생각했으니까."

우형은 잠시 입을 닫고 있다가, 그의 바람을 덧붙였다.

"엄마를 많이 닮아야 하는데. 저는 그림 같은 느낌. 그런 게 좋아요."

선혜가 웃었다. 우형도 따라 웃으며 키스했다.

새벽 서(曙)에 그림 화(畵). 첫 아이의 이름은 서화가 됐다.

주서화. 우형은 아이가 태어나기 전까지 때때로 자신의 성이 붙은 아이의 이름을 숨죽여 중얼거려 봤다. 밖으로 새어 나가지 않게 조심히.

그녀가 채 1년이 지나가기 전에 자신의 아이를 정말로 낳게 될 거란 걸 믿기 힘들었다.

서화야. 그렇게 불러보면 항상 울고 싶은 기분이 됐다. 행복이 깨어질 것 같아서 두려운데, 두렵다는 말은 단 한 번도 꺼내지 않았다.

6.

서화가 태어난 날 우형이 울었다. 다시는 이렇게 고생시키지 않겠다며 선혜를 안고 덜덜 떨었다. 선혜를 닮은 예쁜 아들이 태어나서 기쁜 건 기쁜 거지만, 이렇게 괴로운 걸 한 번 더 겪게 할 수는 없다며 자신의 욕심을 사과했다.

그러나 선혜의 의지가 꺾이지 않았다. 선혜는 두 해 뒤에 오빠와 두 살 터울인 둘째를 낳았다.

둘째의 이름은 단아.

우형을 많이 닮아 웃는 모습이 예쁜 딸이었다.